Hugo Bergham
Something Precious

Hugo Bergham

SOMETHING PRECIOUS

Erinnerungsorte der englischen Literatur

Dittrich

Printed in Germany
ISBN 978-3-947373-88-8
www.dittrich-verlag.de

Satz: Gaja Busch, Berlin
Covergestaltung: Helmi Schwarz-Seibt, Leverkusen

Bibliografische Information der Deutschen Nationalbibliothek:
Die Deutsche Nationalbibliothek verzeichnet diese Publikation in der Deutschen Nationalbibliografie; detaillierte bibliografische Daten sind im Internet über http://dnb.dnb.de abrufbar.

Hugo Bergham ist ein deutscher Publizist und Geisteswissenschaftler. Nach dem Studium der Anglistik, Geschichte und Rechtswissenschaften hat er eine rechtshistorische Dissertation über die Kollision von Dogmen der (ungeschriebenen) britischen Verfassung geschrieben, die die ›Sovereignty of Parliament‹ und ihr Verhältnis zur ›Rule of Law‹ untersucht. Anschließend hat er den Ursprüngen dieser Dogmen nachgespürt und über ihre Rezeption im spätelisabethanischen Theater publiziert. Er pendelt zwischen dem Rheinland und Oberbayern, von wo aus er seiner Lehrtätigkeit als Honorarprofessor an der Paris Lodron-Universität in Salzburg nachgeht.

Inhalt

Vorwort

›I should like to bury something precious in every place
where I've been happy and then,
when I was old and ugly and miserable,
I could come back and dig it up and remember‹
Evelyn Waugh, Brideshead Revisited

Diese Sehnsucht. Charles Ryder ist zum ersten Mal auf dem Weg nach *Brideshead*, dem Familiensitz der Marchmains, als Lord Sebastian, die tragische Figur in Evelyn Waughs *Brideshead Revisited,* sich ihm anvertraut. »Alt und hässlich und elend« wird er sein. Aber dann will er die Orte wiederfinden, an denen er glücklich gewesen ist. Also will er dort beizeiten etwas Wertvolles beerdigen, um es später ausgraben und sich an glückliche Zeiten erinnern zu können. Das ist das Prinzip der Erinnerung. Ein identitätsstiftender Prozess, eine Perpetuierung der Zeit. Die Erinnerung sorgt für Unsterblichkeit. Marcel Proust hat den Moment beschrieben, in dem er aus einem Traum erwacht und für einen Moment vergessen hat, wer er ist; dann hilft nur die Erinnerung.

Wie das individuelle funktioniert auch das kollektive Gedächtnis. Nur die Besinnung auf *›something precious‹* schafft ein gemeinsames Bewusstsein. Aber das kollektive Gedächtnis funktioniert unterschiedlich. Manches ist blass und verschwommen, anderes steht glasklar vor Augen. Vieles, was dem einen selbstverständlicher Erinnerungstatbestand ist, ist dem anderen vollkommen fremd. Das gilt allgemein, in der Politik, in der Kunst, der Musik – insbesondere leider auch für die Literatur. *Heimito von Doderer? Max Herrmann-Neiße? Ödön von Horváth*? Wunderbare Namen, allenfalls noch den Enthusiasten oder den Spezialisten bekannt. *Carl Zuckmayer*? Auch unbekannt, aber beim ›Hauptmann von Köpenick‹ eine leise Ahnung; das hat man nun doch schon mal gehört oder zumindest – wie hieß der berühmte Hauptdarsteller noch? – verfilmt gesehen. Gilt das schon für die deutsche Literatur, kann man sich leicht denken, dass dies umso mehr für die englische gilt, jedenfalls für deutsche Leser. *Virginia Woolf* kennen ein paar noch aus der Schule, *Edna O'Brien* vielleicht auch noch, aber *Anthony Powell* oder *Nancy Mitford* kennt kaum noch jemand und *Josephine Tey* oder *Elinor Glyn* niemand, außer den echten *afficionados.*

Zum Erinnern gehört das Gedächtnis. Alle Riten des kulturellen Gedächtnisses haben ›diesen Doppelaspekt der Wiederholung und der Vergegenwärtigung‹, wie *Jan Assmann* das genannt hat. Und genau dem, Erlebtes, Gelesenes zu wiederholen und dadurch Vergessenes oder Verlorenes zu vergegenwärtigen, dieser Erinnerungsarbeit sollen die nachfolgenden Autorenportraits dienen. Zu Unrecht vergessene Autorinnen und Autoren sollen wiederentdeckt werden, unerörtert gebliebene Aspekte in Leben und Werk sollen aufgespürt werden. Überall dort, wo etwas Wertvolles begraben liegt, sollen die Ortsgeister zum Leben erweckt werden. Den *Genius loci* aufzuspüren, ihn zum Erzählen zu bringen und ihren Dämmerschlaf in der Literaturgeschichte – zumindest für eine kurze Zeit – zu unterbrechen, soll Ziel der folgenden Erkundungen sein. Erinnerungsorte können physischer Natur oder auch geistige Phänomene sein. Oder kleine Begebenheiten, aus denen sich ganze Lebensläufe, Geschicke von

Freundschaften und Feindschaften ableiten: Man denke nur an die denkwürdige Begegnung von *Friedrich Dürrenmatt* und *Max Frisch* 1978 in der Zürcher »Kronenhalle«, wo Frisch ein druckfrisches Exemplar von »Dürrenmatts Lesebuch« mit der Widmung überreicht bekam »Meinem alten Kumpan Max...«. Frisch, nüchtern und einsilbig, verschwand nach kurzer Verweildauer, nur um nach zwei Stunden betrunken, lautstark und angriffslustig wieder aufzutauchen; er habe mit seinem Anwalt gesprochen, der Begriff »Kumpan« sei eine Beleidigung und eine Unverschämtheit, ein Schimpfwort für einen Verbrecher und er knallte das Buch auf den Tisch und verschwand grußlos, der Beginn dessen, was Dürrenmatt ein »wackeres Auseinanderfreunden« nannte.

Die Auswahl der Erinnerungsorte, der Begegnungen und der Autoren erfolgte willkürlich, sie folgt keinerlei Wissenschaftskriterien, sondern bloßer Neigung und persönlicher Vorliebe. Begeisterung, Verwunderung oder auch Erstaunen sollen den Leser noch »einmal die alten grünen Pfade der Erinnerung« beschreiten lassen, wie es im letzten Satz von Gottfried Kellers »Der Grüne Heinrich« heißt.

> *›Gäbe es doch eine Erfindung, mit der man die Erinnerung wie einen Duft in Flaschen abfüllen kann. So dass sie niemals verblasst, niemals schal werden kann. Und wenn man Lust hat, könnte man die Flasche entkorken, und es wäre, als erlebte man diesen Moment noch einmal.‹*

So sagt es die namenlose Heldin in Daphne du Mauriers ›Rebecca‹, als sie sich in Herrn de Winter, ihren künftigen Gatten, verliebt.

In diesem ersten Band finden sich neun Fläschchen, abgefüllt mit ›Erinnerungen‹ an bedeutende englische Literaten. Viel Freude beim Schnuppern!

Campo di Rialto
Venedig

Fährt der Besucher von San Marco mit dem ›Vaporetto‹ kanalaufwärts und steigt an der Ponte di Rialto aus, gelangt er, wenn er die Brücke überquert hat, fast zwangsläufig zum Gemüse- und Fischmarkt. Auf der Erberia locken die kunstvoll arrangierten Tische der Händler. Artischocken, Fenchel, Bohnen, Zucchini, Tomaten, alle Sorten, alle Arten, zu beeindruckenden Stillleben arrangiert. Ähnlich die Fische der Pesceria etwas weiter oben, die den Besucher von ihrem Eisbett aus anstarren, nur um – trotz Eis – die Luft mit ihrem intensiven Meeresduft zu durchziehen. Ein Streifzug durch die engen Gassen von San Polo, man schlürft hier einen Cappuccino, isst dort ein Tramezzino, auf dem Campo della Corderia kaufen auch die Einheimischen ein wenig Parmesan und in der Calle de Botteri besucht der Gast den Stoffhändler Bottinelli, wo er sich in einem Gästebuch verewigt, nur um dann alle Jahre zum Geburtstag eine Glückwunschkarte zu erhalten, auch wenn er nichts gekauft hat und auch nie wiedergekommen ist.

Und dann die Kirchen: Santa Maria Gloriosa dei Frari, S. Maria Formosa, San Cassiano, San Giacomo oder S. Aponal mit den alten Meistern – Bellini, Vivarini, Tizian nach Herzenslust. Nicht weit ist es von hier zur Scuola Grande di San Rocco, wo die Bruderschaft des Hl. Rochus zu Hause ist und Jacopo Tintoretto ganze Wände und Decken mit Gemälden in seiner ›maniera‹ gefüllt hat, die von einer Wucht und Kraft zeugen, die ihresgleichen suchen. Ein einzigartiges Gemisch von Kunst,

Religion, Handel und Kommerz. Gegenüber San Giacomo, etwas abseits, begegnet dem Besucher eine kleine, recht unscheinbare Granitstatue: ein kniender Buckliger, der auf seinen Schultern und dem nach vorne gebeugten Kopf die Last einer Gesetzesrolle trägt. Der missgebildete Bucklige heißt Gobbo, mit dem Zusatz der Umgebung vollständig Gobbo di Rialto. Die Statue aus der Werkstatt des Pietro da Salò wurde am 16.11.1541 eingeweiht, sie hatte die Bestimmung einer Kanzel, von der der Doge seine Gesetze verkünden ließ. Eine ähnliche Kanzel stand auf der Piazza San Marco, die Pietra del Bando.

Mit Gobbo, dem ›Buckligen‹, kann niemand viel anfangen, die meisten Reiseführer erwähnen ihn nicht einmal. So ahnt man nicht, dass vor etwas mehr als 400 Jahren ein ganz besonderer Fremder hier stand, ein englischer Exilant und Religionsverfolgter, ein Pilger auf dem Weg nach Rom. Dieser Pilger hatte seine Heimat verlassen müssen, weil er sich weigerte, den geforderten Eid auf das Oberhaupt der neuen protestantischen Religion abzulegen. Auf dem Kontinent angekommen, war er zunächst in einem ›collegium anglorum‹ im Norden Frankreichs zur Schule gegangen und hatte dort eine umfassende Ausbildung erhalten, bevor er sich auf die lange und wegen der zahlreichen Spione, die ›katholische‹ Verschwörungen nach London meldeten, nicht ganz ungefährliche Reise nach Rom machte. Dort sollte er auf Papst Sixtus V. treffen, der ihn mit wichtigen Aufgaben im protestantischen England betrauen wollte. Im ›Venerable English College‹ fand er Unterkunft. Bevor es soweit war, hat sich der Pilger in Venedig den Gobbo ganz genau angesehen, so genau, dass er seinen Namen später in einem der Theaterstücke verwendet hat, die seinen kometenhaften Aufstieg im elisabethanischen Theater und später seinen Weltruhm, der bis heute anhält und ihn zum wohl meistgespielten Thea-

terautor aller Zeiten machen sollte, begründeten. Der Pilger hieß ***William Shakespeare.***

***

So oder so ähnlich kann es gewesen sein. Beweise gibt es nicht. Wohl aber Hinweise, die andeuten, dass Shakespeare seine *lost years* zwischen 1585 und 1592 auf dem katholisch geprägten Festland verbracht hat. Die orthodoxe Shakespeare-Forschung verschließt sich diesen Erkenntnissen. Noch. Denn nichts widerspricht einer solchen Hypothese oder schließt sie gar sicher aus, und durch sie würde vieles nachvollziehbar, was bislang ungeklärt geblieben ist: seinen an sich unerklärlich hohen Bildungstand, seine Lateinkenntnisse, die er in Stratford kaum erworben haben kann, sein Wissen um höfische Zeremonielle und die englische Geschichte, die er in seinen Königsdramen so genau beschreibt.

Shakespeare wurde 1564 in extrem unruhigen Zeiten geboren. Das 16. Jahrhundert war seit den Tagen, in denen Luther seine Thesen 1517 an die Tür der Wittenberger Schlosskirche genagelt hatte, in Aufruhr. Der Protestantismus zog sämtliche Dogmen der katholischen Kirche in Zweifel. König Henry VIII. von England suchte, die englische Staatskirche von Rom und dem Katholizismus zu lösen, nachdem der Versuch, seine erste Ehe mit Katharina von Aragon zu annullieren, am Widerstand von Papst Clemens VII. gescheitert war. Die Begründung für Henrys Annulierungswunsch war ebenso befremdlich wie bezeichnend, für ihn und die Zeit: Er machte nämlich geltend, dass der von ihm selbst beantragte und daraufhin auch gewährte Dispens Roms, der die Ehe mit Katharina erst möglich gemacht hatte, unwirksam gewesen sei. Papst Julius II. hätte seinem Begehren niemals stattgeben dürfen, weil dieses Begehren gegen einen fundamentalen Grundsatz des Glaubens verstoßen habe. Nämlich gegen das kanonische, auf Levitikus zurückgehende Verbot, die Witwe eines älteren Bruders zu heiraten. Katharina war tatsächlich mit seinem älteren Bruder Arthur am 14.11.1501 in St. Paul's verheiratet worden. Nachdem Arthur nur vier Monate später ›am Fieber‹ verstorben war, war Henry an dessen Stelle getreten, um die Verbindung der Tudors zum Haus Kastilien aufrecht zu erhalten. Der inzwischen für Anne Boleyn entbrannte Henry tobte, als sein Hofrat sich außerstande sah, ihn von Katherina zu befreien. Obwohl die Zeugenaussagen diverser Hofdamen, dass die nur sehr kurze Ehe zwischen Arthur und Katharina nie vollzogen worden und deswegen ungültig sei, erfolgreich als Fälschungen denunziert wurden. Selbst ein Gutachten Martin Luthers, das die Ehe von Arthur und Katharina für gültig und die anschließende Ehe mithin für ungültig erklärte, half nicht weiter. Die unglücklichen, weil erfolglosen Berater Thomas Moore (1535) und Thomas Cromwell (1540) bezahlten ihr Unvermögen mit ihrem Leben und Henry beschloss die Trennung von der katholischen Kirche, ein ebenso wagemutiger wie unerhörter Schritt, der die Geschichte der nachfolgenden Jahrhunderte prägte wie kaum ein zweiter. Nach dem Tod Henrys und der kurzen Regierungszeit seines Sohnes Edward, der im Alter von zehn Jahren 1547 König wurde, aber nur bis 1553 überlebte, kam seine Tochter Mary auf den Thron, die sich anschließend ihren Beinamen ›*bloody*‹ redlich verdiente. Mary war nämlich überzeugte Katholikin und heiratete den Habsburger Philipp II., König von Spanien, der später so erbittert Krieg gegen ihre Halbschwester Elizabeth führen sollte. Alle Bürger und Untertanen, die sich gerade erst an die protestantisch-anglikanische Staatskirche gewöhnt hatten, liefen von einem auf den anderen Tag Gefahr, als Häretiker ein grausames Schicksal zu erleiden. Nach der Thronbesteigung Elizabeths 1559 änderten sich die Dinge wieder in die umgekehrte Richtung und danach stellte sich auf der Insel eine Art protestantisches Lagerdenken ein: der englische Protestantismus gegen die katholische Welt. Das kleine England wähnte sich unter Dauerbedrohung durch den Rest der Welt, also die Katholiken auf dem Kontinent. Diese ihrerseits sahen in Elizabeth eine ketzerische Thronprätendentin, deren Anspruch auf die Krone sie weit weniger begründet sahen als jenen der katholischen Queen of Scots, Mary Stuart. Diese war nämlich eine Enkeltochter von Margaret Tudor, der ältesten Tochter Henrys VII. und somit Schwester von Henry VIII., die James Stuart IV., den König von Schottland, geheiratet hatte. Ergebnis dieser ebenso komplizierten wie unversöhnlichen Gefechtslage waren zahlreiche Anschläge auf das Leben von Elizabeth, auf die diese mit nicht weniger zahlreichen Hinrichtungen reagierte. Und 1572 erfuhren die Protestanten in Paris, was es hieß, sich gegen den Katholizismus zu stellen, als in der verharmlosend sogenannten *Bartholomäus*-Nacht tausende Protestanten niedergemetzelt wurden. Das war in England natürlich nicht unbemerkt geblieben und verstärkte die geradezu panische Angst vor einer spanisch-französischen Invasion sehr.

***

In diesen Zeiten äußerster Verunsicherung machten die Agenten des Francis Walsingham unerbittlich Jagd auf die Rekusanten, so genannt, weil sie den Eid auf die Monarchin als Oberhaupt der anglikanischen Kirche verweigerten. Zu diesen Rekusanten dürfte auch *William Shakespeare* gezählt haben, der im Jahre 1585, nach der Taufe seiner Zwillinge Judith und Hamnet, urplötzlich von der Erdoberfläche verschwunden und erst 1592 – mit einer ersten namentlichen Schmähung als ›*Johannes Factotum*‹ im Londoner Theaterbetrieb – wieder aufgetaucht war.

Diese *lost years*, bis heute eines der großen ungeklärten Rätsel der Literaturgeschichte, würden mit einer Flucht auf das Festland schlüssig erklärt. Nur so hätte William sich erfolgreich und dauerhaft einer Überwachung durch die Krone entziehen können. Es wurde immer schon vermutet, dass Williams Eltern dem katholischen Glauben anhingen. So will der Schmied John Jordan 1757 ein Testament des Vaters John Shakespeare gefunden haben, in dem dieser sich nach dem Muster eines aus 14 Artikeln bestehenden jesuitischen Vermächtnisses nach italienischem Vorbild zum katholischen Glauben bekannt und um eine Messe nach seinem Tod gebeten haben soll. Vater John hatte sich zuvor der Bewegung des Jesuitenpaters *Edmund Campion* zur Rekatholisierung des Landes angeschlossen und ab 1577 sein langjähriges Amt als Alderman und Friedensrichter in Stratford nicht mehr ausgeübt – mutmaßlich, um nicht länger als verlängerter Arm der Krone an deren antikatholischen Aktionen teilnehmen zu müssen. Seine anschließenden finanziellen Schwierigkeiten werden ebenfalls mit seinem Glauben in Zusammenhang gebracht. Sie könnten aber auch durch die Finanzierung der überstürzten Flucht seines Sohnes, der immerhin seine Frau Anne Hathaway und die gerade geborenen Zwillinge zurücklassen musste, entstanden sein. Williams Mutter *Mary*, eine geborene *Arden*, war jedenfalls strenggläubige Katholikin und Mitglieder ihrer Familie waren 1583, kurz vor Williams Verschwinden, als Mittäter des *Arden-Somerville*-Komplotts hingerichtet worden. Schon deutlich früher, nämlich 1578, hatten seine Eltern den 14-jährigen William im *English College* angemeldet, das zwischen 1578 und 1593 aus Sicherheitsgründen auf das Festland - erst nach Douai und später nach Reims - verlegt wurde. Diese katholische Schule war 1568 von dem ehemaligen Oxford-Professor, Exilkatholiken und späteren englischen Kardinal *William Allen* gegründet worden; es ist offensichtlich, dass Shakespeare hier eine katholisch geprägte Ausbildung erhalten sollte. Der katholische Hintergrund beider Eltern Shakespeares bietet eine zumindest erwägenswerte Erklärung dafür, dass William sich zwischen 1585 und 1592 tatsächlich in einem katholischen Umfeld auf dem Kontinent aufgehalten haben könnte: Mindestens dreimal soll er - allerdings unter einem jeweils anderen Decknamen - im römischen *Venerable English College* gewohnt haben, um sich im englischen Exil- und Kryptokatholizismus zu engagieren. Zumindest handelt es sich bei der Annahme, dass Shakespeare seine *lost years* in Wahrheit auf dem europäischen Festland verbracht hat, um eine interessante Hypothese. Er könnte im katholischen Untergrund tätig gewesen und in die Heilige Stadt gepilgert sein, um dort von Papst Sixtus V. empfangen zu werden. Der gefährliche Weg führte ihn zuerst nach Venedig, wo er den *Gobbo di Rialto* bestaunen konnte, sodann über Mantua, Padua und Florenz nach Rom, wo der Papst ihm bestimmt haben soll, an einer Verschwörung gegen Königin Elizabeth I. teilzunehmen. Später könnte Shakespeare dann seine im Entstehen befindliche Theatertruppe als Tarnung für katholische Geistliche zur Verfügung gestellt haben, damit diese buchstäblich *under cover* die Heilige Messe lesen, Sakramente erteilen, Testamente aufsetzen und ähnliche gute Taten vollbringen konnten.

Dass er dem Hausdiener Shylocks in seinem *Merchant of Venice* den ebenso seltenen wie seltsamen Namen Launcelot Gobbo gab, hat – neben anderen Hinweisen und Indizien – zumindest die Vermutung begründet, dass Shakespeare tatsächlich in Venedig war; andere Überlieferungs- und damit Erkenntnisquellen für diese Namensgebung sind nicht ersichtlich. Ein aktueller Bezug wurde von den Zeitgenossen Shakespeares dadurch hergestellt, dass sie den körperbehinderten *Robert Cecil*, jenen Staatsmann, von dem noch die Rede sein soll, als ›St. Gobbo‹, dem von Shakespeare noch das Attribut ›a clown‹ angehängt wird, verspotteten.

Elizabeth, 1533 als Tochter von Henry VIII. und Anne Boleyn geboren, ist 1559 als fünfte und letzte Tudor-Monarchin auf den englischen Thron gelangt. Das nach ihr benannte »Goldene Zeitalter« wird mit langen Friedenszeiten, dem prosperierenden Ausbau der Schifffahrt, für die der Name *Sir Francis Drake* steht, der ausgiebigen Kolonisation Amerikas unter Sir Walter Raleigh und mit weitgehendem Wohlstand relativ breiter Bürgerschichten verbunden. Das alles darf nicht darüber hinwegtäuschen, dass die Königin im letzten Jahrzehnt ihrer Regierung, die 1603 mit ihrem Tod endete, mit erheblichen innen- und außenpolitischen Schwierigkeiten zu kämpfen hatte. In demselben Jahrzehnt, in dem William Shakespeares Aufstieg zum führenden Stückeschreiber seiner Zeit und vielleicht aller Zeiten stattfand, war nicht nur Elizabeth persönlich bedroht, sondern die politische und rechtliche Vormachtstellung des Souveräns im Staat war infrage gestellt. Außenpolitisch hatte Elisabeth mit Spanien und Frankreich ebenso reichsbedrohende wie hartnäckige und mächtige Gegner, in Irland musste sie den katholisch motivierten Aufstand des Grafen Tyrone niederschlagen und in London focht sie einen langen Kampf gegen den nicht auszurottenden Katholizismus. Zu allem Überfluss sah sie sich zusätzlich mit einer widerspenstigen und um ihre Rechte kämpfenden Bürgerschicht, bestehend aus dem niederen Landadel, der *Gentry*, und den wohlhabenden Londoner Händlern und Kaufleuten, die gemeinsam im *House of Commons* ihre politische Repräsentanz hatten, konfrontiert.

Alle diese Probleme waren miteinander verknüpft: Die von ihrem Vater Henry VIII. gegründete anglikanische Staatskirche löste sich unter Elizabeth endgültig von der katholischen Kirche. Schon 1559, also unmittelbar nach ihrer Thronbesteigung, erließ sie nicht nur den *Act of Uniformity*, mit dem der allseitige und alleinige Gebrauch des protestantischen ›Book of Common Prayer‹ erzwungen wurde, sondern auch den *Act of Supremacy*, der von allen Staatsdienern einen Eid auf Elizabeth als Oberhaupt der Anglikanischen Staatskirche verlangte. Auch der *Privy Council*, eine Art Staatsrat und ein Vorläufer des späteren House of Lords, kam nicht ungeschoren davon, Elizabeth reduzierte die Zahl seiner Mitglieder von 39 erst auf 19, später dann noch einmal auf 14, wobei sie im Wesentlichen Katholiken aus diesem damals wichtigsten Gremium der politischen Willensbildung ausschloss. Schon 1570 wurde sie nach der blutigen Niederschlagung der katholischen Northern Rebellion unter Anführung des Duke of Norfolk von Papst Pius V. exkommuniziert. Die »Ridolfi-Verschwörer« von 1571 wollten Elizabeth ermorden und Mary Stuart an ihre Stelle setzen. Ihr Geheimdienstchef, der ›Secretary of State‹ Sir Francis Walsingham (1530–1590) baute daraufhin ein umfassendes in- und ausländisches Spionagenetz auf, dem im Laufe der nächsten Jahre mindestens 250 konspirativ agierende Katholiken als Hochverräter zum Opfer fielen. Sie wurden auf Tyburn Tree auf grausamste Weise öffentlich gefoltert, gevierteilt oder verbrannt. Es galt als Gnadenbeweis, wenn einem Delinquenten ein Sprengstoffring um die Schultern gelegt wurde, bevor er auf dem Scheiterhaufen verbrannt wurde, weil dann nach etwa drei Viertel des Todeskampfes das Pulver explodierte und dem unglücklichen Opfer den Kopf abriss. Andere wurden gewürgt, bis sie kurz vor einer erlösenden Ohnmacht standen, aber noch zuvor schnitt man ihnen die Genitalien ab und den Leib auf, um sie ihre eigenen Innereien hervorquellen sehen zu lassen.

Nachdem Elizabeth I. ihre Cousine Mary Stuart wegen deren Teilnahme und Mitwisserschaft am *Babington*-Komplott, was durch einen von Thomas Phelippes, Walsinghams Chef-Dechiffrierer, gefälschten Brief ›nachgewiesen‹ wurde, am 8. Februar 1587 auf Fotheringhay Castle hatte enthaupten lassen – ein schneller Tod, der nur dem Hochadel vorbehalten war –, kam es zur Machtprobe mit dem spanischen König Philipp II., dem verwitweten Ehemann ihrer Halbschwester Mary. Immerhin gelang es dem englischen Kriegshelden Sir Francis Drake, den Versuch der Spanischen Armada, über die Niederlande und die Isle of Wight eine Invasionsarmee in England zu landen, zu verhindern, aber sozusagen erst in letzter Minute. Umgekehrt gelang es auch der anschließend gen Spanien entsandten englischen Invasionsflotte nicht, die verbliebenen spanischen Marineschiffe zu versenken und die berühmte spanische Silberflotte zu erbeuten. Ein jahrelanger Seekrieg tobte, in dessen Verlauf 1595 Francis Drake fiel und im gleichen Jahr spanische Truppen unter Don Carlos de Amésquita bei Penzance im Südwesten England tatsächlich an Land gingen, Gräueltaten verübten und einige Dörfer niederbrannten.

Mit der Religionsfrage eng verbunden war auch der irische Aufstand, der 1593, also parallel zum Spanienkrieg, unter dem charismatischen Anführer der irischen Katholiken, Hugh O'Neill, Graf von Tyrone, begann. Hatte der spanische Seekrieg schon einige tausend englische Soldaten das Leben gekostet, war der Landkrieg in den Sümpfen Irlands noch viel zahlreicher an Opfern. Die Schlacht bei *Yellow Ford* zählt zu den verlustreichsten der damaligen (an verlustreichen Schlachten nicht gerade armen) Zeit. Der englische Oberbefehlshaber in Irland, Robert Devereux, 2. Earl of Essex, ein Höfling von bestem Aussehen, Wissen und Bildung, erfahrener Soldat, erfolgreicher Politiker und – trotz eines Altersunterschiedes von mehr als 32 Jahren – mutmaßlicher Liebhaber Elizabeths – nach heutigem Sprachgebrauch ein Hoffnungsträger bei Hofe und im Volke – war in der Gewissheit entsandt worden, dass er mit den rebellischen Iren kurzen Prozess machen würde. Diese Gewissheit trog. Nachdem er sich und seine Soldaten in einer Art Partisanenkrieg mit den Truppen Tyrones aufgerieben hatte, sah er die Erfolglosigkeit seines Tuns ein, schloss einen Waffenstillstand mit dem Feind und machte sich auf den Weg zurück nach England – das alles gegen den ausdrücklichen Befehl seiner Königin, die ihn zu genau dieser Zeit überhaupt nicht in London gebrauchen konnte, weil es politische Intrigen zu spinnen galt, denen eben der Hoffnungsträger und seine Gefolgschaft zum Opfer fallen sollten.

Sowohl der spanische als auch der irische Krieg verschlangen Unsummen an Geld. Um dieses auftreiben zu können, musste Elizabeth verstärkt mit dem englischen Unterhaus kooperieren, das damals schon über ein Steuerprivileg verfügte, nach dem ohne seine Zustimmung keine Abgaben erhoben werden durften. Diesen für sie unangenehmen

Umstand versuchte Elisabeth mit der schon von ihrem Vater Henry VIII. eingeführten *Statute of Proclamations* zu umgehen, die es ihr gestattete, durch königliche Erlasse am Parlament vorbei Geldquellen zu generieren. Angesichts der hohen Staatsverschuldung durch den immensen Mittelverbrauch für die beiden Kriege mit Spanien und in Irland sowie angesichts der wachsenden Macht- und Kontrollansprüche des Unterhauses ging das aber nicht, jedenfalls nicht gut und schon gar nicht dauerhaft.

In diesen innen- und außenpolitisch schwierigen Zeiten entspann sich nun ein dramatischer Machtkampf am Hofe. Parteigänger waren auf der einen Seite der langjährige erste Berater der Krone William Cecil, 1571 zum Lord Burghley ernannt, der Elizabeth von Beginn ihrer Regierungszeit an bis zu seinem Tod 1598 diente, und sein Sohn Robert, der 1590 die Nachfolge des verstorbenen Francis Walsingham als Secretary of State zunächst inoffiziell, 1596 aber auch offiziell antrat und schließlich auch seinem Vater im Amte eines faktisch Ersten Ministers der Krone nachfolgte – Premierminister nannte man diese Funktion damals noch nicht, erster ›echter‹ Premierminister wurde Robert Walpole 1721. Während die Cecils die antikatholische Politik Elisabeths administrativ umsetzten, dabei den von Walsingham geschaffenen Unterdrückungsapparat perfektionierten und so ein permanentes Klima von Angst, Misstrauen, Denunziation und Depression schufen, trat ihnen mit dem Earl of Essex nicht nur ein wahrer Volksheld, sondern auch ein religiös toleranter und die Belange des Unterhauses unterstützender und fördernder Oppositionsführer entgegen. Unterstützt wurde Essex von den Brüdern Anthony (1558–1601) und Francis Bacon (1561–1626), die – wie der Halbwaise Essex selbst – ausgerechnet im Haushalt der Cecils aufgewachsen waren. Ungeachtet dieser engen Verbindung sollte Francis Bacon später zum entscheidenden Gegenspieler Essex' werden, weil er seine Interessen über alles andere stellte, die Seiten wechselte und eine maßgebliche Rolle im Hochverratsprozess gegen Essex und bei dessen anschließender Hinrichtung spielte.

Als William Cecil 1598 starb, entbrannte ein heftiger Kampf um seine Nachfolge. Hier der antikatholische Robert Cecil mit seiner machterhaltenden Ambition, den Status Quo um jeden Preis schützend und Gebieter über einen Spitzel sowie über ein Informationssystem, das jeder modernen Diktatur zur Ehre gereichen würde. Dort Essex und die Bacon-Brüder, die sowohl den religiös Andersdenkenden als auch dem aufstrebenden Bürgertum und der Gentry gegenüber sehr viel toleranter entgegentraten als Elizabeth lieb war. Die Kontrahenten waren sich schon des Öfteren über den Weg gelaufen: Als Walsingham starb, wollte Essex Anthony Bacon, der als Mitglied des Geheimdienstes selbst auf dem Kontinent spioniert hatte, zu dessen Nachfolger machen. Aber er überschätzte, offenbar schon damals – 1590 –, seinen Einfluss auf die Monarchin und vor allem unterschätzte er ›St. Gobbo‹ Robert Cecil, dem er sich – blind vor Eitelkeit – in allen Belangen überlegen fühlte. Deswegen nahm er ihn nicht ernst, jedenfalls nicht ernst genug. Zu diesen Intrigen und politischen Auseinandersetzungen gesellte sich die Frage der offenen Thronfolge: Elizabeth regierte seit 1559 und das Ende ihrer Regentschaft wurde immer absehbarer. Die große Rivalin um den englischen Königsthron, die katholische Mary Stuart, hatte sie erfolgreich beseitigt. Ausgerechnet deren Sohn, James VI. von Schottland, kam nun als ihr Nachfolger infrage und sowohl die Seite der Cecils als auch der Essex-Kreis suchten Kontakt zu ihm. Das war für Elizabeth nun gänzlich inakzeptabel, verkörperte dieser James Stuart, der nicht unbedingt die Katholiken unterstützte, sie aber tolerierte, doch das Gegenteil von allem, was Elizabeth zumindest in Religionsfragen für richtig hielt. Und mit ihm würde eben doch ein Stuart auf den englischen Thron gelangen. Ein später Triumph für Mary, ein Alptraum für Elizabeth.

Unabhängig von, aber zusätzlich zu all diesen Komplikationen wandten sich plötzlich auch noch die Gerichte gegen die Prärogative der Krone und stellten damit – in äußerlich eigentlich ganz unscheinbaren und nebensächlichen Rechtsstreitigkeiten – nichts weniger als die Suprematie der Krone und damit das gesamte Gottesgnadentum der Tudor-Monarchie infrage. Das englische Verfassungsrecht wird seit jeher von den Dogmen der ›Sovereignty of Parliament‹ und der ›Rule of Law‹ bestimmt. Zu Zeiten Elizabeths galt der jeweilige Monarch als Souverän und damit als Quelle allen Rechts, zugleich aber galt auch die ›Rule of Law‹ und es liegt die rechtlich und politisch hochkomplexe Frage auf der Hand, was im Falle eines Konflikts Vorrang haben sollte: die Souveränität des Herrschers oder die Herrschaft des – vom Souverän selbst gesetzten – Rechts? Und nach welchen Regeln war ein solcher Konflikt zu beurteilen und zu lösen? Wem stand die Kompetenz zu, diese Regeln aufzustellen? Im Kern handelt es sich hier bereits um eine der grundlegenden Fragen der Aufklärung, nämlich um den Zwiespalt zwischen der Rechtsbindung aller Staatsgewalt einer- und einem unkontrollierten Souveränitätssystem andererseits. Diese eigentlich seit ihren Anfängen die Staatsrechtslehre beherrschenden Fragen wurden im 17. Jahrhundert, beginnend allerdings schon in den letzten Jahren der Regierungszeit Elizabeths, auf so ungewöhnlich intensive Weise und mit einer Tiefenschärfe diskutiert, dass hier die unmittelbaren Ursprünge der Französischen Revolution zu verorten sind.

Diese Verfassungskämpfe waren bestimmt von den *divine right*-Ansprüchen der Tudor- und Stuart-Monarchen, dem Patriarchalismus eines Sir Robert Filmer und den späteren Souveränitätstheorien Thomas Hobbes' auf der einen und den für eine Gewaltenteilung und eine Rechtskontrolle der machtausübenden Staatsorgane eintretenden Common Law-Juristen auf der anderen Seite. Ausgerechnet Sir Edward Coke, Chefankläger nicht nur im Essex-Prozess, sondern auch bei der Anklage gegen Sir Walter Raleigh und die Verschwörer des Gunpowder Plots im Jahre 1605, anschließend Richter und nach seiner Entlassung 1616 Mitglied des Parlaments, begründete mit seiner *Petition of Rights* aus dem Jahr 1628, die am Ende der Verfassungskämpfe mit der *Glorious Revolution* 1689 zur *Bill of Rights* wurde, und mit der Konzeption eines gewaltenteilend verfassten Staates die Gegenposition zur Hobbesschen Souveränitätslehre. Er hatte den Grundstein für das bis heute angewandte angelsächsische Common Law gelegt, indem er der Rechtsprechung insgesamt eine alles überragende *artificial reason* beimaß, eine aus allen ergangenen Präjudizien abgeleitete, künstliche Vernunft, die er als Quelle allen Rechts an die Stelle des Souveräns und der Religion setzte. Während Filmer in seinem Werk ›Patriarcha‹ und Hobbes in seinen Werken ›De Cive‹ und ›Leviathan‹ das Dogma eines Souveräns als Garant eines befriedeten Staatswesens gegen jegliche Anarchie aufstellten, maß Coke dem Recht eine Vernunft bei, die jeder natürlichen Person, also auch dem Souverän, überlegen sei:

›Neminem oportet esse sapientiorem legibus‹.

Nicht die Krone sollte Suprematie genießen, sondern das Recht. Während der Souverän sich selbst für die Quelle allen Rechts hielt, stellte Coke auch ihn unter das Recht:

›*Rex non debet esse sub homine, sed sub Deo et lege*‹.

Entscheidungen der Zivilgerichte, die dem Coke'schen Theorem der Rechtssuprematie folgten, waren für Elizabeth amtsbedrohlich und mussten ihr wie Hochverrat vorkommen: Im *Monopolies Case* entschieden die Gerichte zugunsten eines Kaufmanns, der einen Konkurrenten verklagt hatte, weil der unter Verletzung des klägerischen Rechts ausländische Spielkarten vertrieben hatte. Der Beklagte berief sich auf ein von der Königin erteiltes (vulgo: verkauftes) Einfuhrmonopol für Spielkarten und genau dieses Monopol, das im Widerspruch zu einem früheren Parlamentsgesetz stand, erklärten die Richter für ungültig. So wurde Parlamentsrecht über die Souveränität des gottgewollten Herrschers gesetzt und das bedingte eine – bis dahin unbekannte und deswegen geradezu unerhörte – Kontrolle königlicher Suprematsakte durch mit gewöhnlichen Sterblichen besetzte Gerichte, die das Parlamentsrecht zum Kontrollmaßstab machten. Damit war das Prärogativrecht der Krone gebrochen, nicht nur rein praktisch für Elizabeth äußerst ärgerlich, weil dadurch ihre Einnahmequellen versiegten, sondern eben auch politisch und verfassungsrechtlich eine äußerste Bedrohung für die Vormachtstellung der Krone.

***

Shakespeare hat die politischen Verhältnisse im letzten Jahrzehnt des 16. Jahrhunderts äußerst kritisch beobachtet.

Dabei kann keinem ernsthaften Zweifel unterliegen, dass er aufseiten der Katholiken stand. Nicht nur, dass er aufgrund seiner Erziehung dem katholischen Glauben verbunden war, darüber hinaus war er ein überzeugter Parteigänger des Earl of Essex und die beiden Grundprinzipien seines politischen Denkens – der Katholizismus einer- und der Widerstand gegen das als ungerecht empfundene Willkürsystem der Cecils und Walsinghams andererseits – führten dazu, dass Shakespeare letzthin zum rebellierenden Dichter wurde. Zu einem Stückeschreiber, der alles in die richtigen Worte zu kleiden und ein unerhört breites Publikum anzusprechen vermochte, und der diese Gaben für die Sache des Umsturzes, zur Not auch mit Gewalt, nutzbar zu machen gedachte. Das Elisabethanische Theater diente, ganz besonders in der letzten Dekade des 16. Jahrhunderts, nicht nur der Unterhaltung und Zerstreuung am Hofe und in der breiten Bevölkerung, sondern war auch ein Massenmedium: Es war Träger und Überbringer von Nachrichten und es war der wichtigste Meinungsmacher überhaupt. Neben den Chamberlain's Men, die im Wesentlichen in »The Curtain« spielten, gab es die Admiral's Men im »Rose« und schon 1600 gab es weitere Spielstätten wie den »Globe«, »The Fortune« und »The Boar's Head Inn«, zusätzlich zu den Kinderkompanien in St. Pauls und Blackfriars. Der amerikanische Shakespeare-Forscher James Shapiro hat in seinem Buch *›1599 – a year in the life of William Shakespeare‹* vorgerechnet, dass von den rund zweihunderttausend Einwohnern Londons mindestens dreitausend täglich ins Theater gingen. Bei nur fünf Aufführungstagen pro Woche kommt er auf 15.000 Zuschauer in der Woche und so zu dem Ergebnis, dass gut ein Drittel der Gesamtbevölkerung pro Monat eine Aufführung gesehen haben muss. Bei so gut wie täglich wechselndem Spielplan diente das Elisabethanische Theater also nicht nur der Unterhaltung, sondern war zugleich eine gewaltige Informations- und Propaganda-Maschinerie.

Aber nicht nur das Theater und Shakespeares Stücke, auch seine Gedichte spielen hier eine wichtige Rolle. Zwei Gedichte aus seiner Feder, die heute – auch wegen ihrer Kryptik – nur noch bei Spezialisten Beachtung finden, waren zu Beginn der 1590er Jahre absolute Bestseller: *Venus and Adonis* aus dem Jahr 1593 und *The Rape of Lucrece* von 1594. Ist *Venus and Adonis* noch als Allegorie der Beziehung des Earl of Essex mit der deutlich älteren Elizabeth zu sehen (was nicht ohne politisches Element insofern war, als Adonis die Liebe der Göttin in Shakespeare Gedicht, anders als in Ovids *Metamorphosen*, nicht erwiderte), stellt vor allem *The Rape of Lucrece* eine politische Attacke dar. *The Rape of Lucrece* ist länger als so manches von Shakespeares Stücken, was die Bedeutung des Gedichts hervorhebt, und verkaufte sich besser als alle seine Dramen. Als er 1616 starb, war bereits die 6. Auflage erschienen, von *Romeo and Juliet* gab es bis dahin nur vier und vom *Hamlet* nur drei. *Lucrece*, die tugendhafte Gemahlin des *Collatinus* wird vom Prinzen *Tarquin* vergewaltigt und klagt diesen danach nicht an, sondern begeht Selbstmord. Das führt am Ende zum Aufstand gegen die Tyrannen und zur Errichtung der ersten Römischen Republik. Diese Figur der *Lucrece* wurde weithin, von Rembrandt, Tizian, Lucas Cranach d. Ält., Veronese, Tintoretto und Rubens, aber auch von Chaucer oder Martin Luther, und eben auch von Shakespeare als Symbol des Widerstands gegen königlichen Machtmissbrauch gewürdigt. Und Königin zu dieser Zeit war eben Elizabeth. Und das wurde auch trotz des Rückgriffs auf Ovid und die römische Geschichte so verstanden.

Trotz seines Abscheus vor den sich ihm darbietenden Verhältnissen im London der 1590er Jahre, die schon so früh wie 1593/94 ihren Ausdruck fanden, kann an Shakespeares Patriotismus kein Zweifel herrschen. In *Richard II.* lässt er *John of Gaunt*, den Vater des künftigen Königs Henry IV., jene Worte sprechen, die bis heute als Keimzelle der nationalen Selbstwahrnehmung gelten:

This royal throne of kings, this scepter'd isle,
This earth of majesty, this seat of Mars,
This other Eden, demi – paradise,
This fortress built by Nature for herself against infection and the hand of war,
This happy breed of men, this little world,
This precious stone set in the silver sea which serves it in the office of a wall
Or as a moat defensive to a house,
against the envy of less happier lands,
this blessed plot, this earth, this realm, this England.
(Richard II., Akt 2, 1. Szene)

Nicht von ungefähr lehnt sich der Titel der Brexit-Rechtfertigungsschrift des Cambridge-Historikers Robert Tombs an diese Worte Shakespeares an: *This Sovereign Isle: Britain in and out of Europe* (2021). Dieses England sah Shakespeare durch Elizabeth in Gefahr, genau wie Gaunt es durch Richard in Gefahr sieht:

That England, that was wont to conquer others
Hath made a shameful conquest of itself
Ah, would the scandal vanish with my life,
How happy then were my ensuing death.

Die grausame Verfolgung der Katholiken, die nicht nur einen hohen Blutzoll forderte, sondern auch jedes freie Bekenntnis zur Religion unterdrückte, die dauerhaften Repressionen, die darin liegende Intoleranz, das denunziatorische Spitzelsystem Walsinghams, das seit 1590 von ›Gobbo‹ Robert Cecil orchestriert wurde, die Intrigen bei Hofe, die sämtlich zu Gunsten der Cecils und zu Ungunsten des großen Essex ausgingen, die permanenten und permanent rechtswidrigen Steuererhebungen durch königliche Erlasse am Unterhaus vorbei zur Finanzierung von ungerechten Kriegen (gegen das katholische Spanien und im noch katholischeren Irland) und die permanente Missachtung der bürgerlichen Rechte durch Elizabeth, ließen ihn Verse schmieden, wie sie republikanischer, aus Sicht der Krone also aufrührerischer und umstürzlerischer, kaum denkbar sind. Akzeptiert man, dass sich alle Äußerungen Shakespeares dieser Zeit auf England beziehen, auch wenn sie in einem ganz anderen historischen und zeitlichen Kontext geschrieben werden, wird das rasch deutlich. Verse wie

›Something is rotten in the state‹

(Hamlet, I/iv, 90)

oder

›The time is out of joint‹

(Hamlet I/v, 187)

oder wenn man den Geist von Hamlets Vater sagen hört:

›The serpent that did sting thy father's life now wears his crown‹

(Hamlet I/v, 39–40),

konnten ohne eine Änderung des zeitlichen und politischen Kontextes als Hochverrat ausgelegt werden. Deswegen musste Shakespeare seinen Hamlet in das Dänemark eines anderen Jahrhunderts verlegen. So konnte er immer auf die historischen Zusammenhänge ausweichen, wenn der Zensor – oder die Monarchin – Anstand an seinen aufwieglerischen Zeilen genommen hätten. Ähnliches gilt auch, wenn er das Unaussprechliche sagt:

›*The king is a thing (...) of nothing.*‹

(Hamlet, IV/ii, 27–30).

Im zeitgenössischen Zusammenhang hätte ihn das direkt in den Tower, wenn nicht nach Tyburn gebracht. Und im berühmtesten Theatermonolog aller Zeiten, ›Sein oder Nichtsein‹, nimmt Shakespeare sämtliche Übel der Zeit ins Visier und nennt das schlechthin Unerträgliche beim Namen:

To be, or not to be: that is the question: whether 'tis nobler
in the mind to suffer
the slings and arrows of outrageous fortune
or to take arms against a sea of troubles,
and by opposing end them? To die: to sleep;
no more; and by a sleep to say we end
the heartache, and the thousand natural shocks
that flesh is heir to? 'Tis a consummation
devoutly to be wish'd. To die, to sleep;
to sleep: perchance to dream: ay, there's the rub;
for in that sleep of death what dreams may come, when we
have shuffled off this mortal coil,
must give us pause: There's the respect
that makes calamity of so long life ...

Nach dieser antithetischen Beschäftigung mit den Übeln der Zeit werden diese anschließend ganz konkret beim Namen genannt:

> *... for who would bear the whips and scorns of time, the oppressor's wrong, the proud man's contumely, the pangs of despised love, the law's delay, the insolence of office, and the spurns*
> *that patient merit of the unworthy takes,*
> *when he himself might his quietus make*
> *with a bare bodkin? Who would fardels bear,*
> *to grunt and sweat under a weary life,*
> *but that the dread of something after death –*
> *the undiscover'd country, from whose bourn*
> *no traveller returns – puzzles the will,*
> *and makes us rather bear those ills we have*
> *than fly to others that we know not of?*
> *Thus conscience does make cowards of us all,*
> *and thus the native hue of resolution*
> *is sicklied o'er with the pale cast of thought,*
> *and enterprises of great pith and moment*
> *with this regard their currents turn awry,*
> *and lose the name of action.*

Klarer und eindeutiger kann man die Missstände der Zeit nicht benennen und anklagen. Die ›Schläge und Leiden der Zeit‹ (man findet kaum eine adäquate deutsche Übersetzung, die die Kraft des Originals wiedergibt), die Willkür des Unterdrückers, der Schock enttäuschter Liebe (zu England? zur Königin?), die Unzulänglichkeit der Ämter, die Übergriffe auf den anständigen Bürger, all das ist klar und eindeutig. Wenn überhaupt denkbar, findet sich eine noch schärfere Anklage gegen die Obrigkeit, verkörpert durch Elizabeth und die Cecils, im berühmten Sonnet LXVI, wobei die Bezifferung dieses Gedichtes auf Elizabeth anspielen soll, die 1599 ihren 66. Geburtstag feierte.

Tired with all these, for restful death I cry:
As, to behold desert a beggar born,
And needy nothing trimm'd in jollity,
and purest faith unhappily forsworn,
and guilded honour shamefully misplaced,
and maiden virtue rudely strumpeted,
and right perfection wrongfully disgraced,
and strength by limping sway disabled,
and art made tongue-tied by authority,
and folly doctor-like controlling skill,
and simple truth miscall'd simplicity,
and captive good attending captain ill:
Tired with all these, from these would I be gone,
Save that, to die, I leave my love alone.

Nicht nur, dass die Zeitgenossen Shakespeares in dem *limping sway* eine Anspielung auf die körperliche Missgestaltung von Robert Cecil sahen und in der *guilded honour* den Earl of Essex wiedererkannten: Das gesamte Gedicht liest sich wie ein Wutschrei über die Unerträglichkeit des alltäglichen Seins, sodass der Autor lieber den Tod finden will, als sich diesen Umständen weiterhin ausgesetzt zu sehen. Nur dass er im Falle seines Todes *my love alone* lassen müsste, lässt ihn zögern. Diese Liebe dürfte keineswegs auf die Liebe zur Dark Lady in den Sonetten beschränkt sein, sondern diese Liebe gehörte England. Wer den – angesichts der Umstände zu bevorzugenden – Tod nicht wählen kann, weil er seine Liebe (England) nicht allein lassen kann, muss nach Alternativen suchen. Und diese Alternative besteht gewiss nicht in der duldsamen Hinnahme der Unzuträglichkeiten jener Zeit. Es galt vielmehr, einen politischen und militärischen Anführer zu finden, der bereit und in der Lage war, die Dinge zugunsten des Unterhauses, zugunsten der Katholiken und zugunsten eines liberalen, gewaltenteilenden Herrschaftssystems zu wenden.

***

Dafür kam in Anbetracht von Stand, Ausbildung und Gesinnung eigentlich nur der Earl of Essex infrage. Er entsprach nicht nur dem Idealbild des Edelmannes und Höflings, sondern war auch ausgesprochen gut gebildet, hatte den Ruf eines hervorragenden Reiters, Kämpfers und Soldaten und stand eben in intensiven Auseinandersetzungen mit den Repräsentanten des repressiven Systems. Geboren 1566 kam der 2. Earl of Essex nach dem Tod seines Vaters mit neun Jahren als Mündel in den Haushalt des William Cecil, wo unter anderen auch die Bacon-Brüder erzogen wurden. Nach einem sehr frühen Studium in Cambridge, wo er bereits mit 14 Jahren zum Magister Artium promoviert wurde, folgte er den Kriegsherren Drake und Norris nach Spanien und Portugal, um bereits 1591 von Elizabeth den Oberbefehl über die englischen Truppen zu erhalten, die zur Unterstützung von Henri IV. nach Frankreich geschickt wurden. 1593, mit nur 27 Jahren, wurde er Mitglied des Privy Council und 1596 eroberte er Cádiz und ließ es zerstören. Zum Verhängnis wurde ihm der Irland-Feldzug, wo er 1599 den Aufstand von Hugh O'Neill, dem Grafen Tyrone, niederschlagen sollte. Nachdem er ohne Konsultation der Königin

Verhandlungen mit Tyrone geführt hatte, wurde er nach seiner ebenfalls eigenmächtigen Rückkehr nach London unter Arrest gestellt und aller politischen und militärischen Ämter enthoben. Seine Feinde Robert Cecil und – inzwischen auch – Francis Bacon steuerten Elizabeth zur völligen Demontage des einst so geliebten Feldherrn. Sie setzten ihn in seinem eigenen Haus fest und degradierten zusätzlich eine Reihe von Adligen, die von Essex in Irland zum Ritter geschlagen worden waren.

Der gedemütigte und isolierte Essex brach am 8. Februar 1601 mit etwa 200 bis 300 seiner Anhänger auf, um Elizabeth abzusetzen, wenn nicht gar zu ermorden. Zuvor hatte er sich an James I. von Schottland gewandt und ihn um Vermittlung gebeten – ausgerechnet jenen Katholiken, dessen Mutter und Rivalin um den Thron Elizabeth zuvor hatte hinrichten lassen. Am 7. Februar erreichte Essex die Aufforderung der Königin, an der Sitzung des Privy Council teilzunehmen. Darin erkannten seine Anhänger eine Falle. Man beschloss, Elizabeth zu stürzen und dem Unwesen von Robert Cecil ein Ende machen. Am nächsten Morgen kamen vier Abgesandte der Königin, um Essex zum Privy Council zu bringen. Sie wurden kurzerhand festgenommen und befanden sich jetzt in der Gewalt von Essex und Henry Wriothesley, dem Earl of Southampton, Gönner und Förderer Shakespeares, dem dieser die beiden bereits erwähnten Gedichte *Venus and Adonis* und *The Rape of Lucrece* gewidmet hatte. Essex ließ die vier Gefangenen im Gewahrsam seiner Anhänger in Essex House zurück und marschierte mit seinen Gefolgsleuten zum Palast der Königin. Seine Hoffnung, die Bürger Londons würden sich ihm anschließen, zerschlug sich aber ebenso rasch wie gründlich. Essex wurde – ebenso wie Southampton – gefangen genommen und die Anklage wurde von Edward Coke und Francis Bacon vertreten. Essex wurde am 25. Februar 1601 auf Tower Hill enthauptet, die Todesstrafe an Southampton wurde – warum, bleibt unklar – in lebenslange Haft umgewandelt, die allerdings nur bis 1603 dauerte, als James VI. von Schottland als Nachfolger Elizabeths den englischen Thron bestieg und als James I. auch König von England und Irland wurde.

Unzweifelhaft war Shakespeare ein großer Essex-Bewunderer, schon weil dieser mit dem Patron Shakespeares, dem Grafen von Southampton, freundschaftlich und politisch verbunden war. Außerdem empfand wohl auch Shakespeare das, was viele seiner Zeitgenossen für Essex empfanden, die in ihm die personifizierte Hoffnung auf eine tolerante und liberale Staatsführung sahen. Jedenfalls hat Shakespeare ihn wie keinen anderen Zeitgenossen einer außerordentlichen, ganz gezielt auf die Person abstellenden Huldigung für würdig befunden, wenn er Essex im Prolog zum 5. Akt von ›Henry V.‹ im Triumph aus Irland nach London heimkehren lässt:

... But now behold,
in the quick forge and working-house of thought,
How London doth pour out her citizens!
The mayor and all his brethren in best sort,
Like to the senators of the antique Rome,
with the plebeians swarming at their heels,
Go forth and fetch their conquering Caesar in:
As, by a lower but loving likelihood,
Were now the general of our gracious empress,
as in good time he may, from Ireland coming,
bringing rebellion broached on his sword,
how many would the peaceful city quit,
to welcome him!

From Ireland coming: Den glorreichen Sieg Henrys V. in Agincourt vergleicht Shakespeare also expressis verbis mit dem Irland-Feldzug Essex'. Doch statt des von Shakespeare für angemessen gehaltenen jubelnden Massenempfangs saß der Held und Adressat seiner Verehrung in Hausarrest – isoliert von allen Freunden und Geschehnissen, aller Ämter enthoben. Diese Lage war exakt das Gegenteil dessen, was sich die Anhänger Essex', und eben auch Shakespeare erhofft hatten. Jetzt musste gehandelt werden, wollte man nicht auf ewig die widrigen Verhältnisse zementieren. Und Shakespeare wollte sich nicht mit halben Sachen zufriedengeben. Für ihn stand jetzt nichts weniger als der Tyrannenmord zur Debatte. Schon in *King John* ist davon unverhohlen die Rede. Nachdem *King John* sich vom Papst losgesagt hat und dessen Freunde seine Feinde nennen will, antwortet ihm der Mailänder Kardinal Pandulph als Abgesandter des Papstes:

Then, by the lawful power that I have
Thou shall stand cursed and excommunicate:
And blessed shall he be that doth revolt
from his allegiance to an heretic;
And meritorious shall that hand be call'd,
canonized and worshipp'd as a saint,
that takes away by any secret course
Thy hateful life.

Deutlicher kann eine Anstiftung zum Attentat kaum ausgesprochen werden. Sodann schafft Shakespeare mit *Julius Caesar* eine Parabel, die zwar im antiken Rom spielt, von der aber die Zeitgenossen Shakespeares nicht die geringsten Zweifel haben konnten und hatten, dass sie einen unmittelbaren Kommentar zum zeitgenössischen Geschehen darstellten. Der Mord am römischen Diktator auf offener Bühne und die Rechtfertigung des Tyrannenmörders Brutus' als Widerständler gegen die Tyrannei sind positiv und negativ gewürdigt worden: Die einen erkannten in der Allegorie die Aufforderung zum Handeln, andere rügten die dadurch ausgelöste Gewaltspirale, wenn Unrecht mit Blutvergießen bekämpft werden sollte. Aber allen war klar, dass hier keine Polittragödie aus dem antiken Rom verhandelt wurde, sondern dass es um das aktuelle Geschehen in London ging. Ohne besonders intensive Verschleierung der zeitgenössischen Zusammenhänge kommt es dann im 1599 geschriebenen *Hamlet* zu einem eindeutigen Aufruf zum Aufruhr. *Hamlet* entstand wie die anderen großen Königsdramen *Richard II.* und *Henry V.* in den Zeiten der verfassungsrechtlichen Konflikte zwischen der Krone und dem Parlament.

Hamlet findet bei seiner Heimkehr nicht nur seinen Vater ermordet vor, sondern seine untreue Mutter hat ausgerechnet den Mörder des Vaters zum Ehemann genommen und zum neuen Herrscher gemacht. Für Hamlet stellt sich im ›Sein oder Nichtsein‹-Monolog die Frage, die sich 1599 auch in London stellte: Ob die politische Situation hinzunehmen ist oder ob man dagegen aufbegehren muss. Wie im Sonnet LXVI vollzieht der Protagonist eine Wandlung: An sich sind die Umstände der Zeit so, dass es sich nicht lohnt, weiterzuleben. Der Protagonist resigniert, er findet nicht die Kraft zum Widerstand, stattdessen will er den Dingen ihren Lauf lassen. Dann aber denkt er um. Zunächst lässt Todesfurcht ihn zögern:

›Aye – there's the rub: for in that sleep of death
what dreams may come, when we have shuffled of this mortal coil,
must give us pause – there's the respect that makes calamity
of so long life‹

(Hamlet, III/I, 65–69).

Dann aber heißt es schon bald, dass die Alternative auch im Tyrannenmord liegen kann: aus den Waffen, die es zu ergreifen gilt

to take arms against a sea of troubles and by opposing end them

(Hamlet, III/I, 59–60)

wird ganz konkret das blanke Messer, ›*the bare bodkin*‹, mit dem Abhilfe zu schaffen ist! Keine Frage: Wenn im vierten Akt von ›*Th'event*‹ (*Hamlet* IV/iv, 41) die Rede ist, wird nichts anderes als der Umsturz thematisiert und propagiert. Zunächst erkennt Hamlet, dass der Tyrannenmord der einzige Ausweg aus der politischen Krise ist:

›when he himself might his quietus make with a bare bodkin‹

(Hamlet III/i, 75/76).

Seinen Frieden machen mit dem gezogenen Dolch. Das ist keine Suizidreflexion, sondern die Erkenntnis des revolutionären Befreiungsschlags: Mit blanken Waffen Frieden schaffen, genau das ist die von Hamlet erwogene Alternative. Und wenig später sind ihm die Truppen Fortinbras' das Vorbild, für die Idee der Freiheit den eigenen Tod in Kauf zu nehmen:

How stand I then, that have a father kill'd, a mother stain'd, excitements of my reason and my blood, and let all sleep...
(Hamlet, IV/iv, 56–59).

Es ist ein psychologisches Meisterstück, wie Shakespeare seinen Hamlet sich seines Zögerns und seiner erkannten Unzulänglichkeit schämen lässt und doch ganz unverhohlen einen anderen meint, wenn er auf die von ihm selbst als unerträglich empfundene Situation Essex anspielt:

How all occasions do inform against me, and spur my dull revenge.
What is a man if his chief good and market of his time be but to sleep and feed?
A beast, no more
(Hamlet IV/iv, 32–35)

Und nach diesen Moralreflektionen dann der eindeutige Appell, und auch der kann nur an Essex gerichtet gewesen sein, weil eben kein anderer für eine solche Tat und – wichtiger noch – für eine Fortsetzung der staatlichen Autorität durch Übernahme des höchsten Amtes infrage kam:

Why yet I live to say ›This thing's to do‹,
sith I have cause, and will, and strength, and means to do't...
(Hamlet, IV/iv, 44–46).

Auch Essex hatte alle Gründe, die »Sache« zu tun: den Anlass, die *whips and scorns of time, the oppressor's wrong*, den Willen zum Handeln, die Kraft und auch die Befähigung zur Tat. Und daher dann folgerichtig das Bekenntnis von Hamlet und die damit verbundene Aufforderung an Essex zum gewaltsamen Umsturz:

O, from this time forth my thoughts be bloody or be nothing worth

(Hamlet, IV/iv, 65/66).

Das Ende ist bekannt: Hamlets Leiden sind zu Ende, aber die Tyrannei auch. Hamlet hat den Weg frei gemacht für Fortinbras, ein neues Gemeinwesen zu etablieren. Essex war aufgefordert, es Hamlet gleichzutun. Selbst wenn er damit sein Leben riskierte, war er doch zum Handeln verpflichtet und würde dafür mit dem Heldentod belohnt. Aber als Lohn winkte ihm auch die Rolle Fortinbras, des neuen, jungen Herrschers, unter dem die Tyrannei beendet wurde und das Land zu alter Herrlichkeit zurückfinden konnte. Ist das alles schon an Deutlichkeit kaum mehr zu überbieten, erfindet Shakespeare in *Richard II.* nicht nur die Abdankungsszene, die von den zeitgenössischen Zensoren fortwährend verboten wurde, sondern er lässt Bolingbroke, den späteren Henry IV., anschließend Richard im Gefängnis ermorden. Elizabeth wusste genau, wem dieses Signal galt:

I am Richard II., know ye not that?

Shakespeare war denn auch ganz unmittelbar in die Essex-Rebellion eingebunden: Am Nachmittag vor dem Staatsstreich hatte Southampton die Lord Chamberlain's Men veranlasst, gleichsam als Signal, *Richard II.* aufzuführen. Das war wohl auch als Motivation und Hinweis darauf gedacht, was alles möglich sein konnte und was bereits ein Vorbild in der englischen Geschichte gefunden hatte. Die Verbindung wird dadurch noch deutlicher, dass ein Historiker aus Cambridge, Sir John Hayward, ein Pamphlet über *Richard II.* geschrieben und das Werk dem Earl of Essex gewidmet hatte. Auch Hayward wurde im Zusammenhang mit der Essex-Rebellion angeklagt und verbrachte die Jahre bis zum Tod Elisabeths im Tower. Shakespeare hatte mehr Glück: Der Schauspieler Augustine Phillips sagte aus, dass die Lord Chamberlain's Men sich zunächst geweigert hätten, *Richard II.* aufzuführen und dass erst zwei Sovereigns, die die Verschwörer als Sonderlohn ausgelobt hätten, zur Aufführung des Stücks geführt hätten. Das reichte aus, um die Schauspieler und Shakespeare vom Verdacht der Konspiration zu befreien und sie (ob Shakespeare auch verhaftet worden war, ist unklar) freizulassen.

Das traurige Ende Essex', das man nun wirklich nicht als ruhmreichen Märtyrertod empfinden konnte, zumal sich an den real existierenden Umständen nicht das Geringste verändert hatte, ließ Shakespeare verstummen. Zunächst jedenfalls – bevor er seine düsteren und grüblerischen Stücke über das Alter, den Machtverlust und den Tod schreiben sollte wie etwa *Macbeth*, *King Lear* oder *The Tempest.* Aber zuvor, als unmittelbare Reaktion auf die Hinrichtung des verehrten Essex, schrieb er wieder ein kryptisches Gedicht, *The Phoenix and the Turtle*, das 1601 im Gedichtband *Loves Martyr* von *Robert Chester* herausgegeben wurde. Die geringe Auflage von 50 Exemplaren könnte darauf hindeuten, dass es nur für die engsten Weggefährten Essex' bestimmt war. Clara Longworth hat in ihrem Buch *My Shakespeare, Rise*! aus dem Jahr 1930 vermutet, dass es sich bei dem Gedicht um eine bewusst verschleierte Eulogie auf den Katholizismus handelt, und Shakespeare-Forscherin Hildegard Hammerschmidt-Hummel weist daraufhin, dass schon die Formalitäten nur in eine Richtung weisen, nämlich in Richtung Monarchin. Die 67 Zeilen des Gedichts spielen auf das Alter Elizabeths an, die letzten 15 Zeilen, das Klagelied, entsprechen den 15 Jahren zwischen der Einführung Essex' bei Hofe 1587 und seiner Hinrichtung. Und das Personal ist identifizierbar: *Phoenix* und *Turtle* sind Essex und Southampton, denen hier eine Beerdigung bereitet wird, die ihnen auf Erden verweigert wird (das Gedicht ist vor der Begnadigung Southamptons entstanden). Der ›*shrieking harbinger*‹ in der zweiten Strophe, der sich den eigenen Truppen nicht zu nähern wagt, ist Francis Bacon. ›*The fiend*‹ ist Robert Cecil, dessen Parteigänger, die ›*fowls of tyrant wing*‹, vom Begräbnis ausgeschlossen werden. ›*The eagle, feathered king*‹ ist James Stuart, von dem die englischen Katholiken sich Toleranz erhofften (bis zum Gunpowder Plot am 5. November 1605). Die gesamte Szenerie mit dem ›*priest in surplice white*‹ erinnert an eine katholische Zeremonie. Und mit der ›*thou treble-dated crow*‹ wird Elizabeth unmittelbar und persönlich angesprochen und aufgefordert, an dieser Zeremonie gefälligst teilzunehmen. Am Ende wird im *Threnos* den Helden der Essex-Rebellion in ergreifender Weise nachgetrauert:

Beauty, truth, and rarity,
Grace in all simplicity,
Here enclosed, in cinders lie.
Death is now the phoenix' nest,
And the turtle's loyal breast
To eternity doth rest,
Leaving no posterity;
'Twas not their infirmity,
It was married chastity.

Truth may seem, but cannot be;
Beauty brag, but 'tis not she;
Truth and beauty buried be.
To this urn let those repair
That are either true or fair;
For these dead birds sigh a prayer.

Zum Tod der Königin hat Shakespeare keine einzige Zeile geschrieben.

Fundstellen und Literaturhinweise

James Shapiro
Contested Will – Who wrote Shakespeare?
Faber & Faber, 2010

1599: A year in the Life of William Shakespeare
Faber & Faber, 2005

Rival Playwrights – Marlowe, Johnson, Shakespeare
Columbia University Press, 191

Hildegard Hammerschmidt – Hummel
Das Geheimnis um Shakespeares ›Dark Lady‹: Dokumentation einer Enthüllung
Wissenschaftliche Buchgesellschaft, 1999

Die verborgene Existenz des William Shakespeare. Dichter und Rebell im katholischen Untergrund
Herder, 2001

William Shakespeare Seine Zeit – Sein Leben – Sein Werk
Philipp von Zabern Verlag, 2003

Clare Asquith
Shakespeare and the Resistance
The Earl of Southampton, The Essex Rebellion, and the Poems That Challenged Tudor Tyranny
Hachette, 2018

Gary Taylor
Reinventing Shakespeare
New York, 1989

Brenda James & William D. Rubinstein
The Truth Will Out: Unmasking the real Shakespeare
New York, 2006

Theo Langheid
Rules of Law & Law's Delay,
FS Martin Kriele, S. 677 ff.
Beck Verlag, 1997

Catherine Dinker Bowen
The Lion and the Throne. The Life and Times of Sir Edward Coke 152–1634
London, 1957

›The Queen's Head‹
Thringstone/Leicestershire

Sir George Beaumont (1753–1827), als Mitglied des Landadels maßgeblich an der Gründung der National Gallery beteiligt, hatte das Anwesen Coleorton Hall in Coleorton, Leicestershire erworben, weil er dort seinen Lebensabend zu verbringen gedachte. Gleich nebenan steht bis heute die kleine Kirche St. Mary the Virgin und in deren Nähe wiederum befand sich der zum Gut gehörende Bauernhof Hall Farm. Im Winter 1806/1807 hatte Sir George das Bauernhaus einem der zu dieser Zeit berühmtesten Dichter des Landes, mit dem er sich freundschaftlich verbunden fühlte, überlassen. Dieser Literat wollte hier – ziemlich weit weg von der geliebten Heimat im Nordwesten des Landes – mit seiner Familie das Weihnachtsfest begehen und das neue Jahr begrüßen. Mit von der Partie waren, wie üblich, seine Frau Mary, die Kinder Johnny und Dora und der Säugling Tommy, seine Schwester Dorothy und die Schwester seiner Frau, Sara, allenthalben Asra gerufen.

Man lebte im Krieg. Erst ein Jahr war vergangen, als am 21.10.1805 die englische Flotte aus der Schlacht von Trafalgar siegreich hervorgegangen war. Es tobte der dritte Koalitionskrieg nach der Französischen Revolution, zum zweiten Mal nach 1588 war die übermächtige spanische Armada, die mit den Franzosen kooperierte, geschlagen. In der Folge musste Napoleon Bonaparte seine Invasionspläne für England aufgeben. Die englische Flotte sollte die Weltmeere in den nächsten 100 Jahren beherrschen. Admiral Nelson wurde ein Volksheld, vielleicht auch, weil er in der Schlacht den Heldentod gestorben war. In den 1840ern wurde zu seinen Ehren auf dem Trafalgar Square ein Säulen-Denkmal direkt vor der National Gallery errichtet. Der Dichter, der sich nach anfänglicher Begeisterung für die Ideale der Revolution im Nachbarland von dieser abgewandt hatte, als die Grausamkeiten der Jakobiner überhandnahmen, war auf dem Gipfel seines Ruhms. Danach begann der Abstieg. Nach diesem Weihnachtsfest würde er nur noch drei weitere Werke veröffentlichen.

Aber für dieses Weihnachtsfest hatte er sich etwas Besonderes vorgenommen. Er würde der Familie an jedem der folgenden Abende ein besonderes Gedicht vortragen, das er bereits Jahre zuvor – anlässlich eines Besuchs in Deutschland und nach einem Zusammentreffen mit dem deutschen Dichter Klopstock – in Angriff genommen hatte. Es war ein Gedicht in der äußeren Form einer epischen Ode, aber anders als herkömmliche Epen – er dachte hier an die ›Metamorphosen‹ Ovids, an die ›Odyssee‹, an die ›Ilias‹ oder auch an John Miltons ›Paradise Lost‹ – sollte seine Ode nicht von Göttern, von historischen Helden und ihren Kriegen und Abenteuern handeln, sondern … von ihm selbst: Von seiner Kindheit und Jugend, von seinen ausgedehnten Wanderungen, den Ritten durch die Täler und Hügel seiner Heimat, dem Schlittschuhlaufen auf den zugefrorenen Seen, vom Studium und vom Schreiben, von seinen Pariser Erlebnissen in den Wirren der Revolution, von seinem unehelichen Kind mit einer französischen Geliebten, von seinem Leben als Ehemann und Familienvater. Eine gedichtete Lebensgeschichte, noch ohne Titel. So etwas war völlig neu, eine gedichtete Autobiografie gab es in der Weltliteratur bis dato nicht.

Kurz vor den Feiertagen war auch ein enger Freund zu ihnen nach Hall Farm gestoßen, in Begleitung seines ältesten

Sohnes Hartley. Der Besucher war nicht nur ein Weggefährte des Dichters, sondern hatte gemeinsam mit ihm eine neue Form der Poesie geschaffen. Selbst ein begnadeter und anerkannter Poet, war er privat kein glücklicher Mann. Er lebte getrennt von Frau und Kindern, war übergewichtig und alkohol- und drogenabhängig. Immer wieder löste er Laudanum, nichts anderes als ein Euphemismus für Opium, in Alkohol auf, um seine seelische Pein zu ertragen. Um die weihnachtliche Ruhe auf Hall Farm nicht zu stören, hatten die Frauen beschlossen, den Alkohol wegzusperren. Ob das eine kluge Entscheidung war, kann retrospektiv nicht gesagt werden. Jedenfalls hatte der Hausherr damit angefangen, nach dem Abendessen aus seinem autobiografischen Gedicht vorzutragen. Und der tief beeindruckte Dichterfreund hatte mit einem über Nacht geschriebenen Gedicht geantwortet und gedankt. Alles sehr harmonisch und friedlich.

Aber dann lief irgendetwas aus dem Ruder. Am 27.12.1806 um 10.50 Uhr wurde in dem Wirtshaus ›The Queen's Head‹ in Thrington eine Notiz verfasst, die einen bestürzenden Inhalt hatte, so bestürzend, dass ihr Autor die drei Seiten wieder aus seinem Notizbuch herausriss und vernichtete. Nur der Beginn ist erhalten geblieben. Aber schon der gibt Anlass zum Zweifel, denn die Ortsangabe ist nicht nur falsch geschrieben (»Stringtone« anstatt »Thrington«), sondern, so genau sie auch niedergeschrieben wurde, sie stimmt mit den wahren Entfernungen nicht überein. Der Gasthof ›The Queen's Head‹ soll ½ Meile von St. Mary the Virgin entfernt gewesen sein, aber der Biograf Wordworth', Jonathan Bate, ist den Weg abgeschritten und war gute drei Meilen unterwegs. Hatte der Notizschreiber vielleicht noch etwas von seinem Laudanum genommen, bevor er aufgebrochen war? Oder war es genau das Gegenteil – der Mangel daran, etwaige Entzugserscheinungen, die ihn die tatsächliche Entfernung so falsch hatte einschätzen lassen? Auch seine Erregung über das Vorgefallene lässt sich mit einer Intoxikation ebenso gut erklären wie mit dem Mangel daran. Als er nämlich am frühen Morgen des 27. Dezember das Schlafzimmer des Dichterfreundes betreten hatte, fand er diesen in seinem Bett vor, aber nicht in Begleitung der Gattin, sondern Seite an Seite mit deren Schwester Sara. Mit entblößter Brust! Ausgerechnet! Mit der auch von ihm angebeteten Asra, die er selbst so innig verehrte, dass er ihretwegen Frau und Kinder hatte sitzen lassen. Weder ist nachvollziehbar, was ihn dazu veranlasst haben konnte, ungebeten das Schlafzimmer des Freundes zu betreten – war das so üblich? Kannte man sich so gut und war so vertraut miteinander, dass eine solche Intimität zum Alltag gehörte? –, noch ist eindeutig, was ihn mehr verstimmt hat: die Untreue des Freundes der eigenen Gattin gegenüber oder die Untreue ausgerechnet mit der Frau, auf die er selbst ein Auge geworfen hatte. Oder eine stillschweigende Übereinkunft der Schwestern und des Dichters, eine Art Ehe zu Dritt zuführen? Die Szene wirft tatsächlich Fragen auf: Was genau war da zwischen dem Dichter und seiner Schwägerin geschehen? Von der Kälte im Haus ist die Rede, die man durch Körpernähe zu lindern suchte. Biograf Bate erwägt, dass Asra dem Dichter bei Schreibarbeiten zu Hilfe gewesen sein könnte. Aber ist das denkbar? Büroarbeiten im Bett? Mit entblößtem Busen?

***

Es existieren diverse ähnlich hilflose Versuche, gewisse Ungereimtheiten im Leben des Dichters schlüssig zu erklären. Aber während solche Versuche, jenseits einer kritischen Analyse feststehender Tatsachen, spekulativ sind, stehen die Protagonisten, die hier ein Weihnachtserlebnis der so besonderen Art erlebten, fest: es geht um die Dichter ***William Wordsworth*** (1770–1855) und ***Samuel Taylor Coleridge*** (1772–1834), die gemeinsam mit ihrem Freund Robert Southey (1774–1843), der mit Coleridge auch verschwägert war, als die *Lake Poets* bekannt waren. Sie zählten zu den renommiertesten und bekanntesten Vertretern der englischen Romantik. Bei *Wordsworth* fallen dem Leser spontan und fast ausschließlich die ›Daffodils‹ ein. Diese Gleichung geht sicher auf das Konto einer unzureichenden schulischen Literaturvermittlung. Immer nur *Wordsworth* und seine *daffodils, a host of golden daffodils.* Das klingt bis heute nach. Wie die Spätfolgen einer schweren Erkrankung. Und verkleistert völlig den Mann, der dahinter verborgen war. Durch diese Osterglocken hindurch war nicht zu erkennen, dass in Wordsworth' Leben die Französische Revolution eine große und entscheidende Rolle spielte, dass hier ein Mann kennen zu lernen ist, der (jedenfalls anfänglich) ein Radikaler war – nicht nur politisch, sondern auch literarisch. Er war der erste englische Literat, der eine Autobiographie in Reimen verfasst hatte, die paradoxerweise trotz ihres Titels *The Prelude* erst post mortem veröffentlicht werden sollte. Hinter den Daffoldils ist der Mann, der gemeinsam mit seinem Freund *Samuel Taylor Coleridge* die Grundlagen der romantischen Dichtung in England legte, nur schemenhaft zu erkennen. Dabei legte er das Fundament, auf dem Poeten wie *William Hazlitt, Charles Lamb, Percy Bysshe Shelley, Lord Byron, John Keats* oder *Robert Blake* aufbauen konnten.

Die Zeiten waren aufregend, auch ohne die Französische Revolution und die Unabhängigkeit der Vereinigten Staaten von Amerika. Der zeitliche Kern ist die *Regency Period.* ›*The Regency*‹ dauerte im strengen Sinn nur von 1811 bis 1820, als der Prince of Wales, später King George IV., die Amtsgeschäfte für seinen erkrankten Vater, *mad* King George III., als Prinz*regent* führte. Aber kulturgeschichtlich kann man unter ›*The Regency*‹ die gesamte Zeit zwischen 1795 und 1837 verstehen, sie umfasst also die Herrscherzeiten der Monarchen George III., George IV. und William IV. Die *Regency Period* war geprägt von Eleganz, Leichtigkeit, Raffinesse, kulturellen Errungenschaften und politischem Fortschritt. Ein Kennzeichen dafür ist das Verbot des Sklavenhandels durch den *Slave Trade Act* im Jahre 1807. Das Verbot der Sklaverei selbst folgte, sozusagen nach einer Anpassungsfrist, im Jahre 1833 durch den *Slavery Abolition Act.* Die darstellenden Künste wurden in dieser Zeit von den Malern *Joseph Mallord William Turner* (1775–1851) und *John Constable* (1776–1837) beherrscht und *Jane Austen* (1775–1817) schrieb in kürzesten Abständen *Sense and Sensibility (1811), Pride and Prejudice (1813), Mansfield Park (1814)* und *Emma (1816).*

Die erste Idee für *The Prelude* war Wordsworth auf einer Reise nach Deutschland gekommen. Zwischen Oktober 1798 und April 1799 hatte er gemeinsam mit Schwester Dorothy und Freund Coleridge diverse Städte in Deutschland besucht: Hamburg, Weimar, Goslar, Göttingen. Die drei waren während ihrer Reise den Größen des deutschen Literaturbetriebs begegnet. In Hamburg war das der alternde Friedrich Gottlieb Klopstock, der eine Ode über den *Eislauf* geschrieben hatte. Eislaufszenen waren ein beliebtes Motiv sowohl in der Malerei als auch in der Dichtkunst und Wordsworth hatte in den Wintermonaten im Lake District ausgiebig Gelegenheit, auf dem See von Windermere als auch auf dem kleineren Gewässer Esthwaite Water, Schlittschuh zu laufen. Diese Erinnerung, das Zusammentreffen mit Klopstock und der tragische Umstand, dass einer der Jugendfreunde von Wordsworth, ein Junge namens Tom Park, während des Schlittschuhlaufens im Eis eingebrochen und gestorben war, führten dazu, dass Wordsworth beschloss, solche Erinnerungen in *The Prelude* zu verewigen.

Auch ohne die Idee, die Kindheitserinnerung an das Eislaufen in Versen festzuhalten, war die Begegnung mit Klopstock einflussreich und fördernd – sowohl für Wordsworth als auch für Coleridge. Klopstock hatte eine immense Bedeutung für die deutsche Dichtkunst und das Drama im 18. und 19. Jahrhundert. Gemeinhin wird mit ihm das Attribut der ›Sensibilität‹ verbunden und eine solche Empfindsamkeit sollte auch für Wordsworth Leitfaden für seine Dichtungen über die Naturschönheiten des wildromantischen *Lake Districts* werden, bei dem schon Namen wie Kernel Crag, Brown Tongue oder Mispickel Scar Assoziationen zu einer noch unberührten Natur hervorrufen. Ein bedeutender Schüler Klopstocks war der Philosoph, Theologe, Essayist und Dichter *Johann Gottfried Herder*. Dieser setzte Klopstock mit Shakespeare gleich, jedenfalls was das Ausloten der menschlichen Seele anging. Herder wiederum war eine Schlüsselfigur des deutschen *›Sturm und Drang‹* – im Englischen etwas unbeholfen als *›storm and stress‹* bekannt. Herder war ein großer Anhänger des Volkslieds und weil er in der Tradition der Bauernschaft und der Landbevölkerung schreiben wollte, orientierte er sich weniger an Voltaire oder Racine, sondern vielmehr an Shakespeares Geschichtsdramen und dessen häufig derber Wortwahl. Herder wiederum lenkte mit seinen Ideen *Goethe* und *Schiller*, die Begründer des nationalen deutschen Dramas, in diese Richtung. Während des Besuchs von Wordsworth in Weimar wurde im dort wiederaufgebauten Hoftheater ein Stück Friedrich Schillers, nämlich *Wallenstein*, unter der Regie von Johann Wolfgang von

Goethe aufgeführt. Obwohl es bei der Begegnung mit Goethe vor allem wiederum um das Schlittschuhlaufen gegangen sein soll, faszinierte der Weimarer Klassizismus sowohl Wordsworth als auch Coleridge. Dieser übersetzte nach seiner Rückkehr nach England verschiedene deutsche Dramen ins Englische. Das konnte Coledridge, weil er zuvor an der Universität Göttingen deutsche Literatur studiert hatte, wo er auch mit der Arbeit der Brüder *Friedrich* und *August Wilhelm Schlegel* in Kontakt kam. Friedrich Schlegel hatte verkündet, dass der Zeitgeist am ehesten widergespiegelt würde in den Idealen der Französischen Revolution, den philosophischen Theorien des *Johann Gottlieb Fichte* und in Goethes *Wilhelm Meisters Wanderjahre*, eine Romanvariante, die auch im englischen unter dem deutschen Begriff *Bildungsroman* bekannt war und in dem Goethe nicht von ungefähr auf Shakespeares *Hamlet* Bezug nahm. So schloss sich der Kreis.

Die Zeit nach der Rückkehr von Wordsworth und Coleridge nach England war nicht nur von einem intensiven nationalen Diskurs um die Französische Revolution, deren Auswirkungen und die folgenden Koalitionskriege geprägt, sondern auch von einem grundlegenden Wandel der britischen Politik und Nationalökonomie. Es war noch nicht so lange her, dass die Vereinigten Staaten von Amerika ihre im Jahre 1776 deklarierte Unabhängigkeit militärisch gegen die britische Kolonialmacht durchgesetzt hatten. Der letzte (ebenfalls erfolglose) Versuch einer Invasion durch französische Truppen wurde im Jahre 1804 abgewendet, nachdem dies erstmals 1688 und dann wieder 1715, 1745 und 1779 versucht worden war. Die Koalitionskriege gegen Napoleon verliefen letztlich erfolgreich und mündeten in eine neue europäische Ordnung auf dem Wiener Kongress von 1815. Das Vereinigte Königreich spielte dabei eine bedeutende Rolle.

Dementsprechend entwickelte sich eine intensive Beziehung der Briten zum europäischen Festland und weit darüber hinaus. Das Empire wuchs rasant und beherrschte, wenn auch nur kurz, rund ein Viertel des gesamten Globus. Zwischen 1811 und 1891 verdoppelte sich die englische Bevölkerung. Der sich hier anbahnende und seit den 40er Jahren des 19. Jahrhunderts verwirklichte Freihandel führte zu einer Art ersten Globalisierung und es kam – auch und gerade – in England zu einer äußerst dynamischen Entwicklung des Handels, der Manufakturen und der industriellen Fertigung von Gütern. Diese Entwicklung stieß natürlich auf Widerstand, jedenfalls auf Kritik, aber das betont nur die Bedeutung der beginnenden Industrialisierung. Der Journalist, Essayist und Turner-Entdecker *John Ruskin* (1819–1900) sorgte sich früh um die Zerstörung der von der Zivilisation noch unberührten Natur des *Lake Districts*, die Wordsworth gesamtes Leben, vor allem aber seine Jugend so intensiv prägte. Ihn schauderte vor den Auswirkungen der Industrialisierung auf das menschliche und familiäre Leben und vor einer Naturzerstörung durch die ›qualmenden Stahlwerke von Barrow-in-Furness‹. Aus Ruskins frühen Warnungen sind die *Kendal Lectures* geworden, die bis heute regelmäßig in dem kleinen Städtchen Kendal, Verwaltungssitz des *South Lakeland Districts*, abgehalten werden.

Große Teile des weltweiten Eisenbahnsystems wurden in dieser Zeit mithilfe britischer Expertise, mit britischem Kapital und britischer Ausrüstung gebaut. Die Weltmeere, die neben dem Landweg den internationalen Personen- und Gütertransport gewährleisteten, wurden von der britischen Handelsmarine beherrscht und die City of London wurde schließlich zu dem globalen Finanzzentrum, das es bis heute – trotz Brexit – geblieben ist. Hinzu kommt, dass sich im 19. Jahrhundert eine zunehmende Internationalisierung der

Bevölkerung herausbildete. In diesem Zeitraum haben rund 10 Millionen Menschen die britischen Inseln verlassen, um sich in den Vereinigten Staaten, Kanada, Australien, Neuseeland und Südafrika anzusiedeln. Um die Jahrhundertwende des 20. Jahrhunderts sprachen rund 90 Millionen Menschen außerhalb der britischen Inseln Englisch. Zugleich aber wanderten viele Immigranten aus diesen Ländern ein. Diese Dynamik führte sehr viel früher als auf dem Kontinent zu einer ›diversen‹ kulturellen Vermischung, was allerdings (relativ) problemlos gelang, weil all diese Bevölkerungsschichten durch das übergeordnete Band des British Commonwealth verbunden waren und zusammengehalten wurden.

***

Unmittelbaren Einfluss auf Wirken und Werk sowohl von Wordsworth als auch Coleridge hatte die Französische Revolution. Denn auch in England wurde intensiv um die Konsequenzen und die Bedeutung der Aufklärung für das Gemeinwesen gestritten, aber ohne dass es einen Grund für einen Umsturz oder auch nur den Versuch dazu gab. Die ›*Glorious Revolution*‹ und die Verkündung der ›*Bill of Rights*‹ 1689 hatten die revolutionären Entwicklungen in Frankreich nicht nur vorweggenommen, sie hatten diese sogar maßgeblich beeinflusst. Durch die Etablierung einer ›*Crown in Parliament*‹ nach der Flucht von *James II.* (Stuart) nach Paris war eine konstitutionelle Monarchie begründet worden, die ›*divine right*‹-Ansprüche der Tudors und Stuarts gehörten der Vergangenheit an und selbst radikale englische Denker fanden keinen feudal-absolutistischen Monarchen mehr vor, dem sie den Kopf abschlagen konnten.

Im Juli 1790 sah sich Wordsworth unmittelbar mit den Auswirkungen der Französischen Revolution konfrontiert: Er war mit seinem Studienfreund *Robert Jones* aus Cambridge auf eine Wanderung in die französischen Alpen aufgebrochen und am 14. Juli 1790 in die Festlichkeiten zum ersten Jahrestag des Sturms auf die Bastille geraten. Wordsworth und Jones feierten mit, sie verspürten »den Geist der Hoffnung in der Luft«, wie Wordsworth-Biograf *Jonathan Bate* schreibt. Zwölf Jahre später, bei seiner Rückkehr nach Frankreich, hat Wordsworth seine damaligen Gefühle in dem Gedicht »*To a friend, composed near Calais, on the road leading to Ardres, August 7th, 1802*« rückblickend festzuhalten versucht. Es ist unschwer nachzuvollziehen, dass der gerade 20-jährige Wordsworth von den Idealen der Französischen Revolution, von Freiheit, Gleichheit, Brüderlichkeit begeistert war. In der Tradition von Jean-Jacques Rousseau gedachte er, diese Ideale in einer naturverbundenen Poesie zu verewigen. Im wahrsten Sinne des Wortes romantisch – weil die Probleme der Kolonisierung und der damit allzu oft verbundenen Ausbeutung ausblendend – sind die Vorstellungen eines harmonischen Zusammenlebens aller Völker, einer Einheitlichkeit und Gleichheit aller Schichten und aller Bürger, gleich, ob adlig, bürgerlich oder bäuerlich. Die bloße Hoffnung auf eine dauerhafte Verbesserung der Zustände stellt den Kern des »geistigen Triumphs« dar, den Wordsworth den tatsächlichen Ergebnissen gegenüberstellt:

Our destiny, our nature, and our home
is with infinitude – and only there –
with hope it is, hope that can never die, effort, and expectation, and desire,
and something evermore about to be.

Zwölf Jahre später war diese Hoffnung erloschen. Die Ermordung seiner girondistischen Freunde durch die radikalen Jakobiner hatte Wordsworth nicht nur ernüchtert, sondern erschüttert und ihn zu einem radikalen Gegner der Revolution gemacht. Natürlich waren die realpolitischen Folgen und Auswirkungen der Französischen Revolution auch wegen dieser Entwicklung in England zutiefst umstritten. Bei diesem Streit spielten nicht nur die spätere Radikalisierung unter Marat, Robespierre und den Sansculotten, die Legalisierung einer grauenhaften Terrorherrschaft und die Usurpation der revolutionären Ideen durch den Diktator Napoleon Bonaparte mit den anschließenden Koalitionskriegen eine bedeutende Rolle. Vielmehr war es gerade die philosophisch-abstrakte Auseinandersetzung mit dem Übergang von einer feudal-absolutistischen Staatsform zu einer demokratisch verfassten liberalen Gesellschaft, die über die eigentliche Episode hinaus, letztlich bis auf den heutigen Tag, zu einer eminenten rechtspolitischen und staatsphilosophischen Diskussion führte.

Eine der Stimmen in diesem Diskurs war der konservative Politiker und Parlamentsabgeordnete *Edmund Burke* (1729–1797), den man später den ›Vater des Konservativen‹ genannt hat. Unter Berufung auf *Thomas Hobbes* meinte Burke, dass keine einzelne Institution des Staates über die erforderliche vollkommene Vernunft verfüge, um ein Gemeinwesen steuern und regieren zu können. Deswegen sei dieses Gemeinwesen darauf angewiesen, die in Gremien und Institutionen fragmentierte Vernunft zu akkumulieren und zu bündeln, um seine Geschicke auf bestmögliche Weise bestimmen und lenken zu können. So entwickelte sich die Idee einer dezentralisierten Machtausübung, letztlich ein *checks and balances of powers*. Dem gegenüber stand ausgerechnet einer der

Gründerväter der Vereinigten Staaten von Amerika, *Thomas Paine* (1736–1809). Dieser war mit Burke befreundet, weil auch jener die Unabhängigkeit der USA nicht allzu lange vor dem Ausbruch der Französischen Revolution befürwortet und unterstützt hatte. Aber während Burke die Französische Revolution und namentlich deren schauderhafte Auswirkungen unter dem Terrorregime Robespierres schmähte und angriff, verteidigte Paine auch diesen Teil der Revolution in seinem Buch *Rights of Man*. Darin erwies er sich als ein früher Propagandist für menschen- und verfassungsrechtlich garantierte Grundrechte als unabdingbare und unveränderliche Rechte des Einzelnen gegenüber dem Staat. In der Idee eines im Kern unbeschränkbaren Individualrechts liegt aber keineswegs ein Widerspruch zu einer Staatsorganisation, wie sie Burke vorschwebte. Der Zwist zwischen diesen Grundströmungen beruhte vielmehr auf einer unterschiedlichen Würdigung der Französischen Revolution: Während Burke deren Gräuel, in denen er einen Verstoß gegen universelle Menschenrechte sah, wie sie die Revolution selbst propagierte, nicht ignorieren konnte, meinte Paine paradoxerweise, dass die anerkennenswerten Zwecke der Revolution auch ihre bestialischen Mittel rechtfertigen würden. Allerdings entging Paine selbst nur durch großes Glück dem Schicksal eines Revolutionsopfers. Nachdem er nämlich nach Frankreich gegangen war und sich den (gemäßigten) Girondisten angeschlossen hatte, wurde er von Robespierre zum Tode durch die Guillotine verurteilt. Angeblich ist er der Hinrichtung nur durch einen puren Zufall entkommen: Alle zum Tode Verurteilten wurden durch ein Kreidezeichen auf ihrer Gefängnistür gekennzeichnet, zu dem Zeitpunkt aber, als Paines Tür gekennzeichnet wurde, soll sie offen gestanden haben, so dass ›sein‹ Kreuz auf der Innenseite der Tür angebracht war. Dadurch konnten seine Schergen es nicht sehen, als sie ihre Opfer holten. Ob diese Geschichte stimmt oder nicht: Paine ist nach Amerika entkommen und starb dort einsam und verbittert. Nur sechs Leute sind bei der Beerdigung seinem Sarg gefolgt.

Ein weiterer Gegner von Burke war der Whig-Politiker *Charles James Fox* (1749–1806). Als amtierender Außenminister hatte er sich für die sofortige Anerkennung der Unabhängigkeit der USA ausgesprochen und er erklärte den Sturm auf die Bastille zu einem »der besten geschichtlichen Momente aller Zeiten«. Zum anschließenden Blutrausch der Jakobiner hat er kein Wort verloren und es ist deswegen kein Wunder, dass Edmund Burke sich mit ihm überwarf. In dieser hitzigen Atmosphäre legten Wordsworth und Coleridge den Grundstein ausgerechnet für das, was man später die romantische Poesie nannte.

***

1797 war ihr *annus mirabilis.* Hier beginnt ihre Kooperation. So haben es die Coleridge-Kinder Sara und Derwent ein halbes Jahrhundert später beurteilt. 1794 hatte Wordsworth von einem gewissen *Raisley Calvert*, den er bis zu seinem Tode gepflegt hatte, ein Vermächtnis von 70 Pfund im Jahr ausgesetzt bekommen, das sich nach und nach auf 900 Pfund erhöhte (nach heutigem Wert circa 120.000 Pfund). Damit war er finanziell gesichert und unabhängig. In dieser Zeit kehrte er nach London zurück und lebte bei einem Anwaltskollegen seines Bruders namens *Basil Montagu,* einem Sohn des Earls of Sandwich, nach dem das fragliche Butterbrot benannt ist. Über Basil Montagu lernte Wordsworth die Brüder *John* und *Zacariah Pinney* kennen, deren Vater durch eine

Zuckerplantage, auf der er auch Sklaven hielt, reich geworden war. Dieser *John Pinney sen.* unterhielt einen Landsitz in Dorset namens *Racedown Lodge*, der selten genutzt wurde. John und Zacariah boten diesen Landsitz Wordsworth und seiner Schwester Dorothy zum kostenfreien Logis an. Als Gegenleistung sollten die beiden sich um den frisch geborenen Sohn von Basil Montagu, dessen Frau bei der Geburt gestorben war, kümmern. So wurde es verabredet. Während Wordsworth in Bristol im Hause von Pinney sen. auf seine Schwester Dorothy wartete, traf er erstmals mit Samuel Taylor Coleridge zusammen. Sie waren beide in Cambridge zur Universität gegangen, hatten sich dort aber nicht persönlich kennengelernt. Coleridge war nach Bristol gekommen, um mit seinem zukünftigen Schwager und Dichterfreund Robert Southey nach Amerika auszuwandern. Dort wollten sie eine utopische Kommune am Ufer des Susquehanna Rivers gründen. Mit von der Partie sollten die *Fricker Girls* sein, Edith und Sarah, wobei Edith bereits mit Southey verheiratet und Coleridge mit Sarah verlobt war. Ihre Kommune sollte *Pantisocracy* heißen, also in etwa »Herrschaft durch alle«. Dort sollte eine Lebensart gepflegt werden, die sie *Aspheterism* nannten, ein Gemeinwesen, dessen Mitglieder keinen individuellen Wohlstand anstrebten, sondern in dem es ausschließlich Gemeinschaftseigentum geben sollte. Man denkt sofort an die leicht versponnenen Ideen der Hippie-Zeit der 60er und 70er Jahre des vergangenen Jahrhunderts, in der von ähnlichen Utopien geträumt wurde – und deren musikalische Apologeten nicht von ungefähr auf Textzeilen von Keats oder Blake zurückgriffen. So wie Jim Morrison von den *Doors*, der in sein ›*End of the Night*‹ die Zeile von Blake

›*Some are born to sweet delight, some are born to the endless night*‹

wörtlich übernommen hat. Coleridge hielt in dieser Zeit der Reisevorbereitung einige seiner großen Reden, in denen er den Sklavenhandel anprangerte und für dessen Abschaffung eintrat (was schließlich 1807 auch per Gesetz beschlossen wurde).

Dass er im Hause eines Plantagenbesitzers, der auch von Sklavenarbeit profitierte, wohnte, hielt Wordsworth nicht davon ab, die Nähe zu diesem Redner zu suchen. Dabei lernte er auch Robert Southey und den gemeinsamen Verleger von Southey und Coleridge, einen Herrn namens *Joseph Cottle*, kennen. Für die nächsten zwei Jahre lebten William und seine Schwester Dorothy mit dem Ziehkind Basil Montagu Junior in Pinneys Haus zwischen *Crewkerne* und *Lyme Regis*. Dorothy liebte das Leben mit ihrem Bruder in der freien Natur. Sie schrieb an ihre Freundin *Jane Pollard* schwärmerische Briefe über das harmonische Zusammenleben, Briefe, die man geradezu als Liebeserklärungen an den eigenen Bruder verstehen könnte. Sie selbst nannte ihre Briefe und die darin verwandte Sprache »the language of the heart«, stellte sich eine gemeinsame Zukunft mit William und dieser Freundin Jane Pollard vor. Das wurde in gewisser Weise auch Wirklichkeit, allerdings mit Coleridge anstelle von Jane Pollard als dritter Partei. Dessen Amerika-Pläne hatten sich bald zerschlagen, weil vor allem Schwager Southey kalte Füße bekam und nicht mehr mitkommen wollte.

In dieser Zeit arbeitete William Wordsworth an einem Gedicht namens *Salisbury Plain*, das er Jahre zuvor begonnen hatte und jetzt in der friedlichen Ruhe von *Racedown Lodge* zu Ende schreiben wollte, um es dem Verleger Cottle in Bath zu senden. Er orientierte sich an Edmund Spensers epischem Gedicht *The Faerie Queene*. Im Wesentlichen geht es bei dem Gedicht um eine – ziemlich abenteuerliche – Geschichte: Es handelt von zwei Landstreichern männlichen und weiblichen Geschlechts, die auf eine verzweifelte Mutter treffen, deren Kind vom Vater misshandelt worden ist. Dabei ging es Wordsworth um die Beschreibung der Entwicklung eines Mannes, der sich unter dem Einfluss von erniedrigenden Umständen wie Armut und Krieg von einem gutmütigen Mitmenschen zu einer gewalttätigen Bestie entwickelt. Dieses Gedicht sandte er über die Pinney-Brüder seinem neuen Bekannten Coleridge, um dessen Meinung zu erfahren. Coleridge las das Gedicht sehr sorgfältig, wobei er zwischen die einzelnen Seiten blanke Blätter einfügte, um dort seine Kommentare anzubringen. Als sie sich das nächste Mal trafen, las Wordsworth *Salisbury Plain* laut vor. Coleridge empfand nach eigenem Bekunden einen ›*sudden effect*‹ und entwickelte spontan das Gefühl, dass sich hier

›*a union of deep feeling with profound thought*‹

entwickelte. Ein neuer Anfang in der englischen Poesie.

***

William Wordsworth wurde am 7. April 1770 in Cockermouth im Lake District geboren. Vater Wordsworth war – wie auch schon dessen Vater – eine Art Geschäftsführer für Sir James Lowther, 1. Earl of Lonsdale, der mit so netten Beinamen wie ›wicked Jimmy‹ oder ›the bad Earl‹ apostrophiert wurde. Lowther installierte die Familie Wordsworth in einem der beeindruckendsten Häuser von Cockermouth, vor allem, um allseits anzuzeigen, dass hier jemand wohnte, mit dem nicht zu spaßen sei. Das merkten auch seine fünf Kinder, von denen Tochter Dorothy – lebenslange Weggefährtin von William – in einem Brief bemerkte:

> *It is indeed mortifying to my brothers and me to find that amongst all those who visited at my father's house he had not one real friend.*

Direkt neben dem Haus floss der Derwent, Wordsworth hat sich gelegentlich in Bezug auf die Entstehung seiner Poesie auf den ›musical murmur of that river‹ bezogen. Jedenfalls spielte die Umgebung in der freien Natur eine ebenso große Rolle wie seine ausgedehnten Wanderungen, die Ausritte zu Pferd schon in frühester Jugend und das bereits erwähnte Schlittschuhlaufen auf den zugefrorenen Seen und Flüssen. William und Dorothy verloren ihre Eltern früh. Dorothy wurde in eine Patenschaft bei der Familie Threlkeld, entfernte Verwandte der Mutter, gegeben. William ging zunächst mit seinem älteren Bruder Richard zur Free Grammar School in Hawkshead. Sie lebten in der Zeit bei der Familie Tyson, wobei William Anne Tyson als eine Ersatzmutter annahm, während sein Lehrer in Hawkshead, Reverend William Taylor, ein Mentor für ihn wurde, nachdem auch Wordsworth Senior verstorben war. Nach Hawkshead besuchte William das St. John's College in Cambridge, wo er 1791 einen BA erwarb. Während der ganzen Zeit unternahm er ausgedehnte Wanderungen im Lake District. Seine Wanderungen in den französischen, schweizerischen und italienischen Alpen ließen ihn schließlich in die Wirren der Französischen Revolution geraten.

Auf der zweiten Reise nach Frankreich – die erste fand, wie erwähnt, zum Jahrestag der Erstürmung der Bastille statt – lernte er eine französische junge Dame namens *Annette Vallon* kennen, als er in Orléans bei einer Familie *Dufour* lebte und dabei in einen Kreis von Girondisten geriet, denen auch die Familie *Vallon* angehörte. Annette war vier Jahre älter als William und hatte einen starken politischen Einfluss auf ihn, der dazu führte, dass auch er sich intensiv mit den Menschen- und Verfassungsrechten befasste. Unter dem Einfluss radikaler Denker wie *Anna Barbauld* und den Eheleuten *William Godwin* und *Mary Wollstonecraft* setzte er sich auch mit den Missständen des Sklavenhandels einerseits und denen des englischen Rechtssystems andererseits auseinander. Erzürnt war er insbesondere über ein besonders heuchlerisches Pamphlet des Bischofs von Llandaff, der die Notwendigkeit der Existenz von armen Leuten damit rechtfertigte, dass die reichen Leute an ihnen ihre Barmherzigkeit ausüben konnten. Das veranlasste Wordsworth dazu, sowohl die Erbmonarchie als auch die von ihm wahrgenommene Inkonsistenz des englischen Rechtssystems und der Entscheidungen des House of Lords als höchster Gerichtsinstanz anzugreifen.

Neben diesen politischen und rechtspolitischen Ergüssen verfasste er aber auch ein Gedicht über zwei Liebende namens *Vaudracour und Julia*, nicht nur vom Namen her an *Romeo and Juliette* erinnernd, in dem er seine Beziehung zu Annette Vallon reflektierte, aus der am 15. Dezember 1972 eine Tochter hervorging. Sie wurde auf den Namen Anne Caroline Wordsworth getauft, obwohl es William und Annette nicht vergönnt war, zuvor zu heiraten. Nach der Ermordung von König Ludwig XVI. und infolge der Gräueltaten der Sansculotten hatte er sich völlig gegen die Revolution gestellt. Die Verbindung zu den Vallons, die ihrerseits wieder den Girondisten zugerechnet wurden, erwies sich auch für Wordsworth als gefährlich. In *The Prelude* thematisiert Wordsworth ausdrücklich die Gefangenschaft und Hinrichtung einer Madame Rolande, einer führenden Girondistin, deren letzte Worte auf der Guillotine er wiedergibt mit:

O liberty, what crimes are committed in thy name.

Später kommentierte er die weitere Entwicklung in Bezug auf die Machtergreifung durch Napoleon und deren Sanktionierung durch Papst Pius VII. drastisch:

Finally to close
and rivet up the games of France a pope
is summoned in to crown an emperor –
this last opprobrium, when we see the dog
returning to his vomit.

Aus all diesen Gründen und auch aufgrund finanzieller Probleme (dazu später mehr) sah Wordsworth sich nicht imstande, Annette Vallon zu heiraten, sondern kehrte nach England zurück, das sich inzwischen mit Frankreich im Kriegszustand befand. Nach dem Frieden von Amiens reiste Wordsworth gemeinsam mit seiner Schwester Dorothy erst im Jahre 1802 wieder nach Frankreich, wo er in Calais mit Annette und Caroline zusammentraf. Die Dinge waren allerdings inzwischen so weit fortgeschritten, dass er Annette nur noch seine bevorstehende Hochzeit mit Mary Hutchinson ankündigen konnte, einer Kindheitsfreundin von ihm und Dorothy aus dem *kindergarten* in Penrith, wo auch schon die bereits erwähnte Sarah Hutchinson eine Rolle spielte. Die Konfrontation mit seiner neunjährigen Tochter Caroline führte dazu, dass Wordsworth das Sonett *It is a beauteous evening, calm and free* schrieb, aber sonst konnte und wollte er nichts weiter für Annette und Caroline tun – außer ihnen eine Leibrente von 30 Pfund pro Jahr zu versprechen, ein Versprechen, das er dauerhaft einhielt und die Rente 1835 durch Zahlung eines Kapitalbetrags ablöste. 1802 heiratete William dann die Freundin aus dem *kindergarten* Mary Hutchinson, mit der er fünf Kinder hatte. Sie lebten gemeinsam mit Schwester Dorothy und – gelegentlich – auch mit Marys Schwester Sarah zusammen. Zu der Zeit, als sich die Ereignisse um die Weihnachtstage 1806 in Coleorton abspielten, lebten die Wordsworths in Dove Cottage in Grasmere – einem Haus, das später von Thomas de Quincey bewohnt wurde – und anschließend in Rydal Mount, von 1813 bis zu Wordsworth' Tod am 23. April 1850.

Seit 1793 veröffentlichte Wordsworth seine Gedichte, die (auch wenn sie erst später, zum Teil erst nach seinem Tod, wie *The Prelude*, veröffentlicht wurden) fast alle vor 1806 entstanden sind. Zum Beispiel die ›*Lyrical Ballets, With a Few Other Poems*‹ aus dem Jahre 1798 oder auch die ›*Lyrical Ballets, With Other Poems*‹ aus dem Jahre 1800. 1807 erschienen ›*Poems, in Two Volumes*‹. Sein großes autobiografisches Gedicht ›*The Prelude*‹ ist erst 1850 – redaktionell betreut von seiner Schwester Dorothy – veröffentlicht worden, obwohl erste Anfänge dazu bereits aus der Zeit seines Besuchs in Goslar und Weimar bei Klopstock und Goethe stammen.

***

Samuel Taylor Coleridge wurde am 21. Oktober 1772 in Ottery St. Mary in Devon geboren. Sein Vater war der Reverend John Coleridge, unter anderem Leiter der King's

School, die von Heinrich VIII. gegründet worden war. Aus erster Ehe hatte John Coleridge drei Kinder, Samuel Taylor war der jüngste von zehn aus der zweiten Ehe von Coleridge Senior mit Anne Bowden (1726–1809). Anne war also bei der Geburt von Samuel Taylor bereits Mitte 40, ein auch für damalige Verhältnisse ungewöhnlich hohes Alter, um ein Kind zu gebären. Möglicherweise darauf sind die lebenslangen Erkrankungen von Coleridge zurückzuführen, der unter Angstzuständen und Depressionen und – nur ex post zu diagnostizieren – möglicherweise an einem rheumatischen Fieber litt, das er mit Laudanum zu behandeln trachtete, woraus wiederum seine lebenslange Opiumabhängigkeit entstand.

Coleridge ging nach dem Tod des Vaters im Jahre 1781 auf die Christ's Hospital School, wo er sich mit *Charles Lamb* anfreundete und bereits jetzt anfing, Gedichte zu schreiben. Nach dem Schulabschluss ging er ebenfalls nach Cambridge. Er studierte am Jesus College und arbeitete unter anderem mit Robert Southey an dem Stück ›*The Fall of Robespierre*‹. Zu der Zeit, als ihr gemeinsamer Plan, die Kommune ›Pantisocracy‹ in den USA zu gründen, in Bristol scheiterte, lernte er William Wordsworth kennen, mit dem er gemeinsam im Jahre 1798 den ersten Band der ›*Lyrical Ballads*‹ veröffentlichte. Coleridges Beitrag ›*The Rime of the Ancient Mariner*‹ trug sehr zum Erfolg des Sammelbandes bei. Anlässlich des gemeinsamen Besuchs in Deutschland entschloss Coleridge sich, ab 1799 an der Universität Göttingen zu studieren, wo er sich auch mit der Philosophie Immanuel Kants und der Literaturkritik Gotthold Ephraim Lessings beschäftigte. Unter anderem durch seine fragmentarische Übersetzung von Schillers *Wallenstein* in die englische Sprache war er maßgeblich daran beteiligt, dass die Ideen des deutschen

›Sturm und Drang‹ in den englischen Literaturkanon Eingang fanden. Seine Ehe mit Sarah Fricker, Schwester von Edith, die wiederum mit Robert Southey verheiratet war, und mit diesen gemeinsam wollte man die Kommune in Pennsylvania gründen, verlief unglücklich. Trotzdem gingen vier Kinder aus dieser Ehe hervor, bevor Samuel sich von ihr trennte und sich anschließend mehr für die andere Sarah (Asra) interessierte, die Schwester von Wordsworth' Frau Mary Hutchinson. Eine andere Fricker-Schwester namens Mary war mit *Robert Lovell*, einem weiteren Dichter, verheiratet, die beide auch Mitglieder der Pantisocracy werden wollten. Alle drei Poeten, Lovell, Southey und Coleridge, veröffentlichten bei dem Verleger Joseph Cottle, der aber 1796 verstarb und deswegen die Arbeit der drei nicht weiter fördern konnte. Zuvor allerdings, im Jahre 1796, hatte Cottle noch Coleridges ›*Poems on Various Subjects*‹ veröffentlicht, eine Gemeinschaftsarbeit mit Charles Lamb und Robert Southey. Als es zu der Begegnung in Coleorton im Jahre 1806 kam, war Coleridge gerade von einer Reise nach Sizilien und Malta zurückgekehrt, wobei Dorothy Wordsworth aufgefallen war, in welch schlechter Verfassung Coleridge sich befand. Als die beiden sich kennengelernten, hatte Dorothy noch sehr von Coleridge geschwärmt. In einem Brief an Mary Hutchinson schrieb sie:

> *You had a great loss in not seeing Coleridge. He is a wonderful man. His conversation teams with soul, mind, and spirit. Then he is so benevolent, so good-tempered and cheerful, and like William interests himself so much about every little trifle. At first I thought him very plain, that is for about three minutes. He is pale and thin, has a wide mouth, thick lips and not very good teeth, longish loose-growing half-curling*

rough black hair. But if you hear him speak for five minutes, you think no more of them. His eye is large and full, not dark but grey ... it speaks every emotion of his animated mind.

Umso entsetzter war sie, als Coleridge 1806 zu ihrer Weihnachtsfeier stieß, opiumabhängig, alkoholabhängig, übergewichtig und insgesamt in einem schlechten Zustand. Aber immerhin hat Coleridge nach dem bemerkenswerten Weihnachtsfest in Coleorton noch ein Vierteljahrhundert gelebt. Teils in London, teils auf dem Land in Calne in Wiltshire, wo er seine vielfältigen Vorlesungen und Vorträge ausarbeitete, allerdings stets unter dem Einfluss übermäßigen Opiumgenusses in unzuverlässiger Weise. Immerhin beschäftigte er sich mit den Größen der englischen Literatur von Shakespeare bis Milton ebenso wie mit namenhaften Autoren der deutschen Literatur von Schiller bis Goethe. Sein Versuch aber, Goethes *Faust* in die englische Sprache zu übersetzen, ist angeblich gescheitert. Angeblich, weil Goethe selbst der Auffassung war, Coleridge habe den *Faust* vollständig übersetzt. Es ist bis heute unklar, ob die englische Fassung des *Faust,* die die Oxford University Press im Jahre 2007 veröffentlicht hat, auf Coleridges Übersetzung zurückgeht oder nicht. Der fragliche Text war anonym erstmals 1821 veröffentlicht worden und es ist durchaus denkbar, dass es sich eben doch um die vollständige Übersetzung aus der Feder Coleridges handelt.

In seinen letzten Jahren veröffentlichte Coleridge noch seine ›Biographia literaria‹, bestehend aus 23 Kapiteln, die sich mit diversen Aspekten literarischer Theorie und Literaturkritik beschäftigen. Bis zum Ende schrieb er weiterhin Gedichte, beispielsweise ›*Sibylline Leaves*‹ (1817), ›*Hush*‹ (1820), ›*Aids to Reflection*‹ (1825) und ›*On the Constitution of the Church and State‹* (1830). Posthum sind sein ›*Essay on Faith‹* (1838) und ›*Confessions of an Inquiring Spirit‹* (1840) erschienen.

***

Der Kreis, der sich im Salon des Verlegers *Joseph Johnson* (1738–1809) traf, verkörperte die intellektuelle Elite der Zeit. Aber die meisten Akteure hatten wenig bis gar nichts mit dem zu tun, was man später, etwa ab Mitte des 19. Jahrhunderts, unter dem Begriff der Romantik zusammenfasste. *Joseph Johnson,* der für Wordsworth so wichtig war, weil er die Veröffentlichung seiner ersten beiden Gedichte übernahm, verlegte radikale Denker und religiöse Abweichler wie zum Beispiel *Erasmus Darwin* (Großvater von Charles) oder *Joseph Priestley.* Aber die beschäftigten sich eher mit sozialen und politischen Reformen als mit romantischen Dichtungen. Man kann es vielleicht sogar Zufall nennen, dass die postrevolutionären Bestrebungen mit der Suche nach neuen Ausdrucksformen für die neue Empfindsamkeit zusammentrafen. Und natürlich waren auch die romantischen Dichter für die Gleichheit aller Menschen, für die Freiheit in einem möglichst unangetasteten und unantastbaren natürlichen Umfeld. Im Kreis um Johnson lernten Wordsworth und Coleridge Menschen wie die Essayistin und Kinderbuchautorin *Anna Barbauld* (1743–1825) kennen, die für die Revolution und gegen den Sklavenhandel eintrat. Mit von der Partie war auch der Maler *Henry Fuseli* (ursprünglich Johann Heinrich Füssli, 1741–1825), der sich auch als Dichter des Sturm & Drang einen Namen gemacht hat. *William Blake* (1757–1827), der Visionär, dem man ein ›zweites Gesicht‹ zuschrieb, war in diesem Kreis zu finden, aber auch der Anarchist und Freidenker *William Godwin* sowie dessen Ehefrau *Mary Wollstonecraft,* die sich sehr früh für die Frauenbewegung einsetzte. So schloss sich der Bogen zu den Dichtern *Shelley* und *Keats*, denn die Tochter von Godwin/Wollstonecraft wurde in sehr frühen Jahren die Geliebte Shelleys, dann dessen zweite Ehefrau und schrieb mit dem *Frankenstein* den ersten echten Gothic-Roman.

Zum Kreis um Wordsworth und Coleridge zählte *Charles Lamb* (1775–1834), nach Meinung seines Biografen E.V. Lucas ›*the most lovable figur in English literature*‹. Mit Lamb, de Quincy und Hazlitt bildete sich so etwas wie eine In-Group um die *Lake Poets*, ein *inner circle* unter den Denkern und Dichtern der Zeit. Lamb, der wie seine Schwester Mary zeitweise an einer nicht näher definierten ›mental illness‹ litt, war einer der engsten und ältesten Freunde Coleridges, mit dem er einst in die Schule gegangen war. Vier seiner Sonette erschienen in Coleridges Sammlung ›*Poems on Various Subjects*‹ im Jahre 1796. Über Coleridge lernte Lamb auch William und Dorothy Wordsworth bei einem Besuch in *Nether Stowey* kennen – woraus eine lebenslange Verbindung erwuchs. Auch er war an einer politischen Reform interessiert, wie Wordsworth, Coleridge und deren gesamter Kreis. War Lamb mit den *Lake Poets* eng verbunden, galt das auch für *William Hazlitt* (1778–1830), den Literatur-Kritiker, der häufig mit *Samuel Johnson* verglichen wird. *Hazlitt* war – wie auch *Thomas de Quincey* – äußerst begeistert, als er 1798 auf den noch weithin unbekannten Coleridge traf, als dieser in der *Unitarian Chapel* in *Shrewsbury* eine Predigt – heute würde man wohl eher von einer Rede sprechen – hielt. Für Hazlitt trafen in der Eloquenz Coleridges Poesie und Philosophie kongenial zusammen:

›Wahrheit und Genie umarmten einander, unter den Augen und mit dem Segen der Religion‹.

Es entwickelte sich über die Jahre eine enge Beziehung, die von wechselseitiger Inspiration geprägt war. Über Coleridge lernte Hazlitt auch Wordsworth kennen, den sie gemeinsam in dessen Haus in Alfoxton besuchten, wo Wordsworth ihm das Manuskript der *Lyrical Ballads* überließ, in denen Hazlitt

›the sense of a new style and a new spirit in poetry‹

erkannte.

Wie es wohl unvermeidlich ist, wenn Literaten und – vor allem – deren Kritiker am Werk sind, gab es massiven Streit um die neue Art der Gedichte. Das war auch politisch motiviert, denn die *Tories* sahen in den Literaten, die den neuen revolutionären Gedanken zugeneigt waren, eine echte Gefahr für ihre konservative Politik, während die ›fortschrittlichen‹ Whigs sie umschwärmten. Da kam Wordsworth als Spielball der konkurrierenden Kräfte gerade recht. Dieser hatte sich nämlich inzwischen von den radikalen Ideen seiner Freunde abgewandt und machte anlässlich der Unterhauswahlen 1818 sogar Wahlkampf für den Tory-Kandidaten. In Auseinandersetzungen wie diesen wurden üble Tricks angewandt; in der neuen Tory-Monatszeitung *Blackwood's Edinburgh Magazine*, die sich als Widerpart zu der Whig-Publikation *Edinburgh Review* verstand, schrieb ein gewisser *John Wilson*, ein Parteigänger Wordsworth', anonym eine harsche Kritik gegen eben jenen, nur um sein eigenes Pamphlet im nächsten Heft, wiederum anonym, heftig anzugreifen. Es kam daher keineswegs überraschend, dass auch im *inner circle* nicht immer fröhliche Einigkeit herrschte. So hielt Hazlitt

Napoleon für den Vollstrecker der Revolution und nicht – wie Wordsworth und Coleridge – für deren Untergang. Man stritt über alles Mögliche, über Newton, über Shakespeare und über Milton. Sogar über Titel, die Wordsworth in Anlehnung an Rousseau einigen seiner Gedichte gegeben hatte. Als Hazlitt, der ein sehr begabter Maler war, 1803 Portraits von Wordsworth und Coleridge anfertigen wollte, kam es zu einem bizarren Zwischenfall: Hazlitt wohnte im Hause Coleridge (namens *Greta Hall* in *Ambleside),* wo es zu einer heftigen Diskussion über Gott – in der Coleridge sich entsetzt über Hazlitts Atheismus zeigte – kam. Danach war Hazlitt in einer nahegelegenen Gastwirtschaft einem Mädchen gegenüber sexuell übergriffig geworden. Es kam zu einer gewalttätigen Auseinandersetzung, die darin gipfelte, dass Hazlitt von einer aufgebrachten Meute verfolgt wurde. Er entkam ihr nur knapp, indem er sich zurück nach *Greta Hall* retten konnte. Wegen dieses Vorfalls weigerte Wordsworth sich später, sein Gedicht ›*The White Doe of Rylstone*‹ öffentlich vorzutragen, als er entdeckte, dass auch Hazlitt und dessen Frau unter den Zuhörern waren.

***

Die ›Romantik‹ als Kulturepoche ist eher heterogen; in der Musik meint man damit etwas anderes als in der Malerei und wieder etwas anderes in der Literatur. Hinzu kommt, dass sie als Epoche viele Quellen hatte, sowohl in England als auch auf dem Kontinent. Prinzipiell stehen die Französische Revolution Ende des 18. Jahrhunderts, die Entwicklung dahin und ihre Auswirkungen im Zentrum des neuen Denkens. In den 1790er-Jahren waren es die deutschen Denker und Dichter in Jena und Weimar, die einen Anfang machten.

Der ›Sturm und Drang‹ hatte seinen Ausgangspunkt im *Werther*, der 1774 erstmals anonym erschien. Goethe publizierte eine zweite Fassung 1787 unter seinem Namen, wobei er die Genitivform für Werthers Namen benutzte. 1824 erschien die dritte Fassung mit dem auch heute noch gängigen Titel ›*Die Leiden des jungen Werther*‹. Über diesen langen Zeitraum hinweg hielt die Faszination des lesenden Publikums mit dem jungen Schwärmer, dem angesichts der Ausweglosigkeit seiner Liebe zu Charlotte letztlich nur der Selbstmord bleibt, an. Heute würde Werther sich wahrscheinlich nicht umbringen, sondern *parshippen*. Und man fragt sich, was besser wäre. Damals wie heute auf der einen Seite die fiebrige Raserei, das sehnende Verlangen, die schwärmerische Kompromisslosigkeit. Alles oder Nichts. Andererseits die ernüchternde Erkenntnis, dass es *die* Liebe nicht gibt, eine achselzuckende Gleichgültigkeit, die saturierte Zufriedenheit mit einer mittelmäßigen Existenz. Hätte Werther sich eines Lebens der großen Gefühle enthalten, hätte er länger gelebt. Und hätte Gelegenheit gehabt, Fehler zu korrigieren. Wenn man so will, liegt hier auch eine Parallele zu Wordsworth' und Coleridges Haltung zur Französischen Revolution: Als Werther wären beide für ihre revolutionären Ideale in den Kampf gezogen und darin umgekommen; tatsächlich aber konnten sie mit etwas Abstand erkennen, dass diese Ideale zur grausamen Repression Andersdenkender und zu deren massenhafter Ermordung führten, was ihnen Gelegenheit gab, ihren auf sentimentalen Gefühlen beruhenden Irrtum mit den Erkenntnissen einer kritischen Vernunft zu korrigieren.

Wichtig für die romantische Dichtung ist der *Werther* aber auch deswegen, weil hier der schottisch-gälische Dichter *Ossian* eine Rolle spielt, die weit über den Roman hinaus reicht. Werther liest Charlotte beim letzten Zusammensein ausgiebig aus Werken Ossians vor, eines legendären Barden, der ein schwärmerisches Gedicht mit keltischen Motiven in Gälisch verfasst hatte, das Anfang der 1760er Jahre von James Macpherson ins Englische und fast zeitgleich von Rudolf Erich Raspe ins Deutsche übersetzt wurde. Erst später stellte sich heraus, dass es sich bei der ›Übersetzung‹ von Macpherson um eine Fälschung handelte. Er hatte das Gedicht mit einigen gälischen Versatzstücken selbst geschrieben. Aber das ist an dieser Stelle zumindest unwichtig, denn die schwärmerische Beschreibung der Natur wurde als Antithese zur zunehmenden Urbanisierung und Kommerzialisierung der Moderne gesehen und das Grab des sagenhaften Königs *Fingal* auf den Hebriden wurde für Generationen von Romantik-Liebhabern eine Pilgerstätte. Doch ausgerechnet Wordsworth konnte mit dem Ossian wenig bis nichts anfangen. Er empfand die Poesie ›*overblown*‹, die geschilderten Naturfarben indifferent und seit seiner Kindheit habe er

> *the falsehood that pervades the volumes imposed upon the world under the name of Ossian*

empfunden. Aber das ist ihm nur Ansporn, es besser zu machen, die Natur genauer und differenzierender zu schildern und die Dinge ›unverwechselbar‹ zu beschreiben.

In den 1820er Jahren unternahmen die Autoren Victor Hugo und Stendhal in Paris den Versuch, den Klassikern etwas entgegenzusetzen. In England gab es diverse Gruppierungen, die sich in der romantischen Dichtung gegenseitig zu überbieten suchten, aber man nannte sie dennoch (noch) nicht Romantiker. Vielmehr gab es zunächst die *Lake School*, Wordsworth, Coleridge und Southey. Dem wurde, wieder im *Blackwood's*, zunächst als Hohn der Name *Cockney School* entgegengesetzt, bestehend aus *Leigh Hunt, John Keats* und *William Hazlitt*. Mit ihrer angeblichen Cockney-Herkunft wollte man diese Dichter proletarisieren, solche konnten ja gar keine richtigen Dichter sein, denn sie gehörten nicht, wie Wordsworth und seine Freunde, den ›besseren‹ Gesellschaftsschichten an und sie lebten auch nicht auf dem Lande, sondern in Cockney-London. Wie so oft wurde aus dem Schmähnamen ein Ehrentitel.

Dann wiederum kannte man die *Satanic School* von Byron und Percy Shelley, verwandt mit den Gothic Novels von Mary Shelley, Ann Radcliffe und M.G. Lewis. Die *North Britons* waren Robert Burns, James Hogg und Walter Scott und die Iren nannten sich *Hibernians*, gemeint sind Thomas Moore und Lady Morgan, die sich auch auf Rousseau und den Werther berief.

***

Erstmals wird der Begriff *romantic* erwähnt in einem posthum publizierten Bericht des Cambridge-Gelehrten und Poeten *Thomas Gray* (1716–1771) aus dem Jahre 1775, Absolvent von Eton, der mit seinem Freund, dem Romancier *Horace Walpole* (1717–1797), einem Sohn des Premier Ministers Sir Robert Walpole, in den Alpen den Berg Chartreuse erklettert und das dort gelegene Kloster besucht hat:

> *It is six miles to the top; the road runs winding up it, commonly not six feet broad [it] concurs to form one of the most solemn, the most romantic, and the most astonishing scenes I ever beheld.*

Während *Horace Walpole* im Zusammenhang mit der *Gothic Novel*, zu Deutsch in etwa Horror-Roman, bekannt geworden ist (seinen ersten Roman *Das Schloss von Otranto* hatte er noch als Übersetzung eines italienischen Buchs aus dem Jahre 1529 ausgegeben; das erinnert natürlich stark an den Ossian und die ›Übersetzung‹ des James Macpherson), war *Gray* ein bedeutender Vertreter der *Empfindsamkeit*. Seine ›*Elegy Written in a Country Churchyard*‹ aus dem Jahr 1751 ist wohl die Begründung, jedenfalls das bedeutendste Pamphlet der sogenannten *Churchyard Poetry*. Hier wird erstmals zum Ausdruck gebracht, was *John Keats* später ›*the poetry of earth*‹ nennen sollte. Von besonderer Bedeutung ist dabei die Unterscheidung zwischen dem ›Schönen‹ und dem ›Sublimen‹, wie sie schon von *Edmund Burke* betrachtet wurde. Das bloß Schöne war die pittoreske Wiedergabe der Wirklichkeit, *the picturesque*, das schildernde Bildhafte. Darin konnte sich die Erfahrung des Romantischen nicht erschöpfen. Hier ging es um die wahrhafte und in der echten Wortbedeutung *feinsinnige* Wahrnehmung der Schöpfung, der Natur, die totale Identifikation mit dem, was Wordsworth *the life of things* nannte. Diese sublime Wahrnehmung der Natur hatte stets auch ein Element der Ehrfurcht zu enthalten, und zwar in des Wortes doppelter Bedeutung. Es galt, die Natur und ihre Elemente – wie Flüsse, Berge, Gipfel, Bäume, Himmel – zu ehren und zugleich auch eine gewisse Furcht angesichts der Erhabenheit der Dinge und der unbedeutenden Erscheinung, die der Mensch in diesem Zusammenhang abgibt, zu verspüren. Das Ganze war sodann in ein harmonisches Verhältnis zu- und miteinander zu setzen, wie Rousseau es als ›Naturzustand‹ beschrieben hatte.

Eine solche Empfindsamkeit im Superlativ, die schwärmerische Verherrlichung der Natur, ihre sie ehrende und zugleich fürchtende Erfahrung, muss gelegentlich zu einer gewissen Überreizung führen. Wer ständig meint, die Dinge um sich herum auf die sublimste Weise wahrnehmen und das auch sogleich in adäquater Form zum Ausdruck bringen zu müssen, neigt gelegentlich zur Neurasthenie, zur Erschöpfung und Ermüdung. Aus Empfindsamkeit wird dann Überempfindlichkeit. So wie bei Wordsworth, wenn er eine Nacht im *Spittal of Condo* beschreibt, in der er nicht schlafen kann:

A dreary mansion, large beyond all need,
with high and spacious rooms, deafened and stunned
by noise of waters, making innocent sleep
lie melancholly among weary bones.

Das Rauschen des Wassers, das ihm noch wenige Jahre zuvor als Gipfel des Glücks vorgekommen war, lässt ihn hier nicht schlafen. Die Natur ist hier nicht nur kein Anlass zur Freude, sondern sie stört und bringt seine Ausgeglichenheit aus der Balance; und das ist nur auf die Petitesse zurückzuführen, dass er sich über die Verschwendung von Raum geärgert hat – ›*a dreary mansion, large beyond all need*‹. So wird aus einer sensiblen Wahrnehmung eine überempfindliche Fehlverarbeitung. Das Erstaunliche ist und zeigt die tiefe Verwurzelung solcher Gedanken in der Erlebniswelt des Dichters, dass er dreißig Jahre später, als er mit seiner Schwester Dorothy erneut das *Spittal of Condo* besucht, nicht überredet werden kann, dort einzutreten, geschweige denn, dort zu übernachten.

Eine andere Überreaktion lässt sich auch in der Geisteshaltung gewisser Freunde Wordsworth' bemerken, die mit ihm für die Französische Revolution schwärmen – für die

Gerechtigkeit, die diese mit sich bringen wird und für die Gleichheit zwischen den Ständen. Sein Freund *John Oswald* verlangt, dass die fundamentalen Rechte nicht nur den Menschen zukommen sollen, sondern auch den Tieren und der Natur als solcher. Und sein Bekannter *John Stewart* lehnt die Reise in Pferdekutschen ab, weil solche Fortbewegungsmittel ›elitistisch‹ sind und eine grausame Behandlung der Pferde mit sich brächten. Mag man solche Überspanntheit noch als Konsequenz sublimer Erfahrungen oder auch als milde Form der Exzentrik abtun, sind es aber genau diese Leute, die nicht das Geringste einzuwenden hatten, als der Mob der Sansculottes auf den Straßen oder in den Palästen von Paris – etwa bei der Erstürmung der Tullerien am 10. August 1792, als rund 800 Bedienstete des Palastes massakriert wurden – Hunderte umbrachten, als Tausende nach Schauprozessen öffentlich guillotiniert, ihre toten Körper in einem Blutrausch geschändet und ihre Köpfe auf Lanzen durch Paris paradiert wurden.

Auch Wordsworth und Coleridge sind solche Widersprüche nicht vollkommen wesensfremd. So ist es zumindest als Opportunismus zu bezeichnen, dass beide Umgang mit den *Pinney*-Brüdern pflegten, deren Vater seinen beträchtlichen Reichtum zumindest auch dem Umstand verdankte, dass auf seinen Plantagen Sklaven schufteten. Während Coleridge flammende Reden gegen den Sklavenhandel hielt und Wordsworth ihm begeistert zuhörte, wohnte er in Pinneys Haus *Racedown Lodge* auf dem Lande und versorgte dort den Sohn des guten Freundes der Pinneys, Basil Montagu. Und auch der Umgang Wordsworths mit seiner französischen Geliebten *Annette Vallon* und ihrer gemeinsamen Tochter ist gewiss problematisch. Wenn hier leicht euphemistisch ›finanzielle Probleme‹ als Grund dafür angeführt werden, dass Wordsworth Frankreich verließ, während seine Geliebte als Girondistin höchster Gefahr für Leib und Leben ausgesetzt war, kann und muss man das durchaus kritisch sehen. Denn welche finanziellen Probleme, so sie denn tatsächlich vorhanden waren, konnten ihn ernsthaft veranlassen, allein nach England zurückzukehren? Und hätte es nicht eine Selbstverständlichkeit sein müssen, die schwangere Freundin mit auf die rettende Insel zu nehmen? Wo blieb da seine sonst so betonte Empathie? Da hilft es nicht, dass Wordsworth, neidisch auf die Vaterfreuden Coleridges, es vorzieht, sich seinen ›eigenen Kindern‹ zuzuwenden, nämlich ›*his poems*‹. Das hätte er leicht anders haben können. Und es liest sich zynisch, wenn Wordsworth-Biograf *Jonathan Bate* meint, einem über Nacht geschriebenen Gedicht Wordsworth' – nachdem fünfzig Gefangene von Orléans nach Versailles verbracht worden waren, wo sie von den Sansculottes abgeschlachtet wurden – könne man eine gewisse Furcht nicht nur um die eigene Person, sondern auch um Annette und das ungeborene Kind entnehmen. *Bate* leitet daraus die Fürsorge von Wordsworth für seine Geliebte und das ungeborene Kind ab. Aber tatsächlich hätte doch gerade in dieser Situation nichts näher gelegen, als ›das Richtige‹ zu tun und seine schwangere Geliebte der durchaus unmittelbar drohenden Gefahr zu entziehen. Stattdessen klagt Wordsworth sich wegen seiner ursprünglichen Sympathien für die Revolution selbst an, um sich dann in wehleidiger Selbstgefälligkeit ausgerechnet mit Macbeth – *blood will have blood* – zu vergleichen und heimlich aus dem Staub zu machen.

***

Wahrscheinlich war der erste, der die Romantiker als Gruppe beschrieb und sie auch so nannte, der französische Kritiker *Hippolyte Taine*, der 1864 eine ›Geschichte der englischen Literatur‹ verfasste. Er erkannte eine gleich dreifache Revolution gegen Ende des 18. Jahrhunderts: die Französische Revolution als politische Bewegung, die beginnende Industrialisierung in England als ökonomische Revolution und die philosophische Bewegung in Deutschland. Das alles zusammen war für ihn »die Romantik«. Er analysierte:

> *Dann gab es die Manifestation der Krankheit der Zeit, die Unruhe von Werther und Faust [....]. Ich meine die Unzufriedenheit mit dem Vorhandenen, der vagen Suche nach einer höheren Schönheit und eines idealen Glücks, die schmerzhafte Sehnsucht nach dem Unendlichen. Der Mensch litt am Zweifel, und dennoch zweifelte er. Er suchte nach neuen Überzeugungen, aber diese schmolzen in seiner Hand [...]. Wie Faust, sucht und forscht er ängstlich in Wissenschaft und Geschichte, und erkennt diese als eitel, als zweifelhaft und nur für Akademien und Bibliotheken tauglich. Es ist das, was dahinter liegt, nach dem er sich sehnt.*

Und ein anderer Literaturwissenschaftler, *Edmund Gosse*, sprach Ende des 19. Jahrhunderts gar von der *›romantic revolution of 1798‹*, nämlich die Revolution der *Lyrical Ballads* von Wordsworth und Coleridge. Ende der 1820er Jahre wäre diese ›romantic revolution‹ vollendet gewesen, der ›neue Geist‹ habe alle Bereiche der literarischen Produktion durchdrungen und hätte zu radikalen Änderungen in politischen, religiösen und sozialen Ideen geführt. Und *Isaiah Berlin* schrieb im 20. Jahrhundert:

Die Bedeutung der Romantik liegt darin, dass es sich um die letzte große Bewegung handelt, die Leben und Denken der Westlichen Welt verändert hat. Mir scheint, dass es sich um die bedeutendste Bewegung handelt, der sich der Westen je unterzogen hat, und dass alle anderen Bewegungen des 19. und 20. Jahrhunderts demgegenüber weniger bedeutsam erscheinen und im Übrigen stark von ihr beeinflusst worden sind.

***

Nachtrag: Von Interesse für die am *gossip* Interessierten mag sein, dass Coleridges zuletzt in London Highgate im Hause des Arztes James Gillman wohnte. Diese Haus gehört heute dem Model *Kate Moss.* Und hier schlägt sich eine Brücke zu einem der Nachfahren von Coleridge, dem Zeitungsmann *Nicholas Coleridge* (*1957). Dieser hat seine vielfältigen Begegnungen, auch mit *Kate Moss*, die als Model für *Vogue* und andere Hochglanzmagazine arbeitete, in seiner Eigenschaft als CEO der Condé Nast-Gruppe in dem wunderbaren Buch ›The Glossy Years‹ beschrieben. Nick Coleridge hat offenbar die schriftstellerischen Gene seines Vorfahren geerbt, denn auch er hat – neben den unterhaltsamen *Glossy Years* und seiner zeitkonsumierenden Tätigkeit als Chef eines der größten Zeitschriften-Verlage der Welt – Zeit und Muße gefunden, diverse Romane zu schreiben, darunter Titel wie *A Much Married Man, With Friends Like These* oder auch *The Adventures.*

Fundstellen und Literaturhinweise

Jonathan Bate
Radical Wordsworth
The Poet Who Changed The World
William Collins, 2020

Juliet Barker
Wordsworth: A Life
2000

Mary Moorman
William Wordsworth: A Biography: The Early Years 1770–1803
(Oxford, 1957) und
The Later Years 1803–1850
(Oxford, 1965)

Adam Nicolson
The Making of Poetry: Coleridge, the Wordsworths and their Year of Marvels
2019

James Hamilton
Constable: A Portrait
Weidenfeld & Nicholson, 2022

Penelope J Corfield
The Georgians: The Deeds and Misdeeds of 18th-Century Britain
Yale, 2021

Andrew Roberts
George III – The Life and Reign of Britain's Most Misunderstood Monarch
Allen Lane, 2021

Pforte zum Glück
Gülek Pass

Mit dem Fernzug von St. Pancras nach Paris du Nord, dann mit dem ›Orient Express‹ nach Konstantinopel und von dort weiter nach Bagdad. Sie befand sich auf dem Weg zu ihren neuen Freunden, Leonard Woolley und seiner Ehefrau Katherine, die sie 1929 bei ihrem ersten Besuch im Irak kennengelernt und anschließend in ihre neue Wohnung in 22 Cresswell Place, gleich an der Old Brompton Road, eingeladen hatte. Ein charmantes, wohnliches Haus in einer der malerischen Mews, in die man die alten Pferdeställe umgewandelt hatte. Nachdem ihr Mann sie verlassen hatte, hielt es sie nicht mehr in dem gemeinsamen Haus ›Styles‹ – benannt nach ihrem ersten Roman. Ganz in der Nähe der berühmten Golfplätze Wentworth und Sunningdale gelegen, hatte sie eine Mitgliedschaft in Wentworth erworben, damit Archie dort seine Runden drehen konnte. Ihm zuliebe hatte sie gelegentlich auch gespielt, er hat sie aber trotzdem verlassen. Die Pferdeställe im Haus am Cresswell Place wurden nach ihren eigenen Plänen in Wohnräume umgewandelt – geplant für eine Familie, die sie jetzt nicht mehr hatte. Ganz oben unter dem Dach wurde ein großartiges Badezimmer installiert, von Hand gemalte Delphine schwammen auf den Wänden umher. Eine Idylle. Ein Jahr später, mit inzwischen 40 Jahren erstmals ganz allein, brach sie aus dieser Idylle aus. Auf die weite Zugreise nach Mesopotamien. Bei der Kilikischen Pforte, auch Gülek Pass oder Cilician Gates genannt, stieg sie aus ihrem Kompartiment aus und bewunderte den Übergang von der mediterranen Welt in den anatolischen Teil der Türkei.

›I was so glad then that I had come –
so full of thankfulness and joy‹.

Sie fühlte sich frei,

›like standing on the rim of the world and
looking down on the promised land‹.

Noch immer aber überwog der Trennungsschmerz, das ›gelobte Land‹ schien ihr unerreichbar:

....a land one will never reach‹.

Sie interessierte sich für Archäologie. Wie der Held in ihrem 1924er-Roman ›The Man in the Brown Suit‹ hatte sie schon auf früheren Reisen anthropologische Museen besucht und ist der Einladung der Woolleys nach Ur nur allzu gerne gefolgt. Allem zu entfliehen, sich von England und ihrer gewohnten Umgebung zu entfernen, war ihr sehnlichster Wunsch geworden. Dort erinnerte sie alles an ihre erst so glückliche und dann umso unglücklichere Ehe. Seit 1922 leitete Leonard Woolley die Ausgrabungen in Ur. In der dritten Dynastie der babylonischen Könige erkannte er den Beginn von ›connected history‹, von ›konsistenter Geschichtsschreibung‹. Die Funde in den Königsgräbern gingen bis in das dritte Jahrtausend vor Christus zurück. Hier war das Epos von Gilgamesch entstanden. Nach dem Glauben der Sumerer befanden sich in den pyramidenhaften Tempeltürmen, den Ziggurats, die Wohnsitze der Götter. Diese Anschauung wurde später als eines der ersten komplexen Religionskonzepte verstanden. Die Lektüre des ›Alten Testaments‹ hatte der Reisenden ein Verständnis der Mystik Mesopotamiens vermittelt und hier in Ur fand sie all das vor: die zehn Stämme Israels, die biblischen Patriarchen und das babylonische Reich mit seinem letzten König Nebukadnezar. In Ur war sie als Ehrengast willkommen. Normalerweise lehnte Leonard Woolley Besuch von Gästen ab, weil sie ihn von der Arbeit abhielten. Aber seine Ehefrau hatte ›The Murder of Roger Ackroyd‹, der 1926 erschienen war, gelesen und beschlossen, dass dessen Autorin eine sehr kluge Frau sein müsse. Im Dezember 1926, kurz nach dem Tod der geliebten Mutter und einem schrecklichen Streit mit Archie, der ihr gestanden hatte, dass er ein Verhältnis mit seiner Golfpartnerin Nancy Neele hatte, war sie für eine gute Woche spurlos verschwunden und man hatte ihren Morris Cowley in der Nähe eines Steinbruchs gefunden. Ihr plötzliches Verschwinden war ein willkommenes Thema – vor allem für die Boulevardpresse, die ihr mysteriöses Untertauchen, dessen Hintergrund bis zum heutigen Tag nicht vollständig aufgeklärt ist, zu einem Publicity-Gag erklärte. Aber von solchen Sensationsmeldungen wollte Mrs. Woolley nichts wissen. Schon 1930 kam es zu einem zweiten Besuch und dieses Mal lernte sie den Assistenten von Sir Leonard kennen, einen Max Mallowan, 14 Jahre jünger als sie. Während ihres ersten Besuchs im Vorjahr war er wegen einer Blinddarmentzündung verhindert. Max wurde von den Woolleys abgeordnet, den berühmten Gast herumzuführen und ihr die Ausgrabungen zu erklären. Trotz des Altersunterschiedes verliebten sich die beiden ineinander und schon im September heirateten sie in der St. Columba's Church in Edinburgh. Gegen alle Widerstände ihrer Familie, für die Max ein Mitgiftjäger war, der es nur auf ihr – inzwischen beträchtliches – Vermögen abgesehen habe. Aber die Ehe hielt, bis zu ihrem Tod im Jahre 1976, und war glücklich. So hat sich die Kilikische Pforte für ***Agatha Christie*** *als – im wahrsten Sinne ihres Namens – eine Pforte zum Glück erwiesen.*

***

Warum Agatha Christie? Man könnte auch fragen, warum ausgerechnet Agatha Christie? Statt Evelyn Waugh oder George Orwell? Oder so bedeutender Kolleginnen wie Virginia Woolf oder Katherine Mansfield oder Elizabeth Jane Howard? Oder, oder, oder? Der voreingenommene Leser könnte sich fragen, warum er sich mit einer zum Klischee gewordenen, leicht adipösen Dame beschäftigen soll, die – jedenfalls auf Fotos der zweiten Lebenshälfte – immer nur in barocken Pelzen und bizarren Kopfbedeckungen beim Kuchenessen anzutreffen ist? Und die immer nur stereotype Denksportaufgaben entworfen hat, die mit dem ›wirklichen Leben‹ nichts zu tun haben; in denen ein nur äußerlich einem Lebewesen nachempfundener Algorithmus in der Verkleidung eines – ausgerechnet – belgischen Detektivs namens Hercule Poirot den wahren Täter überführt und zu einem schluchzenden Geständnis veranlasst. Und das in am Ende immer gleicher Dramaturgie: Das überlebende und deswegen *in toto* als Täter infrage kommende Roman-Personal versammelt sich in irgendeiner Bibliothek in irgendeinem englischen Landsitz, wo dann Hercule Poirot oder auch Miss Marple mit einer fulminanten Kombination der von Anfang an vorhandenen Indizien, die der Leser eben nur nicht als solche erkannte oder richtig ein- und zuordnen konnte, die Lösung präsentieren.

Die Antwort ist einfach: Agatha Christie ist eine Kultur-Ikone. Aus unserem Denken ebenso wenig zu entfernen wie zum Beispiel die Beatles. Sie ist nicht nur die erfolgreichste Schriftstellerin aller Zeiten (Männer inklusive), sondern auch weltweit in die meisten Sprachen übersetzt worden. Die Auflage ihrer Bücher liegt längst über der Marke von 2 Milliarden Exemplaren, wovon *And Then There Were None* (ursprünglich noch politisch unkorrekt als *Ten Little Niggers* publiziert) allein die 100-Millionen-Marke überschritten hat. Ihr Theaterstück ›The Mouse Trap‹ lief von 1952 ununterbrochen in einem Londoner West End Theater, bis es Anfang 2020 erst von der weltweiten Coronavirus-Pandemie gestoppt wurde. Natürlich wurde im Mai 2021 die postpandemische Theatersaison wieder mit der *›Mouse Trap‹* eröffnet. 2013 wurde sie von den 600 Mitgliedern der *Crime Writers' Association* zur besten Krimiautorin aller Zeiten gewählt (Männer wiederum eingeschlossen) und ihr Roman *The Murder of Roger Ackroyd* zum besten Kriminalroman. In der Zeit zwischen ihrem Debüt im Jahre 1920 und ihrem Tod 1976 sind insgesamt 73 Bücher und 28 Sammlungen mit ungezählten Kurzgeschichten aus der Feder Agatha Christies veröffentlicht worden, davon fünf unter ihrem Pseudonym Mary Westmacott. Sie hat außerdem zahlreiche Theaterstücke geschrieben und ihre Bücher für das Theater umgeschrieben. Aus ihren Werken sind unzählige TV-Serien, Spielfilme, Hörspiele und Theaterstücke anderer Autoren entstanden. Ihr *Witness for the Prosecution* von 1953, auf der Erzählung *Traitor's Hands* (1925) beruhend, wurde von Billy Wilder verfilmt (mit Marlene Dietrich, Charles Laughton und Tyrone Power) und für acht Oscars nominiert. Der *Murder on the Orient Express* aus dem Jahre 1934 entpuppte sich als Kassenschlager und ist gleich fünfmal verfilmt worden, immer mit internationaler Starbesetzung. Der Sidney-Lumet-Film von 1974 wimmelt von Stars: von Albert Finney über Lauren Bacall, Ingrid Bergman, Anthony Perkins, Jacqueline Bisset, Vanessa Redgrave bis hin zu Sean Connery und John Gielgud, der bezeichnenderweise seinen Weltruhm nicht als einer der profiliertesten Shakespeare-Darsteller der Royal Shakespeare Company erlangte, sondern als Nebendarsteller in Agatha Christie-Filmen. Die Verfilmung von Philip Martin aus dem Jahre 2010 war weniger prominent besetzt, aber immerhin spielte hier David Suchet den ›Poirot‹, was er in vielen anschließenden BBC-Produktionen wiederholte. Neben ihm spielten Hugh Bonneville (dem breiteren Publikum später als Earl of Grantham aus ›Downton Abbey‹ bekannt) und Barbara Hershey. Die Produktion von 2017 war wieder ein Stell-dich-ein der Stars: Kenneth Branagh, der auch Regie führte, spielte den Poirot und neben ihm sah man Penelope Cruz, Judi Dench, Michelle Pfeiffer, Willem Dafoe und Johnny Depp, um nur die Prominentesten zu nennen. Agathas gesamtes Werk ist in politisch und persönlich höchst herausfordernden Zeiten entstanden: Ihre ersten literarischen Schritte unternahm sie schon während des Ersten Weltkriegs, als sie als Krankenschwester verwundete Soldaten pflegte. Im Zweiten Weltkrieg war sie erneut im Kriegseinsatz, versorgte neben mehreren Häusern auch die Familie ihrer Tochter Rosalind, trotz eines eher schwierigen Verhältnisses mit ihr, und schrieb dennoch jedes Jahr mindestens einen Roman. Dazu eine gescheiterte Ehe und ein spätes zweites Glück, für welches sie bis nach Vorderasien reisen musste: Das Leben der Agatha Christie war ebenso ereignisreich wie kreativ.

***

Enthusiasten des Kriminalromans datieren seine Entstehung auf eine Zeit weit vor der Einführung der Gattungsbezeichnung »Roman«. So umstritten all solche Kategorisierungen sind, wird man die ›Erfindung‹ des neuzeitlichen Romans in das 18. Jahrhundert verlegen können, in die Zeit von Daniel Dafoe oder Henry Fielding. Deren *Robinson Crusoe* oder *The History of Tom Jones, a Foundling* wird man – vielleicht noch zusammen mit Laurence Sterne's *The Life and Opinions of Tristram Shandy, Gentleman* – als den Beginn des modernen Romans bezeichnen können. Der Krimi fängt angeblich schon bei Kain und Abel an oder bei den arabischen Erzählungen von 1001 Nacht. Ernsthaft wird Edgar Allan Poe als erster ›gehobener‹ Vertreter des Kriminalromans bezeichnet, später auch Kandidaten, denen man das eher nicht zutrauen würde, wie Theodor Storm oder Friedrich Dürrenmatt. Eine erste Hochzeit als Gattung erlebt der Kriminalroman dann im ›Golden Age of Crime‹ in England, zwischen den beiden Weltkriegen. Hier spielen die Damen – anders als sonst, wo Jane Austen und die Brontës im Literaturbetrieb eher Außenseiter waren – eine dominierende Rolle, etwa durch Vertreterinnen wie eben Agatha Christie, Dorothy L. Sayers, Lucy Malleson, Josephine Tey oder die Neuseeländerin Dame Ngaio Marsh.

Nach dem ›Golden Age of Crime‹ spaltet sich der Kriminalroman bald in einen englischen und einen amerikanischen Zweig. Dabei sollen die australischen, französischen und sogar deutschen Kriminalschriftsteller nicht vergessen werden, müssen sich aber aus Platzgründen mit diesem kurzen Hinweis begnügen. Zeitgleich mit der Spaltung erfolgt auch eine Aufteilung in *cozy* und *hardboiled*. Die Engländer bevorzugten – jedenfalls zunächst und überwiegend – einen weichen, einfühlsamen Literaturstil mit einem sensiblen, sensitiven und der Natur des Menschen und damit auch des Täters nachspürenden Personal, das häufig entweder adelig ist oder zumindest eine philosophisch-poetische Ader hat. *Cozy* bedeutet auch, dass die aufzuklärenden Taten nicht in allen ihren schauderhaften Einzelheiten geschildert werden, häufig sind es unblutige Giftmorde, die einfach als schlichte Tatsache präsentiert werden – ohne affektheischende Schilderungen des Todeskampfes. Neben Agatha Christie macht Dorothy Sayers hier den Anfang mit ihrem *Lord Peter Wimsey*, sie findet eine modernere Nachfolgerin in der (amerikanischen) Autorin Elizabeth George, deren Romane aber in London und Umgebung spielen und ihren adeligen Helden in Inspector *Thomas Lynley* haben, der seinen Adelstitel verleugnet, weil er nicht wegen seiner ›Privilegien‹ (weiß, männlich, adelig, *private school*), sondern wegen seiner Fähigkeiten als Ermittler bei Scotland Yard anerkannt werden will. Ihm zur Seite steht die eher der Working Class zuzurechnende *Barbara Havers*, die nicht nur mit ihrem pakistanischen Nachbarn anbändelt, sondern zusätzlich einen kranken Vater und eine geistig verwirrte Mutter zu pflegen hat. Der Held von Phyllis Dorothy (P.D.) James heißt *Adam Dalgliesh*, ein introvertierter Witwer mit Hang zur Poesie. Eine Art Quadratur des Kreises schafft die Amerikanerin Martha Grimes, die ihre Romane ebenfalls in England spielen lässt und zwar rund um das ländliche Dörfchen *Long Piddleton*, wo *Melrose Plant* lebt, ein Earl of Caverness, der allerdings nicht die Hauptfigur der Romane ist, sondern dieser nur hilft. Es handelt sich um Inspektor *Richard Jury*, ein Melancholiker, dessen Figur von einer Reihe recht ungewöhnlicher Charaktere komplettiert wird, etwa dem ewig kränkelnden Sergeant *Alfred Wiggins* oder seiner Nachbarin *Carol Anne Palutski*, jünger als Jury und sehr attraktiv, sodass sie permanent eine ›Gefahr‹ für Jury und dessen zölibatäre Widmung für die Aufklärung bizarrer Morde darstellt. Auch *Melrose Plant* ist von einer Reihe außergewöhnlicher Figuren umgeben: etwa die permanent auf sein Vermögen schielende US-amerikanische Tante *Agatha*, den Antiquitätenhändler *Marshall Trueblood*, die aristokratische *Vivien Rivington* und die Gastwirte *Dick Scroggs* und *Trevor Sly*, in deren Etablissement die meisten Treffen der beschriebenen Personen stattfinden.

Aus der Schilderung der Personen und Handlungsorte ergibt sich schon, warum diese Gattung als *cozy* bezeichnet wird. Meist in der Upper Middle Class oder der ländlichen Gentry spielend, befinden wir uns entweder in reich ausgestatteten Herrenhäusern oder von edler englischer Countryside umgebenen Landsitzen. Immerhin: Während bei Agatha Christie – worauf zurückzukommen sein wird – mehr oder weniger knifflige Denksportaufgaben zu lösen sind, geben ihre Nachfolgerinnen, schon angefangen bei Dorothy L. Sayers, das bloße Rätselraten auf und bemühen sich um tiefere Einblicke in die menschlichen Motivationen sowie die sozialen und gesellschaftlichen Zusammenhänge, die den Hintergrund ihrer Geschichten bilden. Ein gutes Beispiel dafür ist *Poison* von Dorothy L. Sayers, in dem sie ihren Helden *Lord Peter Wimsey* eine Party der Bohème am Mecklenburg Square in London besuchen lässt und in dessen achten Kapitel der Bloomsbury Set, als dessen Randfigur Sayers selber dienen mag, sehr genau und wenig schmeichelhaft beschrieben wird. Hier wird der Krimi zum sozio-kulturellen Diskurs.

Den Gegensatz zur englischen *Cozy*-Kriminalliteratur bildet der amerikanische *Hardboiled*-Krimi. *Hardboiled* bezieht sich auf den hartgesottenen Einzelgänger, der sich weder um gesellschaftliche Konventionen noch um gesetzliche Vorgaben schert, sondern einzig seiner (für überlegen gehaltenen und erklärten) Moral folgt. Das rechtfertigt sich in einer Mittel-Zweck-Abwägung, weil ohne diese Grenzüberschreitungen die abscheulichsten Verbrechen, zu denen die menschliche Natur fähig ist, unaufgeklärt und – vor allem – ungesühnt blieben. An erster Stelle zu nennen sind – schon aus historischen Gründen – Raymond Chandler oder Dashiell Hammett, deren Hauptfiguren *Philip Marlowe* und *Sam Spade* gesellschaftliche Underdogs sind, die, nur ihren eigenen Regeln verpflichtet, gegen alle Widrigkeiten eines korrupten und unfähigen Systems am Ende der Gerechtigkeit zum Sieg zu verhelfen.

Die nächste Generation nach Chandler und Hammett rekrutiert sich aus Schriftstellern wie Mickey Spillane, Ross Thomas, Elmore Leonard, Robert Crais oder Carl Hiaasen. Sie alle schaffen Detektive, die – häufig Ex-Soldaten, Ex-Polizisten oder Ex-Politiker – aufgrund ihrer ungewöhnlichen Befähigungen und Begabungen in der Lage sind, die schwierigsten Fälle zu lösen und dabei auch vor allerlei schäbigen Tricks und einem Vorgehen hart am Rande der Legalität nicht zurückschrecken. Hauptsache ist, dass der Täter gestellt wird. Eine Ausnahmestellung unter diesen *Hardboiled*-Krimiautoren nimmt zweifellos Charles Willeford ein, selber Ex-Soldat und Literaturkritiker beim Miami Herald. Berühmt wurde er mit vier Romanen, die den bei Beförderungen stets übergangenen und an der Komplexität seiner Lebensumstände trotz heftiger Gegenwehr immer wieder scheiternden *Hoke Moseley* zum Helden haben. Die vier Romane schrieb Willeford in den 80er Jahren: angefangen 1984 mit *Miami Blues*, dann 1985 *New Hope for the Dead*, 1987 *Sideswipe* und schließlich *The Way We Die Now* von 1988. In *Sideswipe* wird der gottesfürchtige, 71-jährige Großvater *Stanley Sinkiewicz* zu Unrecht der Belästigung eines

Nachbarkindes bezichtigt und erfährt alle Anfeindungen, Erniedrigungen, Körperverletzungen und Demütigungen, mit denen das System solche ›Misfits‹ bestraft. Das Prinzip der Unschuldsvermutung gilt nicht mehr, die Beteuerungen seiner Unschuld machen alles nur noch schlimmer. Je hartnäckiger er sich verteidigt, desto stärker neigt der Mob zur Lynchjustiz. In der Untersuchungshaft berät ihn sein Zellengenosse, der soziopathische Serienmörder Robert Smith, geb. Troy Louden: Stanley solle gestehen; die Tat zuzugeben würde ihm helfen, auch wenn er sie nicht begangen habe. Nach anfänglicher Weigerung gerät der vermeintliche Täter aber immer tiefer in die Fallstricke der Justiz und greift schließlich zu dem rettenden Strohhalm. Und tatsächlich: sobald er sein falsches Geständnis abgelegt hat, wendet sich alles zum Guten – ein unschuldiger, aber reumütiger Täter steht in der Werteskala des ›liberalen‹ Amerikas weit über dem hartnäckigen Leugner. Stanley wird einem Rehabilitationsprogramm unterzogen, ordentlich behandelt, erhält besseres Essen und darf als reuiger Täter einer hoffnungsvollen Zukunft entgegenblicken, die ihm als uneinsichtigem Justizopfer verwehrt geblieben wäre. Diese abgründige Verkehrung der Verhältnisse in das Gegenteil von dem, was von einem funktionablen Justizsystem erwartet wird, und der noch abgründigere Umstand, dass nicht die Organe der Justiz das Spiel durchschauen, sondern der soziopathische Killer als Einziger dazu in der Lage ist, hat den Filmemacher Quentin Tarantino zu dem Bekenntnis bewogen, er sei »nicht neo-noir«, er fühle sich »näher bei der modernen Kriminalliteratur, noch näher bei Charles Willeford«.

Natürlich gibt es unzählige Zwischenformen. In New York lässt Rex Stout, einer der Lieblingsautoren von P. G. Wodehouse, seinen dicken Detektiv *Nero Wolfe* verzwickte Fälle aufklären, obwohl dieser lieber im Dachgeschoss seines von drei Männern bewohnten Hauses (neben Wolfe leben noch sein Assistent *Archie Goodwin* und sein Koch *Fritz Brenner* unter einem Dach) seine Orchideensammlung pflegen würde. Das ist amerikanisch und trotzdem *very cozy*. Dafür ist der Schotte Alan Parks mit seinen Glasgow-Romanen rund um den einsamen Wolf *Harry McCoy* viel näher an den *hardboiled* Amerikanern. Und das Genre Kriminalroman ist auch keineswegs auf die Angelsachsen beschränkt. So hat Louise Penny mit ihrem Inspektor *Gamache* einen kanadischen Tüftler erfunden, der eher Richtung England zielt, während Deon Meyers *Benny Griessel* in Südafrika mehr auf amerikanischer Linie liegt. Martin Cruz Smith hat sich mit *Arkadi Renko* ins ferne Russland begeben und Abir Mukherjees Romane rund um den Kolonialinspektor *Sam Wyndham* spielen im fernen Indien, wo auch Vaseem Khan die erste Kommissarin der indischen Polizei in den Wirrungen der Unabhängigkeitsbestrebungen tätig werden lässt. Abir Mukherjee, der in Glasgow aufgewachsen ist, hat sich als Agatha-Christie-Fan geoutet. Sein *Death in the East* sei »seine Hommage an Christie«, ein ›locked room mystery‹ in ihrer »so unterhaltsamen Tradition«. Sie sei so bedeutend gewesen, dass über Jahrzehnte hinweg das Genre unter ihrer übermächtigen Popularität gelitten hätte, aber jetzt, da das Genre erwachsen geworden sei, müssten die Krimiautoren anerkennen, wie tief sie »in der Schuld von Agatha Christie stünden«.

Der Vollständigkeit halber, aber aus Platzgründen nur kurz erwähnt werden müssen noch die historischen Krimis, die vor dem Hintergrund mehr oder weniger aufregender Kriminalgeschichten zeithistorische Zusammenhänge aufbereiten. Etwa S. J. Parris, der den durchaus realen Aufklärer *Giordano Bruno* als Detektiv zwischen der Verfolgung durch die Inquisition und einem Einsatz als Spion für Sir Francis Walsingham hin- und herpendeln lässt. Oder C. J. Sansom, dessen buckliger Barrister *Matthew Shardlake* die wahrhaft vielfältigen Gefahren des Tudor-Zeitalters durchwandert. Aber auch die jüngere Geschichte liefert Unterhaltungsstoff, dazu zählt etwa Stephen Hunter, der seinen Protagonisten, den ebenso integren wie melancholischen Weltkriegsveteranen *Earl Swagger* in Krimis mit so poetischen Titeln wie *Pale Horse Coming* die korrupten Verhältnisse in den USA der 1940er Jahre bekämpfen und in die kubanische Revolution des jungen Anwalts Fidel Castro eingreifen lässt (*Havanna*).

Abschließend ein Hinweis darauf, dass in der Kategorie der ›ernsthaften‹ oder ›seriösen‹ Literatur (oder wie immer man das nennen will) sehr erfolgreiche Autoren sich durchaus immer wieder – unter Pseudonym – zum Kriminalroman hingezogen fühlen. So haben Julian Barnes als Dan Kavanagh oder die Harry-Potter-Erfinderin J. K. Rowling als Robert Galbraith sehr erfolgreiche Kriminalromane geschrieben. Man sieht: Der Kriminalroman ist schon lange in der Mitte der Literatur angekommen. Er tritt in den vielfältigsten Erscheinungsformen auf und beschert dem Leser die interessantesten Protagonisten, die die Literatur zu erfinden imstande ist. Und an alldem hat Agatha Christie einen entscheidenden Anteil.

***

Dame Agatha Christie wurde am 15. September 1890 als Agatha Mary Clarissa Miller in Torquay/Devon geboren. Sie war das jüngste von drei Kindern der Eheleute Frederick Alvah und Clarissa Margaret Miller. Der Vater, Fred gerufen, stammte aus einer wohlhabenden amerikanischen

Familie der oberen Mittelschicht, war in der Schweiz zur Schule gegangen und weit gereist. Die Mutter, Clara genannt, erblickte 1854 in Dublin als Tochter des Soldaten Frederick Boehmer und seiner Frau Mary Anne geb. West das Licht der Welt. Clara – wie alle Menschen aus Agathas Umgebung in deren Romanen portraitiert, beispielsweise als Nurse in *Giant's Bread* oder als Mummy in *Unfinished Portrait* – hatte eine ereignisreiche Kindheitsgeschichte. Nachdem ihr Vater gestorben war und ihre Tante Margaret West den amerikanischen Kaufmann Nathaniel Miller geheiratete, nahmen die Millers Clara bei sich auf, um deren Mutter finanziell zu entlasten. So lernte Clara den Sohn aus Nathaniels erster Ehe, eben jenen Fred Miller, kennen. Sie lebte mit ihm zusammen und heiratete ihn 1878 in London. So kam es zu einer doppelten Verbindung zwischen den Wests und den Millers über zwei Generationen hinweg. Clara erbte von ihrem Stiefvater Nathaniel Miller 2000 Pfund, was sie in die Lage versetzte, eine Villa namens Ashfield in Torquay zu erwerben. Hier wurde 1878 Agathas Schwester Madge geboren, während ihr Bruder Monty 1879 während eines Heimatbesuchs in den USA zur Welt kam. Nachzügler Agatha erblickte erst elf Jahre später wiederum in Torquay das Licht der Welt. Hier verlebte sie nach eigener Einschätzung eine sehr glückliche Kindheit. Weil ihre Geschwister so viel älter waren und es nicht viele Kinder in der Nachbarschaft gab, spielte Agatha meist mit ihren Haustieren und mit Spielkameraden, die nur in ihrer Fantasie existierten. Dieser Umgang mit Haustieren und Gespenstern, ungestört von Geschwistern und Nachbarskindern, entwickelte wohl die Vorstellungskraft, die sie später für die Herstellung ihrer Romane benötigte.

Monty ging in Harrow zur Schule, die zwölf Jahre ältere Madge durfte eine Boarding School in Brighton besuchen (später als *Roedean School for Girls* berühmt geworden), während ihre Mutter Clara darauf bestand, dass Nesthäkchen Agatha zu Hause erzogen wurde. Clara hielt es auch für vorzugswürdig, dass Agatha besser nicht lesen lernen sollte, bevor sie acht Jahre alt war. Aber daran hat Agatha sich nicht gehalten. Schon im Alter von nur vier Jahren konnte sie lesen und machte davon intensiven Gebrauch. *»I am afraid Miss Agatha can read, Ma'am«*, soll das ängstliche Kindermädchen der Mutter gebeichtet haben.

Im Jahre 1901 starb ihr Vater Fred. Er hatte sein beträchtliches Erbe durch eine sehr viktorianische Lebensführung durchgebracht. Müßiggang und teure Hobbys waren kostspielig und ohne Einnahmen zehrten sie an der Substanz. Ihre Schwester Madge heiratete nach dem Tod des Vaters und verzog nach Cheshire. Also lebte Agatha allein mit ihrer Mutter Clara in Ashfield House. Das hat die beiden für den Rest ihres Lebens noch enger aneinander gebunden. Agatha hat den Tod des Vaters und die damit verbundenen Veränderungen in ihrer Umgebung, die nicht zuletzt auch mit Geldsorgen verbunden waren, als das Ende ihrer glücklichen Kindheit bezeichnet. Ab 1902 besuchte sie trotz der bescheidener gewordenen Lebensumstände *Miss Guyer's Girls' School* in Torquay. 1905, inzwischen 15 Jahre alt, wurde sie nach Paris geschickt, wo sie in verschiedenen Pensionaten ihre Schulbildung abschließen sollte. Sie lernte Gesang und Klavierspielen, beschloss aber früh, die damit verbundenen Ambitionen aufzugeben, weil sie rasch merkte, dass sie nicht über das Talent für eine berufliche Karriere verfügte. Nach ihrer Zeit in Paris unternahm sie mit ihrer Mutter eine ausgedehnte Reise in den Nahen Osten, die die beiden unter anderem nach Kairo führte, wo sie an den Bällen der ›besseren‹ Gesellschaft teilnahmen. Die gesellschaftliche Klasseneinteilung im kolonialen Großbritannien funktionierte auch im fernen Ägypten. Hier entwickelte sie ihr Faible für Polo, und der Besuch der Pyramide von Gizeh mag ihr intensives Interesse an Archäologie entfacht haben. In diese Zeit fallen auch erste literarische Versuche, aber die entstandenen Kurzgeschichten wurden gleich von mehreren Verlagen abgelehnt. Wie diese Verlage wohl auf die spätere Erfolgsgeschichte reagiert haben, ist unbekannt.

Auch Schwester Madge, die Agatha in freundlicher, aber auch intensiver Rivalität verbunden war, hatte schriftstellerische Ambitionen. In ihrer Kindheit war Agatha ehrfurchtsvolle Bewunderin der älteren Schwester. In ihrem Tagebuch bezeichnet sie ›*Mother and Madge*‹ als ihre Heldinnen. Madge hingegen empfand als ältere Schwester eine natürliche Überlegenheit: ›Agatha is terrible slow!‹ Angesichts der Rangordnung zwischen den Schwestern und Madges überlegener schulischer Ausbildung war es für alle Beteiligten überraschend, dass Agatha die erste war, der es gelang, ein Buch zu veröffentlichen. Das kehrte die Hackordnung zwischen den Schwestern um. Als Madge versuchte, ihr Stück *The Claimant* im Westend zu platzieren, was ihr 1924 im *Queen's Theatre* schließlich auch gelang, schrieb Agatha an die Mutter: ›*I shall be furious if she arrives ›on the film‹ before I do*‹. Doch das blieb ihr erspart. Aber die Rivalität blieb. Schwester Madge schrieb zu dieser Zeit auch an einem Buch über Warren Hastings, den ersten britischen Gouverneur von Bengalen. Dass sie dieses Buch nie zu Ende geschrieben hat, greift Agatha noch zwanzig Jahre später in *Absent in Spring* (1944 unter ihrem Pseudonym Mary Westmacott veröffentlicht) auf. Dort lässt Agatha es zu einer Unterhaltung zwischen zwei Freundinnen kommen; die eine fragt die andere, ob deren Mann denn schon sein Buch über Warren Hastings vollendet habe. Das habe er, jedoch sei das Werk nie von einem Verlag zum Abdruck angenommen worden. Man kann sich lebhaft vorstellen, dass Schwester Madge über diese Anspielung auf ihr eigenes Versagen nicht gerade erfreut war. Und das nach mehr als zwanzig Jahren.

Agathas Kindheit und Jugend in Devon, in ländlicher Umgebung nahe der See, waren angefüllt mit Frischluft-Aktivitäten wie Reiten, Jagen und sogar Rollerskating. Sie war sehr hübsch, ausgesprochen lebhaft und verfügte über einen wachen Geist. Bald war sie von den jungen Männern ihres Kreises umschwärmt. Als beliebter Gast nahm sie regelmäßig an den Hausbällen der ›besseren‹ Gesellschaft und deren Country House Partys teil. Sie verfügte auch über ein Talent für das Theater und wirkte an zum Teil selbstgeschriebenen und inszenierten Aufführungen mit. Sie war als jüngstes Kind enger mit der sie behütenden Mutter verbunden als die älteren Geschwister. Das ging so unbeschwert und sorgenfrei, bis Agatha 22 wurde. Dann krempelte sich ihr Leben um.

1912 lernte Agatha nämlich auf einem Ball von Lord und Lady Clifford in deren Ugbrooke House den mittellosen Sohn eines Barristers in Diensten des Civil Service kennen: Archibald Christie, ein Offizier der Royal Field Artillery. Dieser bat sie um drei Tänze und nach dem zweiten um weitere drei. Sie verliebte sich Hals über Kopf in den nur ein Jahr älteren Mann, den ›a mysterious quality of romance‹ umgab, ›before which women are helpless‹, so jedenfalls meint Agathas Biografin Laura Thompson. Nur drei Monate nach ihrer ersten Zusammenkunft hielt ›Archie‹ um die Hand der lebenslustigen Frau an. Sie heirateten schließlich an Weihnachten 1914, kurz nach dem Kriegseintritt der Engländer in den Ersten Weltkrieg. Zuvor bereits war Archie an die Front in Frankreich versetzt worden, seinen ersten Heimaturlaub nutzten sie für die Eheschließung, ganz offensichtlich unter dem Einfluss des Kriegsausbruchs und der mit ihm verbundenen Gefahren. Agatha leistete ihren Kriegsbeitrag an der Heimatfront und wurde Mitglied des berühmten V.A.D., dem Voluntary Aid Detachment des Roten Kreuzes. Sie arbeitete im Torquay Town Hall Red Cross Hospital, erst als Krankenschwester und später als Assistentin des Krankenhausapothekers. Höchst wahrscheinlich erwarb sie hier die Kenntnisse, die sie später in die Lage versetzten, so viele Giftmorde sachkundig zu inszenieren. Nach dem unbeschadet überstandenen Krieg zogen die Christies von Devon nach London, wo Archie einen Job in der City gefunden hatte, und mieteten eine Wohnung in St. Johns Wood. Noch während ihrer Krankenhauszeit hatte Agatha die Zeit gefunden, nebenbei ihren ersten Detektivroman zu schreiben: *The Mysterious Affair at Styles*. Sie erfand den ehemaligen belgischen Polizisten mit einem »wunderbaren Schnurrbart« namens Hercule Poirot, der von Brüssel nach England geflohen war, als die Deutschen in Belgien einfielen und es besetzten. Auch dieser erste Roman wurde von gleich mehreren Verlagen abgelehnt, zunächst von Hodder & Stoughton, dann vom Methuen-Verlag. Auch die dort Verantwortlichen werden sich später geärgert haben. Am Ende akzeptierte der Verlag The Bodley Head den Roman, allerdings unter der Bedingung, dass Agatha ihre nächsten fünf Bücher auch bei The Bodley Head veröffentlichte. Das Buch erschien 1920, zuerst als Fortsetzungsroman in der ›Times‹. Sie erhielt von The Bodley Head für ihre ersten sechs Romane eine Tantieme in Höhe von zehn Prozent der englischen Verkäufe, nach dem provisionsfreien Verkauf der ersten 2.000 Exemplare. Sie hatte nicht auf diese Klausel geachtet, weil sie gar nicht vorhatte, noch weitere fünf Romane zu schreiben. Außerdem kann man sicher annehmen, dass sie zu diesem Zeitpunkt und nach den vielen Absagen zuvor alles unterschrieben hätte, was ihr die Erstveröffentlichung ermöglicht hätte. Später hat sie sich bitter über die Bedingungen beklagt und nicht nur die Freiexemplare und die zehn Prozent als unfair empfunden, sondern auch die Beschränkung ihrer Tantieme auf die heimischen Rechte, nachdem das Buch ja auch in den USA erheblichen Erfolg hatte – wie alle nachfolgenden Bücher auch.

Kurz vor Erscheinen dieses Debütromans wurde im August 1919 das einzige Kind von Agatha geboren: ein Mädchen namens Rosalind Margaret Clarissa, die nach der Heldin in *As you like it* getauft wurde und viel mit dieser Shakespeare-Figur gemein gehabt haben soll, ein jungenhaftes, stark an den Vater erinnerndes Wesen mit geringer Neigung, den romantischen Fantasien der Mutter viel Beachtung zu schenken. Das beschreibt Agatha in *Unfinished Portrait*, wo die Mutter ihrem Kind den Rasen hinter dem Haus fantasievoll als weites Meer und ihren Hula-Hoop-Reifen als ein wildes Pferd beschreibt. Das Kind antwortet nüchtern: »Aber das ist ein Rasen. Und du rollst einen Reifen. Und du kannst nicht reiten.«

Die Beziehung zwischen Mutter und Tochter war von Anfang an schwierig und das blieb so bis zum Ende, obwohl es nie zu einem Bruch zwischen den beiden kam. Über den Morgen nach der Geburt hat Agatha später geschrieben, dass sie »jetzt definitiv die Rolle der jungen Mutter« spielen würde, aber sie »fühle sich überhaupt nicht als Ehefrau oder Mutter, sie käme sich vielmehr vor wie ein »kleines Mädchen, das nach einer aufregenden, aber ermüdenden Party nach Hause gekommen ist«. Möglicherweise hat sie darunter gelitten, dass die Geburt Rosalinds und die damit verbundenen Konsequenzen, der Verlust ihres Jungmädchen-Aussehens und das Ende ihrer Unbeschwertheit, letztendlich zur Trennung von dem geliebten Mann führte, der sie später für eine andere Frau verließ. Laut Laura Thompson nahm möglicherweise auch Rosalind etwas übel, nämlich den Umstand, dass die Mutter nicht bereit war, ihr Leben zu ändern und vor allem ihr Schreiben zugunsten ihres einzigen Kindes aufzugeben oder auch nur hintanzustellen. Jedenfalls hat Rosalind ihrer Mutter nie vergeben, dass sie ihre Arbeit als Autorin ihrer Rolle als Mutter vorgezogen hat. Teilweise hat Agatha diese Spirale wechselseitiger Ablehnung in dem Westmacott-Roman *A Daughter's a Daughter* von 1952 verarbeitet. Die dortige Tochter Sarah ist ebenfalls ein »großes dunkelhaariges Mädchen«, das stark ihrem Vater ähnelt. Sie ist aber gleichzeitig die zerstörerische Kraft, die sich zwischen ihre Mutter Anne und den Mann, den sie zu heiraten wünscht, stellt. Anne ist nicht in der Lage, ihrer Tochter das zu vergeben, und manipuliert sie in eine unglückliche Ehe. Glücklicherweise hat das wahre Leben eine solche Entwicklung zwischen Mutter und Tochter nicht vorgesehen, aber die schriftstellerische Fantasie von Agatha zeigt, welche Gefühle vorhanden waren und was denkbar gewesen wäre, wenn die Protagonisten frei gewesen wären von den eingrenzenden Einflüssen ihrer Erziehung und der sie beherrschenden Etikette. Es ist sicher gut, dass Agatha in der Lage war, diese Konflikte in Literatur zu konvertieren und sich so zu therapieren.

Weder die Geburt ihres ersten und – wie sich später herausstellen sollte – einzigen Kindes noch die neue Verantwortung konnten Agatha vom Schreiben fernhalten. Schon

1922 erschien *The Secret Adversary* mit den neuen Charakteren des Kriegsveteranen Thomas (genannt: Tommy) Beresford und der ehemaligen VAD-Krankenschwester Prudence (genannt: Tuppence) Beresford, geb. Cowley. Die beiden gründen die Detektivagentur *The Young Adventurers*, können aber die Berühmtheit von *Poirot* und später *Miss Marple* nicht erreichen. Sie treten nur noch in drei weiteren Büchern auf. Obwohl sowohl die Kritik im *Times Literary Supplement* als auch die in der *New York Book Review* positiv waren; die Helden seien ›erfrischend originell‹ und würden in einen ›Wirbelwind von aufregenden Abenteuern‹ verwickelt. Schon 1923 folgte *The Murder on the Links,* der wieder Hercule Poirot und Captain Hastings auf Verbrecherjagd gehen lässt, als sie nach Merlinville-sur-Mer gerufen werden, wo sie ihren Auftraggeber Paul Renauld tot in einem frisch ausgehobenen Grab neben einem Golfplatz – daher der Titel – auffinden. Wiederum nur ein Jahr später schrieb sie *The Man in the Brown Suit* und nach *The Secret of the Chimneys* (1925) folgte bereits 1926 ein erster Welterfolg, nämlich *The Murder of Roger Ackroyd.* Die typisch verzwickte Handlung spielt in King's Abbot und wird von einem Dr. Sheppard erzählt, der am Ende einräumt, sein Bericht sei nicht in allen Punkten zuverlässig gewesen – denn er selbst ist der gesuchte Mörder. Den Epilog bildet der Abschiedsbrief von Dr. Sheppard vor seinem Selbstmord. Der Roman hat gemischte Kritiken erfahren, aber er wurde als stilbildend für das gesamte Genre betrachtet und in die Tradition von Edgar Allan Poe gestellt. Fast 100 Jahre später wurde *The Murder of Roger Ackroyd* als bester Kriminalroman aller Zeiten ausgezeichnet.

Von ihren jetzt sprudelnden Einnahmen kaufte Agatha 1926 für sich und ihre junge Familie das Haus Yew Tree Lodge in Sunningdale und benannte es nach ihrem ersten Roman in »Styles« um. Aber das Leben dort wurde ihr schnell fremd. Sie hat diese Entwicklung in ihrem Buch ›*A Pocket Full of Rye*‹ aus dem Jahr 1953 boshaft geschildert. Sunningdale heißt im Roman *Baydon Heath*. Es folgt eine bittere Abrechnung mit der Gemeinde von *Baydon Heath* und den dort lebenden Menschen, die als äußerst unangenehme Zeitgenossen beschrieben werden. Das zeigt sich am Beispiel eines rachsüchtigen Archie-Portraits als einem skrupellosen Mann, der – wie Archie – in der Londoner City arbeitet und mit einer sehr attraktiven jungen Ehefrau verheiratet ist, die aber ihrerseits eine Affäre pflegt, während sie behauptet, zum Golfen zu gehen. Das alles sind gehässige Attribute, die Agatha mit diesem Leben verbindet: Hinterhältigkeit, Niedertracht und Missgunst auf allen Seiten, verbunden mit solchen Stichworten wie ›Golf‹, ›City‹, ›attraktive junge Frau‹, Untreue. Die Ehe mit Archie ist inzwischen unheilbar zerrüttet, was ihre Biografin Laura Thompson anhand einer Episode schildert, die sie ›bezeichnend‹ nennt: Archie erwägt den Kauf eines zweiten Autos, woraufhin Agatha ihn bittet, doch lieber darüber nachzudenken, ob sie es nicht mit einem zweiten Kind versuchen sollten. Aber davon will Archie nichts (mehr) wissen und er setzt sich durch, es kommt zum Kauf des Zweitautos. Bezeichnenderweise ein luxuriöser französischer Sportwagen der Marke Delage, dessen Erwerb ohne den Schreiberfolg von Agatha gar nicht möglich gewesen wäre.

Als Archie sie schließlich für die jüngere Nancy Neele verlässt, kommt es zu der bereits geschilderten Episode von Agathas mysteriösen Verschwinden. Nach einem Ehestreit – Archie hatte sie um die Scheidung gebeten – verschwand Agatha im Dezember 1926 spurlos und tauchte erst zehn Tage später wieder auf. Nachdem ihr Morris Cowley mit ihrem abgelaufenen Führerschein und Kleidungsstücken im Fahrzeug gefunden wurde, kam sofort der Verdacht auf, Agatha habe sich das Leben genommen. Zu diesen Spekulationen trug auch bei, dass sie den Tod ihrer Mutter, mit der sie eng verbunden geblieben war, im April des Jahres nur schwer verkraftet hatte und wegen eines Nervenzusammenbruchs einige Zeit an der Atlantikküste in der Nähe von Biarritz verbracht hatte, um Abstand zu gewinnen. Sie war inzwischen so berühmt, dass der Innenminister persönlich veranlasste, dass 1.000 Polizeibeamte, 15.000 Freiwillige und diverse Flugzeuge die Landschaft absuchten. Schriftstellerkollege Conan Doyle beauftragte ein Medium, Agatha mit Hilfe eines ihrer Handschuhe zu finden. Die Zeitungen berichteten ausführlich. Tatsächlich hatte Agatha sich in einem Hotel in Harrogate in Yorkshire einquartiert, und zwar bezeichnenderweise unter dem Namen Teresa Neele. Nachdem sie schließlich dort aufgestöbert worden war, floh sie vor dem Trubel einer entfesselten Berichterstattung zu ihrer Schwester Madge, die sie völlig von der Öffentlichkeit abschirmte, keine Besuche zuließ und das Telefon abschaltete. Die wahren Gründe für ihr Verschwinden sind nie aufgeklärt worden, auch in ihrer Autobiografie lässt Agatha diese Episode unerwähnt. Manche verdächtigten sie, nur die Aufmerksamkeit der Öffentlichkeit gesucht zu haben, andere bescheinigten ihr mentale Instabilität und gleich zwei Ärzte diagnostizierten einen Erinnerungsverlust.

Aber all diese Beschwernisse haben Agatha nicht davon abgehalten, im Dezember 1927 das neueste Produkt ihrer Fantasie der Öffentlichkeit vorzustellen. In *The Tuesday Night Club,* einer Kurzgeschichte im *Royal Magazine,* taucht in St. Mary Mead erstmals ein älteres Fräulein namens Miss

Jane Marple auf, die dann in den nächsten 50 Jahre, nämlich bis zum letzten Roman im Jahr 1976, auf Verbrecherjagd gehen sollte. *The Tuesday Night Club* wurde später zum ersten Kapitel in *The Thirteen Problems* (1932) und der erste vollständige Roman mit Jane Marple war der 1930 erschienene *The Murder at the Vicarage.*

Trotz allem Erfolg mit ihrer Arbeit und der glücklichen Entwicklung ihres künftigen Lebens hat Agatha Archie nie wirklich vergeben. Vielmehr hat sie mit ihm noch bei mehreren Gelegenheiten abgerechnet, natürlich immer fiktiv in ihren Romanen. Es sind immer junge, hübsche und lebenslustige Frauen, die von ihren Männern verlassen werden. 1930 veröffentlichte sie ihren ersten Roman unter dem Namen Mary Westmacott *Giants Bread,* in dem sie sehr konkret ihre Ehe mit Archie verarbeitet. 1934 porträtiert sie sich – wiederum unter dem Pseudonym Westmacott – als Celia in *Unfinished Portrait,* eine Art frühe Autobiografie, in der sie schonungslos die nicht einfache Beziehung zu Rosalind analysiert. Alle Romane dieser Zeit, die sie als Mary Westmacott publizierte, basieren auf ihren persönlichen Erlebnissen und arbeiten diese auf. Aber ganz nebenbei lief die Krimi-Produktion ununterbrochen weiter. Zwischen 1926, dem Tod der Mutter, dem Scheidungswunsch Archies, ihrem spurlosen Verschwinden und der ersten Begegnung mit ihrem zweiten Ehemann 1930 hat sie ihren ersten Westmacott-Roman veröffentlicht, Miss Marple das Licht der Welt erblicken lassen und ihr einen ersten vollständigen Roman gewidmet, sie hat außerdem 1927 *The Big Four,* 1928 *The Mystery of the Blue Train* und 1929 *The Seven Dials Mystery* geschrieben und publiziert. Es hat ganz den Anschein, als würden hier zwei Parallelwelten existieren: das wirkliche Leben mit all seinen furchtbaren Begebenheiten – Tod der Mutter, Trennung von

Archie – und die geradezu fieberhafte Literaturproduktion, die von alledem nicht beeinträchtigt wurde.

1930 kam es dann zu ihrem Besuch bei den Woolleys und ihrer Begegnung mit Max Mallowan, den sie noch im gleichen Jahr heiratete. Mit diesem 14 Jahre jüngeren Mann verband sie nicht das Verliebtsein, das sie mit Archie erlebt hatte. Sie hatte offenkundig Angst vor einer neuen Enttäuschung. Aber mit Max war sie bis zu ihrem Tod verheiratet, sie hat Max und sich selbst bezeichnenderweise als ›*dogs companions*‹ bezeichnet. Aber wer war dieser Max Mallowan? Ein junger, ambitionierter Archäologe, der sich im Alter von nur 26 Jahren an eine bedeutend ältere Frau bindet? Spielt hier ein Mutterkomplex eine Rolle? War Max homosexuell, was zu jener Zeit noch verborgen werden musste, und was war dafür besser geeignet als eine ›glückliche‹ Ehe mit einem Literaturstar? Max Mallowan, seinerseits später ein bedeutender Archäologe, 1960 in den *Order of the British Empire* aufgenommen und 1968 zum Ritter geschlagen, ging im Lancing College zur Schule, zeitgleich mit *Evelyn Waugh*, der sich anschickte, einer der bedeutenden Schriftsteller des Jahrhunderts zu werden. Ein anderer Schüler des Lancing College war der Humorist und Satiriker *Tom Sharpe*, der mit seinen *Wilt*-Büchern später ebenfalls großen Erfolg hatte (aber auch mit Titeln wie *Porterhouse Blue* oder *Indecent Exposure*). Man kann sich lebhaft vorstellen, wie abwechslungsreich eine solche Schulzeit war und welchen Einfluss dieser Umgang auf den jungen Max hatte. Max wurde später von seinen Zeitgenossen denn auch folgerichtig der Brideshead-Zeit zugerechnet, nach dem Welterfolg *Brideshead Revisited* von Evelyn Waugh. Er hatte während des Studiums in Oxford ganz offenkundig eine semi-erotische Beziehung zu Esme Howard, der – ganz so wie Lord Sebastian Flyte in

Brideshead Revisited – früh, nämlich mit nur 25 Jahren, an einer unheilbaren Krankheit stirbt. Christie-Biografin Laura Thompson zieht Parallelen zwischen Max und dem *Brideshead Revisited*-Helden Charles Ryder, der sich als Soldat im Zweiten Weltkrieg mit seinen Erinnerungen an Brideshead und seinen Verstrickungen mit der dort lebenden Marchmain-Familie konfrontiert sieht, als sein Platoon dort stationiert wird. Auch Max wurde Soldat und diente während des Zweiten Weltkriegs in Afrika; später wurde er Professor für westasiatische Archäologie an der University of London und 1962 Fellow am All Souls College in Oxford.

Auch die Zeit nach der Eheschließung mit Max ist äußerst produktiv: Neben den Westmacott-Büchern schreibt sie unter anderen die Krimis *The Floating Admiral* (1931), *The Sittaford Mystery* (1931), *Peril at End House* (1932), (1933) und einen weiteren Bestseller, nämlich *Murder on the Orient Express* (1934). Es folgen ferner – immer nur unter anderem – *The A.B.C. Murders* und 1937 *Death on the Nile*. Beide Bücher sind besonders erwähnenswert: *The A.B.C. Murders* beschreitet neue Wege: eine Reihe vollkommen willkürlicher Morde, deren Opfer in alphabetischer Reihenfolge ausgesucht werden, sollen eine Mordserie suggerieren, durch die der Täter den einen ›richtigen‹ Mord mit den wahllos ausgeführten anderen Taten verschleiern will. *The A.B.C. Murders* sind aber auch bemerkenswert, weil sie Anfang der 30er-Jahre am Beispiel von Poirot eine gewisse Fremdenfeindlichkeit der englischen Gesellschaft zeigen, was durchaus als Warnung vor dem Faschismus verstanden werden kann und wurde. Immerhin war Sir Oswald Mosley, der Vorsitzende der englische Faschistenbewegung, nicht nur Mitglied der englischen Oberschicht – und Schwager der bekannten Schriftstellerin Nancy Mitford – sondern kam auch ernsthaft als Premier Minister in Betracht. Agatha war jedenfalls stolze Patriotin und verlieh ihrer Freude Ausdruck, dass ihr Land ›frei von Diktatoren‹ war und ›frei vom Faschismus und vom Kommunismus‹ (*One, two, buckle my shoe*). Später hat sie gegen den Eintritt Großbritanniens in die EU gestimmt, was damals als verkrustet angesehen wurde, heute könnte man eine solche Einstellung auch als weitsichtig bezeichnen. *Death on the Nile* wiederum ist bemerkenswert, weil die Handlung vor der exotischen Kulisse des Steamers Karnak spielt, der den Nil von Shellal nach Wadi Halfa befährt. Diese Ortswahl ist eine Hommage an die zweite Heimat ihres Gatten und zweifellos von Agathas zahllosen Reisen in den Nahen Osten inspiriert, wo sie jährlich dessen Ausgrabungsstätten besuchte. Dort schrieb sie unter kargsten Bedingungen in einem einfachen Zelt, vor der sengenden Sonne nur durch ein leichtes Vordach geschützt, viele ihrer Romane auf einer kleinen Reiseschreibmaschine.

Es hat fast den Anschein, dass schwierige Lebensumstände die kreative Kraft Agathas nicht bremsten, sondern sie auf besondere Weise inspirierten. So lernt man im Zweiten Weltkrieg eine geradezu tatendurstige Agatha Christie kennen. 1938 hatte sie für sich und Max das Haus *Greenway* erworben und dieses sehr aufwendig umgebaut. Hier sollte ein allen Bedürfnissen gerechter Alterssitz entstehen, hier wollten Max und sie gemeinsam alt werden. Aber durch den Ausbruch des Zweiten Weltkrieges waren sie gezwungen, das Haus auf- und für den Bezug durch die Admiralität freizugeben. Nicht nur waren alle Mühen mit dem Umbau vergebens, ganz zu schweigen von den Kosten. Der Auszug führte zudem zu einer Reihe nervenaufreibender Wohnungswechsel und außerdem arbeitete sie wieder, wie schon während des Ersten Weltkriegs, als Krankenschwester. Neben alledem kümmerte sie sich um ihre Tochter Rosalind und ihren gerade geborenen Enkel Matthew. Trotz all dieser Aufgaben und Herausforderungen gelang es ihr im Blitzkrieg über London unter intensivstem Bombardement, ununterbrochen an Büchern, Theaterstücken und Bühnenadaptionen zu arbeitet. Alles wurde nicht nur stoisch ertragen, sondern Agathas Pensum von Kümmern, Arbeit und Schreiben erscheint dem unbefangenen Betrachter fast übermenschlich. Ein Briefwechsel zwischen ihr und Max, der sich – wie üblich – zu Ausgrabungen nach Mesopotamien zurückgezogen hatte, ist beredtes Zeugnis des Geistes, in dem das alles erlebt wurde:

> *»Ich mache mir doch gelegentlich Sorgen bei dem Gedanken, dass du die Bombenangriffe ohne mich ertragen musst. Dass ich nicht bei dir sein kann ….; es muss doch einsam machen, so alleine angebombt zu werden, sozusagen.«*

In diesen mehr als schwierigen Zeiten war Agatha, trotz der komplizierten Beziehung, auch für ihre Tochter Rosalind da, nachdem diese ihrerseits Mutter geworden war. Mitten im Zweiten Weltkrieg, als Agatha wiederum im Krankenhaus verwundete Soldaten versorgte, richtete sie eine Wohnung für ihre Tochter und ihren Enkelsohn ein und arbeitete nebenbei in deren Haushalt mit, um ihre Tochter zu entlasten und zu unterstützen. Als dem Kindermädchen von Enkel Matthew von Freunden das Stück *Ten Little Niggers* (damals noch nicht rassistisch konnotiert, sondern als Zitat eines Kindergedichts für unbedenklich erklärt) von Agatha Christie empfohlen wurde, meinte sie nur, »Ach, die kenne ich, das ist unsere Köchin«.

Auch die Kriegsjahre waren äußerst produktiv. Agatha schreibt – trotz der sehr herausfordernden Zeiten – insgesamt 12 Romane, darunter *Evil Under the Sun (*1941), *Five Little Pigs* (1942) oder *Absent in the Spring* (1944). *Ten little Niggers* aus dem Jahr 1939, später in *10 little Indians* umbenannt und in den USA als *And Then There Were None* verlegt, ist der meistverkaufte Krimi und das Buch mit den sechstbesten Verkaufszahlen aller Zeiten, mit über 100 Millionen verkauften Exemplaren. Acht Personen werden unter einem Vorwand auf eine einsame Insel vor der Küste von Devon gelockt und dort bezichtigt, einen Mord begangen zu haben. Sie werden allesamt nach und nach ihrer ›gerechten‹ Strafe zugeführt, kein Gast überlebt. Täter ist der pensionierte Richter Wargrave, der Selbstjustiz übt, weil die von den ›hingerichteten‹ Gästen begangenen Taten sonst ungesühnt geblieben wären. Hier verarbeitet Agatha ein moralisches Dilemma, das sie zeitlebens intensiv beschäftigt hat: Kann ein Mord gerechtfertigt sein, wenn das Opfer den Tod ›verdient‹ hat? Christie war eine Verfechterin der Todesstrafe. Sie hielt zwar öffentliche Hinrichtungen für ›barbarisch‹, aber schrieb aus Kairo, wo ein Galgen für eine öffentliche Hinrichtung errichtet wurde, dass dieser wohl ›seinen Zweck erfüllen würde‹. Wenn also im *Orient Express* der Entführer und Mörder der kleinen Daisy Armstrong von den Zeitzeugen der Tat ›gerichtet‹ wird, kann das entschuldigt werden? Das gleiche Problem stellt sich in *And Then There Were None:* Darf der Richter Wargrave Selbstjustiz üben, wenn die Taten seiner Opfer sonst ungesühnt bleiben würden? Poirot lässt es im *Orient Murder* zu, dass der Polizei ein falscher Tathergang geschildert wird und die wahren Täter unerkannt bleiben. Aber Miss Marple ist unnachgiebig und es entspricht wohl eher der eigentlichen Auffassung ihrer Schöpferin, wenn sie meint, sie wolle kein moralisches Urteil fällen, aber der Mörder sei ›evil for the community‹. Letzten

Endes könne es nur darum gehen, Unschuldige zu schützen. In letzter Konsequenz muss also auch der ›gerechte‹ Mord gesühnt werden. Jacqueline de Bellefort im *Death on the Nile* bittet Poirot, sie trotz des von ihr begangenen Mordes zu verschonen, aber zugleich akzeptiert sie, dass er dieser Bitte nicht entsprechen kann und erschießt sich. Offenbar hat auch Poirot einen Erkenntnisprozess durchlaufen, denn die Milde, die er noch im *Orient Express* hat walten lassen, kommt hier nicht mehr zum Tragen. Immerhin erlaubt er, dass Jacqueline sich selbst richtet, um ihr die Erniedrigung eines Prozesses und einer Hinrichtung am Galgen zu ersparen.

Neben zwei Weltkriegen, die sie beide als erwachsene Frau durchstehen musste – 1914 war sie 24 und bei Ausbruch des Zweiten Weltkriegs gerade 50 Jahre alt – und der scherzhaften Trennung von Archie zwischen den Kriegen musste Agatha sich ab 1940 auch noch mit existenzbedrohenden finanziellen Problemen herumschlagen. Das lag an einer Entscheidung der US-amerikanischen Gerichte im sogenannten Sabatini Case. Dieser war ein sehr erfolgreicher, englischer Schriftsteller und galt ursprünglich – wie Agatha auch – als ein *non resident alien writer*, dessen Einkommen ausschließlich in Großbritannien zu versteuern war. Das änderte sich mit einer Entscheidung des US Court of Appeals, nach der Sabatini in den USA Steuern auf alle Einnahmen zahlen musste, die aus der Verwertung seines amerikanischen Copyrights entstanden waren. Das galt somit auch für Agatha, die so in die verzweifelte Lage versetzt wurde, eine Art Doppelsteuer zahlen zu müssen. Anscheinend war Agatha hier nicht gut beraten, denn ihr Schriftstellerkollege P. G. Wodehouse hatte aus den nämlichen Gründen schon 1934 seinen Hauptwohnsitz nach Le Touquet in Frankreich verlegt (was ihn vor Doppelsteuern schützte, ihm allerdings auch eine Inhaftierung einbrachte, als die deutschen Truppen

1940 Frankreich besetzten). Wenig hilfreich war, dass sowohl ihr Verlag als auch das Büro ihres Agenten ausgebombt worden waren, so dass es schwierig war, konkrete Zahlen zu produzieren. Und die amerikanischen Finanzbehörden froren ihre Einnahmen *overseas* ein, bis die Sache endgültig geklärt war. Da das Ganze bis 1930 zurückberechnet werden sollte, riesige Zinsen aufgelaufen waren und zusätzlich die laufende Steuer auf die weiterhin sprudelnden Einnahmen in beiden Ländern zu entrichten waren, kann man sich nur zu gut die Sorgen vorstellen, die Agatha in diesen Zeiten geplagt haben müssen. Immerhin wurde die Angelegenheit schließlich beendet, aber gegen Kriegsende hielten die US-Behörden nahezu 200.000 US-Dollar zurück. Zu ein klein wenig Entspannung mag in diesen schwierigen Zeiten beigetragen haben, dass Agatha 1945 in ihr vor Kriegsausbruch so sorgfältig und kostenintensiv umgebautes und eingerichtetes Haus *Greenway* zurückkehren konnte, das die Admiralität zu ihrer großen Beruhigung in einem sehr guten Zustand erhalten hatte. Es ist kein Wunder, dass Agatha, Zeit ihres Lebens ein Tory-Anhänger, nicht besonders gut auf die Politik zu sprechen war. Dazu trug bei, dass durch die Unterhaus-Wahlen nach dem Krieg zur Überraschung vieler nicht Winston Churchill, sondern der Labour-Mann Clement Attlee Premierminister wurde. Sie hat mit der Politik, vor allem mit Labour, in dem 1946 geschriebenen und 1948 erschienen Buch *The Rose and the Yew Tree* abgerechnet. Das Verhältnis zwischen den Politikern und ihren Wählern schildert sie anhand der Figur des eitlen und skrupellosen John Gabriel als eines ohne Hoffnung oder Vertrauen.

›*Oh, I have no beliefs*‹,

lässt sie Gabriel sagen,

›it's amazing what you can do, if you just study what people want to hear and then say it to them‹.

Aber ihre Schaffenskraft wurde durch solche deprimierenden Erkenntnisse nicht beeinträchtigt – sie schrieb jedes Jahr mindestens ein neues Buch. 1955 erhielt Christie als erste den Mystery Writers of America Grand Master Award und ihr Stück *Zeugin der Anklage* erhielt im gleichen Jahr den Edgar Award als bestes Theaterstück. 1956 wird sie *Commander of the British Empire* (CBE) und 1971 in den DBE-Orden aufgenommen. Agatha und Max zählen zu den wenigen Ehepaaren, in denen beide Partner aus eigenem Verdienst solche Ehren erfahren haben.

1965, im Alter von 75 Jahren, schreibt Agatha dann wiederum einen bemerkenswerten Roman. ›Bemerkenswert‹ aber weniger aufgrund seines diesmal eher verwicklungsarmen Plots als durch seine Hommage an ein modernes England in neuer Zeit. Typischerweise meint man zunächst, hier würde ein untergehendes *ancien régime* in einem schon ›swinging‹ London ganz kurz nach der Wahl des Labour-Premier-Ministers Harold Wilson beschworen. In *At Bertram's Hotel* beschreibt Agatha alle Paraphernalien, die das upper-middle-class-Herz höherschlagen lassen: die üppig ausgestatten Räume des Hotels, die zum Verweilen einladende Lounge, der mit silbernem Besteck servierte five o'clock tea, die dunkelgetäfelte Bar, das typische Personal wie eine Lady Selina Hazy, fünfundsechzig, aus Leicestershire gekommen, um das Londoner Leben zu genießen. So war es seit Edward VII und so sollte es für immer bleiben, auch wenn es nach dem Ersten Weltkrieg noch einmal einen Höhepunkt des gesellschaftlichen Lebens gegeben hatte. Aber seither befanden sich die Dinge in einer Abwärtsspirale, durch die enormen

Anstrengungen im Zweiten Weltkrieg und die damit verbundenen Entbehrungen, die bis weit in die 50er Jahre anhielten.

Aber Agatha findet wiederum einen für sie typischen Twist: Miss Marple, die hier in der Luxusoase des Establishments einen Kurzurlaub verbringen darf, entdeckt ausgerechnet in diesem Sakralbau des britischen Way of Life ein internationales Verbrechersyndikat. Der Tempel der Konventionalität als Schauplatz krimineller Aktivitäten. Die Hälfte des gut situierten Publikums dient nur als Staffage für eine grandiose Täuschung. Agatha entlarvt sich selbst und damit auch ihre Leser, die mit ihr folgsam und unbeirrt an die gute alte Zeit glauben wollen, als unrealistische Träumer. Die Zeiten haben sich eben verändert. Hatten ihre Leser denn wirklich geglaubt, das Dienstmädchen alter Schule aus der Zeit vor dem ›Great War‹ gäbe es auch heute noch – 50 bis 60 Jahre später? Und ein wahrhaft typischer Christie-Witz zielt auf P.D. James, deren Romane ja gemeinhin für eine modernere Variante des Christie-Krimis gehalten werden. Deren erst 1962 erschienener Erstling, *Cover Her Face,* spielt – klassisch Christie – in einem Manor House, das seit Generationen von einer Upper Class-Familie bewohnt wird und ihren im Dachgeschoss lebenden Dienstboten. Das verspottet Agatha jetzt, denn ihr ›*At Bertram's Hotel*‹ lässt das James-Buch als hoffnungslos veraltet, hilflos romantisch und naiv erscheinen. So, liebe P. D., kann es Anfang der 60er nicht mehr wirklich zugehen, nicht wahr? Die 75-jährige Agatha wird zur Modernisiererin, die die alten Zöpfe als eben solche, die abgeschnitten gehören, entlarvt und damit die junge Epigonin ziemlich alt aussehen lässt.

Danach schreibt sie bis zu ihrem Tod immerhin noch zehn weitere Bücher, darunter aber auch solche, die das Ende ihrer weltberühmten Charaktere bedeuten. Es hat fast den

Anschein, als wenn sie diese Welt nicht ohne ihre beiden Geschöpfe verlassen wollte, die sie vor mehr als 50 Jahren erschaffen hatte. Das letzte Poirot-Buch *Curtain* (1975) spielt wieder in Styles, wo alles mit ihrem ersten Roman im Jahre 1920 angefangen hat. Es kommt zu einem Wiedersehen mit Captain Hastings, das lange auf sich warten ließ. Zuletzt hatten sie einen gemeinsamen Auftritt in *Dumb Witness* aus dem Jahr 1937. Poirot sitzt inzwischen im Rollstuhl, was aber nur vorgetäuscht ist, und leidet an einem schwachen Herzen. In einer interessanten Variante der immer wieder diskutierten Frage der Selbstjustiz erschießt Poirot am Ende den Mörder, weil er sich angesichts seiner Herzerkrankung nicht sicher ist, wie er dessen Mordserie ansonsten zu einem Ende bringen kann. Anschließend setzt er seine Herz-Medikamente ab und stirbt selbst, aber nicht ohne Hastings noch einen letzten Rat zu erteilen: Er soll um die Hand der jungen Elizabeth Cole anhalten. *Curtain* ist das letzte Buch, das zu Lebzeiten Agatha Christies veröffentlicht wird. Das letzte Miss Marple-Buch *Sleeping Murder* erscheint posthum 1976, obwohl es schon während des letzten Krieges geschrieben wurde.

Mit Miss Marple tritt auch Agatha Christie von der Bühne ab. Sie stirbt am 12. Januar 1976. Nach Bekanntgabe ihres Todes verdunkelten gleich zwei Westend-Theater – das St. Martin's, wo die *Mouse Trap* gegeben wird, und das *Savoy*, das soeben *Murder at the Vicarage* in neuer Adaption ins Programm genommen hatte, – ihre Außenbeleuchtung in Verneigung vor dieser großen Schriftstellerin.

***

Hercule Poirot ist sicherlich eine der auffälligeren Figuren auf dem schillernden Markt der Detektive, und das ist schon etwas, denn seine Konkurrenten sind auch nicht schlecht. Es ist nicht einfach, interessante Figuren zu erfinden und so zu portraitieren, dass sie in Erinnerung bleiben. Poirot, der kleine belgische Detektiv mit seinem Schnurbart, seinem Eierkopf, seinem eigenwilligen Gang, seiner Eitelkeit und seiner leicht arroganten Selbstverliebtheit (die die anderen durch seine penetrante Referenz auf seine ›kleinen grauen Zellen‹ stets an ihre intellektuelle Unterlegenheit erinnert), hat immerhin 100 Jahre überlebt, ohne an Faszination eingebüßt zu haben. Eine kleine Gemeinde belgischer Kriegsflüchtlinge brachte Agatha auf die Idee, einen belgischen Polizisten zu erschaffen, der vor der deutschen Wehrmacht geflohen ist, so dass er bei den zwanghaft ausländerfeindlichen Engländern Artenschutz genießt, diesen aber zugleich Anlass zu xenophoben Kommentaren gibt, indem sie ihn meist für einen Franzosen halten (bei denen der Engländer eben doch ein bisschen wählerisch sein darf). Ihm am nächsten kommt Dorothy Sayers im gleichen Zeitraum erschaffener Lord Peter Wimsey. Der ist zwar kein Ausländer, aber so Upper Class, dass er keiner Erwerbstätigkeit nachgehen muss, sondern seine Fälle zum Zeitvertreib und zu seiner Zerstreuung löst. Ganz anders als Poirot, dieser asexuellen Rätsel-Lösungsmaschine, ist Lord Peter ein Mann aus Fleisch und Blut.

In Sayers ›*Strong Poison*‹ aus dem Jahr 1929 verliebt Wimsey sich in die Hauptverdächtige und rettet sie – um sie heiraten zu können – vor dem Galgen. Der Roman ist stark autobiografisch: Die Heldin Harriet Vane ist (wie Sayers selbst) Krimi-Autorin, als ihr vermeintliches Mordopfer Phillip Boyes wird der jüdisch-russische Musiker John Connors portraitiert, mit dem Sayers eine Affaire hatte, der sie aber nicht heiraten wollte. Nach der Trennung heiratete Connors eine andere Dame, die sich angeblich seinen ›sexuellen Vorlieben‹ unterwirft. Nach ›Strong Poison‹ nahm Connors sich die Freiheit seine Sicht der Dinge zu schildern und hat auch ein Buch über die Geschichte geschrieben, *›The Devil is an English Gentleman‹* (1932). Typisch für Sayers sind nicht nur die Anspielungen auf real existierende Personen, sondern auch die Schilderung im achten Kapitel des Buchs, als sie Lord Peter eine Party am Mecklenburgh Square besuchen lässt. Sayers nutzt die Gelegenheit, ihre Schriftstellerkollegen vom Bloomsbury-Set und deren Gehabe und Manierismen sehr detailgenau und wenig schmeichelhaft zu beschreiben. Ihr Krimi ist nicht nur eine Liebesgeschichte, sondern zugleich zeitgenössische Literatur- und Sozialkritik.

Gegen den belgischen Exoten und den englischen Adligen setzt Lucy Malleson, die zahlreiche Krimis unter ihren ebenso zahlreichen Pseudonymen Anthony Gilbert, Lucy Egerton, Sylvia Denys Hooke, J. Kilmeny Keith und Anne Meredith geschrieben hat, den Anwalt Arthur Crook. Crook (auf Deutsch »Gauner«) führt seinen Namen nicht zufällig, sondern ist das exakte Gegenstück zu Poirot und Wimsey. Er entstammt der Mittelschicht, muss als Anwalt hart für sein Geld arbeiten – eine Arbeit, die ihn auch vor unkonventionellen bis nah an der Grenze des Erlaubten liegenden Methoden nicht zurückschrecken lässt. Aber im Ergebnis liefert auch er Lösungen. Zwei Äußerungen über Crook aus *The Woman in Red* (ein Spionageroman, in dem deutsche Spione eine Agentin, die ihnen auf die Spur gekommen ist, verschwinden lassen und sie durch eine ahnungslose junge Frau ersetzen, der sie eine neue Identität überstülpen) zeigen, wie Lucy Malleson im Anwalt Crook ein Gegenbild zu Poirot und Wimsey portraitiert:

›Crook says he's following the governmental prejudice for robbing the rich to give to the poor‹

und

›He's got no conscience except towards his clients. You remember the chap who said what mattered about evidence was the way it was arranged? That's Crook's viewpoint, too. All the bad hats who ought, by rights, to swing or anyhow get fourteen years are so grateful for their liberty they'll put up anything he asks without a whimper.‹

Nicht die hehre Gerechtigkeit siegt, sondern derjenige, der bereit ist, das höchste Honorar zu zahlen. Anders wiederum die viel jüngere Elizabeth George, die fest in der Tradition von Christie und Sayers schreibt und mit Thomas Lynley einen Scotland Yard-Inspektor kreiert hat, der – an sich ein Lord Asherton – gegenüber Arthur Crook geradezu ein säkularer Heiliger ist und mit Barbara Havers eine leicht proletarisch angehauchte Assistentin an die Seite gestellt bekommen hat. So geht Inklusion. Drum herum finden sich noch das forensische Universalgenie Simon St. James, dessen Behinderung er einem von Lynley verschuldeten Unfall zu verdanken hat, und dessen ›wunderschöne‹ Frau Deborah, mit der Lynley früher liiert war. Ein soziokultureller Abstand zu Poirot/Wimsey ergibt sich aus dem Umstand, dass Lynley seine Klientel nicht – wie ein Insektenforscher seine Ameisenpopulationen – aus höherer Perspektive beobachtet, sondern im Gegensatz zu Lord Peter Polizeibeamter geworden ist, Betonung auf »Beamter«, eben weil der feudalistische Hobbydetektiv aus der Mode gekommen ist und sich diese Spezies unter Aufgabe ihrer Adelsprivilegien in den Dienst der Öffentlichkeit zu stellen hat.

Ganz anders dagegen wiederum eine neue Figur im Krimi-Geschäft: Alan Parks schreibt schottische Neo-Noirs. Sein Detektiv Harry McCoy arbeitet im Glasgow der 70er-Jahre und ist mit dem Unterwelt-Boss Stevie Cooper seit Kindheitstagen befreundet. Im Verlauf der vier Romane *Bloody January* (2018), *February's Son* (2019), *Bobby March Will Live Forever (*2020) und *The April Dead* (2021) stellt sich heraus, dass McCoy Missbrauchserfahrungen gemacht hat (Einzelheiten bleiben uns erspart) und dass Stevie Cooper ihn vor Schlimmerem bewahrt hat. McCoy, der auch Karriere auf der dunklen Seite der Macht hätte machen können, sich aber für die Polizei entschieden hat, weil nur eine funktionierende Gesellschaftsordnung Kinder wie ihn vor seinen Erfahrungen bewahren kann, hält Stevie auch in trübsten Zeiten die Treue, lässt sich aber dennoch von dessen Angeboten, die Seiten zu wechseln, nicht korrumpieren. Man hilft sich gegenseitig: hier der Bulle, der gelegentlich auf die Hilfe der gewalttätigen Unterwelt zurückgreifen muss, dort der Gangster, der in McCoy eine nützliche Informationsquelle hat. Und das Ganze funktioniert zum Wohle der Allgemeinheit, weil am Ende die Gerechtigkeit siegt. McCoy ist nicht einer dieser Übermenschen, wie sie uns gelegentlich in den Büchern von Robert Crais begegnen, sondern eher das Gegenteil: Er gerät ständig unter die Räder, gibt aber nie auf, weil es einen Messias braucht, das Böse zu bekämpfen und am Ende erfolgreich zur Strecke zu bringen. Das Ganze ist flott geschrieben, aus der Perspektive des gesellschaftlichen Underdogs McCoy, was tiefe Einblicke in die Glasgower Sex-and-Drugs-and-Rock'n'Roll-Szene der 70er-Jahre beschert.

Dagegen wiederum Robert Crais' Helden *Elvis Cole* und *Joe Pike*, die wirklich alle dunklen Künste beherrschen, ungeahnte Kontakte in höchste Kreise und die Unterwelt zugleich haben und einen schier unbegrenzten Zugriff auf Waffen, elektronische Überwachungssysteme und alle erdenklichen Mittel zur Verbrechensbekämpfung. Kombiniert mit brutaler Gewalt sind die beiden so in der Lage, die meist von gesetzeslosen Drogenkartellen oder skrupellosen Waffenschiebern bedrohte Gerechtigkeit wiederherzustellen und bei alldem eher an übermenschliche Comicfiguren zu erinnern, als an Menschen aus Fleisch und Blut.

Eine ganz andere Art Detektiv lernt man in einigen Büchern Carl Hiaasens kennen. Dieser Autor erzählt auf sehr unterhaltsame Weise die immer gleiche Geschichte der Zerstörung von Floridas Naturschönheiten durch gewissenlose Bodenspekulanten in sehr verdrehten Öko-Satiren. Sein Held Skink, bei dem es sich um den Ex-Gouverneur Clinton Tyree handelt, der frustriert von der ihn umgebenden Korruption sein Amt aufgab, um in der Wildnis von dem zu leben, was die Natur ihm gibt, taucht immer wieder auf geheimnisvolle Weise auf, um den für die gerechte Sache kämpfenden Helden seine Hand zu reichen. Allein die Titel von Hiaasens Büchern sind aussagekräftiger als ganze Sätze von minderbegabten Autoren: *Double Whammy* etwa aus dem Jahr 1988, in dem es um Betrug und Mord im Fliegenfischer-Milieu geht, oder *Skinny Dip* von 2004, in dem Joey Perrone von ihrem verkommenen Gatten Chaz auf einem Cruise Liner über Bord geworfen wird, aber überlebt, sich tot stellt und mit der Hilfe einiger sehr obskurer Freunde Rache verübt.

Miss Marple zählt ganz sicher zu den bekanntesten Figuren in der Welt der Kriminalromane, obwohl auch bei den weiblichen Detektivinnen erhebliche Konkurrenz herrscht. Zu denken wäre, um nur ein paar aufzuzählen, etwa an die Journalistin und dann zur P.I. umfunktionierten Tess Monaghan, die Autorin Laura Lippman, ihrerseits Ex-Journalistin, durch die Flüsse und Kanäle von Baltimore rudern lässt, wo sie beginnend mit *Baltimore Blues* (1991) in zwölf Krimis, vorläufig endend mit *Hush Hush* (2015), dem Verbrechen in der ja weit weniger als Los Angeles oder New York bekannten Metropole Baltimore nachstellt. Ex-Banker Harry Binghams Figur Fiona Griffiths ist eine Polizistin im Süden von Wales, wo sie in die großen, oft skurrilen Verbrechen dieser Tage (wie Menschenhandel oder Waffenschmuggel) verwickelt wird. Fionas Vater klaute einst selbst sein nicht unbeträchtliches Vermögen zusammen, ist heute aber sauber und seiner Tochter gelegentlich mit seinen Verbindungen zur Unterwelt behilflich. Seine Tochter leidet an einer seltenen Erkrankung namens Cotard-Syndrom, die in ihr die neurotische Zwangsvorstellung provoziert, sie sei bereits verstorben. Vielleicht ist es diese besondere Disposition, die den Leser mit Fiona, die stur und ohne Rücksicht auf Verluste ihre oft sehr gefährlichen Abenteuer im organisierten Verbrechen erlebt, durchfiebern lässt.

Seit Kurzem gibt es zwei neue, interessante Detektivinnen, nämlich Vaseem Khans Inspektorin Persis Wadia und Martin Edwards' Rachel Savernake. Persis Wadia muss sich als erste weibliche Kriminalbeamtin Indiens gegen eine sehr frauenfeindlich eingestellte Umwelt und Kollegenschaft durchsetzen, als sie in ›*Midnight At Malabar House*‹ (Hodder Verlag) Silvester 1949 einen Mord in den besseren britischen Kreisen vor dem Hintergrund der Bestrebungen um die indische Unabhängigkeit aufklären muss. Und Rachel Savernake taucht im London der 20er-Jahre wie aus dem Nichts auf, wo sie mit dem schwer in sie verliebten Gerichtsreporter Jacob Flint in *Gallows Court* (2018) und *Mortmain Hall* (2020) verschlungene Wege gehen muss, um abscheuliche Missetaten aufzudecken. Die mysteriöse Tochter eines zu Todesurteilen neigenden Richters versammelt in *Mortmain Hall* eine Reihe von Tätern ungesühnter Verbrechen um sich. Ein Plot, der zweifellos starke Reminiszenzen an Agatha Christies *And Then There Were None* aufweist.

Wenn man das alles zusammenfasst, dann bleibt die Feststellung, dass Hercule Poirot und Jane Marple durchaus ernsthafte Konkurrenz auf dem Gebiet des ermittelnden Personals haben. Aber so interessant die Spürnasen männlichen und weiblichen Geschlechts auch sind, es bleibt abzuwarten, ob es jemandem aus dieser Gemeinde gelingt, ähnlichen Kultstatus wie die beiden Christie-Protagonisten zu erlangen, die beide jetzt seit hundert Jahren die Aufmerksamkeit des krimilesenden Publikums genießen, ohne dass sich an ihrer Beliebtheit etwas verändert hat. Ganz im Gegenteil: Die Massenmedien haben vielmehr dafür gesorgt, dass die Bekanntheit der Poirots und Marples größer denn je ist.

***

Bei näherem Hinsehen zeigt sich, dass Christies Bücher keineswegs nur das sind, was sie zu sein vorgeben, nämlich Krimi-Puzzles als Gesellschaftsspiel, in dem es gilt, die diversen Hinweise und Indizien zu deuten, zu kombinieren und zum richtigen Ergebnis zu gelangen, eine Art Indizien-Sudoku. Vielmehr finden sich auf einer zweiten Ebene vielfältige gesellschaftliche und politische, vor allem aber auch persönliche Probleme, die aus der Perspektive der Autorin geschildert und aufbereitet werden: Schreiben als Therapie, vor allem in den Büchern, die sie unter dem Tarnnamen Mary Westmacott publizierte. Es ist überaus lohnenswert, dem einzigartigen Erfolg Agatha Christies nachzuspüren, auch wenn die Literaturkritik (jedenfalls die sich der anspruchsvollen Literatur verpflichtet fühlende) gelegentlich die Nase rümpft. So sprach der Kritiker Francis Wyndham von ›animated algebra‹ und der US-amerikanische Kritiker Edmund Wilson schrieb schon 1944 den Aufstz ›*Who cares who killed Roger Ackroyd?*‹. ›Nicht eines der Bücher‹ Agatha Christies ›sei den Zeitaufwand eines intelligenten Erwachsenen wert‹, meint Wilson, der sich auch schon bei anderen Autoren gründlich vertan hat, etwa als er Anthony Powell vollkommen ohne Grund bezichtigte, nur ein Proust-Imitat zu liefern. Aber solche Urteile sind leicht zu widerlegen und spiegeln vielmehr die Arroganz und Ignoranz ihrer Verfasser wider. In die Reihe der vorurteilbehafteten Kritiker reiht sich auch Raymond Chandler ein, aber dessen Kritik fällt dünn aus. Ihn stört vor allem die ›trickreiche‹ Plot-Entwicklung und die Charakterzeichnung, die Agatha nur zum Vorwand nehme, am Ende das Gegenteil von dem herzustellen, was sie den Leser zuvor glauben machen wolle. Über *And Then There Were None* scheibt er an einen Freund: »Es ist nicht möglich, einen ehrenwerten Krimi im klassischen Stil zu schreiben. Um eine Komplikation zu schildern, fälschst du die Indizien, den Zeitablauf, den Zufall und du unterstellst Umstände, die zu maximal 50 % tatsächlich existieren. Um den Überraschungsmörder zu entlarven, musst du dessen Charakter fälschen, was mich am meisten trifft, weil ich ein Gefühl für Charaktere habe…« Das liest sich kleinlich, vor allem von einem Autor, der bekannt dafür war, dass er seine Handlungsfäden nicht immer vollständig überblickt hat.

Auch Michael Dibdin, der seinerseits den eher surrealen Detektiv Aurelio Zen erfunden hat, schlägt in diese Kerbe: »Sie war ein Killer und ihr Opfer war der Britische Kriminalroman […] Ihr Ziel war es, den Leser zu täuschen und sie opferte alles, um es zu erreichen. Die Charaktere sind alle generalisiert und es gibt keine psychologisch komplexen Charaktere. Ihre Bücher waren künstlich einfach und sie ignorierte die Probleme der Gesellschaft.«

Ähnlich Ruth Rendell, die ihren Kommissar Reginald Wexford sozialen Umständen der Taten, die er aufzuklären hat, nachspüren lässt: »Wenn ich eines ihrer Bücher lese, habe ich nicht das Gefühl, dass ich ein Stück Fiktion vor mir habe, das diese Bezeichnung verdient. Beim Tod sollte man ein Element von Schock und Schrecken und Schmerz empfinden, aber Schmerz und Gefühle sind in Agatha Christie-Büchern nicht zu finden.«

Das klingt ganz nach diesen schrecklich drögen Sozialkrimis, die man so oft in der skandinavischen Literatur findet und in denen nie der Täter, sondern dessen soziale Umstände für dessen Missetaten verantwortlich sind, aber wenn man weiß, dass Ms. Rendel für Labour im Oberhaus saß, versteht man diese Sozialkritik leichter.

Das Phänomen Agatha Christie zu enträtseln, erscheint heutzutage lohnender denn je, nachdem sich der Krimi längst aus den Bereichen der Schund- oder Trivialliteratur zu einem anerkannten Genre des Literaturbetriebs emporgearbeitet hat. Wahrscheinlich ist, dass nichts dafür spricht, dass die Autoren, die sich einer ›realistischen‹ Darstellungsweise verschrieben haben, das Leben realitätsnaher beschreiben als Christie. Tatsächlich dürften sich beide Welten – die der Landsitze und der Aristokratie und die der Vororte, der organisierten Kriminalität mit ihrem Frauen- und Drogenhandel – in ziemlicher Äquidistanz zu der Welt befinden, die dem Normalsterblichen, dem Durchschnittsbürger bekannt ist. Was jetzt ›realistischer‹ ist, die grauenhaften Folterungen, mit denen beispielsweise Drogenbarone die Loyalität ihrer ›Mitarbeiter‹ sichern, oder der eine oder andere kleine

Giftmord auf dem einen oder anderen Landsitz, dürfte offenbleiben. Die ›hard boiled‹-Krimischreiber reklamieren für sich, sie würden eine Welt zeigen, wie sie ist, voller abscheulicher Gewalt und menschlicher Abgründe, aber das ist weder beweis- noch messbar und schon gar nicht ist zu erkennen, worin denn der Vorteil solcher meist sehr blutrünstiger Schilderungen liegen soll. Es liegt der Verdacht nahe, dass auch die ›hard boileds‹ das Publikumsinteresse bedienen wollen und dabei suchen sie sich nur ein anderes Genre aus. Es ist leicht, zu behaupten, nicht sie würden ihre Bücher schreiben, sondern das Leben selbst führe ihnen die Feder. Von daher sind die Vorwürfe, die Christie gemacht werden, in gleicher Weise auf die ›Hartgekochten‹ anzuwenden mit dem zusätzlichen Problem, dass diese häufig ihre Realitätsschilderungen mit unappetitlichen Grausamkeiten anreichern, die ja ihrerseits nichts anderes sind als Andienungen an die Sensationslust der Meute.

***

Was bleibt? Schriftstellerinnen werden gelegentlich ihrerseits zu Heroinen von Romanen gemacht, um sie unverdientem Vergessen zu entreißen, wie es Jessica Fellowes, Nichte und Co-Autorin von Sir Julian Fellowes, dem Erfinder von *Downton Abbey,* mit Nancy Mitford, der brillanten Autorin von Gesellschaftsromanen und Erfinderin des ›U- and Non-U‹-Terminus gemacht hat. *The Mitford Murders* spielen im Milieu der adeligen Familie von Lord Redesdale, dem Vater der berühmt-berüchtigten Mitford Girls. Man kann das auch tun, um zu Unrecht vergessene Autoren einem größeren Leserkreis zu erschließen, so wie Elizabeth Mackintosh (1896–1952), die ab den Zwanzigern zahlreiche sehr erfolgreiche Krimis unter dem Pseudonym Josephine Tey und als Gordon Daviot Stücke für das Theater geschrieben hat. Zum Beispiel *A Shilling for Candles (1936)*, bereits 1937 von Alfred Hitchcock als *Young and Innocent* verfilmt, und eine ganze Serie um den Inspector Alan Grant. Um diese lange vergessene Autorin einem breiteren Publikum bekannt zu machen, hat Nicola Upson sie zur Heldin von inzwischen zehn spannenden Krimis avancieren lassen, zum Beispiel *An Expert in Murder*, in dem es um die Theaterszene im Londoner Westend geht, für die Josephine Tey 1932 das damals längst laufende Stück *Richard of Bordeaux* geschrieben hat, mit dem sehr jungen John Gielgud in seiner ersten Hauptrolle.

Vor dem Hintergrund ihrer Berühmtheit und der Vielzahl ihrer Leser, Hörer und Zuschauer bestand bei Agatha Christie kein Grund für ähnliche Überlegungen, aber es ist eben wegen ihrer Bekanntheit ganz gewiss kein Wunder, dass sie ihrerseits als Heldin von Krimis und TV-Serien im kulturellen Gedächtnis weiterlebt und gerade in den 2000er-Jahren wieder sehr en vogue ist. Basierend auf ihren Memoiren hat Andrew Wilson (Biograf u.a. von Sylvia Plath und Patricia Highsmith) eine Serie von Agatha Christie-Mysteries geschrieben, zuletzt *I Saw Him Die*, der im Jahre 2020 bei Simon & Schuster erschienen ist. Die Handlung spielt 1930 auf Skye, was insoweit der Biografie entspricht, als Agatha in diesem Jahr Max Mallowan in Edinburgh geheiratet und anschließend mit ihrem neuen Gatten eine Schottlandreise unternommen hat. *I Saw Him Die* ist das vierte Buch einer Serie, die 2017 mit *A Talent for Murder* begann und 2018 mit *A Different Kind of Evil* und 2019 mit *Death in a Desert Land* fortgesetzt wurde. Der erste Band nutzt das Verschwinden Agathas im Jahre 1926 nach dem Zusammenbruch ihrer Ehe als Hintergrund für eine Erpressungsgeschichte, in der Agatha zu einem Mord gezwungen werden soll. Auch die anderen Bände basieren auf ihrem Leben und Schreiben, um sie in allerlei kriminelle Ereignisse zu verwickeln; so ermittelt sie in *A Different Kind of Evil* auf den Kanaren, wo ein britischer Agent ermordet wurde. In D*eath in a Desert Land* kehrt sie nach Ur zurück, wo sie ein Verbrechen aufklären muss, deren Motive ›so alt wie die Zivilisation selbst‹ sind. In *I Saw Him Die* ist sie wieder in Schottland, wo sie den Inhaber der *Dallach Lodge* vor den Absendern von Drohbriefen beschützen soll.

Die Romane Wilsons sind durchaus positiv besprochen worden, auch weil er nicht nur ordentlich schreiben kann, sondern einigermaßen authentische Plots rund um die ›wahre‹ Agatha Christie erfunden hat. Lucy Foley, selbst eine außerordentliche Krimi-Autorin, die aus den verschiedenen Perspektiven der Protagonisten erzählt (*The Hunting Party* oder *The Guest List),* empfahl die Geschichten von *Andrew Wilson* als ›gut konstruiert und sehr unterhaltsam‹. *The Guest List* verdanke seine Entstehung maßgeblich dem Einfluss von Christie, weil die Überlegung, was ›normale‹ Leute zum Mord treibt, viel interessanter sei als beispielsweise ein verrückter Serienkiller. Und der Schreibstil Christies sei zudem sehr lehrreich, weil: »There is so little fat on it.«

Eine weitere Christie-Epigonin ist Ruth Ware, Jahrgang 1977, die 2020 den Roman *One by One* in gewollter Christie-Tradition geschrieben hat. Schon ihr Debut *In a Dark, Dark Wood* (2015) sei unter dem ihr damals gar nicht bewussten Einfluss Christies entstanden. Sie hätte erst wenig Übereinstimmungen zwischen ihren schlecht erzogenen Teilnehmerinnen einer Junggesellinnen-Abschiedsparty und den zugeknöpften Christie-Charakteren gesehen, aber ihr Agent hätte in ihrem Buch ›a modern day Christie‹ gesehen und da sei ihr die Parallele aufgefallen zwischen ihrer Freude beim Schreiben und der Freude, die sie als Teenager beim Lesen von Christie-Krimis empfunden hätte. Und so sei ihr zweiter Roman *The Woman in Cabin 10* (2016) dann bewusst in der Tradition von Christies A *Murder is Announced* aus dem Jahre 1950 entstanden.

Der Schriftsteller Ragnar Jónasson bekennt sich ebenfalls dazu, von Agatha Christie gelernt zu haben, weil er vor seinem ersten Krimi bereits 14 Christie-Romane ins Isländische übersetzt hatte.

Agatha Christie ist ferner Star einer TV-Serie der Eheleute Tom und Emily Dalton, die 2018 *Agatha and the Truth of Murder* und 2019 *Agatha and the Curse of Ishtar* für Channel 5 produziert haben. Als sogenannte History Dramas spielen sie in den Jahren 1926 und 1928. *Truth of Murder* sieht Agatha in einen echten Mordfall verwickelt (das Opfer ist das Patenkind von Florence Nightingale), der sich während ihrer selbstinszenierten Flucht nach Harrogate ereignet. *The Curse of Ishtar* spielt erwartungsgemäß im Irak auf einer Ausgrabungsstätte. Bereits 2020 folgte die dritte Folge *Agatha and the Death of X*, auch diese eng an die Biografie Agatha Christies angelehnt. Während des Blitzkriegs über London im Jahre 1940 will sie, erschöpft vom Schreiben von gleich zwölf Poirot-Romanen in den letzten sechs Jahren, ein Manuskript verkaufen, in dem Poirot selbst das Opfer ist. Der Käufer kommt um, das Manuskript wird gestohlen und bald schon wird klar, dass Agatha selbst das nächste Opfer sein soll. Christie-Biografin Laura Thompson hat im *Daily Telegraph* vom 16.12.2019 eine positive Kritik geschrieben. Und tatsächlich, die Filme sind nicht nur wegen ihrer Authentizität sehenswert, sondern auch wegen ihrer zeitgemäßen Ausstattung.

Sophie Hannah geht einen anderen Weg und lässt Poirot weiterleben; sie hat 2020 mit *The Killings At Kingfisher Hill* (HarperCollins) den vierten Fortsetzungsband mit Hercule Poirot als Detektiv geschrieben. Die Geschichte spielt 1931 in einem Landhaus und erzählt von einem Inspector Edward Catchpool von Scotland Yard. Zuvor schon gab es *The Mystery of Three Quarters* (2018), *Closed Casket* (2016) und *The Monogram Murders* (2014). Man sieht: Die Geschichte der Agatha Christie dauert an und sie scheint – trotz aller Kritik – nichts von ihrer jetzt seit hundert Jahren anhaltenden Attraktivität verloren zu haben.

Fundstellen und Literaturhinweise

Laura Thompson
Agatha Christie: An English Mystery
Head Zeus, 2007

Agatha Christie
Agatha Christie: An Autobiography
Dodd, Mead & Co, 1977

Agatha Christie
Come, Tell me How You Live
Bantam Books, 1985

John Curran
Agatha Christie's Secret Notebooks: Fifty Years of Mysteries in the Making
HarperCollins, 2009

John Curran
Agatha Christie: Murder in the Making
Harper Collins, 2011

Nina de Gramont
The Christie Affair
Mantle, 2022

ILAG VIII-H
TOSZEK/POLEN

Eine gefängnisartige Festungsanlage im oberschlesischen Tost (nach dem Krieg in »Toszek« umbenannt), zwischen Groß Strehlitz und Gleiwitz gelegen, diente den Nationalsozialisten nach dem Ausbruch des Zweiten Weltkriegs als Internierungslager für ausländische Staatsangehörige. In diesem ILAG mit der Ordnungsziffer VIII-H wurden am 3. September 1940 englische Zivilisten kaserniert, die im niederländischen Schoorl in der Nähe von Alkmaar und im belgischen Fort de Huy, südwestlich von Lüttich, festgenommen worden waren. Ein anderer Gefangener, der Elektroingenieur Tom Sarginson aus Calais, hat in seinen Erinnerungen an die Lagerhaft vermutet, dass das Gefängnis in der früher dort betriebenen und euphemistisch sogenannten Landespflegeanstalt – ›a former lunatic asylum‹ – mit Platz für 1.800 Gefangene eingerichtet worden war. Andere Mitgefangene haben die Anlage für ein ehemaliges ›Arbeitslager für Arbeitsscheue‹ gehalten. Um die Lagerhaft erträglich zu gestalten, richteten die Internierten unter anderem ein ›sports committee‹ und ein ›entertainment committee‹ ein. Der Sport, bevorzugt Cricket, sollte nicht nur von der misslichen Lage ablenken, sondern die Gefangenen auch fit halten. Ob das neben der schweren körperlichen Arbeit besonders sinnvoll war, sei dahingestellt. Der Zweck jedenfalls der Abteilung ›Unterhaltung‹ wurde erfüllt und die vielen Schauspieler, Musiker und Schriftsteller unter den Gefangenen sorgten mit Konzerten, Lesungen und Theateraufführungen dafür, dass die Moral hochgehalten und den Häftlingen auf diese Weise die tägliche Drangsal der Lagerarbeit erträglicher wurde. Nach Sarginsons Beurteilung waren die Darbietungen

›as good as any shows I'd seen in peacetime‹.

Einer der kreativen Gefangenen mit der Lagernummer 796 war von den Nazis in Le Touquet festgenommen und von dort nach Huy verbracht worden. Dort, an der französischen Nordwestküste nahe Calais, war er 1934 ansässig geworden, um nicht der britischen Doppelbesteuerung anheim zu fallen, wie dies beispielsweise seiner Schriftstellerkollegin Agatha Christie passierte, die ihre amerikanischen Einnahmen in den USA und noch einmal, jedenfalls teilweise, im United Kingdom zu versteuern hatte. Auch der Le Touquet-Expatriot verdiente erheblich viel Geld in den USA, wo er seit 1914 als Drehbuchautor für die Filmgesellschaften in Hollywood und als Verfasser von Skripten für Musicals, unter anderen von Cole Porter und George Gershwin, erfolgreich war. Wie auch der Ingenieur Sarginson, der in der nahegelegenen Station der Royal Air Force in Calais Dienst tat, hielt er den Ausbruch der Kriegshandlungen für eine vorübergehende und deswegen zu vernachlässigende Gefahr und so lehnte er es ab, nach England repatriiert zu werden. Gelegentlich kann man lesen, diese Weigerung hätte ihren Grund in dem Umstand, seine Ehefrau habe sich geweigert, ihren Hund Wonder allein in Frankreich zurückzulassen. Tatsächlich war es wohl so, dass nur ihm ein Platz in einer Royal Air Force-Maschine angeboten worden war und er nicht seine Frau – und nicht diese ihren Hund – allein zurücklassen wollte. Als die Wehrmacht näherkam, wollten sie mit dem Wagen nach Portugal fliehen, um von dort in die USA weiter zu fliegen. Aber ihr Wagen hatte nach wenigen Kilometern eine Panne, sie kehrten nach Le Touquet zurück, liehen sich ein anderes Auto und machten sich mit diesem erneut auf den Weg. Sie mussten aber erneut nach Le Touquet zurückfahren; inzwischen waren die Straßen durch fliehende Menschenmengen so verstopft, dass an eine erfolgreiche Flucht nicht mehr zu denken war. Diese Geschichte hätte auch genau so in einem seiner Romane passieren können. Wie auch seine Bemerkung über Oberschlesien – wenn das Oberschlesien sei, dann frage er sich, wie es wohl in Unterschlesien aussähe – durchaus einem seiner Roman-Charaktere zuzutrauen wäre.

Sein Aufenthalt in Tost währte nicht allzu lang. Ein Reporter hatte Tost besucht und in der Associated Press einen Artikel über die Internierung des bekannten Schriftstellers veröffentlicht. Daraufhin hatten prominente Amerikaner Druck auf den deutschen Botschafter in Washington ausgeübt, den Gefangenen, der inzwischen gut zwanzig Kilogramm abgenommen hatte, freizulassen. Zunächst führte das allerdings nur dazu, dass die Lagerleitung ihm eine Schreibmaschine überließ, auf der er prompt seinen nächsten Roman produzierte. Doch am 21. Juni 1941, er war gerade beim Cricket, wurde er von zwei Mitgliedern der Gestapo abgeholt und nach Berlin gebracht, wo er – auf eigene Kosten, für die er allerdings seine eingefrorenen deutschen Tantiemen nutzen durfte – im auch damals schon vornehmen Hotel Adlon residierte. Dort schrieb er auf Veranlassung des deutschen Propagandaministeriums fünf Rundfunkbeiträge, in denen er seine Erlebnisse in Tost beschrieb und es nebenbei schaffte, an der Zensur vorbei einige Witzeleien über die deutschen ›Foreigners‹ zu platzieren. Seine Beiträge wurden zwischen Juni und August 1941 über das Columbia Broadcasting System in den USA, die sich noch nicht im Krieg mit Deutschland befanden, gesendet. Diese Ausstrahlungen brachten ihm im kriegsgeschüttelten London den Vorwurf des Hochverrats ein, obwohl seine Beiträge harmloser Natur waren. Sie trugen Titel wie ›How to be an internee without previous training?‹ und sein erster Beitrag begann wie folgt:

> *Young men, starting out in life, have often asked me ›How can I become an Internee?‹ Well, there are several methods. My own was to buy a villa in Le Touquet on the coast of France and stay there till the Germans came along. This is probably the best and simplest system. You buy the villa and the Germans do the rest.*

Trotz der unpolitischen Natur der Hörfunksendungen wurde er zu Hause als Verräter, Kollaborateur, Nazi-Propagandist und Feigling beschimpft. Es entbrannte ein regelrechter Pressekrieg um den richtigen Umgang mit seinen Aktivitäten. Die BBC klagte ihn an, von den 50.000 in Deutschland versklavten Engländern habe nur einer im Adlon gewohnt. Seine Bücher wurden aus englischen Bibliotheken verbannt. Selbst gute Freunde wie der Winnie-the-Pooh-Erfinder A. A. Milne wandten sich ab. Auch Winston Churchill war gegen ihn und hat dem britischen Botschafter in Paris den Auftrag erteilt, die Rückkehr des Autors nach England zu verhindern: ›Wir würden es vorziehen, nie wieder von ihm zu hören. Sein Name stinkt hier.‹

Und tatsächlich: Er kehrte nie wieder nach England zurück. Bis 1943 wurde er in Deutschland festgehalten, dann gelang es ihm, nach Paris zu entkommen, wo er nach Kriegsende mehrere Wochen wegen ›Beteiligung an deutscher Propaganda‹ inhaftiert blieb. Dann wurde er nicht gerade rehabilitiert, aber doch freigelassen. Von Paris ging er in die USA, wohnte erst auf der Upper East Side in Manhattan und ließ sich schließlich auf Long Island nieder, wo er ein Haus in Remsenburg in den berühmten Hamptons erwarb und dort bis zu seinem Tod blieb. Das ILAG VIII-H in Tost ist der Erinnerungsort für diesen bedeutenden englischen Humoristen und Satiriker, dem man wohl kein größeres Lob spenden konnte als jener Kritiker, der seinem Zeitgenossen Anthony Powell, aus dessen Feder der zwölfbändige Gesellschaftsroman »A Dance to the Music of Time« stammt, bescheinigte, dieser habe Marcel Proust mit den Mitteln von **P. G. Wodehouse** *in englische Literatur verwandelt. Evelyn Waugh hat dessen Werk in einem Satz so zusammengefasst:*

> *He has made a world for us to live in and delight in.*

***

Sir Pelham Grenville Wodehouse ist der bis heute meistgelesene Humorist der englischen Literatur. Nicht nur zahlreiche Romane, Satiren und Kurzgeschichten hat er geschrieben, sondern auch äußerst erfolgreiche Librettos für populäre Musicals auf dem Broadway und im Londoner Westend.

Geboren wurde er am 15. Oktober 1881 in Guildford, während sich seine Eltern auf einem Heimatbesuch befanden. Er war der dritte Sohn des englischen Barristers *Henry Earnest Woodhouse* (1845–1929), der als Richter in der britischen Kronkolonie Hongkong amtierte. Richter genießen in England ein hohes Ansehen, jedenfalls große Bekanntheit: Sie rekrutieren sich aus den KCs, den King's Counsels (heute unter Elisabeth II natürlich QCs, Queen's Counsels), also aus erfahrenen und anerkannten Anwälten, in Deutschland häufig auch Kronanwälte genannt. Das gesamte Berufungsgericht, der Court of Appeal, besteht aus so wenigen wie dreißig Richtern, die oberste Instanz (seinerzeit noch als Spezialkomitee im House of Lords verankert) wird aus den nur neun Law Lords gebildet. Die väterliche Familie Wodehouse konnte ihren adeligen Stammbaum bis in das 13. Jahrhundert zurückverfolgen. Die Familie, aus Norfolk stammend, geht auf die *Earls of Kimberley* zurück. Der Vorname *Pelham* leitet sich ab von seinem Patenonkel *Pelham von Donop*, einem Offizier der britischen Armee, zugleich ein äußerst erfolgreicher Fußballspieler von internationalen Ehren. Abgekürzt wurde Pelham zu ›*Plum*‹, ein Kosename, der Wodehouse im Kreis seiner Familie und seiner Freunde zeitlebens erhalten blieb. Hatte er von seinem Patenonkel *Pelham von Donop* ein sportliches Talent übernommen, geht seine schriftstellerische Begabung möglicherweise auf die Familie seiner Mutter *Eleanor,* eine geborene *Deane* (1861–1941) zurück, deren Schwester *Mary Deane* diverse Bücher geschrieben hat, beispielsweise ›*Mr. Zinzan of Bath*‹ und ›*Scene in an Old Mirror*‹. Schon im Alter von drei Jahren wurde Wodehouse von Hongkong, wo er bis dahin von einer Amme, einer chinesischen *Amah,* betreut wurde, nach England zurückgebracht und lebte dort fortan unter der Betreuung einer Gouvernante. Bis zu seinem 15. Lebensjahr hat er seine Eltern vielleicht insgesamt ein halbes Jahr persönlich erlebt. Er teilte also das Schicksal der häufig sogenannten *Raj Orphans,* deren Leiden von der Schriftstellerin *Jane Gardam* in dem wunderbaren Buch ›*Old Filth*‹ anschaulich beschrieben wird. Das Wort ›Filth‹ ist der Spitzname der Hauptfigur Edward Feathers und bildet sich aus den Anfangsbuchstaben des Spottspruchs ›*Failed in London, Tried Hongkong*‹. Es ging vielen Kindern, deren Eltern dem Civil Service angehörten, so wie *Plum Wodehouse*, zum Beispiel *W.M. Thackeray* oder *Rudyard Kipling* – wenn die Eltern in den Kronkolonien Dienst taten, ihren Sprösslingen aber in der englischen Heimat eine für überlegen gehaltene Erziehung durch Verwandte, Gouvernanten und anschließend durch den Besuch einer Internatsschule angedeihen lassen wollten.

Zwischen 1886 und 1889 ging Wodehouse also folgerichtig auf *The Chalet School*, die er gemeinsam mit seinen beiden älteren Brüdern *Peveril* (1877–1951) und *Armine* (1879–1936) besuchte. Er war also nicht der einzige Sohn, dem die Eltern einen zumindest ungewöhnlichen Vornamen gegeben hatten. In den Ferien stand er unter der Kuratel einer englischen Nanny namens *Emma Roper*, die als streng, aber wohlwollend beschrieben wird, und lebte bei seinen Großeltern mütterlicherseits. Zwei seiner Biografen erklären seine spätere schriftstellerische Tätigkeit mit der dauerhaften Trennung von seinen Eltern, weil er so – auf sich allein gestellt – gezwungen war, frühzeitig eine Fantasiewelt zu erschaffen, in die er sich zurückziehen konnte. Die dauerhafte Erziehung durch ältere Verwandten väter- und mütterlicherseits, es ist die Rede von gut zwanzig Tanten und fünfzehn Onkeln, hat ihm offenbar nicht geschadet, sondern im Gegenteil auch dazu geführt, dass er in seinem späteren Werk immer wieder ›a gaggle of aunts‹ beschrieb, beispielsweise die Tanten *Agatha* und *Dahlia* von *Bertie Wooster*, einem seiner Hauptcharaktere. Weil Plums älterer Bruder Peveril unter Atembeschwerden (*a weak chest*) litt, wurden die drei Wodehouse-Brüder 1889 auf die Kanalinsel Guernsey gesandt, wo sie das *Elizabeth-College* besuchten. Es handelte sich um eine Privatschule in der Hauptstadt St. Peter Port. Bereits im Jahre 1563 von *Queen Elizabeth I.* gegründet, ist sie eine der ältesten Public Schools Großbritanniens und die älteste Public School auf den Channel Islands überhaupt. Angesichts der wunderschönen Lage und Beschaffenheit der Insel könnte man sich Schlimmeres als eine Einschulung dort vorstellen.

Im Jahre 1891 wurde Wodehouse dann auf die *Malvern House Preparatory School* in Kent geschickt, wo er für einen Dienst in der Royal Navy vorbereitet werden sollte. Aber seine Sehfähigkeit erwies sich dafür als zu schlecht und die Zeit in *Malvern House* erwies sich auch aus anderen Gründen als keine glückliche. So lässt Wodehouse seinen Helden *Bertie Wooster* seine Schulzeit als ein

›penitentiary ... with the outward guise of a prep school‹

erinnern, als ein Zuchthaus in der Verkleidung einer Grundschule. Im Alter von 12 Jahren wurde Wodehouse erlöst und durfte seinem Bruder Armine auf das *Dulwich College* unter der Leitung des Headmasters *A. H. Gilkes*, einem bekannten Klassizisten, folgen. Dort konnte er sich intensiv kulturell und sportlich betätigen, eine Mischung, die ihm sehr entgegenkam und bis an sein Lebensende erhalten blieb. Er wurde Spieler in der Cricket First XI und der Rugby First XV. Er wurde auch in die Boxmannschaft der Schule aufgenommen, musste das Boxen aber wegen seiner Kurzsichtigkeit schnell wieder aufgeben. Heute ist die Bücherei der Schule nach ihm benannt, denn neben seinen sportlichen und schulischen Aktivitäten gab Wodehouse die Schulzeitung *The Alleynian* heraus und spielte Hauptrollen in zum Teil selbstverfassten Theater- und Musicalaufführungen. Ein anderer berühmter Absolvent des Dulwich College ist der umstrittene Gründer der United Kingdom Independent Party (UKIP) Nigel Farage.

Seine sechs Jahre im *Dulwich College* hat Wodehouse als die glücklichsten seines Lebens bezeichnet:

›To me the years between 1894 and 1900 were like heaven‹.

Möglicherweise als Frucht dieser Zeit ist seine erste Satire zu bezeichnen, *Men Who Missed Their Own Wedding,* die er im November 1900 im Wochenmagazin *Tit-Bits* publizieren konnte. Schon 1901 folgte ein erster Roman, *The Pothunters*, der zunächst als Serie im *Public School Magazine* und dann als Buch veröffentlicht wurde. Bis 1909 folgen insgesamt acht Romane, darunter der erste Psmith-Roman im Jahre 1908, eine Zeit, die Wodehouse später als ›seine Lehrjahre‹ bezeichnete. Jedenfalls hat er in dieser Zeit gemerkt, dass Schreiben seine wahre Bestimmung werden könnte. An sich war geplant, dass Wodehouse seinem Bruder Armine an die Oxford University folgen sollte, aber während dieser sein Studium mit einem sehr guten Examen beenden konnte, blieb Wodehouse dies verwehrt; das Einkommen seines Vaters reichte dazu nicht mehr. Der Vater war 1895 pensioniert worden und erhielt seine Pension in Rupien (was damals bei Kolonialbeamten üblich war). Da aber die Rupie im Wert fiel, war an ein weiteres kostspieliges Studium nicht zu denken und Wodehouse musste eine Lehre bei der Hongkong and Shanghai Bank (heute bekannt als HSBC) antreten. Das Bankwesen aber interessierte ihn nicht im Geringsten, er selbst hat später gesagt, dass er *›never learned a thing about banking‹*. Früh begann er stattdessen eine Karriere als Journalist, zunächst bei *›The Globe‹*, wo er durch die Vermittlung seines alten Dulwich-Lehrers W. B. Thomas von einem Freund die ›comic column‹ unter dem Namen *By the Way…* übernahm. Er schrieb in dieser Zeit auch für den *Punch, Vanity Fair, Daily Express* und *›The World: a Journal for Men and Women‹* sowie für diverse Schulmagazine. 1909, während seines bereits zweiten Aufenthaltes in Greenwich Village, konnte er zudem zwei Kurzgeschichten an den *Cosmopolitan* und *Collier's* verkaufen, für insgesamt 500 US-Dollar,

›*much more than I had ever earned before*‹.

Schon 1904 war es zu einem ersten Aufenthalt in New York gekommen. Für die USA hatte er seit Kindheitstagen ein Faible, er nannte sie seine *terra incognita*, die es zu erkunden galt. Nach seinem ersten größeren Verkaufserfolg gab er seine Kolumne für den *Globe* auf und blieb in New York, wo er regelmäßig für die *American Vanity Fair* schrieb. Im Jahre 1915 hatte er einen ersten Durchbruch, als sein Buch *Something New* als Fortsetzungsroman in der *Saturday Evening Post* erschien. Zu dieser Zeit begann auch seine Zusammenarbeit mit Guy Bolton und Jerome Kern, mit denen er insgesamt 18 Musical-Komödien schrieb. Guy Bolton hatte ihn gebeten, an dem Musical *Miss Springtime* (1916) von Bolton/Kern mitzuwirken, nachdem deren Musical *Very Good Eddie* zwar sehr erfolgreich war, nach ihrer Meinung aber hinsichtlich der *lyrics* durchaus Schwächen aufwies. Es folgten *Have a Heart* und *Leave it to Jane* (beide 1917), die Bolton und Wodehouse gemeinsam schrieben, während Jerome Kern die Musik dazu lieferte. Danach kamen im Jahre 1918 *Oh, Lady! Lady!!* und anschließend viele weitere Koproduktionen und andere Arbeiten, zum Beispiel *Anything Goes* mit Cole Porter (1934). Nach dem Zweiten Weltkrieg kamen Adaptionen von Schauspielen, beispielsweise von Ferenc Molnár oder Sacha Guitry, hinzu.

1910 ging Wodehouse nach England zurück, schrieb regelmäßig für *The Globe* und *The Strand Magazine,* besuchte aber regelmäßig die USA. So kam es, dass er sich gerade in New York aufhielt, als der Erste Weltkrieg ausbrach. Weil er wegen seines schlechten Augenlichts nicht eingezogen wurde, blieb er während des gesamten Krieges in den USA. Dort heiratete er im September 1914 die englische Witwe *Ethel May Wyman.* Diese brachte eine Tochter *Leonora* mit in die Ehe, eigene Kinder hatte Wodehouse nie. 1915 veröffentlichte *The Saturday Evening Post* den Roman *Something New* als Fortsetzungsroman, der erste, der in *Blandings Castle* spielt. Während des Ersten Weltkrieges schrieb Wodehouse für den Broadway und entwickelte parallel dazu satirische Romane. Auch nach Ende des Krieges pendelte er permanent zwischen London, wo er sich ein Haus gekauft hatte, und New York. Ab 1929 schrieb er außerdem für die Filmproduktionsgesellschaft Metro-Goldwyn-Mayer in Hollywood, wo seine Frau, die sich mehr und mehr um die praktischen Aspekte sowohl der Haushaltsführung als auch der Vermarktung ihres Ehemannes widmete, einen Kontrakt mit Metro-Goldwyn-Mayer für 2.000 Dollar pro Woche abgeschlossen hatte. Zuvor hatte es schon mehrere Verfilmungen von Wodehouse-Geschichten gegeben, etwa den Film *A Gentleman at Leisure* im Jahre 1915, der auf seinem Roman von 1910 beruht. Die Voraussetzungen für eine Hollywood-Karriere waren also gegeben. Seine Arbeit für die Filmstudios war auch gut bezahlt, aber dennoch kein Erfolg; er fand die Arbeit ermüdend, konnte einen Großteil seiner Ideen nicht umsetzen und schrieb nebenher diverse Bücher. Darunter auch in einigen Kurzgeschichten beißende Satiren über Hollywood. Es kann also nicht verwundern, dass sein Vertrag schließlich nicht verlängert wurde; es ist retrospektiv nicht mehr zu klären, ob das an einem Interview lag, in dem er die Filmindustrie als ineffizient und ›eine Verschwendung von teurem Talent‹ nannte, oder ob das Interview eine Reaktion auf die Trennung war.

Aufgrund der eingangs bereits geschilderten Steuerprobleme beschlossen die Eheleute Wodehouse, sich permanent in Frankreich niederzulassen, wo sie ein Haus in der Nähe von Le Touqet erwarben. Unklar ist, ob er sich damit der Besteuerung seines Einkommens in England grundsätzlich entziehen wollte oder ob in Frankreich nur die gefürchtete Doppelbesteuerung nicht drohte. Immerhin scheinen ihm seine Landsleute den Gang über den Ärmelkanal als ›Steuerflüchtling‹ nicht übelgenommen zu haben, denn 1939, kurz vor Ausbruch des Zweiten Weltkriegs, wurde ihm ein Ehrendoktortitel der University Oxford angetragen – eine Ehre, der er skeptisch gegenüberstand. Nicht, weil er sie nicht zu schätzen gewusst hätte, sondern weil er selbst sein Schreiben nicht so hoch einschätzte, als dass er eine solche akademische Ehrung erwartet hätte. Aber er akzeptierte schließlich und die Entgegennahme des Titels ist der Anlass für den letzten England - Besuch seines Lebens.

Am 22. Mai 1940 okkupierten die deutschen Truppen Le Touqet und kurz danach wurde auch Wodehouse interniert und schließlich in das Lager in Tost gebracht. Nach seiner Freilassung kam es zu der Episode im Hotel Adlon, wo er die fünf unglücklichen Radiosendungen für CBS aufnahm. Nachdem es ihm gelungen war, Deutschland im September 1943 Richtung Paris zu verlassen, wurde er dort unter anderem von *Malcolm Muggeridge*, seinerzeit für den MI6 tätig, und einem MI5-Offizier namens *Edward Cussen* besucht, die sich beide nach seiner Anhörung dagegen aussprachen, Wodehouse einem öffentlichen Prozess wegen Landesverrats zu unterziehen. Am 15. Januar 1945 wurde er von den französischen Behörden freigelassen, die ihm aber bis Juni

1946 nicht offenbarten, dass er nicht mit einer öffentlichen Anklage zu rechnen haben musste und dass er vollkommene Bewegungsfreiheit genoss. Erst im Juli 1946 gelang es den Wodehouses, amerikanische Visa zu erlangen, und wiederum ein Jahr später, im April 1947, reisten sie nach New York. Dort ließen sie sich zunächst in einem Apartment in der Upper East Side nieder, von wo sie dann dauerhaft nach *Remsenburg* auf Long Island umsiedelten.

Offenbar haben diese Jahre Wodehouse schwer gezeichnet, denn es gelang ihm erst 1951 einen weiteren Roman zu veröffentlichen. Damit aber war der Bann gebrochen. Zwischen 1952 und 1957 erschienen dann mehr als 20 Romane und zwei Sammlungen von Kurzgeschichten. Er wurde erst 1965 von der britischen Regierung darüber informiert, dass er zurückkehren könne, ohne weitere Ermittlungen befürchten zu müssen. 1955 nahm Wodehouse die amerikanische Staatsbürgerschaft an, allerdings ohne seine britische aufzugeben, was insofern von Bedeutung war, als dass er dadurch noch für staatliche Ehrungen infrage kam. Er wurde dreimal für einen Adelstitel vorgeschlagen – zweimal erfolglos, weil nach wie vor aufgrund der Vorkommnisse in Berlin entsprechende Vorbehalte gegen ihn bestanden. Erst der Labour-Premierminister *Harold Wilson* setzte ihn im Januar 1975 auf die New Year's Honours List.

Nur einen Monat später starb Wodehouse im Southampton Hospital, wo er sich wegen einer Hauterkrankung behandeln ließ, an einem Herzinfarkt. Kurz vor seinem Tod hatte er noch in einem BBC-Interview gesagt, dass er keinerlei Ambitionen mehr hätte, nachdem er geadelt und eine Wachsfigur von ihm in Madame Tussauds Wachsfigurenkabinett aufgestellt worden war. Dass die Engländer ihm dann doch tatsächlich endgültig vergeben hatten, wurde im Jahr

2000 offenbar, als ein nach ihm benannter Literaturpreis ausgelobt wurde, mit dem jedes Jahr die besten Satire-Autoren geehrt werden.

***

Das Werk von P.G. Wodehouse spielt in einer imaginären Welt, die seine Leser selbst in den 1920-er Jahren schon als ›untergegangen‹ und ›aus der Zeit gefallen‹ ansahen. Der Kritiker Anthony Lejeune sprach von einem ›Fairyland‹. Heute würde man wohl La La Land sagen. Seine Bücher werden neben seinen Hauptcharakteren wie Bertie Wooster, Rupert Psmith, Aunt Agatha, Lord Emsworth oder Butler Jeeves von Menschen wie Bingo Little, der sich stets auf neue unglücklich verliebt, Cousin Gussie Fink-Nottle, der davon abgehalten werden muss, ein ›Vaudeville Girl‹ zu heiraten, oder Sir Gregory Parsloe-Parsloe, der sich mit Lord Emsworth einen bizarren Schweinezucht-Wettbewerb liefert, bevölkert. Hier spielen idyllische Country Pubs in Shropshire und von Efeu umrankte Manor Houses in Berkshire eine Rolle, genauso wie zweisitzige Sportwagen, die von jungen Männern in Tweed und Schlägermütze gefahren werden, kluge Butler und diensteifrige Hausdiener, Zimmermädchen und Zofen, spleenige Schlossbesitzer und jede Menge ›böser‹ Tanten und Onkel sowie fromme Vicars. Croquet Lawns, Cocktail Partys, Club Lunches in Flanell und eine standesgemäße Abendbekleidung zum Dinner sind die Accessoires einer Welt der grotesken Geschichten, die Wodehouse uns in warmen Farben und einem versöhnlichen Sprachstil schildert, ironisch, kritisch, satirisch, aber nie verletzend. Das hat – natürlich – nichts mit einer realen Welt oder dem Alltäglichen zu tun und deswegen ist es auch verfehlt bis unangebracht, seine Geschichten als Huldigung einer parasitären Oberschicht abzutun. Er schafft sich und damit seinen Lesern eine Phantasiewelt, in dessen Vakuum seine Geschichten menschlichen Irrens, vertauschter Rollen und schrecklich schiefgehender Pläne am besten funktionieren. Die deutsche Goldmann-Ausgabe seiner Romane trug als Untertitel jeweils das Prädikat ›Heiterer Roman‹. Wie treffend.

Schriftsteller und Comedian *Stephen Fry*, bekennender Wodehouse-Fan, der über Jahre den Butler Jeeves an der Seite seines Lebensgefährten Hugh Laurie, der den Bertie Wooster gab, gespielt hat, misst Wodehouse' Werk die meisterhafte Beherrschung der vier Ps zu: ›*Place, Plot, People and Prose*‹. Und das alles in einer sonnigen, optimistischen Atmosphäre. Die Geschichten spielten stets in einem lichtdurchfluteten Neverland, in dem der geneigte Leser sich sogleich heimisch fühlt. Sie ranken sich um fehlgeleitete Liebesgeschichten oder ähnliche Desaster, die meist erst von den Dienern ihrer mild verwirrten Herrschaften wieder auf das rechte Gleis gesetzt werden, und diese kauzigen Ereignisse spielen in einer melodiösen Sprache, die alles zusammenhalte, wie – um Wodehouse selbst zu zitieren – in einer Musical Comedy, nur ohne Musik. Wodehouse sei – so Fry – zu seiner Zeit zu Recht der ›Master‹ genannt worden, der ›größte lebende Autor englischer Sprache‹. Er sieht Wodehouse in der Tradition von Molière, Ben Johnson, Goldoni oder Cervantes bis hin zum römischen Stückeschreiber Plautus. Hier sei ein ›unsterbliches Genie‹ am Werk. Ein Genie, das sich allerdings bewusst war, dass es in einer Kategorie unterwegs war, die nicht allenthalben uneingeschränkte Bewunderung genoss:

›I go in for what is known in the trade as ›light writing‹ and those who do that – humorists they are sometimes called – are looked down upon by the intelligentsia and sneered at‹ (Over Seventy, 1957).

***

Angefangen hat alles im Jahre 1902 mit dem bereits erwähnten *The Pothunters.* Das spielt in einer Public School namens St. Austin's und erzählt die Geschichte der drei Schüler Tony Graham, Allen Thomson und J. George Welch, die gemeinsam in Merevale's House untergebracht sind und sich auf die Suche nach gestohlenen Sporttrophäen (*the pots*) machen. Ein typischer Wodehouse-Scherz findet sich im elften Kapitel: Er zitiert einen Aphorismus von Thukydides in Latein, obwohl Wodehouse von seinem Leser erwartet, zu wissen, dass Thukydides in Griechisch geschrieben hat und dass das Zitat tatsächlich eine Mischung von Texten Ovids und Virgils ist. Man sieht: Blödsinn, aber Blödsinn auf höherem Niveau.

Es folgen 1903 *A prefect's uncle*, 1904 *The Gold Bat* und *William Tell Told Again*, eine Wiederholung der Geschichte von Wilhelm Tell. Auch hier übt Wodehouse sich in Wortspielen:

›Tell's tale we tell again, this tale of Tell we tell, in fact, as this telltale was told us.‹

Bis 1909 folgen fünf weitere Internatsromane, darunter auch die in Ansätzen autobiografische Erzählung *Not George Washington* (1907).

Im Jahre 1909 erscheint der Roman, der nach Ansicht Evelyn Waughs und George Orwells wohl P. G. Wodehouses

›Durchbruch‹ war: *Mike* ist eine weitere Public School-Geschichte, die aus zwei Fragmenten zusammengesetzt ist. Zum einen aus *The Lost Lamb*, das zuvor als Serie publiziert worden war und zum anderen aus dem Portrait eines neuen Charakters namens Rupert Psmith. Mike Jackson, Mitglied einer landesweit bekannten Cricket-Familie, lernt den neuen Mitschüler Rupert Psmith (bei dem man das »P« nicht mitspricht) kennen, der von Eton (real) nach Wrykyn (erfunden) wechselt. Hier freunden sich Mike und Rupert an und haben fortan eine Reihe von leicht verdrehten Schul-Abenteuern zu bestehen. Während der erste Teil sich im Wesentlichen mit Cricket befasst, interessieren sich Mike Jackson und Rupert Psmith im zweiten Teil ausgerechnet mehr für die archäologische Gesellschaft der Schule. Der Leser erfährt, dass das »P« in »Psmith« von Rupert selbst hinzugefügt worden ist, um ihn von den zahlreichen anderen Familien namens Smith besser unterscheiden zu können. Wodehouse hat verraten, dass sein Psmith in dem Hotelier und Impresario *Rupert D'Oyly Carte* sein Vorbild hat. Einer seiner Vettern hatte ihm von *Carte* erzählt, mit dem er auf einer Schule gewesen sei, wo dieser sich nicht nur durch das Tragen eines Monokels, sondern auch durch sein elegantes Auftreten und eine geradezu staatsmännische Diktion hervorgetan habe. All das hat Wodehouse übernommen und diese Hinweise des Vetters entsprechend gewürdigt:

> *›The only thing in my literary career which was handed to me on a silver plate with water cress around it.‹*

Rupert Psmith erscheint in drei weiteren Romanen, *Psmith in the City* (1910), *Psmith, Journalist* (1915) und *Leave it to Psmith* (1923). In *Psmith in the City* verarbeitet Wodehouse seine nicht gerade erfreulichen Erlebnisse im Bankgewerbe. *Psmith, Journalist* spielt in New York – also auch insoweit durchaus beeinflusst von Wodehouse' persönlichen Erfahrungen – und *Leave it to Psmith* bereits in Blandings Castle. In *Psmith in the City* muss Mike Jackson aufgrund der finanziellen Probleme seines Vaters eine Stelle in der New Asiatic Bank antreten – so wie Wodehouse für die HSBC gearbeitet hat – und er trifft dort seinen alten Freund Psmith wieder, den ein ähnliches Schicksal getroffen hat, nachdem er bei seinem Vater in Ungnade gefallen ist. In der Geschichte entwickeln sich einige Ränke um Cricket, um die Konservativen in der Politik, um den Fußballclub Manchester United und Mr. Waller, einen glühenden Sozialisten und zugleich ausgerechnet *head of the cash department*.

In *Psmith, Journalist* gelangen Mike und Rupert anlässlich einer Cricket-Tour nach New York, wo Psmith einen Nebenjob als US-Korrespondent übernimmt und in einen Skandal verwickelt wird, der sich um Mietwucher, Manipulation von Boxkämpfen und die entsprechenden Gangster abspielt. Der Roman wird zwar auch als *comic novel* geführt, behandelt aber zugleich ernsthaft soziale Aspekte, was nicht eben typisch ist für ›*heitere Romane*‹ und auch in Wodehouse' sonstigem Œuvre eher selten vorkommt.

Leave it to Psmith erscheint erst acht Jahre später und Psmith heißt hier erstaunlicherweise nicht mehr Rupert, sondern Ronald Eustace; möglicherweise hat Wodehouse hier den Überblick verloren, angesichts seiner Umtriebigkeit und Vielschreiberei ein verzeihlicher Lapsus. Ronald Eustace wird in allerlei Intrigen verwickelt, die in Blandings Castle, dem Schloss von *Lord Emsworth* spielen. Während der Charakter von Psmith uns in *Leave it to Psmith* wieder verlässt, fängt die Geschichte von *Lord Emsworth* und *Blandings Castle* hier erst an. Allerdings durfte der Leser *Blandings Castle* bereits in dem 1915 erschienenen Roman *Something Fresh* kennenlernen.

Something Fresh ist eine Burleske rund um den jüngeren Sohn des Earl of Emsworth, Freddie Threepwood, der die amerikanische Millionärstochter Aline Peters heiraten will. Deswegen muss Freddie sich darum bemühen, seine Liebesbriefe an ein bestimmtes ›*chorus girl*‹ wieder zu erlangen. Nicht weil deren Auftauchen seine Verlobte verletzen könnten, sondern weil er fürchten muss, die Revuetänzerin könne die Ankündigung von Freddies Hochzeit mit Aline Peters zum Anlass nehmen, ihn wegen ›Bruch des Verlöbnisses‹ zu verklagen. Gleichzeitig taucht der Polizeibeamte aus Hongkong, George Emerson, in Blandings Castle zu einer Zeit auf, in der auch Aline Peters und ihr Vater J. Preston Peters dort zu Gast sind. Emerson soll den Diebstahl eines Skarabäus aufklären, den J. Preston Peters mit nach Blandings gebracht hat und den Lord Emsworth – natürlich versehentlich – in die Hosentasche gesteckt und dann vergessen hat.

Das Ganze wird verwoben mit den Erfahrungen, die Wodehouse als Kind bei Besuchen in verschiedenen viktorianischen Herrenhäusern gemacht hat. Gleichzeitig verarbeitet er hier die Erfahrungen seines Onkels Walter Meredith Deane und seines älteren Bruders Peveril, die beide für die Hongkonger Polizei gearbeitet hatten. Mit *Something Fresh* startet eine neue Serie rund um Blandings Castle, die sich über gut 60 Jahre erstreckt. 1935 erscheint eine Sammlung von Kurzgeschichten *Blandings Castle and Elsewhere*, gefolgt unter anderem von dem berühmten *Pigs Have Wings* aus dem Jahre 1952, bis die Serie dann mit *Sunset at Blandings* im Jahre 1977 ein Ende findet. Wodehouse hat daran selbst noch im Krankenhaus in Southampton gearbeitet, aber das Buch ist nicht mehr fertig geworden, sondern in einer von *Richard Usborne* bearbeiteten Fassung nach Wodehouse' Tod veröffentlicht worden.

Ein anderes Beispiel für die zum Teil über Jahrzehnte hin anhaltenden Erzählfiguren von P.G. Wodehouse bieten der jungadlige Bertram Wilberforce Wooster, genannt Bertie, und sein Butler Jeeves. Bertie Wooster verdankt seinen mittleren Namen seinem Vater, der am Tag vor der Taufe seines Sohnes beim Grand National auf ein gleichnamiges Pferd gesetzt und gewonnen hatte und deswegen darauf bestand, dass sein Sohn dessen glückbringenden Namen tragen sollte. Bertie Wooster geht – auch das alles hat einen leicht autobiografischen Charakter – zunächst auf die Malvern House Preparatory School, dann nach Eton und studiert später am Magdalen College in Oxford. Erstmals taucht er in *Extricating Young Gussie* aus dem Jahre 1915 auf, dem Jahr, in dem Psmith bereits seinen dritten Auftritt hat. Untrennbar mit Bertie Wooster verbunden ist dessen Butler Reginald Jeeves, der den Leser ebenfalls über gut 60 Jahre hinweg begleitet. 1915 tritt er zum ersten Mal auf und zum letzten Mal in dem Roman *Aunts Aren't Gentlemen* aus dem Jahre 1974. Jeeves weiß alles, sieht alles und hilft seinem Chef Bertie Wooster aus allerlei unangenehmen Situationen. In *The Inimitable Jeeves* (1923) wird Jeeves wie folgt eingeführt:

›*Morning, Jeeves*‹, *I said.*

›*Good Morning Sir*‹, *said Jeeves.*
He put the good old cup of tea softly on the table by my bed and I took a refreshing sip. Just right, as usual, not too hot, not too sweet, not too weak, not too strong, not too much

milk and not a drop spilled in the saucer. A most amazing cove, Jeeves. So dashed competent in every respect. I've said it before and I'll say it again: I mean to say, take just one small instance. Every other valet I ever had used to barge in my room every morning while I was still asleep, causing much misery. But Jeeves seems to know when I'm awake by a sort of telepathy. He always floats in with the cup exactly two minutes after I come to life. Makes a huge difference to a fellow's day.

Wenig später erweist sich Jeeves einerseits als von überragender Kompetenz auch in Bezug auf Pferdewetten und andererseits zeigt sich, wie sehr er die Herrschaft über den Alltag seines Herrn und Meisters Bertie Wooster übernommen hat. Zunächst zu den Pferdewetten:

›I say, Jeeves, a man I met at the club last night told me to put my shirt on Privateer for the two o' clock race this afternoon.

How about it?‹

›I should not advocate it, sir. The stable is not sanguine.‹ That was enough for me. Jeeves knows. How, I couldnt say, but he knows.

Und wenig später erkundigt Bertie sich, ob der Schneider seine mauvefarbenen Hemden bereits geliefert hätte.

›Yes, Sir. I sent them back.‹

›Sent them back?‹

›Yes, sir, they would not have become you.‹

I must say, I'd thought highly of those shirtings but I bowed to superior knowledge. Weak? I don't know. Most fellows, no doubt, are having their valets confined to activities like creasing their trousers and what not without having them run their homes, but it's different with Jeeves. Right from the first day he came to me, I have looked on him like a guide, philosopher, and friend.

Nach einem ähnlichen Muster wie bei Psmith und der Wooster/Jeeves-Verbindung verfährt Wodehouse auch bei seinen Blandings Castle-Geschichten. Er selbst hat die Erzählungen rund um den exzentrischen Lord Emsworth, dem das preiswürdige Schwein ›*The Empress of Blandings*‹ am meisten am Herzen liegt, später *The Blandings Castle Saga* genannt.

Blandings Castle liegt in Shropshire in der Nähe des kleinen Städtchens Market Blandings, das mindestens neun Country Pubs beherbergt, am bekanntesten natürlich: *The Emsworth Arms.* Nicht weit entfernt liegt das Dörfchen *Much Matchingham*, wo *Matchingham Hall* beheimatet ist, die Residenz des ewigen Rivalen Sir Gregory Parsloe-Parsloe. Lord Emsworth ist der neunte Earl of Emsworth, sein jüngerer Bruder ist Galahad (Gallie) Threepwood und seine drei Kinder sind die Tochter Mildred und die Söhne Freddie und George. Neben seinem Bruder Galahad hat Lord Emsworth noch weitere zehn Schwestern und so ist sichergestellt, dass Blandings Castle stets voller skurriler Persönlichkeiten ist, die die wunderlichsten Geschichten erleben. Komplettiert wird die adelige Familie vom Personal, dem kongenialen Jeeves-Ebenbild Sebastian Beach und der Haushälterin Mrs. Twemlow. Es gibt die beiden Chauffeure Slingsby und Alfred Voules, die gleich drei Fahrzeuge chauffieren: einen Hispano-Suiza, für den Notfall ein Fahrzeug namens »Albatros« oder ein Antelope namens »Summer Lightning«. Es gibt zwei schottische Gärtner und eine ganze Reihe von

Stallburschen, die sich ununterbrochen um die *Empress of Blandings* kümmern müssen. Erstmals vorgestellt in *Something Fresh* aus dem Jahre 1915 wird Blandings Castle den Leser immer wieder erfreuen, es taucht zunächst wieder auf in *Leave it to Psmith* (1923) auf und bleibt dann immer fort über *Summer Lightning* (1929), *Heavy Weather* (1933), *Pigs Have Wings* (1952), *Service With a Smile* (1961), *Galahad at Blandings* (1965) bis zu *A Pelican at Blandings* (1969) und dem unvollendeten *Sunset at Blandings* aus dem Jahre 1977.

Vergleichbar mit der Blandings Castle-Saga sind die Drones Club-Geschichten, die sich mit den Missgeschicken verschiedener Mitglieder dieses lärmenden Clubs für Londons reiche Müßiggang-Elite beschäftigen. Die Drones Club-Geschichten drehen sich stets um anonyme Clubmitglieder, die als Eggs, Beans oder Crumpets vorgestellt werden und die sich gegenseitig die neuesten Abenteuer und Missgeschicke anderer Clubmitglieder schildern. Einer von ihnen ist der Kindheitsfreund von Bertie Wooster namens Bingo Little. Neben den Drones Club-Geschichten sind auch die Erzählungen rund um die »The Oldest Member Golf Stories« erwähnenswert. Diese Geschichten, die Golf als die einzig wirklich wichtige Lebensbeschäftigung darstellen, werden zumeist von den ältesten Mitgliedern erzählt, deren Zuhörer es vorziehen würden, woanders zu sein.

Aber auch unter den älteren Publikationen finden sich wahre Schätze: Wodehouse' Schulgeschichten, seine ›*Mr. Mulliner Stories*‹, die von einem all- und besserwissenden Kneipengast im *Anglers' Rest* erzählt werden und sich unentwegt um wenig plausible Geschichten um irgendwelche Familienmitglieder ranken und schließlich die ›*Ukridge Stories*‹, in deren

Mittelpunkt der charmante, aber prinzipienlose Stanley Featherstonehaugh Ukridge steht, permanent auf der Suche nach reichen Freunden, die er anpumpen kann. Neben den Kurzgeschichten rund um Ukridge gibt es auch einen dazu passenden Roman aus dem Jahre 1906, *Love Among the Chickens*. Es dürfte typisch für das Werk Wodehouse' sein, dass sämtliche Werke sich überschneiden. Psmith taucht auch in Blandings auf, Bertie Wooster ist auch Mitglied im Drones Club, Onkel Fred und Pongo Twistleton sind Teil sowohl der Blandings Saga als auch der Drones-Geschichten, in denen auch Bingo Little auftaucht, der ja seine eigentliche Heimat in den Jeeves-Geschichten hat.

***

Wer sich mit P. G. Wodehouse befasst, kommt nicht umhin, die vielen Charaktere und Orte des Geschehens seiner Geschichten näher kennenzulernen. *Place, plot, people and prose*. Es sind schon viele genannt worden, Blandings Castle und Lord Emsworth, Jeeves und Wooster, der ›Anglers' Rest‹ und Bingo Little oder Freddie Threepwood, aber die Fantasie des Autors reicht weit über diese hinaus. Fast könnte man sagen, dass die Orte des Geschehens und die Exaltiertheit der Namen seiner Protagonisten einen bedeutenden Teil seines humoristischen Schaffens ausmachen.

Man denke nur an die Public School *Wrykyn*, terrassenförmig angelegt mit dem Schulhaus ›on top‹, berühmt für seine Cricket-Mannschaft und seine Rivalität mit den benachbarten Schulen *Geddington* und *Ripton*. Hier sind nicht nur *Mike Jackson* und eine Zeit lang auch *Psmith* zu Hause, sondern auch *Stanley Featherstonehaugh Ukridge*. Dieser ist ein Nebencharakter, dem Wodehouse 60 Jahre lang die Treue hält – und damit um einiges länger als zum Beispiel Jeeves und Bertie Wooster (59 Jahre) sowie dessen Freunde ›Looney‹ Coote oder Jimmy Corcran. In London erinnert Wodehouse' fiktives *Mario's Restaurant* an das reale *Café de Paris,* das auch im Roman ›*The Soldier's Art*‹, dem achten Buch des zwölfbändigen ›*A Dance to the Music of Time*‹ von Anthony Powell als Café Madrid eine bedeutende Rolle spielt. Hier wird das Essen in zwei Etagen gereicht: Im Erdgeschoss, wo man formell gekleidet sein muss und die Gäste im ersten Obergeschoss nicht sieht, während es oben andersherum ist. Man kann in Straßenkleidung erscheinen und die Gäste unten beobachten. Der *Senior Conservative Club* ist eine Einrichtung, die förmlich nach Pall Mall, wo sich in St. James die bedeutenden Gesellschaftsclubs Londons befinden, riecht: eine ruhige Oase mit diskretem Personal und exquisitem Essen. Der *Flower Shop* ist gegenüber und von den bodentiefen Fenstern des Klubs gut zu sehen. Das *Turkish Bath* ist nebenan. Ganz so wie im realen Royal Automobile Club, der das größte türkische Bad der Welt außerhalb Istanbuls beherbergt.

In den Dörfern Much Matchingham und Much Middlefold leben der Vicar ›*Beefy*‹ *Bingham* mit seinem Hund Bottles, die beide finanziell von Lord Emsworth abhängig sind, und eine ganze Reihe von Nebencharakteren, die über die Jahrzehnte die Romane und Kurzgeschichten von Wodehouse bevölkern. Zum Beispiel der Cricket-Enthusiast *Joan Romney, Wilmot ›Motty‹ Lord Pershore* oder *Bruce Carmyle.* Much Middlefold ist der Geburtsort vieler Charaktere, die nur einmal im gesamten Werk auftauchen, aber auch *Psmith* stammt hierher. Er wurde auf *Corfby Hall* geboren, somit ganz in der Nähe. In der Umgebung liegen auch Much-Middleford-on-the-Hill und Lesser-Middleford-in-the-Vale, die wiederum nahe beim *Beckford College* liegen, dessen Präfekt für Much Middleford beim Cricket zum Einsatz kommt, als dort Not an einsatzfähigen Spielern herrscht.

So wie Wodehouse ein ganzes fiktives England erfindet (man muss unwillkürlich – bei aller Verschiedenheit der Autoren und ihrer Geschichten – an Anthony Trollopes *Barchester Chronicles* denken), erfindet er auch ganze Dynastien und Freundes- und Familienkreise.

Clarence Threepwood, 9th Earl of Emsworth, ist schon mehrfach genannt worden, aber zu ihm gehört eine Großfamilie von unzähligen Schwestern und Schwägern, Kindern, Neffen, Nichten und – nicht zu vergessen – die *Empress of Blandings*, Lord Emsworth' *›black Berkshire sow‹*. Das alles wird gerahmt von Sekretären, Hausangestellten, Fahrern, Gärtnern und Mitgliedern des *›Pig Staff‹* wie *George Cyril Wellbeloved*, Lord Emsworth *›first pig man‹*.

Sir Gregory Parsloe-Parsloe, mit Emsworth in dauerhafter Fehde um die beste Sau im Lande, schickt gleich zwei Schweine ins Rennen: die *Pride of Matchingham* und die *Queen of Matchingham*. *Reginald Jeeves* und *Bertie Wooster* sind ebenfalls bereits genannt worden, aber auch sie sind nicht allein: Die Tanten *Dahlia* und *Agatha* spielen eine bedeutende Rolle in Berties Leben, ebenso wie seine Onkel *Willoughby* und *Henry* Wooster. Vor allem am Beispiel von *Aunt Agatha*, ununterbrochen bemüht, Bertie zu einem bürgerlichen Lebensstil und einer standesgemäßen Heirat zu bewegen, führt Wodehouse seinen Lesern die Kehrseite seiner Phantasiewelt voll kauziger und deswegen liebenswürdiger Exzentriker vor, so als wolle er warnen: Bewahrt euch ein sonniges Gemüt und nehmt euch nicht zu ernst, sonst werdet ihr so wie Aunt Agatha – selbstgefällig, ignorant, abgehoben. Schon das Äußere von Aunt Agatha ist beeindruckend:

Five foot nine, beaky nose, eagle eye and a lot of grey hair.

Und ihr Charakter steht dem in keinem Punkt nach:

She chews broken bottles and kills rats with her teeth.

Und Wodehouse lässt keine Zweifel aufkommen, auf welcher Seite er steht. Aunt Agatha erleidet eine Niederlage nach der anderen, so wie im *Inimitable Jeeves*, wo sie in Roville-sur-Mer an der Französischen Küste Bertie mit einem ›*nice and quiet girl*‹ namens Aline Hemingway verkuppeln will. Diese und ihr vermeintlicher Bruder Sydney, der in Wahrheit der Gangster *Soapy Sid* ist, stellen sich jedoch als Trickbetrüger heraus. Gott sei Dank hat Jeeves aufgepasst und die erforderlichen Erkundigungen eingezogen, sonst wäre die Sache schlecht für Bertie ausgegangen. Aber die Schilderung der Wahrnehmung von Aunt Agatha durch das französische Hotelpersonal gibt einen guten Einblick in Wodehouse' Schreibwerkstatt:

The hotel which had had the bad luck to draw Aunt Agatha's custom was the ›Splendide‹ and by the time I got there, there was not a member of the staff who seemed not to be feeeling it deeply. I sympathized with them. I've had experience with Aunt Agatha in hotels before. Of course the real rough work was over when I arrived but I could tell by the way everybody groveled before her that she had started by having her first room changed because it hadn't a southern exposure and her next because it had a creaking wardrobe and that she had had her say on the subject of the cooking, the waiting, the chambermaiding and everything else with perfect freedom and candour. She had the whole gang nicely under control.

The manager, a whiskered cove who looked like a bandit, simply tied himself into knots whenever she looked at him.

Falls denkbar, ist die Liste seiner Freunde und Widersacher noch beeindruckender als das familiäre Umfeld Berties. Wobei oft das eine nicht wirklich trennscharf vom anderen zu unterscheiden ist: Ob es sich um seinen alten Oxford-Kommilitonen *Harold ›Beefy‹ Anstruther*, um *Sir Roderick Glossop*, den Nervenspezialisten aus der Harley Street, um *Aubrey Upjohn*, den Schuldirektor in *Malvern House* oder um den alten Mitschüler *Reginald ›Kipper‹ Herrin*, handelt – alle sind eindrucksvolle Charaktere, die über den Moment hinaus in schillernder Erinnerung bleiben. Wie sagt einer von jenen (in einer Anspielung auf Hamlet's ›to be‹-Monolog) über Bertie?

If the slings and arrows of outrageous fortune want to crush (his) proud spirit, they have to pull their socks up and make a special effort.

Andererseits sind *Jeeves* und *Wooster* untrennbar verbunden, sie können nur gemeinsam gedacht werden und gemeinsam machen sie den typisch britischen Charakter aus. Und deswegen hat auch *Jeeves* ein paar erinnerungsfähige und -würdige Verwandte. Das Model *Mabel* ist Jeeves Nichte, ein Vetter namens *Egbert* und ein Onkel mit dem Namen *Charlie Silversmith* spielen eine Rolle. Letzterer bringt wiederum seine Tochter *Queenie* mit, die in *Deveril Hall* als Hausmädchen arbeitet. Alles in allem: Auch was *places* und *people* angeht, hat P.G. Wodehouse ganz Arbeit geleistet. Sein Werk bringt dem Leser auf jeder Erzählebene erinnerungswürdige Charaktere näher, die die diversen Handlungsorte seiner Romane bevölkern. Durch ihre stetige Wiederkehr innerhalb des Œuvre entsteht jenes aus der Zeit gefallene Fantasiereich, in dem seine Leser sich nun schon sehr lange sehr heimisch fühlen.

***

Es wurde bereits erwähnt, dass Anthony Powells ›*A Dance to the Music of Time*‹ von proustschem Charakter in Gestalt Wodehousescher Schreibe sein soll. Powells ›*Dance …*‹ mit seinen Hunderten von Charakteren und einer Reichweite über gut ein halbes Jahrhundert hat Wodehouse, der auf die Entwicklung seiner *plots* größte Mühe verwandte, sehr imponiert. Er schrieb an *Powell:*

I watch you very carefully but I still don't know how you do it.

Heimito von Doderer hat die zeitliche Entwicklung und personale Struktur seiner Romane am Reißbrett dokumentiert. Nur so meinte er, Fehlkonstruktionen und Irrtümer vermeiden zu können. Beispielsweise, dass die Figuren sich in die falsche Richtung entwickeln oder ihnen zu einem späteren Zeitpunkt andere Merkmale zugesprochen werden, als sie ursprünglich hatten. Wenn man an die unterschiedlichen Vornamen Psmith' in den verschiedenen Romanen denkt, kann man das leicht nachvollziehen. Auch Brüche im Erzählstrang sollen nach Möglichkeit vermieden werden. Um noch einmal *Anthony Powell,* der Wodehouse ›*a comic poet*‹ genannt hat, zu bemühen: Dieser hat gesagt, sein Zyklus sei keine konkrete Zeitgeschichte, sondern ›*told over the dinner table*‹. Als Beleg dafür hat er angeführt, dass er von ihm geschilderte Ereignisse in ein bestimmtes Jahr verlegt habe, obwohl sie sich tatsächlich erst später ereignet hätten. Jedenfalls hat Wodehouse seinerseits größten Wert auf einen sehr sorgfältig ausgearbeiteten Plot gelegt. Das empfand er als schwierig und zeitraubend; für jeden Roman legte er ein ausführliches Fundament an, was ihn bis zu zwei Jahre Arbeit kosten konnte. Bei der riesigen Menge an Büchern, Kurzgeschichten, Musicals und Filmskripten ist es geradezu zwingend, dass sich stets mehrere Werke in einer Art Parallel-Produktionsprozess befanden.

Diese Plots sind voller komödiantischer Komplikationen und überraschender Wendungen. Häufig fängt alles mit einer Bitte eines Freundes oder Verwandten an, der die Hauptfigur in eine endlose Kaskade von Verwechslungen und scheinbar aussichtslosen Situationen stürzt. In *The Inimitable Jeeves* beispielsweise bittet Bingo Little seinen Schulfreund Bertie Wooster, bei Bingos Erbonkel um dessen Zustimmung zu einem Verlöbnis Bingos mit einer Kellnerin nachzufragen. *Jeeves* hat die geniale Idee, Bingo solle seinem Onkel Geschichten vorlesen, in denen es permanent darum geht, Standesunterschiede zu überwinden, wenn romantische Verbindungen in Aussicht stehen. Bei dem entscheidenden Mittagessen, bei dem Bingo dem Onkel Bertie als den Autor dieser wunderbaren Romane vorstellt, schafft Bertie es denn auch tatsächlich, den Onkel zu überreden. Als er aber die weitere Bitte Bingos vorbringt, den Unterhalt zu verdoppeln, um eine standesgemäße Ehe führen zu können, verweigert sich der Onkel. Er hat nämlich selbst, dem Beispiel der Bücher folgend, beschlossen, bei seiner eigenen Köchin um deren Hand anzuhalten. So kann er keine zusätzlichen Mittel abzweigen, woran Bingos Plan scheitert. Es stellt sich weiterhin heraus, dass auch *Jeeves* mit der Köchin ein Verhältnis hatte, dieses aber lösen wollte, weil er sich wiederum in Bingos Kellnerin verliebt hatte. Da kann einem schon mal der Überblick verloren gehen.

Dieses Erzählmuster entspricht einer weiteren festen Größe in Wodehouse' Literatur: Es gibt häufig den Problemlöser, der die Hauptfiguren aus ihren desaströsen Situationen befreit. Dieser ›Fixer‹ löst Personenverwechslungen auf, befreit ungewollt in einer Verlobung landende Protagonisten aus ihrer Verstrickung oder beendet Abenteuer, die ihren Ausgang – wie häufig – in zu viel Alkoholgenuss haben. Ein beliebter Drink ist zum Beispiel die ›*May Queen*‹, eine teuflische Mischung aus ›*any good dry champagne, to which is added brandy, armagnac, kümmel, yellow chartreuse, and old stout, to taste*‹. Nach dem Genuss solcher Mixturen kann einem schon allerlei Blödsinn einfallen.

Nun sind skurrile Verwirrungen nicht ipso facto witzig – im Gegenteil: Nicht im richtigen Ton transportiert, können sie nervig werden. Hier wird das vierte ›P‹ in Stephen Frys Aufzählung wichtig: *Prose.* Aus heutiger Sicht muss man schon konzedieren, dass Wodehouse zeitweilig übertreibt, wenn er ein Edwardianisches Upper Class-Englisch auf den Dialekt der Private Schools und alles zusammen auf Londoner ›*Clubroom slang*‹ treffen lässt. Nicht von ungefähr hat *Sir Patrick Dean*, der britische Botschafter in Washington davor gewarnt, Wodehouse den *Order of the Companions of Honour* zu verleihen, für den er 1967 vorgeschlagen war. Der Grund: Das würde das Bertie Wooster-Image des britischen Charakters aufwerten, das loszuwerden die Behörden seit langem ihr Bestes gäben. Aber genau das trifft den Punkt. Wie auch bei John le Carré, dem häufig vorgeworfen wurde, er sei ein Nestbeschmutzer, stellt sich die Frage, ob le Carré und eben auch Wodehouse nicht viel eher ›Nestbeschützer‹ sind, wenn sie solche Charaktere als unmoralisch (le Carré) oder lächerlich (Wodehouse) darstellen, die ihrerseits die wahren Werte des Britischen infrage stellen. Bei le Carré treten korrupte Mitglieder des Civil Service auf, bei Wodehouse spleenige oder zumindest unkonventionelle Mitglieder der besseren Gesellschaft. Und indem Wodehouse diese der Lächerlichkeit preisgibt, tut er mehr für das Image des wahren Briten als es die überzeugendsten Werbebotschaften könnten. Durch die Darstellung bestimmter Eigenschaften als ›larger than life‹ setzt Wodehouse dem durch gewisse Exzesse reduzierten Englischsein ein Denkmal. Ein Denkmal, das bis heute wahrgenommen wird.

Das erklärt aber immer noch nicht, wie Wodehouse das erreicht. Viele Kritiker sind sich einig, dass er die englische Sprache meisterhaft beherrscht hat. Dass er einen *›mature comic style‹* gepflegt hat, in den er Elemente der Poesie eingebaut habe und dass er kurzum ein *›Meister der Prosa‹* gewesen sei.

Aber warum das so ist, das bleibt offen. Recht überzeugend scheinen dagegen die Einschätzung des Wodehouse-Biografen *Richard Voorhees* und des Literaturwissenschaftlers *Stephen Metcalf,* nach der Wodehouse ›ein Klischee so zum Leben erweckt, dass es dadurch getötet wird‹. Nur scheinbar gegensätzlich ist die Meinung von *Pamela March*, die meint, dass Wodehouse die Fähigkeit hatte, ein Klischee zu ›de-klischieren‹. Beide Argumente meinen letztlich dasselbe: Entweder wird das Klischee durch Aggravation beseitigt oder es wird der Eigenschaft beraubt, die es erst zum Klischee macht. In jedem Fall ist die Betrachtung dieses Kreativprozesses erbaulich; wie ein Charakter der Lächerlichkeit preisgegeben wird und eben durch die Eliminierung der Lächerlichkeits-Parameter als ein positiver Charakter verbleibt.

Und wenn das alles nicht reicht, um aus einem Upper Class-Fiesling einen liebenswerten Menschen zu machen, sind da immer noch die Diener ihrer Herrschaften. Auch *Jeeves* trägt zur Imagebildung des britischen Stereotyps bei. Im Grunde genommen ergeben eben nur die kombinierten Elemente von *Wooster* und *Jeeves* den ›echten Briten‹. Und weil das alles so ganz ohne Häme, sondern mit Sprachwitz und – wenn auch zum Teil beißender – Ironie geschildert und zusätzlich mit allerlei Wortspielen gewürzt wird, haben wir es eben mit einem Autor zu tun, der uns bestens unterhält, Klassenschranken verwischt, wenn nicht auflöst, und das alles in einer ›sonnenüberfluteten‹ Prosa tut, die dem Leser ein Wohlgefühl vermittelt. Stephen Fry:

More than that, he taught me something about good nature. It is enough to be benign, to be gentle, to be funny, to be kind.

Und noch einmal Evelyn Waugh:

›The gardens of Blandings Castle are that original garden from which we are all exiled‹.

***

Wodehouse hat sich mehrfach dazu bekannt, dass die kanonischen Klassiker großen Einfluss auf sein Schreiben genommen haben. Auf die von Stephen Fry angeführten Diener/Herr-Parallelen im Werk von *Goldoni* oder *Molière* ist bereits hingewiesen worden. *Vergil* war nicht so sehr nach seinem Geschmack (*a shallow falsehood*), dafür aber *Aischylos*: *›Aeschylos is a demon‹*. Die Werke von – natürlich – *Shakespeare* und *Alfred Tennyson* waren die einzigen

Bücher, die Wodehouse nach Tost in das Internierungslager mitgenommen hat. In seinem Aufsatz von 1957 ›*Over Seventy*‹ hat Wodehouse einige der Schriftsteller benannt, die Einfluss auf ihn ausgeübt haben. Hervorzuheben sind wohl *A. P. Herbert* (1890–1971) und *Alex Atkinson* (1916–1962). *A. P. Herbert*, Weltkriegsveteran und Oxford-Absolvent, schrieb nach dem Ersten Weltkrieg für den *Punch* und kämpfte als Parlamentarier für Reformen des britischen Rechts- und Gerichtssystems. Wodehouse fand besonderen Gefallen an Herberts Satiren in Form von *Law Reports*, die so echt wirkten, dass sie in der Tagespresse als reale Fälle rege diskutiert wurden. Die *American Law Review* kritisierte heftig einen Beitrag Herberts, in dem er einen neuen Straftatbestand ›doing what you like‹ erfunden hatte, ohne zu merken, dass alle Ausführungen Herberts reine Satire waren. Herbert veröffentlichte mehrere Fallsammlungen unter so schönen Titeln wie ›*Uncommon Law*‹, damit das das englische Rechtssystem beherrschende *common law* karikierend. Oder ›*Misleading Cases*‹ in Anlehnung an die echte Sammlung ›*Smith's Leading Cases*‹. Herberts fiktive Fälle wurden später von der BBC als Vorlage zu einer TV-Serie benutzt.

Alex Atkinson war ein Schauspieler, der später ebenfalls Schriftseller wurde und Theaterstücke schrieb und im *Punch* publizierte. Gemeinsam mit dem Illustrator *Ronald Searle* hat Atkinson eine Kurzgeschichten-Sammlung rund um humoristische Charaktere veröffentlicht: *The Big City or the New Mayhem.* Sein Sinn für Humor, den Wodehouse schätzte, kommt in seiner Einleitung zu dem Buch *By the Rocking Chair Across America*, wieder mit *Ronald Searle*, zum Ausdruck:

›Too many books about the United States are written by men who have spent only a few weeks in the country. This one is different; it is by a man who has never been there in his life‹.

Das hat Wodehouse so imponiert, dass er in der Einführung zu *Summer Lightning* (1929) sehr ähnlich schreibt:

A certain critic – for such men, I regret to say, do exist – made the nasty remark about my last novel that it contained ›all the old Wodehouse characters under different names‹. He has probably by now been eaten by bears, like the children who made mock of the prophet Elisha; but if he still survives he will not be able to make a similar charge against Summer Lightning. With my superior intelligence I have outgeneralled the man this time by putting in all the old Wodehouse characters under the same names. Pretty silly it will make him feel, I rather fancy.

Ein weiterer Autor, den Wodehouse als Vorbild benennt, ist *Frank Sullivan* (1892–1976), ein amerikanischer Autor und Journalist, der für die Erschaffung eines gewissen Mr. Arbuthnot bekannt wurde. Dieser ist ein ›Cliché Expert‹, also eine Art archetypischer Sachverständiger, der von Sullivan fortwährend in Beiträgen für ›The New Yorker‹ von 1934 bis 1952 als Beweis für die Richtigkeit abstruser Behauptungen oder Meinungen angeführt wurde. *Rudyard Kipling* (1865–1936) wird von Wodehouse ebenso benannt wie *Gavin Lyall* (1932–2003), ein englischer Thriller-Autor und Journalist, der durch die Comicfigur *Olly*, die sich Gedanken über das Studentenleben in Cambridge macht, bekannt wurde. Oder *George MacDonald Fraser* (1925–2008): Einen Namen machte dieser sich durch seine zwölf historischen Romane, in denen ein fiktiver Sir Harry Flashman biografisch über seine Militärkarriere berichtet. Überraschen mag in diesem Kanon die Nennung des mittelalterlichen persischen Philosophen und Poeten *Omar Khayyam* (1048–1131), der Mitte des 18. Jahrhunderts in einer Übersetzung von *Edward Fitzgerald* in England erschien und für seine vierzeiligen Aphorismen berühmt wurde.

Wodehouse war auch einem guten Krimi nicht abgeneigt. Hier sind *Dame Ngaio Marsh* und *Rex Stout* zu nennen, mit *Edgar Wallace* als Zusatz, wegen der Spannung. Vielleicht bemerkenswert ist das Fehlen englischer Autoren, obwohl es gerade zu der Zeit, in der Wodehouse aufwuchs, viele bemerkenswerte Autoren des ›Golden Age of Crime‹ gab, wie Agatha Christie, Dorothy L. Sayers oder Lucy Malleson, um nur einige Vetreterinnen zu nennen.

Ngaio Marsh, die Neuseeländerin, und vor allem *Rex Stout*, der Amerikaner, standen ihm da offenbar näher, vor allem *Stout*, der mit seinem exzentrischen Helden Nero Wolfe, welcher mit seiner Drei-Männer-Gang – neben seinem Assistenten Archie Goodwin noch der Sterne-Koch Fritz Brenner – in ›*the old brownstone*‹ in der 35. Straße residiert und im obersten Stockwerk seines Hauses Orchideen züchtet, einen Kosmos der ganz eigenen Art geschaffen hat. Genau wie Wodehouse selbst.

***

Zwischen P. G. Wodehouse als politischem Subjekt und dem humoristischen Autor tun sich wahrlich Welten auf. A. A. Milne, Schöpfer von *Winnie-the-Pooh* und ein alter Weggefährte, konnte und wollte Wodehouse' Fehltritt mit den Radioübertragungen aus Berlin nicht vergessen. Er schrieb einen wütenden Leserbrief an den *Daily Telegraph*, der eine Antwort darauf von *Compton Mackenzie*, die sich für Wodehouse aussprach, aus Platzgründen nicht abdruckte. Ein gewisser *William Connor* wütete in einer vom Informationsminister *Duff Cooper* autorisierten BBC-Sendung unter dem Pseudonym ›Cassandra‹ gegen Wodehouse. Einige Bibliotheken nahmen seine Bücher danach sogar aus ihren Regalen. Diese Kontroverse hält bis heute an.

Zu den Wodehouse-Kritikern zählt auch der deutsch-englische Autor *Alan Posener*, einst Mitglied des Kommunistischen Studentenverbandes und der maoistischen KPD-AO und dann später umstrittener und sich mit vielen streitender Journalist bei der *Welt*. Er hält Wodehouse in einer Kritik des Buches von *Thomas Schlachter* ›Wodehouse im Krieg‹ (2013), das auch das Lagertagebuch Wodehouse' enthält, allen Ernstes vor, dieser habe sich nie gefragt, wo eigentlich die Insassen der Landespflegeanstalt in Tost geblieben waren, als ihr Gebäude von den britischen Internierten bezogen wurde. Und er meint, ›selbst Wodehouse hätte wohl anders über die Eskapaden und Absurditäten der englischen Gefangenen geschrieben, wenn er gewusst hätte, in welchen Betten sie schliefen‹. Damit will er wohl, auf leider typische Weise eher insinuierend als behauptend, dem Oberschicht-Chronisten Wodehouse eine Art moralischer Mitschuld daran anlasten, dass viele Insassen der Pflegeanstalt später Opfer des Euthanasieprogramms T4 wurden. Bezeichnend für die gehässige Weise solchen Journalismus' ist das denunzierende ›selbst‹ im Zusammenhang mit Wodehouse. ›Selbst‹ ein solcher Parvenü hätte doch auf das Naheliegende kommen müssen. Und zugleich verstrickt Posener sich in Widersprüche, denn: Wenn Wodehouse und Co. gar nicht wussten, wer da vor ihnen gelebt hatte, dann geht der Vorwurf Poseners a priori ins Leere.

Aber Kollegen wie George Orwell, politisch ja pointiert links, haben Wodehouse verteidigt. Es sei grober Unfug, seinen Schriften ›faschistische Tendenzen anzudichten‹, Wodehouse zeige ›überhaupt keine Tendenzen auf, die über das Jahr 1918‹ hinauswiesen. Und auch Dorothy L. Sayers hat Wodehouse verteidigt. Die Radiosendungen seien nicht klug gewesen, aber unpolitisch. Auf dieser Linie bewegt sich auch Wodehouse' eigene Verteidigung.

Er selbst spricht in einer Brief-Sammlung aus dem Jahr 1953 ›*Performing Flea*‹ von ›*harmless stuff*‹, aber er hätte nie das deutsche Radio für diese Sendungen benutzen dürfen. Die Internierung in Tost habe wohl seinen Intellekt angegriffen. Die Amerikaner haben ebenfalls geteilt reagiert: Die Linken warfen Wodehouse vor, er habe den Jeeves für die Nazis gespielt, das Kriegsministerium dagegen hielt die Sendungen für eine ideale Darstellung von Antinazi-Propaganda. So unterschiedlich können die Einschätzungen sein.

Heute überwiegen die positiven Stimmen. *Christopher Hitchens*, der zu früh verstorbene Chronist des britischen Kulturlebens, hat Wodehouse ganz oben auf das nationale Podest gestellt:

›*There is not, and never will be, anything to touch him.*‹

Douglas Adams, Salman Rushdie, Zadie Smith und *Terry Pratchett*, um nur ein paar aus der nachfolgenden Schriftstellergeneration zu nennen, haben ihn bewundert. Von seinen Zeitgenossen müssen ohne Anspruch auf Vollständigkeit als seine Bewunderer genannt werden: *Hilaire Belloc* (1870–1953), der Wodehouse ›*the head of my profession*‹ genannt hat. Evelyn Waugh (1903–1966) als einer der bedeutendsten Autoren in der Mitte des 20. Jahrhunderts (Brideshead revisited) oder der Literatur-Nobelpreisträger Rudyard Kipling (1865–1936) haben Wodehouse sehr geschätzt. Evelyn Waugh meinte, ›*his idyllic world can never stale*‹, Wodehouse Welt sei ›*Eden before the fall*‹. In einem *Punch*-Artikel wurde die Einzigartigkeit Wodehouse' hervorgehoben; wenn man ihn mit anderen Humoristen vergleichen wolle, könne man auch ›*ein Soufflé mit einer Schaufel*‹ essen.

Nicht zu Unrecht ist Großbritanniens einziger Preis für Satire nach Wodehouse benannt worden. Der Bollinger Everyman Wodehouse Prize, gestiftet von der Champagnermarke Bollinger und dem Verlag Everyman. Preisträger waren so großartige Autorinnen wie *Marina Lewycka* für *A Short History of Tractors in Ukrainian* (2005) und *The Lubetkin Legacy* (2016) und Autoren wie *Paul Torday* für *Salmon Fishing in the Yemen (*2007). Andere Preisträger waren *Ian McEwan*, *Michael Frayn*, *Carl Hiaasen* oder *Roddy Doyle.* Seit 2010 werden die Gewinner alljährlich anlässlich des Hay Literary Festivals verkündet. Der Preis besteht aus einem nach dem ersten König des Northern Kingdoms benannten *Jerobam* Bollinger Champagner (zwischen 3.5 bis 4 Liter) und 52 Exemplaren der Wodehouse-Edition aus dem Verlag Everyman. Solch ein Preis hätte P. G. Wodehouse auch gefallen.

Fundstellen und Literaturhinweise

Benny Green
P. G. Wodehouse: A Literary Biography
Pavilion Michael Joseph, 1981

Martin Breit
P. G. Wodehouse – Gentleman der Literatur
Römerhof, 2014

Frances Donaldson
P. G. Wodehouse: A Biography
1982

Robert McCrum
Wodehouse. A Life
Norton, 2004

Chartwell Mansion
Westerham/Kent

Der Zweite Weltkrieg steuerte bereits seinem Ende entgegen, aber die Ardennenoffensive der deutschen Wehrmacht befand sich auf ihrem Höhepunkt. Die »Wacht am Rhein« hatte das Ziel, Antwerpen zu ›befreien‹, um den alliierten Nachschub zu unterbrechen. Zugleich befanden sich die Vorbereitungen auf die Krim-Konferenz der Alliierten in Jalta, die für den 4. bis 11. Februar 1945 geplant war, in vollem Gange. Doch das Personal hatte in den letzten fünf Jahren unter permanenter Höchstbelastung gearbeitet und deswegen sollte für Entspannung gesorgt werden. Für den gemeinsamen Filmabend, bezeichnenderweise nicht nur für enge Stabsmitarbeiter und politische Würdenträger, sondern für alle Mitarbeiter (Fahrer, Stenotypistinnen, Sekretärinnen, Gartenarbeiter und Hausangestellte) wählte der Hausherr den Hollywood-Streifen Dark Victory *aus dem Jahr 1939, der den etwas unglücklichen und auch irreführenden deutschen Titel* Opfer einer großen Liebe *trägt. Neben* Bette Davis, *die die reiche, aber unheilbar kranke Erbin Judith Traherne spielt, die sich in ihren Arzt verliebt und diesen nach vielen Irrungen und Wirrungen noch heiratet, bevor sie ihr frühes Ende findet, ist in einer Nebenrolle auch* Ronald Reagan *zu sehen, jener damals wenig bekannte Schauspieler, der Jahrzehnte später als vierzigster Präsident der Vereinigten Staaten von Amerika dazu beitrug, den Untergang des Kommunismus einzuleiten. Die Frage nach dem Unterschied zwischen der kommunistischen und der freien*

Welt hatte Reagan mit einem entwaffnend-einfachen ›We'll win, they'll lose‹ beantwortet. So berichtet es jedenfalls Donald Rumsfeld in seiner Autobiografie ›The Known Unknown‹ aus dem Jahr 2011.

Nicht nur die Parallelen zwischen dem politischen Handeln des Schauspielers Reagan und des eingangs beschriebenen Gastgebers sind beachtlich, sondern auch beider Gabe, den künftigen Verlauf der Geschichte zutreffend vorherzusagen. Das wiederum war allerdings am 20. Januar 1945, als sich die Versammlung im Kinosaal in Chartwell, *dem Landhaus in der Nähe von* Westerham *knapp außerhalb der M25 an* Dark Victory *erfreute, weder vorherzusehen noch zu erwarten.*

Der Gastgeber an diesem Abend (wie an vielen Kinoabenden zuvor) war **Winston Spencer-Churchill**, *der seinerzeit sicher nicht ahnte, dass einer der zu bewundernden Leinwandhelden sehr viel später zum Untergang des repressiven Regimes der Sowjetunion beitragen würde. Dessen Wirken kann natürlich nicht mit dem Churchills vergleichen werden, der sich nach den Worten des Biografen Andrew Roberts in jenen Tagen anschickte, zur Nemesis für die Nazi-Tyrannei zu werden, aber gewisse Parallelitäten sind erkennbar. Churchill entspannte sich häufig bei Filmen dieser und ähnlicher Art in einem kinoähnlichen Saal, den der mit Churchill befreundete Filmproduzent* Alexander Korda *eingerichtet hatte. Bei diesem forderten die Sekretärinnen auch die Filme für die Woche an, sie erhielten von Korda eine Liste und* Churchill *strich einen oder zwei an – häufig nach Konsultation seiner Frau Clementine. Das Ritual war immer das gleiche: Nachdem die Gäste vollständig versammelt waren, betraten die* Churchills *als Letzte den Raum und alle erhoben sich. Für die beiden waren zwei Sitze in der ersten Reihe reserviert, Zigarren und Whisky standen bereit. Die Geschehnisse auf der Leinwand* *rührten* Churchill *häufig zu Tränen. Einmal verbot er seiner Sekretärin* Jane Portal *nach einem Film, in dem am Ende ein Pferd zu Tode gekommen war, tränenüberströmt, jemals wieder einen Film zu bestellen, in dem ein Tier derart gequält würde. Dass er den Film selbst ausgewählt hatte, hatte er da wohl schon wieder vergessen.*

Apropos Tiere: Die Legende von den neun Leben einer Katze ist auf den ägyptischen Sonnenkönig Atum-Ra zurückzuführen, der häufig als Katze personifiziert wurde, weil er acht weiteren Göttern das Leben schenkte. Winston Churchill war weder eine Katze noch hatte er acht Kinder, aber sein Leben war so vielfältig und reich an Ereignissen, dass es hier in neun Kapiteln vorgestellt werden soll: der Politiker, der Überlebenskünstler, der begnadete Selbstdarsteller, der Soldat, der Prophet, der Technikfreak, der verehrte Chef, der Connaisseur und der Schriftsteller. Er war über 60 Jahre Abgeordneter des Parlaments (mit einer kurzen Unterbrechung Anfang der 20er), hat so gut wie jedes Ministeramt innegehabt, war zwei Mal Premierminister und es ist ihm zu verdanken, dass die Welt nicht vor den Nazis kapitulierte. Von hochadeliger Abstammung war er es, der die Schutzbedürftigkeit der prekären Massen erkannte, etwa, als er die Kriegswitwenrente einführte, er war außerdem ein überaus begabter Maler, politischer Prophet und technischer Visionär. Als Soldat lieferte er ganz nebenbei die Reportagen zu seinen Einsätzen und war der bestbezahlte Kriegskorrespondent seiner Zeit. Er war berühmt für seine Reden und noch berühmter für seine ›quips‹, seine schlagfertigen Witzeleien. Und das alles gegen erhebliche Widerstände; nicht nur der politische Gegner hat es ihm schwer gemacht, sondern häufiger noch die Presse und vor allem das Tory-Establishment.

Es mag überraschen, dass dieser als Politiker und Kriegsheld weltberühmte Politiker hier als Literat gewürdigt werden soll, aber er hat – neben seinen unzähligen anderen Beschäftigungen – nach den Recherchen seines Biografen Boris Johnson, inzwischen selbst Premierminister, – mehr geschrieben als Shakespeare *und* Dickens *zusammen. Als Churchill 1953 den Nobelpreis für Literatur erhielt, war er dankbar, dass es nicht der für Frieden, für den er natürlich auch nominiert war, geworden war. Denn der Literatur-Nobelpreis entsprach keiner ›politischen‹ Würdigung seiner Lebensleistung, sondern war eine Anerkennung, die er sich, Zeit seines Lebens neben seiner politischen Karriere als Journalist, Redenschreiber und Buchautor aktiv, redlich verdient hatte.*

***

Der erste Churchill von historischer Bedeutung war *John Churchill*, geboren 1650 in den Wirren des englischen Bürgerkrieges. Dessen Vater *Winston* wiederum war der erste Sir unter den Churchills und seine Schwester *Arabella* wurde die Geliebte des Dukes of York, der 1685 König James II. wurde. *John* ging früh nach London, wo er erst ein Verhältnis mit der Geliebten von König Charles II., *Barbara Villiers, Lady Castlemain,* anfing und später eine Hofdame namens *Sarah Jennings* heiratete, die zur engen Vertrauten von *Queen Anne* avancierte. Wegen seiner Verdienste als Soldat und Feldherr von *König William III.* zum obersten Befehlshaber der Armee in Flandern und zugleich zum *Earl of Marlborough* ernannt, tat er *Queen Anne* große Dienste im Spanischen Erbfolgekrieg. Louis XIV. wollte den Herzog von Anjou auf dem spanischen Thron, der durch erbenlosen Tod des spanischen Königs Carlos II. frei geworden war, platzieren. Das verhinderte Churchill und wurde zum Dank zum *Duke of Marlborough* befördert. Diese Würdigung ging mit dem Geschenk eines sehr großen Anwesens in der Nähe von Woodstock in Oxfordshire einher. Zum Gedenken an die kriegsentscheidende Schlacht von Höchstädt im Jahr 1704 in der unmittelbaren Umgebung des Örtchens Blindheim nannte er sein neues Heim *Blenheim Palace*, bis heute der einzige Landsitz mit diesem Ehrentitel, der nicht in royalem Gebrauch ist. In der Schlacht hatte Churchill die Franzosen besiegt und Europa vor deren Hegemonialansprüchen bewahrt, bis *Napoleon Bonaparte* ein gutes Jahrhundert später auf den Plan trat. Der frühere UN-Botschafter John Bolton, ein ›Falke‹, der unter allen republikanischen Präsidenten seit *Ronald Reagan* gedient hat, war dafür bekannt, dass er seinen Platz bei Staatsdinners gerne an verdiente Mitarbeiter verschenkte. Aber in Blenheim wäre er gerne länger geblieben (›I could have hung around for a while…‹). Das zeigt, wie beeindruckend *Blenheim* auch auf die wirkte, die schon alles gesehen hatten.

Hier, in diesem Palace, wird am 30. November 1874 *Winston Spencer-Churchill* geboren. Sein Vater *Randolph* ist der jüngere Bruder des achten Dukes und Winston ist somit ein Cousin des neunten Dukes, Spitzname ›Sunny‹. Dieser trägt bis zum Tod des Vaters den Titel eines Marquess of Blandford, ein Beispiel für die oft verwirrende Titelei in der britischen Primogenitur. Zu dieser Verwirrung trägt auch bei, dass der dritte Duke aus einer Ehe mit einem Earl of Sunderland hervorging, der mit Familiennamen Spencer hieß, sodass der Doppelname Spencer-Churchill entstand. Sunny (wie alle Marlboroughs in dauernder Geldverlegenheit, weil Blenheim Unsummen an Unterhalt und Erhaltung verschlingt) ist in erster (unglücklicher) Ehe mit *Consuelo Vanderbilt* verheiratet – in der Tradition des häufigen Tauschgeschäfts ›alter englischer Adel gegen junges amerikanisches

Geld‹. Die zweite Ehe geht er mit einer Dame namens *Gladys Deacon* ein, die nicht nur ebenfalls sehr reich war, sondern so schön, dass Marcel Proust bei ihrem Anblick in Ohnmacht gefallen sein soll. So berichtet es jedenfalls der Historiker Richard Davenport-Hines in seinem Buch *A Night at the Majestic*. Nach dessen Bericht über ein Zusammentreffen von Proust und Joyce (die sich übrigens nicht viel zu sagen gehabt haben sollen) hat Proust sie in der ›*Recherche…*‹ als Miss Foster unsterblich gemacht.

Möglicherweise ist es diese Abstammung aus dem höchsten Adel, die Churchill früh das Gefühl gibt, er sei ein Mann ›*walking with destiny*‹, dem Untertitel der Biografie von Andrew Roberts aus dem Jahr 2018. Vom Vater erbt er zusätzlich die Ungeduld: Er leidet zeitlebens unter der Vorstellung, sich beeilen zu müssen, weil er fürchtet, dessen Schicksal, der schon mit 44 Jahren verstorben war, teilen zu müssen. Dieser Vater begegnete seinem Sohn distanziert, nach heutigen Maßstäben geradezu ablehnend. Auch er hätte schon Premierminister werden können, verspekulierte sich aber: Als er seinen Rücktritt vom Amt des Schatzkanzlers anbot, rechnete er damit, dass man nicht anders reagieren könne, als dieses Angebot abzulehnen. Entgegen dieser Erwartung akzeptierte Premierminister Lord Salisbury aber ohne mit der Wimper zu zucken Randolphs Rücktritt und ersetzte ihn kurzerhand durch einen weitgehend unbekannten Lord Goschen. Möglicherweise hat der Gram über diesen unverzeihlichen Fehler sogar zum frühen Tod Randolph Churchills beigetragen. Winston jedenfalls ist überzeugt, dass er all seine großen Ambitionen so schnell wie möglich in die Tat umsetzen muss, bevor es zu spät sein würde. Nach wenig erfolgreicher Schulzeit, er schafft die Aufnahmeprüfung für *Harrow* nur mit knapper Mühe, absolviert er die

Militärakademie in *Sandhurst*, die ihn auch erst im dritten Anlauf akzeptiert. Nach *Sandhurst* bewirbt er sich sogleich um militärische Einsätze, diese von Beginn an mit seiner journalistischen Tätigkeit als Kriegsberichterstatter kombinierend. Er dient Zeitungen wie ›The Pioneer‹, ›The Daily Telegraph‹, ›Daily Mail‹ und auch ›Morning Post‹ seine aufregenden Berichte aus erster Hand an und verlangt die höchsten Honorare, die man zu dieser Zeit Top-Journalisten bezahlt. Und erhält sie auch. Berühmt geworden durch eine waghalsige Flucht aus einem Kriegsgefangenenlager in Pretoria im Jahre 1899, geht er in die Politik und wird 1901, im Alter von nur 27 Jahren, Parlamentsabgeordneter. Von Beginn an erregt er Aufsehen, schon über seine erste Rede wird in der Presse ausführlich berichtet, wozu mit Sicherheit auch beigetragen haben wird, dass er das Manuskript vorab (und gegen alle Üblichkeit) der Presse zur Verfügung stellte. Schon bald irritiert ihn die konservative Politik seiner ›Tories‹ und er irritiert diese umgekehrt ebenso, als er sich dafür einsetzt, eine an sich für die Army geplante Etaterhöhung der Navy zuzuschustern. So gerät er umgehend zum ersten Mal ins politische Abseits. Statt mit den Vorhaben des konservativen Regierungschefs Balfour sympathisiert er sehr viel mehr mit der Politik der Liberalen Campbell-Bannerman, Asquith und Lloyd George. Also wechselt er die Partei und gewinnt für die Liberalen in den Neuwahlen von 1905 den Parlamentssitz für Manchester Nord-West. Im Kabinett Campbell-Bannerman wird er sogleich eine Art Unter-Staatssekretär und der nächsten Regierung Asquith gehört er als der jüngste Minister seit 1866 an. In seiner Freizeit schreibt er die Biografie seines Vaters, für die ihm 8.000 Pfd. Sterling bezahlt werden, wiederum das bis dato höchste Honorar, das je für eine politische Biografie gezahlt wurde. In den nächsten Jahren gehört er in verschiedenen Funktionen den Kabinetten Asquith und Lloyd-George an. Ausgenommen sind die Jahre 1915/16, als er seinen Ministerposten niederlegt, um mit den Royal Scots Fusiliers im aktiven Fronteinsatz am Ersten Weltkrieg teilzunehmen. Eine zweite Unterbrechung erfährt seine politische Karriere 1922: Nachdem er sich einer Blinddarm-Operation unterziehen muss, verliert er den Wahlkreis von Leicester West und findet sich plötzlich ›ohne Geld, ohne Blinddarm und ohne Parlamentssitz‹ wieder.

Man muss sich wundern, wie vehement diese Ausnahmeerscheinung von vielen Seiten angefeindet wird. Aber vielleicht ist das auch kein Wunder, denn sein manischer Ehrgeiz, seine fiebernde Energie und sein messianisches Sendungsbewusstsein müssen bei den Normalsterblichen um ihn herum auf Ablehnung stoßen. Sein Privatsekretär für die nächsten 30 Jahre, Eddie Marsh, fragt seine Freundin Lady Lytton, die unter ihrem Mädchennamen Pamela Plowden mit Churchill befreundet war, um Rat, ob er das Jobangebot von Churchill annehmen soll. Sie antwortet:

> *Bei der ersten Begegnung mit Winston siehst du alle seine Fehler, und dann verbringst du den Rest deines Lebens damit, seine Tugenden zu entdecken.*

So ging es vielen, und diese vielen waren keineswegs zurückhaltend, ihren Eindrücken aus den jeweils ersten Begegnungen mit Churchill auch deutlich Ausdruck zu verleihen. Auf der Rückreise aus den USA im Jahre 1900 stellt eine zufällige Reisebekanntschaft fest, der junge Churchill sei ›ein wenig zu selbstsicher über alles und jedes‹ und auch Präsident

Roosevelt hält ihn nicht für einen ›attractive fellow‹. Aber immerhin: Da war er erst 26 Jahre alt, hatte kein Amt und wurde dennoch zum amerikanischen Präsidenten vorgelassen.

Dass seine ehemaligen Parteifreunde ihm größere Abneigung entgegenbringen als sogar David Lloyd George, dem fulminanten Redner des radikalen Flügels der Liberalen, nachdem Churchill *across the floor* zu den *liberals* gewechselt ist, ist noch verständlich, aber auch hier überrascht der Ton.

> *Nur an seinen Angelegenheiten interessiert, schien er vielen Menschen brüsk, eitel, intolerant und hochmütig,*

meint ein Tory, der ihm ›Verrat‹ vorwirft, nicht nur an seiner Partei, sondern auch an seiner Klasse. Er sei ›laut, aufgeblasen und aufdringlich‹, in der Sprache von damals ein ›*thruster*‹, eine Art umtriebiger Macher. Aber was wirklich überrascht, ist die Art und Weise, wie auch Freunde (oder jene, die Churchill dafür hält) über ihn herziehen. David Lloyd George ist dafür das beste Beispiel. Churchill ist *completely fascinated by him,* er war *completely under his thumb,* wie Clementine später einem Freund anvertraut. Aber Lloyd George vergibt Churchill nie, dass dieser ihn in seiner ersten Parlamentsrede – noch zur Belustigung der Tories – scharf angegriffen hat. Lloyd George hatte einen Zusatz zu irgendeinem Gesetz eingebracht und diesen Antrag begründet. Churchill gibt unter dem Gelächter seiner Fraktionskollegen zu bedenken, ob Lloyd George nicht besser beraten gewesen wäre, die Rede nicht zu halten und den Antrag zurückzunehmen, als die Rede zu halten und den Antrag nicht zurückzunehmen. So kommt es, dass Lloyd George die Rolle Churchills, in dem er einen künftigen Rivalen wittert, von Anfang an klein redet. Der erste gemeinsame Haushalt sei keineswegs von Churchill entworfen worden, dieser sei im Gegenteil

gegen fast jedes Detail gewesen außer bei dem Kindergeld und das nur, weil er bald selbst Vater sein wird.

Solche Gehässigkeiten streut Lloyd George, obwohl er seinem Bruder anvertraut, dass das Budget sehr wohl von beiden gemeinsam erarbeitet worden sei. Später, bei einem Dissens über Steuerfragen, beruhigt Lloyd George seine Parteigänger,

niemand könne zum doppelten Verräter

werden, und Churchill würde

schon zu Vernunft kommen, das tut er immer, wenn er sieht, wohin der Wind sich dreht. Das ist nur eine Frage der Zeit und wie viel Unheil er in dieser Zeit anrichten kann.

Später meint er, man könne mit Churchill nicht über politische Prinzipien reden, man müsse ihn benutzen, so wie man einen guten Anwalt mandatiert, bevor es die Gegenseite tun könne. Mit dieser Strategie erklärt er auch, dass er Churchill weitere Ämter anbietet, obwohl dieser ›ohne Prinzipien sei, wenn es um öffentliche Angelegenheiten‹ ginge. Diese politische ›Freundschaft‹ durchzieht fast das ganze Leben Lloyd Georges, bis zu seinem Tod 1945. Vor dem Krieg unterstützt er Churchill zwar in seinen Bemühungen gegen Chamberlain, aber nur, weil er sich selbst Chancen ausrechnet, noch einmal Premierminister zu werden. Seinem Privatsekretär

A. J. Sylvester vertraut er an, warum er die wiederholten Angebote Churchills, ins Kriegskabinett einzutreten, abgelehnt hat:

I shall wait until Winston is bust.

Selbst der sowjetische Botschafter Maisky stellt ungläubig fest, dass Lloyd George an allem etwas auszusetzen hat, was immer Churchill tut. Vielleicht ›liegt es daran‹, meint Maisky, dass Lloyd George

im Krieg bislang nur Däumchen gedreht hat und das jetzt an Churchill auslässt.

Immerhin: *Harold Nicolson*, Mitglied des Parlaments, Churchill-Freund und Gatte von Vita Sackville-West (einer Freundin Virginia Woolfs und Schöpferin des Landsitzes ›Sissinghurst‹), hat in seinen Tagebüchern die eigentümliche Art und Weise festgehalten, die Churchill an den Tag legt, wenn er Lloyd George ›my dear‹ nennt. Am Ende durchschaut Churchill dessen Spiel wohl doch.

Diese Lloyd George-Episode erinnert an die Anfeindungen gegen den späteren Churchill-Nachfolger Boris Johnson, der in seiner eigenen, durchaus bedeutenden Churchill-Biografie keinen Hehl daraus macht, dass auch er den ›*Churchill Factor*‹, so der Titel, in sich verspürt. Das kann man durchaus auch auf den Hang zur Selbstdarstellung und die – vermeintliche oder tatsächliche – Unzuverlässigkeit beziehen. Es ist jedenfalls kein Wunder, dass in den Parlamentsdebatten 1940 vor der Ablösung Chamberlains durch Churchill keine rhetorische Rücksichtnahme zu erwarten war und so bemerkt *John Reith*, Informationsminister unter Chamberlain, dass Churchills ›Heuchelei ihn krank mache‹, weil dieser die Kritik an der Regierung nach außen ablehne, aber ›innerlich gutheißt, weil sie ihm zur Macht verhilft‹. Das wird durch die kritischen Äußerungen von General *Sir Alan Brooke*, als Chef des Imperial General Staff Churchills wichtigster Militärberater, noch übertroffen. Anfänglich urteilt er noch mild über Churchills ›Midnight Follies‹, wenn er sich darüber mokiert, wie jener in einer mitternächtlichen Vorstellung in der Empfangshalle von Chequers (dem Landsitz der britischen Premiers) in einem legeren Overall demonstriert, wie ein Bajonett zu handhaben ist. Später fällt sein Urteil wesentlich deutlicher aus: Jeder Monat mit Churchill hätte ›ihn ein Jahr seines Lebens gekostet‹. Obwohl er mit Churchills Kriegsstrategie im Großen und Ganzen übereinstimmt, hält er ihn für einen schlechten Taktiker, der zwar das Richtige will, aber zur falschen Zeit. In den National Archives ist jüngst die Akte CAB 120/691 entdeckt worden, in der sich Pläne über einen britischen Angriff auf Russland im Jahr 1945 befinden. Weil Stalin sich nicht an seine Zusagen bezüglich des Ostblocks hielt, obwohl Churchill sich so schmeichelhaft über ihn geäußert hatte, ließ dieser von dem Brigadier *Geoffrey Thompson* die ›*Operation Unthinkable*‹ planen, eine Offensive tief in sowjetisch besetztes Gebiet. Das hat Brooke gemeinsam mit *Hastings Lionel Ismay* (Churchills Stabschef im Verteidigungsministerium während des Zweiten Weltkriegs, Minister im zweiten Churchill-Kabinett und späterer NATO-Generalsekretär) verhindert. In seinen 1956 publizierten Tagebüchern hat Brooke Churchill scharf angegriffen, sehr zu dessen Verdruss. Aber es spricht für Churchill, dass er keinen Ja-Sager zu einem seiner wichtigsten Berater im Krieg ernennt, sondern einen, der während der Beratungen Bleistifte zerbricht und noch heftiger zurückschlägt, wenn Churchill mit der Faust auf den Tisch haut. Als Churchill Brooke die Nachricht überbringt, dass nicht er, sondern General *Marshall* die ›*Operation Overlord*‹ leiten soll, beschwert dieser sich bitter:

> *Nicht eine Sekunde bedachte er, was das für mich bedeutete. Er hatte keine Sympathie, kein Bedauern über diese Änderung seiner Pläne, und er behandelte die ganze Sache, als wenn sie von geringer Bedeutung wäre.*

Durch diese Enttäuschung offenbar befreit von weiterer Zurückhaltung schreibt er von

> *einer ärgerlichen Prima Donna als Premierminister, misstrauisch bis an die Grenzen der Vorstellungskraft, immer in der Furcht vor militärischer Einflussnahme auf politische Vorherrschaft... Er war noch uneinsichtiger und anstrengender als zu früheren Gelegenheiten. Ich frage mich, ob später ein Historiker in der Lage sein wird, Winston in seinen wirklichen Farben zu zeichnen.*

Dabei bedenkt er aber nicht, dass Churchill diese Geschichte selbst schreiben wird.

***

Schon äußerst früh in seiner Karriere, als Churchill sich als Innenminister einer unnötigen Gefahr für Leib und Leben aussetzt, hagelt es Kritik, die sich aber weniger an seinem Tun als an seinem Charakter abarbeitet. Sein ›Appetit auf Applaus sei nahezu unersättlich‹ und er müsse ›dauernd eine Rolle spielen‹, eine ›Heldenrolle mit sich selbst als seinem am meisten beeindruckten Zuschauer‹. Ein ›unbalanced mind‹, ›an egomaniac‹, ›a danger to the country‹, er habe ›not only a bad judgement, he has none‹ und so weiter. Das kommt keineswegs ausschließlich von der linken Presse, sondern gerade und besonders pointiert von den Tory-Zeitungen – allen voran die ›Times‹.

Diese zählt sogar noch zu seinen Kritikern, als er nach dem Krieg zur Wachsamkeit vor dem Sowjet-Imperialismus rät. Er wird als Kriegstreiber denunziert – er sei ein so brillanter Kriegsführer, dass er unbedingt noch einen führen wolle – oder seine Ansichten werden als ›gefährlich simpel‹ lächerlich gemacht. Es mag zur wechselseitigen Abneigung beigetragen haben, dass Churchill die Anwesenheit des Times-Herausgebers *Barrington-Ward* im Parlament kurz vor Kriegsende dazu nutzt, die Presse scharf anzugreifen: Nie habe es einen vergleichbaren Fall gegeben, weder in Friedens- und schon gar nicht in Kriegszeiten, dass

> *a British Government has been so maligned und its motives so traduced by* [– hier blickt er in Richtung Zuschauertribüne –] *important organs of the press*‹.

Zu einer ›schlechten Presse‹ kann man auch die vielen diffamatorischen Denunziationen zählen, denen Churchill – übrigens bis heute – ausgesetzt ist. Seine Gegner bevorzugen dabei das ›Halbzitat‹: Sie führen Fragmente als Beweis für eine bestimmte Auffassung an und lassen dabei die Worte, die in einer rhetorischen Volte das Gegenteil der Unterstellung belegen, einfach weg. So wird Churchill nicht nur als Kriegstreiber, sondern auch als Hitlerfreund oder Rassist verschrien, ohne auch nur den Ansatz von Belegen oder Hinweisen. Zuletzt im Zug der ›Black Lives Matter‹-Bewegung wurde ihm ein Genozid an der bengalischen Bevölkerung vorgeworfen, weil er diese einer gnadenlosen Hungersnot ausgesetzt habe. Nachdem ein Zyklon 1942 das Land verwüstet, spekulieren korrupte Händler auf steigende Lebensmittelpreise und lagern vor allem große Mengen Reis ein. Entgegen der Diffamierung sorgt Churchill tatsächlich für die größtmögliche Linderung, indem er Kanada und Australien bewegt, zu Hilfe zu kommen. Trotz des Einsatzes der Marine im Krieg gegen Nazi-Deutschland müsse ›jede Anstrengung unternommen werden, die Knappheit zu bekämpfen, selbst wenn man dafür Schiffe, die im Krieg dringend gebraucht würden, umleiten müsse‹. Und selbst nach dem gewonnenen Zweiten Weltkrieg wird er im Wahlkampf 1945 beschimpft: ›*Churchill is a bastard*‹, diese Inschrift findet Harold Nicolson an der Wand einer öffentlichen Toilette. Selbst als ›Retter der Nation‹ hat Churchill es nicht leicht.

***

Während des Krieges, Mitte 1942, stehen die Dinge nicht gut für die Alliierten: Das *Unternehmen Barbarossa*, der Krieg gegen die Sowjetunion, verläuft bis dahin erfolgreich für die deutsche Wehrmacht. In Afrika leistet Rommel erbitterten Widerstand – für die Besetzung von Tobruk wird er zum jüngsten Generalfeldmarschall befördert – und weder an der Westfront noch im Fernen Osten, nach dem Fall von Singapur und Burma, ist ein Erfolg in Sicht. Zu diesem Zeitpunkt erhält Churchill Besuch von seinem Anwalt *Anthony Moir* von der renommierten Kanzlei Fladgate & Co (die auch *Anthony Eden* und den US-Präsidenten *Abraham Lincoln* zu ihren Mandanten zählte), um eine Steuerfrage zu besprechen. Churchill hatte trotz unermüdlichen Einsatzes im Kriegskabinett Zeit und Gelegenheit gefunden, eine Serie früherer Artikel zum Nachdruck an eine Zeitung zu verkaufen. Das führte zu dem steuerlichen Problem, ob es sich um einen steuerfreien Rechteverkauf handelte oder um steuerpflichtige Tantiemen. Nunmehr hat das Finanzamt die Steuern geltend gemacht und es stellt sich die Frage, ob dagegen rechtlich vorzugehen ist. Churchill sorgt sich um seinen Ruf und fragt Moir, ob ein Einspruch öffentlich bekannt werden könnte. Ferner stellt sich das Dilemma, ob ein Vorgehen gegen die Steuerbehörde einen Interessenkonflikt darstellte, weil Churchill als First Lord of the Treasury – auch das Amt bekleidet er zu jener Zeit – deren oberster Dienstherr ist. Trotz der erheblichen Bedenken seines Anwalts entscheidet er sich für den Einspruch – und gewinnt. Diese Episode zeigt die ganze Bandbreite seiner Persönlichkeit. Trotz größter Sorgen um Russland, dessen Niederlage es Hitler ermöglicht hätte, sich ganz auf den Krieg gegen Großbritannien zu konzentrieren, trotz der übermenschlichen Last, den Krieg gegen einen damals noch übermächtigen Gegner führen zu müssen, findet Churchill Zeit und Energie, sich um seine finanziellen Angelegenheiten zu kümmern. Alles, was er macht, macht er geplant. Ob man nun sein Zeitmanagement bewundern oder kritisieren will, dass er sich mitten im Krieg um persönliche Steuervorteile kümmert: Am Ende ist er – auch hier – erfolgreich.

Von ähnlicher Qualität ist eine andere Anekdote: An einem Tag im April 1945, an dem *Heinrich Himmler* über Kanäle nahe dem schwedischen Königshaus die Kapitulation der deutschen Truppen im Norden Deutschlands anbietet und in einer abgestimmten Aktion der Geheimdienstchef *Walter Schellenberg* die – falsche – Nachricht verbreitet, Hitler sei wegen erlittener Hirnblutungen sterbenskrank, also mitten in einer entscheidenden Kriegsphase, lässt Churchill seinem Arbeitsminister *Duncan Sandys* die Nachricht zukommen, ›das Gras im St. James Park‹ nähme ›großen Schaden‹, weil die Spaziergänger nicht die dafür vorgesehenen Fußpfade nutzten; er bittet um Abhilfe. Auch hier stellt sich die Frage, ob das nun übertriebene Detailversessenheit ist oder die Wahrung allgemeiner Prinzipien, die man auch im Krieg nicht vernachlässigen darf (so wie der Butler in Downton Abbey auch während des Krieges die Times bügelt: ›one must keep standards up‹). Es ist jedenfalls kein Wunder, dass Churchill bei der Besichtigung der aus Holz erbauten ›Luftflotte‹ der Royal Air Force, die die deutsche Luftwaffe über die Stärke der englischen Kampfkraft täuschen soll, sogleich bemerkt, dass etwas nicht stimmt und zur Verwunderung seiner Mitarbeiter die Beschaffung großer Mengen Vogelfutter anordnet. Und auch hier Erfolg: Zahlreiche Vögel werden angelockt und ihre Ausscheidungen geben den Spitfire-Attrappen gleich ein viel echteres Aussehen.

Churchill ist ein Mann des Details. Er kombiniert die Länge seiner Autofahrten und das Abbrennen seiner Zigarren so, dass bei der Ankunft noch ein ausreichend großer Zigarrenstummel verbleibt. So wird dieser auf den Pressebildern zu Churchills Markenzeichen. Und er ist wahrscheinlich der beste Zuspätkommer aller Zeiten: Bei der Hochzeit der Königin Elisabeth II. mit dem Herzog von Edinburgh kommt er mit Clementine so spät zum Gottesdienst, dass er erst unmittelbar vor dem royalen Brautpaar eintrifft. So müssen Beobachter den Eindruck gewinnen, dass das Aufstehen der illustren Gästeschar ihm, dem großen Kriegsgewinner, der vor Kurzem wieder zum Premierminister gewählt wurde, gilt. Wer sich so auf Selbstinszenierung versteht, der ist von Beginn an für höchste Ämter bestimmt.

Er wird Unter-Staatssekretär im Kolonialministerium unter *Campbell-Bannerman*, Präsident des Board of Trade, Innenminister und First Lord of the Admiralty unter *Asquith* und Munitions-, Kriegs- und Kolonialminister unter *Lloyd George*. Das alles wird nur unterbrochen durch einen Fronteinsatz 1915/16 sowie 1908 durch seine Hochzeitsreise, nachdem er *Clementine (Clemmie) Hozier* geheiratet hat. Von 1924 bis 1929 wird er Finanzminister im Kabinett *Baldwin*, nachdem er von den Liberalen zurück zu den Konservativen gewechselt ist. Danach kommen seine ›Wilderness Years‹; er entzweit sich – schon wieder – mit den Konservativen, weil diese die von Labour angestrebte Unabhängigkeit Indiens unterstützen. Seine Anfeindungen *Gandhis*, den er einen ›aufrührerischen Anwalt, der die Rolle eines Fakirs spielt‹ nennt, tragen ihm einen bis heute anhaltenden Rassismus-Vorwurf ein. Außerdem warnt er schon sehr früh, als ihm niemand Glauben schenken will, nachhaltig vor der Entwicklung im Deutschen Reich, vor allem vor der massiven Aufrüstung. Und er unterstützt König Edward VIII., der die geschiedene *Wallis Simpson* heiraten will, gegen *Stanley Baldwin*. Der Ausgang ist bekannt. Für Churchill ist danach in keiner Regierung mehr Platz. In dieser Situation, die Churchill für umfangreiche Schreibarbeiten nutzt, hätte wohl jeder ›Elder Statesman‹ die Politik verlassen, um lukrative Posten in der Wirtschaft oder als Dinner Speaker anzunehmen. Nicht so Churchill, dessen wirklich große Zeit noch bevorsteht: Zunächst kehrt er 1939 in das Kabinett von *Neville Chamberlain* als First Lord of the Admiralty zurück, ein Posten, der er gut 30 Jahre zuvor schon einmal innehatte, um dann 1940 *Chamberlain* als Premierminister abzulösen. Und dann, nach Kriegsende, verliert Churchill die Wahlen gegen seinen ehemaligen Vize *Clement Attlee*, aber nur, um noch einmal zurückzukehren und 1951 erneut in das Amt des Premierministers gewählt zu werden. Das alles – gegen alle Widerstände zwei durch ein Jahrzehnt getrennte Karrieren als Spitzenpolitiker in höchsten Staatsämtern, ein alle Energie verzehrender Krieg gegen einen übermächtigen Gegner, ein Comeback wiederum fünf Jahre nach einer nicht für möglich gehaltenen Wahlkampfniederlage, dazwischen zahlreiche Bücher und große Reden am laufenden Band – das wird ihm so schnell niemand nachmachen können.

***

Nothing in life is so exhilarating as being shot at without result!

Dieser kurze Satz sagt alles über den Soldaten Churchill. Von Anfang an sucht er ›action‹ und findet sie zunächst in Kuba, als er 1895 mit spanischen Truppen gegen die Aufständischen ins Feld zieht. Nur ein Jahr später findet er sich in Bangalore wieder, wo er die nächsten anderthalb Jahre verbringt, viel liest und von Hyderabad bis Kalkutta den gesamten Subkontinent bereist. Er nimmt an den Kämpfen der *Malakand Field Force* teil, deren Oberbefehlshaber *Bindon Blood* – ein passender Name für einen Soldaten – ihn nur als akkreditierten Journalisten akzeptiert. Durch diese Zurückweisung wird aber Churchills Karriere als Kriegsberichterstatter erst initiiert. Denn danach schafft Churchill es, sich in der Parallelrolle als Reporter der ›Morning Post‹ und als Soldat der 21st Lancers in den Sudankrieg einzumischen. In seinem Buch *The River War* kritisiert er den Oberbefehlshaber *Lord Kitchener* vor allem für dessen unmenschlichen Umgang mit gefangenen und/oder verwundeten Gegnern.

Wieder für die ›Morning Post‹ reist er 1899 nach Südafrika, um als Mitglied des *South African Light Horse Regiments* am zweiten Burenkrieg teilzunehmen. Hier kommt es zu seiner Gefangenschaft und der Flucht aus dem Lager in Pretoria. Auch das führt nicht nur zu weiteren Zeitungartikeln, sondern gleich zu zwei weiteren Büchern, und macht ihn in England über Nacht berühmt.

Churchills Wagemut, den man auch als Übermut wahrnehmen könnte, wird durch den obigen Eingangssatz schon zutreffend charakterisiert. Er fürchtet nichts und niemanden, aber da ist noch mehr: In seiner Zeit in Indien renkt er sich bei einem Treppensturz die rechte Schulter aus und zerrt sich beide Knöchel. Dennoch lässt er sich nicht davon abhalten, am nächsten Tag am *Inter-Regimental Polo Tournament* mitzuwirken und mit fixiertem rechtem Arm am Ende drei Tore zum 4:3-Sieg seiner *4. Hussars* beizusteuern.

Und dann wieder ist er einer der ersten seiner Generation, der ein Flugzeug fliegt und sich weder durch Abstürze noch durch den Fliegertod seines Ausbilders noch durch die Bedenken seiner Frau Clemmie von weiteren Flügen abhalten lässt. Er ist einer der ersten, der über die Idee nachsinnt, Flugzeuge mit Torpedos auszustatten – was natürlich die Art der Kriegsführung vollkommen verändert hat. Außerdem fährt er derart passioniert Auto, dass er Verkehrsregeln, Ampeln oder Geschwindigkeitsbegrenzungen für überflüssig oder zumindest unverbindlich hält.

Das alles mag man ambivalent wahrnehmen, aber sein Kriegseinsatz im Ersten Weltkrieg ist ohne Beispiel oder Vorbild. Er ist immerhin mittlerweile über 40 und hat höchste Regierungsämter inne, die ihn zweifellos vom Militärdienst befreiten. Aber 1915, kurz nach der Gallipoli-Katastrophe (als Churchill und das ihn beratende Militär die geographische Situation bei den Dardanellen vollkommen falsch einschätzen), meldet Churchill sich freiwillig und kommt mit dem 2nd Grenadier Guards an der Westfront zum Einsatz. Erneut kann er wählen, zwischen einem sicheren Kommandeursposten hinter den Linien und einem Fronteinsatz. Und er entscheidet sich für den Fronteinsatz: Drei Monate unausgesetztes Bombardement durch die deutschen Truppen und fast ein fatales Ende, als bei einem Besuch von *Sunny Marlborough* ein Schrapnell zwischen beiden in den Boden eindringt. Einer seiner Offiziere ist *Harold Macmillan* (später sein Nachfolger als Premierminister). Dieser erinnert sich, dass zunächst große Vorbehalte gegen den ›*damned politician*‹ bestanden hätten, aber

›*in two days he had won them all over*‹.

Für einen Fronteinsatz im Zweiten Weltkrieg ist er dann tatsächlich zu alt. Aber immerhin: Er war stets bewaffnet, um im Falle eines Attentats Gegenwehr leisten zu können. Und sein Alter hat ihn nicht davon abgehalten, sich minutiös und in allen kleinsten Einzelheiten für Kriegsführung, Taktik, Strategie und deren tatsächliche Umsetzung einzubringen. Andere würden sagen ›einzumischen‹. Auf die harsche Kritik seines Stabsmitglieds *Alan Brooke* ist bereits eingegangen worden. Aber es dürfte keinem Zweifel unterliegen, dass der Krieg ohne Churchill, ohne seine unermüdliche Energie und ohne seinen nicht zu erschöpfenden Siegeswillen anders verlaufen wäre.

***

Es ist erstaunlich, wie weit in die Zukunft Churchills Vorhersagen in Bezug auf die globale politische Entwicklung immer wieder weisen. Noch erstaunlicher ist, dass ein Großteil davon zutrifft. Am erstaunlichsten aber ist der Umstand, dass er für seine richtigen Prophezeiungen oftmals kritisiert oder belächelt wird. Ob das daran liegt, dass andere sich bloß irren oder ob sie von eigenen Versäumnissen ablenken wollen, sei dahingestellt. Es ist im politischen Spiel (jedenfalls vermeintlich) immer besser, die Schuld bei anderen zu suchen, als eigene Fehler einzugestehen. Das kann man am Beispiel der sogenannte Appeasement-Politik von Churchills Vorgänger Chamberlain gut belegen. Obwohl mit dessen Bemühungen um eine Vermeidung des Krieges erhebliche Versäumnisse in Bezug auf den militärischen Wiederaufbau in England verbunden waren, ist immer wieder versucht worden, die Politik Chamberlains zu rehabilitieren. Erst jüngst, Anfang 2022, wieder durch den Film ›München – Im Angesicht des Krieges‹ von Christian Schwochow nach einem Buch von Robert Harris. Gelungen ist dies allerdings nicht. Es geht – anders als der Ansatz der Exkulpationsbemühungen – nicht darum, dass man als Lenker demokratisch strukturierter Staaten durchaus bis zum letzten Augenblick den Versuch unternehmen kann, mit Diktatoren zu verhandeln, um das Allerschlimmste zu verhüten. Es dürfte aber unentschuldbar sein, einen Plan B zu vergessen, zu ignorieren, dass Vorbereitungen erforderlich sind für den Fall, dass die Verhandlungen scheitern. Das ist im England der Dreißigerjahre unterlassen worden. Obwohl Churchill schon früh – nämlich 1933 mit der Machtergreifung Hitlers – vor dem dramatischen Wiederaufbau der deutschen Wehrmacht warnt, denkt in Englands Regierung niemand, jedenfalls nicht die Vertreter des Appeasements, daran, ähnliche Investitionen in das britische Militär zu tätigen. Das führt dazu, dass bei Kriegsausbruch die deutsche Armee der britischen völlig überlegen ist und Churchill in den ersten Jahren des Zweiten Weltkriegs alle ökonomischen und administrativen Anstrengungen unternehmen muss, um eine einigermaßen widerstandsfähige Armee aufzubauen. Das war die eigentliche Gefahr, die von der Appeasement-Politik ausging.

Dabei ist Churchill durchaus nicht frei von Fehleinschätzungen. Er wird für die sogenannte Dardanellen-Offensive heftigst kritisiert, als er im Ersten Weltkrieg am 19. Februar 1915 die Attacke auf Istanbul befiehlt, obwohl in der Meeresenge bei Gallipoli eine schwerbewaffnete türkische Artilleriedivision auf die britische Navy wartet und ihr erhebliche Verluste – 100.000 Tote und 250.000 verwundete Soldaten – zufügt. Hierfür übernimmt Churchill die politische Verantwortung, obwohl während der Planung in der gesamten Heeresleitung kein Widerspruch gegen seine Pläne erhoben worden war. Im Zusammenhang mit der Abdankungskrise um König Edward VIII. (als dieser die geschiedene *Wallis Simpson* heiraten wollte) stellt Churchill sich auf die falsche Seite, nämlich auf die des Königs und nicht auf die der öffentlichen Meinung und des konservativen Premierministers. Das mag ehrenwert sein, stellt aber im selben Maße eine politische Kurzsichtigkeit dar, die ihn über viele Jahre, bis 1939, von allen weiteren politischen Ämtern fernhält.

Schon 1932 warnt er vor den wahren Absichten der Deutschen, er spricht von der ›teutonischen Jugend‹, die durch die Straßen Deutschlands zöge, in ›ihren Augen der Wunsch, für ihr Vaterland zu leiden‹. Sie suchten nach ›Waffen und wenn sie sie gefunden hätten, würden sie nach ihren verlorenen Territorien und verlorenen Kolonien suchen‹. Die Öffentlichkeit reagiert zurückhaltend. Zu oft schon hat Churchill in den vergangenen Jahren Vorhersagen gemacht, er sagt den Bürgerkrieg in Irland voraus, den Bolschewismus in Polen, den Krieg gegen die kemalistische Türkei, das Blutvergießen im Generalstreik von 1926 und den Zusammenbruch von Recht und Ordnung im nördlichen Indien. Alle diese Vorhersagen sind zutreffend, aber niemand will zuhören. Und die *Times* verdächtigt ihn ein weiteres Mal, er würde nur eigene Interesse verfolgen; seine Reden zeugten von ›schlechtem Geschmack‹ und wären ›gegen das öffentliche Interesse‹ gerichtet. Es hat fast den Anschein, als wäre es ausgerechnet Hitler, der Churchill nicht unterschätzt. Es ist jedenfalls bemerkenswert, dass Hitler in mehreren Reden 1938 von allen englischen Politikern nur Churchill namentlich angreift, obwohl dieser kein Amt hat – weder in der Regierung noch in seiner Partei. Er macht sich über Churchill lustig – dieser habe vielleicht 20.000 bis 30.000 Stimmen hinter sich, aber er, Hitler, könne auf 40 Millionen Stimmen zählen – und er frage sich, ob ›Gott der Allmächtige die Schlüssel zur Demokratie solchen Leuten wie Churchill anvertraut habe‹. Zugleich nennt er Churchill einen ›Kriegstreiber‹, der ›offenbar auf dem Mond lebt‹. Hitler nimmt Churchill als ernsthaften Gegner wahr. Leider ist er der Einzige.

Nach dem Einmarsch Hitlers Truppen im Rheinland versucht Churchill, die Franzosen und die eigene Regierung zum Eingreifen zu bewegen, aber niemand reagiert. Er warnt ausdrücklich davor, dass ›Kriege nicht warten, bis alle Teilnehmer vorbereitet sind‹. Und erneut: Niemand hört zu. Als er im September 1943 in Harvard seine große Rede gegen die Gefahren des sowjetischen Imperialismus hält, erinnert er:

> *Das letzte Mal, als ich alles habe kommen sehen und meine Landsleute lautstark gewarnt habe, hat niemand aufgepasst.*

Trotz der Machtergreifung durch die Nationalsozialisten wäre Deutschland bis 1935 noch vor jenen zu retten gewesen und Deutschland hätte eine

> *mächtige, wohlhabende und allseits geehrte Nation* werden können, *ohne dass ein einziger Schuss hätte abgefeuert werden müssen.*

Zwei Jahre, 1945, später bittet Churchill im gleichen Zusammenhang um Aufmerksamkeit und meint sardonisch:

> *Meine Vorhersagen haben sich nicht immer als falsch erwiesen.*

In einem Brief an Präsident Truman 1945 benennt Churchill als erster die Gefahr eines ›*Eisernen Vorhangs*‹, der die westliche von der östlichen Welt trennen würde, und er wiederholt diesen Terminus in einem öffentlichen Vortrag an der Fulton University, der sofort als die ›Eiserne Vorhang-Rede‹ um die Welt geht. Und er nimmt schon jetzt die Politik der wechselseitigen Abschreckung voraus, weil er nur darin die Möglichkeit zu einem dauerhaften Frieden sieht. ›Moralisten‹, meint er, würden den Gedanken ›melancholisch‹ finden, aber ›Frieden könne kein nobleres Fundament haben als wechselseitigen Terror‹. Kurze Zeit später prägt er den Begriff des ›*Kalten Krieges*‹ und er ruft nach einem politischen ›*Gipfel*‹. Heutzutage ist ein ›Gipfeltreffen‹ in den allgemeinen Sprachgebrauch eingegangen, aber Churchill ist der erste, der diesen Begriff prägt, so wie er auch das ›*Business as usual*‹ in den allgemeinen Sprachgebrauch eingeführt hat.

Churchill sagt auch die deutsch-französische Freundschaft voraus, aus der heraus eine paneuropäische Staatenvereinigung hervorgehen würde. Im September 1946 hält er in der Universität Zürich eine Rede, in der er beklagt, dass die ›beiden großen Tragödien seines Lebens‹ aus der deutsch-französischen Feindschaft entstanden seien. ›*Let Europe arise*!‹, das ist sein Wunsch, und diese Rede wird als Ergänzung zu seiner Fulton-Rede gesehen: dort die Warnung vor dem sowjetischen Kommunismus, hier der Ruf nach europäischer Einigung. Und auch hier: Er sagt voraus, dass Großbritannien nicht Teil dieser Entwicklung sein würde und das Brexit-Votum von 2016 hat ihm – wieder einmal – Recht gegeben. Eine Prophezeiung ist noch offen: In Zürich spricht er von den ›United States of Europe‹. Warten wir es einmal ab.

***

Dass Churchill in politischen Fragen einen scharfen analytischen Verstand hat und künftige Entwicklungen treffend vorhersagt, ist bekannt. Dass er aber auch in technischen Dingen kühne Weissagungen zu machen im Stande ist, ist weniger bekannt. Tatsächlich kümmert er sich um Details der Kriegsführung und ist dabei äußerst erfindungsreich. Schon 1942 denkt er über die von General Marshall ausgesonnene Idee nach, wie eine Landung an der französischen Küste praktisch zu bewerkstelligen sein könnte. Diese später D-Day genannte Aktion hält er für aussichtsreich, nicht aber die Pläne dafür, die sich zwar großartig ausnähmen, aber seiner Meinung nach nicht bis ins Detail durchgeplant sind. Er erinnert sich also an einen Vorschlag, den er schon 1917 (!) dem damaligen Kriegspremier Lloyd-George unterbreitet hatte. Man müsse ›künstliche Häfen‹ bauen und mit diesen an der französischen Küste landen. Diese ›Häfen‹ müssten in der Lage sein, auf Flut und Ebbe zu reagieren, sie müssten gut zu verankern sein und man müsse spezielle Landungsapparaturen einbauen mit Ziehbrücken, lang genug, um die Kluft zu den Anlegestellen zu überwinden. Das alles schreibt er Lord Mountbatten, der als Kopf der ›Combined Operations‹ für solche Fragen zuständig ist. Und er bat diesen, die Sache nicht zu diskutieren. Die zu erwartenden Schwierigkeiten würden schon für sich selbst argumentieren. Es ist sicher, dass diese Verbesserungen sehr zum Erfolg der kriegsentscheidenden Landung der alliierten Streitkräfte in der Normandie beigetragen haben.

Schon im Ersten Weltkrieg hat Churchill eine Art Panzer erfunden. Beim Anblick schwer bereifter Caterpillars kommt ihm die Idee, diese so umzubauen, dass sie mit einer kugelsicheren Schutzhülle ausgestattet und in ihnen mit Maschinengewehren bewaffnete Soldaten platziert würden. Mit diesen Maschinen würden dann auch die vom Feind ausgehobenen Gräben überwunden werden können. Diese Idee wird – wie so viele andere auch, man wundert sich über nichts mehr – für verrückt gehalten, aber Churchill ist so überzeugt von seinem Einfall, dass er 70.000 Pfund aus den Marinefonds abzweigt und die später sehr erfolgreichen Gefährte bauen lässt. 400 von diesen ›Panzern‹ werden am 20.11.1917 in der Schlacht von Cambrai erfolgreich eingesetzt. So berichten es übereinstimmend seine beiden letzten Biografen Andrew Roberts und Boris Johnson.

Als Churchill von der ersten Atomspaltung hört, ist er sich sogleich über die Möglichkeiten dieser Energiegewinnung im Klaren und er warnt öffentlich vor den daraus resultierenden Gefahren, die aus einer militärischen Nutzung erwachsen würden. In der *Pall Mall Gazette* erscheint sein Artikel ›*Shall We All Commit Suicide?*‹. In dem Artikel warnt er vor einer Waffe ›nicht größer als eine Orange‹, die

›ganze Häuserblöcke, ja ganze Städte zerstören‹ könne. Erst 15 Jahre (!) später schreibt *Albert Einstein* seinen Brief an Präsident Roosevelt, in dem er die Möglichkeiten und Gefahren einer nuklearen Bombe beschreibt.

***

In *Billy Wilders* ›Zeugin der Anklage‹ kommt der Anwalt Sir Wilfrid Robarts (*Charles Laughton*) von der Kur zurück. Alle Mitarbeiter der Kanzlei stehen Spalier, um den Chef willkommen zu heißen. Dieser tritt ein, schaut sich kurz um, knurrt ein paar Begrüßungsworte und scheucht die Truppe wieder an die Arbeit. Eine ältere Sekretärin ist zu Tränen gerührt: ›Ganz der Alte.‹ Das hätte auch Churchill sein können, immer auf dem Sprung, immer anspruchsvoll, immer im Einsatz und das alles auch von seinen Sekretärinnen fordernd. Die aber jahrzehntelang für ihn arbeiten und ohne Zögern zurückkommen, wenn Not ist, weil eine andere Dame ausgefallen ist oder besonders viel Arbeit anfällt. *Grace Hamblin* arbeitet für die Churchills von den 30ern bis in die 60er Jahre und anschließend wird sie Verwaltungschefin in Chartwell, dem Landhaus der Churchills, das er 1922 erwirbt und bis zu seinem Tod auch bewohnt. Grace arbeitet bis spät in die Nacht, geht auf stockdunklen Wegen nach Hause in *Cockerham Hill*, nur um am Morgen die fertig getippten Erzeugnisse des Vortags dem das auch so erwartenden Churchill vorzulegen. Warum? Weil

›we all knew that what Winston was doing was so important we felt compelled to give him that support‹.

Lady Williams ist Gast bei einem Dinner anlässlich der Verleihung des Winston Churchill Awards 2016 und erkennt ein Zitat des Gastredners aus einem Grußwort Churchills zu seinem 80. Geburtstag sofort wieder: Sie hat dieses Grußwort als *Jane Portal* vor gut 60 Jahren getippt und ist die Korrekturen mit dem Chef durchgegangen. Alle Mitarbeiterinnen sind Vertrauenspersonen, sie kennen geheimste Staatsgeheimnisse, sie hören fast immer bei Churchills Telefonaten mit und stenographieren deren Inhalte. Und sie arrangieren Termine – amtliche wie private, sie organisieren den Haushalt, besorgen seine Filme und kümmern sich um seine Tiere. Sie sind fester Bestandteil seines politischen, privaten und literarischen Lebens.

Gelegentlich funktioniert die Zusammenarbeit generationenübergreifend: *Nonie Chapman* fängt 1964 bei *Clementine Churchill* an und nach deren Tod 1977 arbeitet sie für die Familie Soames (Churchills Tochter Mary hatte Lord Soames geheiratet). Auch nach Marys Tod 2014 hilft Nonie immer wieder in Chartwell aus. Und Churchills Diener *Thomas Walden* hat schon für den Vater gearbeitet und ist mit Churchill jun. in den Burenkrieg gezogen.

Dabei ist Churchill anspruchsvoll und fordernd: Er diktiert ununterbrochen, morgens im Bett, von der Toilette oder der Badewanne aus, im Wagen auf dem Weg ins Parlament, nach Downing Street, zum Buckingham Palace oder auf der Fahrt nach Chartwell, im Zug, im Flugzeug, auf den Schiffsüberfahrten in die USA. Er diktiert seine Bücher, seine Reden, Memos, Kabinettsvorlagen, Korrespondenz, alles in einer wilden Mixtur. Seine Mitarbeiterinnen sind immer dabei: auf Privatreisen an die Cote d'Azur, auf den Vortragsreisen in die USA, bei den Weltkriegskonferenzen in Yalta oder Teheran, im Kabinett, in Downing Street oder auch an Weihnachten in Chartwell. Das Personal wählt er höchstpersönlich aus. Um herauszufinden, ob sich eine Beziehung aufbauen kann, verwendet er keine Fragenkataloge oder Tests – er achtet auf die Atmosphäre im Raum und folgt seiner Intuition. Er braucht die jeweils Diensthabende auch als Medium, er diktiert langsam und formuliert seine Reden beim Sprechen, was häufige Korrekturen erfordert. Die Stenographin vom Dienst muss dann oft das Gesagte wiederholen, was im Falle des Misslingens zu eruptiven Ausbrüchen führt, die aber nie über den Tag anhalten – nachtragend ist er nicht und umgekehrt vergeben ihm auch seine Mitarbeiterinnen. Offenbar führt diese Art des Herantastens beim Formulieren zu einer persönlichen Nähe, zum Entstehen einer Gemeinsamkeit auf dem Weg zum fertigen Werk. Natürlich waren seine Sekretärinnen lohnabhängig beschäftigt, aber das erklärt die oft über Jahrzehnte währende Anhänglichkeit nicht. Das belegen auch die von *Cita Stelzer* in ihrem Werk ›*Working with Winston – The Unsung Women behind Britain's Greatest Statesman*‹ zusammengetragenen Bezeugungen von Zuneigung, obwohl Citas Buch vor allem die weithin unbekannten Damen einer breiteren Öffentlichkeit vorstellen soll.

So wie seine Damen ihm treu sind, ist er mit seinen Freundschaften umgegangen. Treu bis gelegentlich in den Tod. Mit *Frederick Lindeman* (später Lord Cherwell), dem Physikprofessor aus Oxford, den Churchill 1921 bei einem Benefiz-Tennisturnier kennenlernt (sie werden einander zugelost und verlieren, obwohl Lindeman schon in Wimbledon gespielt hat), verbindet ihn eine Freundschaft bis zu dessen Tod im Jahre 1957. Und diese Freundschaft funktioniert, obwohl Lindeman in allem Churchills Gegenteil ist, abstinent, Nichtraucher und Vegetarier. Mit *Violet Asquith*, verheiratete Bonham-Carter (Tochter des Premiers und Großmutter der Schauspielerin Helena) verbindet ihn eine lebenslange Freundschaft, ebenso mit dem Barrister und Politiker *F. E. Smith* (später Lord Birkenhead). Violet ist erst 19, als sie Churchill 1906 kennenlernt und ist ihr Leben lang – aus der Ferne – in ihn verliebt; bei ihrer ersten Begegnung sprechen sie über die Endlichkeit des Lebens und er prägt den Satz von den Würmern, die wir alle sind – er aber hoffe, ein Glühwürmchen zu sein. Smith ist wie Churchill dem Alkohol zugetan, was Clementine zu der Bemerkung verleitet, ihr Mann werde immer schon von Menschen mit ›bemerkenswerten Fehlern‹ angezogen. Ein weiterer treuer Freund ist *Sir Max Aitken* (ab 1917 Lord Beaverbrook), der Presse-Baron. Obwohl Beaverbrook Churchills Vertrag mit dem *Evening Standard* nicht verlängert, weil sie über die Appeasement-Politik unterschiedlicher Meinung sind. Was Churchill anregt, eine seinem Neffen *Lord Blandford* (später 11. Duke of Marlborough) geschenkte goldene Uhr mit der Inschrift zu versehen ›*Never confuse leadership with popularity*‹. Und Churchill ist ein Familienmensch: Er nennt Clementine zärtlich ›poor pug‹ oder ›sweet cat‹, ›woo-kat‹ oder auch ›pussy bird‹. Sie nennt ihn ›puggy wow‹, ›little pug‹, später auch ›little pig‹. Er malt verliebt kleine Tiere in die Briefe an sie und als sie schwanger ist, werden seine gemalten Katzen auch zusehends rundbäuchig. Wenn auch sein Verhältnis zu Randolph zeitlebens schwierig ist, bemüht er sich doch ein Leben lang um ihn und sein Wohlergehen.

Weitgehend bekannt war, dass Churchill auch als Maler reüssierte, aber unerwartet verkaufen sich seine Bilder inzwischen zu Spitzenpreisen. US-Schauspielerin *Angelina Jolie* hat im Jahr 2021 sein Bild ›*The Tower of the Koutoubia Mosque*‹, vom Auktionator Christie's als sein bedeutendstes Bild eingeschätzt, für sieben Millionen englische Pfund versteigern lassen. Das Bild hatte Churchill 1943 bei einem Frontbesuch gemalt und es dem US-Präsidenten *Franklin Roosevelt* zum Geburtstag geschenkt. 2011 war es dann in der Sammlung Jolie-Pitt gelandet. Mit großer Sensibilität und einer mehr als akzeptablen Technik malt er Landschaften und gelegentlich auch Portraits (wie die von Doris Castlerosse, dazu später mehr). Er schafft mehr als 500 Gemälde, Bilder von Chartwell, von seinen Aufenthalten am Mittelmeer oder auch von Kriegsschauplätzen. Das Bild ›*The Atlas Mountain from Marrakech*‹ hat er seinem Zigarrenlieferanten Antonio Giraudier, einem in Havanna ansässigen Eton- und Oxfordabsolventen, geschenkt, weil der ihn zeitlebens mit seinen bevorzugten Zigarren *Por Larrañaga* und später *Don Joaquin* versorgt hat. 2021 ist es bei Christie's zu einem Schätzpreis von zwei Millionen Pfund eingeliefert worden. Auch in der Malerei zeigt sich sein Sendungsbewusstsein und sein Sinn fürs Detail: Vor seinem Rücktritt verbringt er ein letztes Wochenende in Chequers, dem Landsitz der britischen Premiers. Dort hängt das Rubens-Bild ›The Lion and the Mouse‹. Und weil Churchill die Maus nicht gut genug findet, übermalt er die Rubens-Maus, damit sie besser zu erkennen ist. Auch das kann man ambivalent sehen: Größenwahn oder der Bubenstreich eines älteren Herrn. Sein letztes Bild zeigt seinen Weiher voller Goldfische in Chartwell. Diese Goldfische sind ihm besonders ans Herz gewachsen, weil er meint, dass sie stets zu seiner Begrüßung herbeischwimmen, wenn er nach Hause kommt. Wobei er ›übersieht‹, dass ihr Interesse auch darauf beruhen mag, dass sein Fahrer sie heimlich füttert.

Symptomatisch für seinen Umgang mit Menschen ist auch die Begegnung Churchills mit einem Jungen auf einer

Straße in London mitten im Krieg. Der Junge pfeift ein Lied und Churchill, der Pfeifen nicht ausstehen kann, herrscht ihn, er möge das Pfeifen einstellen. Warum, fragt der Junge. Weil es ein hässliches Geräusch erzeuge. Das finde er nicht, meint der Junge, aber der ›Herr könne ja seine Ohren schließen‹ und setzt seinen Weg pfeifend fort. Der verdutzte Churchill findet das amüsant, ›die Ohren schließen‹, das sei ein origineller Gedanke. Biograf *Andrew Roberts*, der diese Geschichte mit Quellenangabe überliefert, meint, dass sei sicher eine Petitesse, aber man solle sich einmal vorstellen, diese Szene hätte mit vergleichbarem Personal in Berlin gespielt, was dann wohl aus dem Jungen geworden wäre.

***

Kein Zweifel: Churchill liebt das gute Leben. Nicht nur sein Interesse an schnellen Autos, seine Liebe zum Fliegen und seine Leidenschaft für Pferde und überhaupt Tiere belegen das. Er interessierte sich für Architektur, Literatur, die Großwildjagd und außergewöhnliche Hüte. Er geht zum Fischen und nimmt Tanzunterricht. Er mauert mit eigenen Händen einen Stall in Chartwell und hält Bienen. Er schaut sich fast täglich einen Film an, was – wie andere Anlässe auch – ihn häufig zu Tränen rührt. Er macht aus seiner Vorliebe für gutes Essen und besseres Trinken kein Geheimnis. Als er sich in den ersten Tagen seiner Ehe eine Ente zum Dinner wünscht und Clementine meint, das sei zu teuer, weist er daraufhin, dass selbst die Krokodile im Zoo Enten gefüttert bekämen

›and if they can have them I can't see why I should not‹.

Käseüberbackene Makkaroni lehnt er als ›stacheldrahtige Verwebungen‹ ab, er bevorzugte dann doch ein Irish Stew. Und sein Image als heftiger Trinker pflegt er sehr.

›*When I was younger I made it a rule not to take strong drink before lunch. It is now my rule never to do so before breakfast.*‹

Aber das ist so wie mit den Zigarrenstummeln: gute PR. Wenn heute die Banderolen seiner Zigarren zu Höchstpreisen versteigert werden, spricht das Bände. Biograf *Andrew Roberts* meint jedenfalls, dass es entgegen dem gängigen Bild so gut wie keine Berichte gebe, die einen wirklich betrunkenen Churchill zum Gegenstand hätten.

1911 gründet er mit seinem Freund *F. E. Smith* ›The Other Club‹, der dem Zweck dient, während der Sitzungstage des Parlaments parteiübergreifende Dinners im Pinafore Room im Savoy Hotel abzuhalten. Beide, Churchill als Liberaler und Smith als Konservativer, sind bei der Wahl zum ›The Club‹, einem angesehenen Gesellschaftsklub für Politiker, durchgefallen. Sie gründen daraufhin ›The Other Club‹, bestehend aus zwölf Liberalen, zwölf Konservativen und weiteren zwölf ›distinguished outsiders‹, der bis heute besteht, wenn auch seit 1970 keine Vorstandssitzung mehr stattgefunden hat. Zu den Mitgliedern zählen bekannte Politiker wie *Tony Blair* oder *Edward Heath*, aber auch Schauspieler wie *Laurence Olivier*. Vorübergehendes Mitglied bis 1935 ist auch *Sir Oswald Mosley*, der Faschistenführer, der, neben unzähligen anderen, auch eine Affäre mit *Diana Mitford* – Schwester der Schriftstellerin *Nancy Mitford* – hatte, die zu der Zeit noch mit Bryan Guinness, dem späteren Baron Moyne verheiratet war. *Diana Mitford* und Mosley, die während des Kriegs auf Betreiben von Moyne senior und Dianas Schwester Decca (Jessica), dem Sozialismus eng verbunden, in Schutzhaft genommen wurden, lebten nach dem Krieg in Paris und blieben bis an sein Lebensende zusammen.

Ab 1908 trinkt Churchill nur noch Champagner der Marke Pol Roger. Als er sehr viel später die Chefin des Hauses persönlich kennenlernt, stutzt er und meint: »What an interesting name!« Und es entspannt sich, typisch für Churchill, eine lebenslange Freundschaft. Nach seinem Tod hat *Madame Pol Roger* veranlasst, dass alle Lieferungen nach Großbritannien mit einem schwarzen Trauerrand versehen wurden.

Seit seiner Hochzeitsreise 1908, die ihn und Clementine unter anderem nach Venedig führt, bereist Churchill immer wieder das Mittelmeer. Zu den bemerkenswertesten Orten, die er oft besucht, zählen sicher das Chateau de l'Horizon zwischen Cannes und Vallauris und die Yacht ›Christina‹ von *Aristoteles Onassis.* Im Herbst 1958 findet die erste von acht Reisen mit der ›Christina‹ statt, nach Nizza, Monte Carlo und an die italienische Riviera, anschließend griechische Inseln und Istanbul besuchend (in seiner Terminologie immer noch ›Constantinopel‹). Er singt mit *Maria Callas* ›Daisy, Daisy‹ (was die Diva wohl nur eingeschränkt amüsant findet) und zitiert angesichts des Tempels des Poseidons, wo *Byron* seinen Namen in eine Säule geritzt hatte, aus dem Gedächtnis den ›Don Juan‹. Das Chateau de l'Horizon in der Nähe von Juan-les-Pins gehört der amerikanischen Schauspielerin *Maxine Elliott*, die man heute wohl als leicht halbseiden bezeichnen würde. Dort trifft sich *tout le monde*, der Duke of Windsor mit seiner Gattin *Wallis Simpson*, die Marlboroughs, *Cecil Beaton*, *Noël Coward* und unzählige Damen und Herren der gehobenen Gesellschaft. Zu den regelmäßigen Gästen gehört auch *Doris Delevingne* (Großtante des Supermodels Cara), die so schön ist, dass Churchill gleich drei Portraits von ihr anfertigt. Das gibt erheblichen Anlass zu Spekulationen, aber Biograf Roberts ist sich sicher, es habe keine Affäre gegeben. Denn Doris, die sich nach ihrer Ehe mit dem Viscount Castlerosse (die sie in beeindruckender Deutlichkeit als grausame Notwendigkeit für ein standesgemäßes Leben darstellt) und unzähligen Affären 1942 im Dorchester Hotel das Leben nimmt, habe sich mit Churchill zum Lunch verabreden wollen und ihm deswegen ihre Telefonnummer übermittelt. Dessen hätte es nicht bedurft, schließt Roberts messerscharf, wenn die beiden ein heimliches Paar gewesen wären. Dass sie mit Randolph schlief, ist dagegen kein Geheimnis.

Bereits im Januar 1927 begeben sich Winston, sein Bruder Jack und sein Sohn Randolph auf große Mittelmeer-Reise, eine familiäre Bildungstour, die es in sich hatte. Denn sie erleben nicht nur einen Ausbruch des Vesuvs, sondern sie besuchen nach Genua und Pompeji auch das Herculaneum, wo Randolph allerdings von der Besichtigung der freizügigen Freskos ausgeschlossen wird. Anschließend besuchen sie *Papst Pius XI.* im Vatikan, wo Churchill und der Papst gemeinsam über den Kommunismus schimpfen. Ein paar Jahre später, 1934, lädt Lord Moyne, als *Walter E. Guinness* geboren, später in Churchills Kriegskabinett und ebenfalls Mitglied im ›The Other Club‹, die Eheleute Churchill zu einer vierwöchigen Mittelmeertour auf seiner Yacht ›Rosaura‹ ein. Es geht von Marseilles nach Neapel, Griechenland, Alexandria, Beirut, Syrien und Palästina.

Danach reisen die Churchills immer wieder zum Mittelmeer, wo Churchill schwimmt, malt und schreibt. Im Februar 1945 fliegt Churchill nach Malta, um mit Präsident

Roosevelt die Konferenz von Yalta vorzubereiten. Nach dem Krieg, im Dezember 1947, besucht er in Marrakesch das Luxushotel der Zeit ›La Mamounia‹ und bald darauf die Villa ›La Capponcina‹ seines Freundes Lord Beaverbrook auf Cap d'ail. Im April 1955, nach seinem Rücktritt als Premier, macht er wieder Urlaub auf Sizilien, in Syracuse im Hotel ›Villa Poiliti‹, mit Lady Churchill, *Elizabeth* (Sekretärin), *Frederic Lindemann* (dann schon Lord Cherwell) und seinem Privatsekretär *Jock Colville* (der die Geschichte von der Castlerosse-Affaire in die Welt gesetzt hat). Dann geht es mehrfach in die Villa ›La Pausa‹, die 1930 von Coco Chanel in Roquebrune-Cap-Martin erbaut wurde. 1953 an den Verleger *Emery Reves* verkauft, verbringt Churchill von 1956 bis 1958 jeweils rund vier Monate dort und beendet seine ›*Geschichte der englischsprechenden Völker*‹.

Hier mag sich ein weiteres Ereignis abspielen, das Churchills Sinn für Umgangsformen und seinen Sinn für *decorum* belegt. Zu Tisch war ein Neffe neben einer sehr betagten und schwerhörigen Dame platziert worden. Churchill bemerkt, dass zwischen den beiden keine rechte Unterhaltung in Gang kommen will. Auf dem Weg zur Toilette fängt er seinen Neffen ab, was denn da los sei? Er, meint der junge Mann, könne mit der Dame nichts anfangen und außerdem sei sie stocktaub, selbst wenn ihm also ein Thema einfalle, würde sie doch nichts verstehen. Nein, weist Churchill ihn zurecht, so ginge das nicht, es möge schwierig sein, ›*but one must always make an effort*‹.

***

Anders als sein Vorgänger im Amt des Premierministers *Benjamin Disraeli*, der im 19. Jahrhundert mit seinen Romanen wie *Coningsby* oder *Sybil* beachtliche Auflagen bei gemischten Kritiken erzielte, schreibt Churchill nur einen Roman, den ziemlich erfolgreichen – obwohl Churchill angeblich alles dafür tut, seine Freunde vom Lesen des Buchs abzuhalten – ›*Savrola*‹, der ihm ein Honorar in Höhe von sechs Jahresgehältern in der Armee einbringt. Sonst schreibt Churchill Geschichtsbücher, vorzugsweise über seine Familie und sich selbst. Auch dabei legt er eine unerschöpfliche Energie an den Tag. Noch bevor er den gerade erst errungenen Parlamentssitz einnimmt, hat er in vier Kriegen gekämpft, 215 Zeitungsartikel publiziert und fünf Bücher geschrieben, den bereits erwähnten ›*Savrola*‹, ›*The Story of the Malakand Field Force*‹, ein Bericht über den Krieg im pakistanisch-afghanischen Grenzgebiet, ›*The River War*‹ über den Mahdi-Krieg im Sudan, ›*London to Ladysmith via Pretoria*‹, die Geschichte seiner Flucht aus einem Kriegsgefangenenlager, und ›*Ian Hamilton's March*‹, die Fortsetzung von ›*London to Ladysmith*‹.

Ein Buch zu schreiben ist ein Abenteuer,

sagt Churchill, als er den Times-Literaturpreis 1949 verliehen bekommt.

Am Anfang ist es ein Spielzeug, eine Freude; dann wird daraus eine Liebschaft, bevor es zum Herrscher wird und schließlich zum Tyrannen, und gegen Ende, wenn man schon dabei ist, sich seiner Herrschaft zu unterwerfen, dann tötet man das Monster.

Churchill ist sich bewusst, dass eine endgültige Bewertung aller politischen Entscheidungen erst im Nachhinein durch das Urteil der Historiker erfolgen wird. In Anbetracht der Kritik am richtigen Zeitpunkt für die Landung der alliierten Streitkräfte in der Normandie macht sein Admiral *Sir Andrew Cunningham* die Bemerkung, das endgültige Urteil über solche Fragen hänge davon ab, wie die Geschichtsschreibung später einmal urteilen werde. Churchills Reaktion zur Beruhigung des Admirals: Er ›beabsichtige, hier eine bedeutende Rolle‹ zu spielen. Und tatsächlich: 1906 erscheint die zweibändige Biografie seines Vaters, über die *Violet Bonham Carter* gesagt hat: ›*He worshipped at the altar of his unknown father.*‹ Es folgen ›*My African Journey*‹ 1908 und dann das wirklich erste ›große‹ Buch: die sechsbändige Darstellung des Ersten Weltkriegs, ›*The World Crisis*‹, in den Jahren 1923–31. Werden diese sechs Bände schon als eine Art ›verhüllte‹ Autobiografie angesehen, folgt diese dann tatsächlich: ›*My Early Life*‹ erscheint 1930, nachdem schon 1905 die erste Churchill-Biografie von *Alexander MacCallum Scott* erschien. In seinen ›*Wilderness Years*‹ – also in der Zeit, in der er in Ungnade gefallen war und weder ein Regierungs- noch ein Parteiamt innehatte – arbeitet er an der Biografie seines Vorfahren: ›*Marlborough – His Life and Times*‹, ein 1933 bis 1938 erscheinendes vierbändiges Monumentalwerk, für das er dann später den Literatur-Nobelpreis verliehen bekommt. Es folgen noch ›*Great Contemporairies*‹ 1937 (in Anlehnung an *Lytton Stracheys* ›*Eminent Victorians*‹, das dann wiederum bei *Andrew Taylors* ›*Eminent Churchillians*‹ Pate gestanden hat), bevor er für eine Zeit lang damit beschäftigt war, die Nazis zu besiegen. Denn es kann kein Zweifel herrschen: Es ist maßgeblich ihm zu verdanken, dass Nazi-Deutschland den Zweiten Weltkrieg verliert, und er beschreibt diesen Kampf in seinen Kriegsschilderungen ›*The Second World War*‹, die sechsbändig 1948 bis 1953 erscheinen. Es gibt wohl keinen anderen Fall, in dem ein maßgeblicher Politiker im Nachhinein auch noch die Rolle des urteilenden Historikers in Bezug auf die eigenen Handlungen einnimmt. Und zwar ganz nebenbei, während er im täglichen Leben zunächst den Oppositionsführer gegen die Regierung Attlee und dann erneut zum zweiten Mal die Rolle des Premierministers zu spielen hat. Sein letztes großes Werk, an dem er seit Jahrzehnten gearbeitet hat (immer wieder unterbrochen von den Tätigkeiten als Parlamentarier, Minister, Premierminister und Kriegsführer), ist ›*A History of the English-Speaking People*‹, die schließlich in vier Bänden zwischen 1956 und 1958 erscheint.

Sein Erfolg als Schriftsteller ist nicht mit seinem Ruhm als Weltkriegsheld zu begründen. Denn er hat diesen Erfolg schon lange, bevor er 1940 Premierminister wird. Es ist sicher auch die Mischung der Herkunft aus einer hocharistokratischen Familie mit dem soldatischen Wagemut, die Mischung des jungen Parlamentariers mit seinen gewagten Sprüchen, die hochtrabenden Ambitionen eines jungen Mannes, der das vollenden will, was dem Vater versagt geblieben ist, – aber in erster Linie ist es die Sprachkraft, die Churchill zu einem bedeutenden Geschichtsschreiber macht. Und er ist berühmt für seinen Witz. Dass Churchill Lady Astor auf die Aussage hin, dass diese seinen Tee vergiften würde, wäre sie mit ihm verheiratet, geantwortet haben soll, dass er diesen Tee bereitwillig tränke, hält Boris Johnson für erfunden. Aber allein der Umstand, dass Churchills Zeitgenossen diese Schlagfertigkeit als Beleg für die Authentizität dieser Situation angesehen haben, spricht laut Johnson Bände. Und tatsächlich: Seine Witze, seine geistreichen Antworten, seine Wortspiele und seine Fähigkeit, die Dinge auf den Punkt zu bringen, sind zu Recht berühmt. Wenn er im Parlament, dem er über 60 Jahre angehört, Reden hält, ist die Kammer stets prallvoll. Das Publikum eilt zu ihm, wie einige Menschen heute die Nähe von Rockstars oder berühmten Schauspielern suchen. Und er bedient seine Zuhörer auf das Beste. Über *Clement Attlee*, den Labour-Politiker, der in einer Kriegskoalition sein Stellvertreter ist und den er tatsächlich als den ›ihm liebsten politischen Gegner‹ schätzt, macht er die Bemerkung, dass dieser ein ›bescheidener Mann‹ sei. Und dies träfe zu, ›wo er doch so viel hat, um bescheiden zu sein‹. Einem guten Spruch kann er nicht widerstehen. So wie dem von dem leeren Taxi, dass vor dem Buckingham Palace vorfuhr, und dann sei Attlee ausgestiegen. Das ist frech und er bekennt reumütig, dass er häufig ›seine eigenen Worte fressen‹ müsse, aber – wieder kann er nicht widerstehen – das sei doch eine ›sehr bekömmliche Diät‹. Über den Sport sagt er, dass er seine Fitness als Sargträger für diejenigen Freunde beibehalte, die ihr ganzes Leben Sport getrieben hätten. Bedeutender als solche ›puns‹ oder ›quips‹ sind dann aber doch seine politischen Reden. Denn auch politisch vermag er komplizierte Sachverhalte auf eine Aussage zu kompilieren: Der Kapitalismus beschere eine ungleiche Verteilung von Reichtum, Sozialismus hingegen eine gleiche Verteilung von Armut. Zu Beginn des Krieges ist er ehrlich zu der britischen Bevölkerung: ›*I have nothing to offer but blood, toil, tears, and sweat*‹. Viele Beobachter meinen, dass seine Radioreden während des Krieges sehr zur Moral der Briten beigetragen hätten. Ergreifend ist sein Dank vom 20. August 1940 an die Helden der britischen RAF nach dem Blitzkrieg über London: Nie in der Geschichte wäre *so much owed by so many to so few.*

Wenn er die Paraphrasierung dieses Dankes durch Labour im Wahlkampf 2019 (›For the Many, not the Few‹) noch erlebt hätte, es ist sicher, dass er die passenden Worte gefunden hätte. Denn ihm ist bewusst, dass es einer klaren und deutlichen Ausdrucksweise bedarf, um zu den Zuhörern durchzudringen. Sein kerniger Spruch ›*we shall fight them on the beaches*‹ wäre seiner Meinung nach völlig untergegangen, wenn er stattdessen gesagt hätte ›*hostilities will be engaged with our adversary on the coastal perimeter*‹.

Seine Literatur hat eine eigentümliche Diktion, die aber auch heute noch Leser bannt – etwas sehr ›Edwardianisches‹, Altertümliches. Die Umständlichkeit einiger seiner Sätze, die dann aber zur pointierten Schlussfolgerung kommen, üben auch nach Jahrzehnten eine deutliche Faszination aus. Hier liegt vielleicht auch eine Parallele zu seinen Reden: Er sprach ein vernuscheltes Englisch mit einem leichten Sprachfehler, einer gewissen Sprechblockade. Aber gerade dieses Alleinstellungsmerkmal erhöht den Reiz der inhaltlichen Originalität. Es ist nicht von ungefähr, dass viele Redner seiner Zeit ihn zu imitieren versuchen, sich eine leicht verzögernde Aussprache angewöhnen, weil sie hoffen, durch diese Eigenschaft Aufmerksamkeit zu erregen. Aber ohne Inhalt hilft auch der ›schönste Sprachfehler‹ nichts. Und das gilt im selben Maße für die Literatur: Churchill hatte etwas mitzuteilen, und dass hier ein Autor am Werk ist, der die großen weltpolitischen Dinge, von denen er berichtet, nicht nur miterlebt, sondern diese auch gestaltet hat, übt große Faszination aus. Eine komplexere Persönlichkeit als Winston Churchill muss man lange suchen.

Fundstellen und Literaturhinweise

Cita Stelzer
Working with Winston – The Unsung Women Behind Britain's Greatest Statesman
Head of Zeus, 2019

Dinner with Churchill – Policy-Making at the Dinner Table
Short Books, 2011

Mary S. Lovell
The Churchills: A Family at the Heart of History – from the Duke of Marlborough to Winston Churchill
Little Brown, 2011

Geoffrey Best
Churchill – A study in Greatness
Hambledon Continuum, 2001

Boris Johnson
The Churchill Factor – How One Man Made History
Hodder & Stoughton, 2014

Andrew Roberts
Churchill – Walking with Destiny
Viking, 2018

Roy Jenkins
Churchill
MacMillan Press, 2001

Michael Shelden
Young Titan – The Making of Winston Churchill
Simon & Schuster, 2013

Anthony McCarten
Darkest Hour – How Churchill Brought us Back from the Brink
Viking, 2017

John Bew
Citizen Clem – A Biography of Attlee
Riverrun, 2016

Villa DIODATI
Genfer See

Sie hatte sich Hals über Kopf verliebt. Der junge Mann, der häufig zu Besuch kam, sah wahnsinnig gut aus, trug Haar und Hemd lässig offen und diskutierte mit dem Vater radikal-philosophische Ideen. Beide waren gegen alle Autoritäten und für die Anarchie; außerdem propagierte man die ›freie Liebe‹. Er schrieb wunderschöne, schwärmerische Gedichte, in denen er revolutionäre Ansichten formulierte und seinen überschwänglichen Gefühlen Ausdruck verlieh. Beides für ein junges Mädchen wie sie schwer beeindruckend. Bei dem Gedanken, die so oft thematisierte ›freie Liebe‹ mit ihm zu praktizieren, überlief sie ein Schauer, sie spürte seine Hände auf ihrem Körper und seine Lippen auf den ihren. Dass er anderweitig verheiratet war, spielte keine Rolle, dafür war die Liebe doch frei. Nachdem sie den Dichter besser kennen gelernt hatte, pilgerten die jungen Leute häufig zum St. Pancras Churchyard. Hier befand sich das Grab ihrer Mutter, die kurz nach ihrer Geburt verstorben war. Auch diese war eine Revolutionärin gewesen – hatte sich vehement für die Rechte der Frauen eingesetzt und damit das Establishment ordentlich aufgewirbelt. Ihr Anliegen war

> *»to free half of the human race, the women, so that they can help to free the other half«.*

Dort, auf dem Grabstein der Mutter, schliefen sie zum ersten Mal miteinander. Da war sie gerade 16 Jahre alt. Kurze Zeit später brachen sie aus ihren engen gesellschaftlichen Bindungen aus und zu ihrer ersten großen gemeinsamen Reise auf, nach Deutschland, nach Frankreich, in die Schweiz. Dann merkte sie, dass sie schwanger war. Ihre Tochter erblickte im Januar des nächsten Jahres das Licht der Welt, verließ diese aber schon wieder nach nur wenigen Tagen. Die Trauer der jungen Mutter über den frühen Kindstod war grenzenlos, verstärkt noch durch die Freude des Vaters über die Geburt eines gesunden Sohnes, den seine Frau im Dezember zuvor zur Welt gebracht hatte. Aber bald schon war Mary wieder in anderen Umständen und gebar fast auf den Tag genau ein Jahr später einen Sohn, den sie zärtlich ›Willmouse‹ nannten. Und wieder ging es auf eine große Reise, diese Mal nahmen sie Willmouse mit und auch Marys Stiefschwester Claire, die ein Jahr jünger war. Wenngleich sie akzeptieren musste, dass der Dichter, der Vater ihrer Kinder, auch mit Claire etwas angefangen hatte, widersetzte sie sich doch seinen Wünschen, es mit einem gemeinsamen Leben in einer Ménage à trois zu probieren. Die Reise führte zurück in die Schweiz. Im Sommer trafen sie dort auf einen anderen Dichterfürsten, den berühmten Lord Byron, der in der Nähe des Genfer Sees die Villa Diodati, in der auch schon John Milton residierte, gemietet hatte, während sie ganz in der Nähe am See Quartier in dem kleinen Chalet Montalègre bezogen hatten. Claire fieberte dem Wiedersehen mit Lord Byron, den sie bereits im Jahr zuvor erst kennen und dann auch lieben gelernt hatte, entgegen. Sie hatte Neuigkeiten für jenen, denn ihre Verbindung war nicht ohne Folgen geblieben, sie war schwanger, obwohl auch Byron zu jener Zeit mit einer anderen verheiratet war. Diese Ehe mit Annabella Milbanke im Januar 1815 war, zurückhaltend formuliert, tur-

bulent verlaufen und nach der Geburt der Tochter Ada bereits im März 1816 wieder geschieden worden.

Den komplizierten zwischenmenschlichen Irrungen und Wirrungen entsprachen Wetter und Stimmung. Es herrschte Dunkelheit, die Temperaturen waren jahreszeitwidrig kalt und es regnete ununterbrochen. Das war das ›Jahr ohne Sommer‹. Im fernen Indonesien war der Vulkan Tambora ausgebrochen und seine Rauch- und Ascheemissionen hatten die ganze Welt in Schatten getaucht, das jedoch wusste die Gesellschaft am Genfer See zu dieser Zeit nicht. Eines Tages – es war besonders düster, die Vögel hatten aufgehört zu singen und aufgrund der Witterung war es unmöglich, das Haus zu verlassen – schlug Lord Byron einen anspruchsvollen und den kreativen Fähigkeiten der Gesellschaft angemessenen Zeitvertreib vor. Ein Spiel. Ein Wettbewerb. Alle Anwesenden sollten Geistergeschichten erfinden und diese anschließend den anderen vortragen.

Nach wenigen Tagen hatte Mary ihre Geschichte fertig, zumindest die Grundzüge davon. Bei flackerndem Kerzenschein trug sie ihren Text vor, den sie »Frankenstein or the Modern Prometheus« genannt hatte und der von dem jungen Schweizer Arzt Viktor Frankenstein handelte, der an der Universität Ingolstadt einen künstlichen Menschen erschuf. Die anderen waren beeindruckt. Ob sie auch begeistert waren, ist schwerlich zu sagen.

Möglicherweise waren die anwesenden Herren zu eitel und verstimmt darüber, dass der jugendlichen Mary und nicht ihnen selbst eine derartige, im Wortsinn tolle Geschichte eingefallen war. Ausgerechnet Byrons Arzt, John Polidori, war eine ähnlich inspirierende Geschichte eingefallen, die er »The Vampyre« nannte.

Schon ärgerlich: Da waren zwei der bedeutendsten Literaten der Welt beisammen und bei einem intellektuellen Spiel rund um die Erfindung und Niederschrift von Geistergeschichten belegten eine sehr junge Frau, die bis dahin nicht durch ihre Schreibkunst aufgefallen war, und ein Arzt die ersten Plätze. »Frankenstein« wurde weltberühmt und »Der Vampyre« wurde später zum Vorbild für Bram Stokers »Dracula«. So ist die Villa Diodati am Genfer See ein Erinnerungsort für eines der beeindruckendsten Paare der Literaturgeschichte: für die Schriftstellerin ***Mary Shelley*** *und ihren Mann, den romantischen Dichter* ***Percy Bysshe Shelley****. Und weder* ***Lord Byron*** *noch* ***John Keats*** *können in diesem Zusammenhang unbeachtet bleiben.*

***

Beide Shelleys wurden nach der Französischen Revolution geboren, er 1792 und sie 1797. Das Jahrhundert vor dieser Explosion war geprägt von der Aufklärung, vom Aufbruch in die gesellschaftliche, politische, wirtschaftliche und kulturelle Moderne. Und in Großbritannien paarte sich die neue Zeit mit überbordender Lebenslust. Ohne diese sehr besondere Mixtur hätte es die Literatur der Shelleys vielleicht nicht gegeben.

Alexander Pope (1688–1744) hat es auf den Punkt gebracht:

»The man that loves and laughs, must sure do well.«

Das könnte das Motto für die Periode zwischen dem Beginn des 18. Jahrhunderts und der Mitte des 19. Jahrhunderts sein, zwischen den *Stuarts*, mit ihrem Civil War und den Puritanern, und den leicht spießigen *Victorians*. Die aus unerfindlichen Gründen vielfach nicht oder zumindest weniger beachtete *Georgian Period* war eine lebensfrohe, sinnliche, leicht frivole Zeit, die der Schriftsteller Robert Peal im Vorwort zu seinen zwölf Kurzportraits exzentrischer Zeitgenossen ›*Meet the Georgians*‹ (2021) so zusammenfasst:

> »*They gloried in life's vulgar pleasures: gambling, drinking, dancing, fighting, flirting and ... I forget what else.*«

Und John Wilkes (1727–1797), Journalist und Whig-Politiker, gab dem inzwischen erwachten Wunsch des Volkes nach Selbstbestimmung eine Stimme, als er den Richter, der ihn wegen seiner Kritik am King's Speech des Jahres 1763 verurteilen und zuvor den Lärm der aufgebrachten Menge zum Verstummen bringen wollte, belehrte:

> »*That is not the clamour of a rabble, my Lord, but the voice of liberty, which must and shall be heard.*«

Wir befinden uns in einer Periode des Kampfs für persönliche Freiheiten der Bürger und der politischen Emanzipation, also mitten in der Zeit der Aufklärung, die der Engländer so treffend »*Age of Enlightenment*« nennt. Zu grundlegenden Änderungen in der Konstitution des Staates und zu den beginnenden Freiheitsrechten des Individuums gesellen sich fundamentale Entwicklungen der Nationalökonomie und damit zwingend verbunden radikale Veränderungen der Arbeitswelt.

Dennoch ist selbst der englische Betrachter und umso mehr der deutsche geneigt, sich mit den glamourösen Tudors und den überheblichen Stuarts zu befassen, um dann sogleich zum leicht prüden viktorianischen Zeitalter zu springen und diese so ungemein wichtige und politisch, ökonomisch und kulturell interessante Zeit ein wenig zu vernachlässigen. Doch das scheint sich jetzt zu ändern, was man vielleicht daran festmachen kann, dass einer der renommiertesten Historiker Englands, Andrew Roberts, Autor der letzten in einer langen Reihe von Churchill-Biografien, »*Walking with Destiny*«, 2021 eine Schrift über einen der Monarchen vorgelegt hat, die der Epoche ihren Namen gegeben haben: »*George III. The Life and Reign of Britain's Most Misunderstood Monarch*«.

Die Episode rund um den Erinnerungsort *Villa Diodati* ereignete sich im Sommer – oder vielmehr im Nicht-Sommer des Jahres 1816. Sie fiel also in den sehr kurzen Zeitraum, den man nach strengeren Maßstäben *Regency Period* nennt. *Regency* dauerte an sich nur von 1811 bis 1820 und wurde für die Zeit benutzt, in welcher der Prince of Wales, der spätere König George IV., die Amtsgeschäfte für seinen erkrankten Vater, *mad* King George III., als Prinz*regent* führte. Regency ist aber seinerseits Teil der sehr viel längeren *Georgian Era*, die den Zeitraum der vier Hannoveraner Welfenkönige George I. bis George IV. umfasst, mithin die deutlich mehr als einhundert Jahre zwischen 1714 bis 1830. Schon vor Beginn der *Georgian Era* war das Fundament des modernen Großbritanniens gelegt worden, die konstitutionellen Verhältnisse waren auf absehbar lange Zeit geklärt und erledigt. Der *Act of Union* des Jahres 1707, durch den sich England und Schottland zu Britannien vereinigten, war der zeitlich letzte Stein im neuen Fundament. Diese Entwicklung war mit der *Glorious Revolution* im Jahre 1689 eingeleitet worden, die das Ende der absoluten Monarchie ebenso mit sich brachte wie das vorsichtige Aufblühen einer modernen industriellen Wirtschaft. Die *Bill of Rights* des Jahres 1689, die auf die *Petition of Rights* im Jahre 1628 zurückgeht, ist das erste Verfassungsdokument, das so etwas wie die Grund- und Menschenrechte im Verhältnis der ›Untertanen‹ zum

Staatswesen, das damals noch im Wesentlichen durch den Monarchen repräsentiert wurde, konstituiert. Zuvor schon hatte es, wiederum vorbereitet durch die Petition of Rights des famosen Richters Sir Edward Coke, den *Habeas Corpus Act* von 1679 gegeben, der willkürliche Verhaftungen ohne richterliche Zustimmung verbot. Die Tendenz ist eindeutig: Die Rechte des Individuums wurden gestärkt und die absolute Regentschaft durch einen souveränen Herrscher wurde beschränkt, so sehr dieser sich auch auf göttliche Bestimmung berufen mochte. Derart ›moderne‹ Errungenschaften trafen aber immer noch auf einen tiefsitzenden Aberglauben, der das Leben der Menschen ganz unmittelbar beherrschte und beeinflusste, was sich in der Monstrosität der nach wie vor stattfindenden Hexenprozessen dokumentiert. Allerdings wurde das Opfer des letzten Todesurteils wegen Hexerei 1712 von Queen Anne begnadigt – auch das wohl ein frühes Zeichen einsetzenden Umdenkens.

Ein solches Umdenken, eine Entwicklung hin zur repräsentativen Volksvertretung und zur Verbesserung der Bürgerteilhabe zeigt sich auch an dem Entstehen der politischen Parteien, der Whigs und der Tories, die in dieser Form bis heute existieren, in Form der Labour Party und der Konservativen. 1721 wurde mit Sir Robert Walpole erstmals eine Art Premierminister ins Amt gebracht, der auch so genannt wurde – jedenfalls umgangssprachlich. Die ersten Berater der Krone waren regelmäßig der Lord High Treasurer (auch First Lord of the Treasury oder Chancellor of the Exchequer genannt). Jeder, der vom Monarchen gebeten wurde, eine Regierung zu bilden, war de facto Prime Minister, ein primus inter pares, die anderen Minister waren immer noch eher dem König und weniger dem Premier verpflichtet. Das fand auch seinen Ausdruck darin, dass es zwei Kabinette gab, ein Efficient Cabinet, das die politischen Entscheidungen traf und dem der König vorstand, und ein eher repräsentatives Nominal Cabinet. Offiziell erster Träger des Titels Premierminister wurde Henry Campbell-Bannerman erst im Jahre 1905.

Dem *Act of Union* des Jahres 1707 war ein weiteres bedeutendes und die Geschicke Britanniens, wie es jetzt hieß, für die kommenden Jahrhunderte bestimmendes Verfassungsdokument vorausgegangen, der *Act of Settlement* des Jahres 1701. Dadurch war die Thronnachfolge auf das Haus Hannover festgeschrieben worden. Es galt, die Katholiken von der Thronfolge auszuschließen und die Wahl fiel schließlich auf die protestantische Sophie von der Pfalz, eine Tochter Mary Stuarts, Queen of Scots. Das war zwar nicht ganz unproblematisch, weil die sogenannten Jakobiten mit der Festlegung der Thronfolge auf das Haus Hannover alles andere als einverstanden waren, aber im Großen und Ganzen verliefen die – zum Teil auch blutigen – Proteste dagegen nach und nach im Sande.

Zunächst hatte James' (Stuarts) II. ältere Tochter Mary nach der Vertreibung ihres Vaters gemeinsam mit ihrem Mann, William III. of Orange, regiert und es hat etwas typisch Angelsächsisches, dass diese ›Revolution‹ gegen James II. sehr gelassen und unblutig verlief. Das Äußerste, was James als Zeichen des Protestes gegen seine Vertreibung nach Paris einfiel, war das Staatssiegel auf seiner Flucht in die Themse zu werfen, wodurch die Staatsgeschäfte für ein paar Tage unterbrochen wurden. Wenn man an den Blutrausch der Französischen Revolution gut 100 Jahre später denkt, hat der Verlauf der Englischen Revolution etwas ausgesprochen entspannt Angelsächsisches, ohne dabei weniger wirksam zu sein als die Französische. Im Gegenteil: Alles, was die Französische Revolution an Fortschritt mit sich brachte, hatte die *Glorious Revolution* vorweggenommen und das viel nachhaltiger als die nur wenige Jahre bis zur Machtergreifung Napoleon Bonapartes haltende Revolution der Franzosen.

Nach Queen Annes Tod im Jahre 1714, die ihrer Schwester Mary im Jahre 1702 auf den Thron gefolgt war, regierte kein bzw. keine Stuart mehr, wenn auch ein Enkel von James II., Bonnie Prince Charlie, noch den Versuch unternahm, diesen Zustand aus dem Pariser Exil heraus zu ändern, bis auch dieses Unterfangen von den Truppen Georges II. in der Schlacht von Culloden (1746) endgültig beendet wurde. Nach Georg I., der sich weigerte, seinem deutschen Namen das englische ›e‹ anzuhängen, regierte George II. von 1722 bis 1760. Dessen Nachfolger George III. regierte von 1760 bis 1820, am Ende allerdings in tiefer Depression und von seinem Sohn George, Prince of Wales, als Prinzregent vertreten (Regency). George IV. saß bis 1830 auf dem Thron, gefolgt von seinem Sohn William IV. (1830–1837), bis dann endlich Queen Victoria den Thron bestieg, ihn erst 1901 wieder verließ und so mehrere Jahrzehnte prägte, die als Periode ihren Namen tragen.

War verfassungsrechtlich alles geklärt und die konstitutionelle Monarchie auf Dauer festgeschrieben, war die *Georgian Era* außenpolitisch problematisch. Das gesamte Jahrhundert war geprägt von Kriegen, insbesondere mit Frankreich als dem Hauptgegner. Die frühe Zeit war bestimmt von den Spanischen Erbfolgekriegen von 1701–1714, in dem es um das Erbe des letzten spanischen Habsburgers, nämlich König Karl II. von Spanien, ging. Hier spielte ein Vorfahr Winston Churchills, der spätere erste Duke of Marlborough, ab 1701 Oberbefehlshaber der englischen Armee, eine bedeutende Rolle. Teil dieses spanischen Erbfolgekriegs war auch der von Queen Anne in Nordamerika geführte Krieg zwischen 1702 und 1713, einem der vier sogenannten Franzosen- und Indianerkriege, in denen England und Frankreich um die Vorherrschaft in Nordamerika kämpften. Hauptteil dieser Kriege war der Siebenjährige Krieg von 1756–1763, an den sich fast unmittelbar der Amerikanische Unabhängigkeitskrieg von 1775–1783 anschloss. Es folgten die militärischen Auseinandersetzungen rund um die Französische Revolution, namentlich die Koalitionskriege gegen die Expansionsbestrebungen Napoleon Bonapartes. Diese kriegerische Auseinandersetzung dauerte fast ein Vierteljahrhundert, beginnend 1792 und erst endend mit der Schlacht von Waterloo 1815. In diese Zeit fiel auch die Schlacht von Trafalgar (1805). Zwischendurch hatte es auch noch die Irische Rebellion gegeben (1798). Waren die Engländer auch in fast allen Auseinandersetzungen erfolgreich, wog die Niederlage im Amerikanische Unabhängigkeitskrieg und der Verlust der 13 amerikanischen Kolonien schwer. Kompensiert wurde dieser Verlust durch den Ausbau der internationalen Handelsbeziehungen, die sich im Wesentlichen auf den Handel mit den neuen Vereinigten Staaten von Amerika sowie mit Fernost durch die *East India Company* gründeten.

***

Unter dem Stichwort des *Merkantilismus* kann man das Vorgehen der englischen Regierung zusammenfassen, die gemeinsam mit den einheimischen Händlern versuchte, die Vergrößerung der politischen Einflusssphäre Britanniens mit dem Ausbau internationaler Handelsbeziehungen parallel zu gestalten. Es ging einerseits darum, politische Macht über die Kolonien und die mit Britannien durch Handelsbeziehungen verbundenen Staaten zu erlangen und auszubauen, andererseits um die Mehrung persönlichen Reichtums und damit – über die zu erhebenden Steuern – auch um die Erhöhung der fiskalischen Einnahmen durch einen intensiven Warenverkehr. So wurden Handelsbeschränkungen und Zollregulierungen mit dem Ziel beschlossen, das Importvolumen zu reduzieren und das Exportvolumen zu vergrößern. Zu diesen Maßnahmen zählt auch der militärische Schutz des internationalen Handelsverkehrs. Der reibungslose Warenverkehr war wichtig, deswegen genoss der Kampf gegen die Piraterie höchste Priorität. Zugleich konnten die Kriegsschiffe gut den gerade von den Amerikanern bevorzugten Warenschmuggel unterbinden. Im Grunde genommen war der Merkantilismus so etwas wie die Vorwegnahme der heute bekannten Public Private Partnerships.

Das sind auch die Gründe, die dazu geführt haben, dass im 18. Jahrhundert der Grundstein für die Erkenntnisse der Nationalökonomie gelegt wurde, ohne die die moderne Volkswirtschaftslehre nicht denkbar wäre. Um 1700 herum hatte das englische Bruttosozialprodukt erstmals das des in der Zeit der Ming- und Qing-Dynastien extrem erfolgreichen Yangtse-Deltas überholt. Ausgehend von den Lehren des Ökonomen *Adam Smith* (1723–1790), der freiwillig geleistete Arbeit im Vergleich mit erzwungener Sklavenarbeit für produktiver hielt – also ein rein merkantiler und kein moralischer Ansatz –, wurde erst der Sklavenhandel durch den *Slave Trade Act* im Jahre 1807 verboten und die Sklaverei selbst dann im Jahre 1833 durch den *Slavery Abolition Act*. Aber Smith war nicht der einzige bedeutende Nationalökonom und Wirtschaftstheoretiker der Zeit: Neben Smith, der sich intensiv mit dem Prinzip der Arbeitsteilung und dem freien Markt (*The Wealth of Nations*, 1776) befasst hatte, war der Philosoph und Historiker *David Hume* (1711–1776), der in engem Austausch mit Smith stand, mit Ideen über die Theorie sozialer Entwicklungen bekannt geworden. In der Tradition der Staatstheoretiker *Thomas Hobbes* (1588–1679, bekannt vor allem durch seine Staatstheorie, die er im *Leviathan* aus dem Jahre 1651 niederlegte) und *John Locke* (1632–1704, bekannt unter anderem durch seine *Two Treatises of Government* (1689/90)) gilt er als Wegbereiter der Aufklärung. Seine beiden Hauptwerke waren *A Treatise of Human Nature* (1739/40) und *The History of England* (1754–1762). Die Zeit war geprägt von einer rasanten wirtschaftlichen Entwicklung und deren Begleitung durch bedeutende Staatsökonomen, die bis heute ihre Wirkung entfalten.

Die Welt der Wirtschaft und der Arbeit benötigte dringend derartige Grundlagentheorien, die sich mit der Funktionalität von nationalen und globalen Märkten und dem Prinzip der Arbeitsteilung, mit der Steuerung des Geld- und Warenverkehrs sowie der Erwirtschaftung und Verteilung von Mehrwert befassten. Was auch immer der Grund dafür sein mochte, die durchschnittliche Arbeitsleistung hatte sich von 250 Tagen pro Jahr im 15. Jahrhundert auf über 300 Tage im Jahr 1750 gesteigert. Der *Saint Monday*, ein Feiertag, an dem die Arbeiter ihren Kater vom Wochenende auskurieren konnten, wurde abgeschafft. Und die Menschen machten völlig neue Erfahrungen, als sie lernen mussten, gemeinsam und arbeitsteilig zu arbeiten, und die anfallenden Produktionsschritte gemeinsam mit Hunderten, zum Teil Tausenden von Arbeitskollegen zu erledigen. Es war die Zeit der Erschließung neuer Energiequellen, der Dampfmaschine und der Elektrizität. Natürlich wurde daraus rasch die ›industrielle Revolution‹ und der sogenannte Manchester-Kapitalismus mit seinen exzessiv ausbeuterischen Arbeitsverhältnissen, aber solche Fehlentwicklungen ändern ja nichts an der Dynamik des tatsächlichen Geschehens, weder in Bezug auf die Arbeitswelt einerseits, noch den reziproken Kampf um die Rechte der Arbeiter andererseits.

***

Diese Entwicklungen hatten Auswirkungen auf das kulturelle Geschehen der Zeit. Am sinnfälligsten wird das wohl durch die Entwicklungen auf dem Gebiet der Literatur. Das 18. Jahrhundert sah die bis dahin dramatischste Entwicklung der englischen Literatur: Es entstand der Roman. Seine Entstehung wird gemeinhin mit der Entwicklung der politischen und sozialen Verhältnisse erklärt. War die Literatur zuvor im Wesentlichen *höfisch* geprägt und häufig zur Verehrung adliger Mäzene entstanden, schrieb man jetzt für das sich entwickelnde Bürgertum. Gerade das 18. Jahrhundert kann eine Anzahl von weltbekannten Romanen für sich reklamieren, die ihresgleichen suchen. Es beginnt mit Daniel Defoes (1660–1731) *Robinson Crusoe* im Jahre 1719, dicht gefolgt im Jahr 1726 von *Gulliver's Travels* von Jonathan Swift (1667–1745). Später, aber nicht viel später, erscheinen Henry Fieldings (1707–1754) *Tom Jones* im Jahre 1749 und Laurence Sternes (1713–1768) *Tristram Shandy* (1759) – alles Klassiker der Weltliteratur. Nur am Rande sei erwähnt, dass Fielding, im Hauptberuf Richter, gemeinsam mit seinem blinden Bruder John die *Bow Street Runners* erfand, die erste nicht uniformierte Polizeitruppe der Welt, die im Auftrag des gleichnamigen Gerichts auf Verbrecherfang ging.

Die Malerei der *Georgian Era* wurde in der ersten Hälfte mitunter bestimmt durch William Hogarth (1697–1764), von Joshua Reynolds (1723–1792) und von Thomas Gainsborough (1727–1788), in der zweiten Hälfte von John Constable (1776–1837) und J. M. W. Turner (1775–1851). William Turner mit seiner intensiven Farbgebung und seinen am Ende fast halluzinatorisch anmutenden Schiffs- und Meerbildern ist möglicherweise der ›modernste‹ dieser Maler. Constables Landschaften scheinen demgegenüber konventioneller, aber auch er ist angesichts der peniblen Detailtreue, mit der er die poetische Idylle, die seinen Landschaften zu eigen ist, ein besonders bemerkenswerter Vertreter dieser Zeit. William Hogarth demgegenüber war ein barocker Maler, dessen Bilder neben seinen Porträts sehr viele Sujets aus dem Leben der ordinären Bevölkerung wiedergeben, zum Beispiel das Bild seiner sechs Hausbediensteten *Hogarth's Servants* aus der Mitte der 1750er Jahre. Ähnlich verhält es sich mit Thomas Gainsborough, dessen Sujets durchaus in der Tradition Hogarths stehen, aber doch mit sehr viel feinerem Pinsel gemalt sind. Gainsborough wird häufig gemeinsam mit Sir Joshua Reynolds als die beiden bedeutendsten britischen Maler der zweiten Hälfte des 18. Jahrhunderts genannt. Reynolds hat ebenfalls sehr viele Porträts gemalt, auch Halbporträts, die mehr von dem Modell zeigen als nur Kopf und Schultern, aber auch bei ihm zeigt sich die Tendenz der politischen Entwicklung – weg von der Darstellung höfischer, hin zur Darstellung bürgerlicher Individuen.

Abschließend ein Wort zur Musik der englischen Romantik: Ein Wort genügt hier, denn besonders bedeutende Komponisten sind rar. Der Beginn der *Georgian Era* ist verbunden mit einer Rückbesinnung auf die Klassik, hier werden so bedeutende Musiker wie Bach, Händel und auch Vivaldi genannt. Unter den vielen Komponisten, wie sie für die Früh-, Hoch- und Spätromantik genannt werden, taucht eigentlich mit dem Iren John Field nur ein einziger Angelsachse auf.

***

In diese aufregenden Zeiten hinein wurde Mary Shelley am 30.08.1797 in Somers Town, London, geboren. Ihre Eltern waren der radikale Sozialphilosoph und Anarchist William Godwin und die nicht minder radikale Frauenrechtlerin Mary Wollstonecraft. Diese hatte bereits eine Tochter, Fanny Imlay, aus ihrer unehelichen Verbindung zu einem amerikanischen Geschäftsmann mit in die Ehe gebracht und starb kurz nach der Geburt von Mary. Godwin blieb nicht lang allein und erweiterte seine Familie durch die Hochzeit mit einer Dame aus seiner Nachbarschaft. Diese, Mary Jane Clairmont, gab sich als Witwe aus und brachte zwei weitere Kinder, darunter die schon erwähnte Claire, mit in die Ehe – beide außerehelich geboren und von zwei verschiedenen Vätern stammend. Eine Patchwork-Familie heutiger Provenienz scheint nichts gegen derartige Verwicklungen zu sein. Eine konventionelle Schulausbildung für die Töchter war da nicht zu erwarten, vielmehr erzog Godwin, der vor allem mit seiner Schrift *Enquiry Concerning Political Justice* aus dem Jahr 1793, in dem er die Grundzüge der Anarchie beschrieb, bekannt geworden war, seine Töchter selbst. Aber nicht durch profane Dinge wie Latein- oder Mathematikunterricht, sondern indem er seinen Töchtern Kontakt zu den ihn besuchenden Intellektuellen, Dichtern und Journalisten ermöglichte. Und ihnen außerdem Zugang zu seiner reichhaltigen Bibliothek gewährte.

Mutter Mary Wollstonecraft Godwin, vor allem bekannt durch ihre Schrift *A Vindication of the Rights of Woman* aus dem Jahr 1792, war eine frühe Kämpferin für die Rechte der Frau. Dieser Kampf war keineswegs auf Britannien beschränkt. Auch auf dem Kontinent gab es so etwas schon: Immerhin hatte die Schriftstellerin und Journalistin Marianne Ehrmann schon 1790 die feministische Frauenzeitschrift ›Amaliens Erholungsstunden‹ in Stuttgart ins Leben gerufen. Wollstonecraft war eine überzeugte Anhängerin der französischen Revolution und blieb das auch nach dem Blutrausch der Jakobiner, obwohl sie davon abgestoßen war und als Anhängerin der Girondisten selbst verfolgt wurde. Derlei Bigotterie war ihr auch sonst nicht fremd: Sie war strikt gegen die ausbeuterische Institution der Ehe, was sie aber nicht davon abhielt, selbst ganz erpicht darauf zu sein. Von ihr sind zwei Affären bekannt geworden. Die erste mit einem verheirateten Mann, die zweite mit Mr. Imlay in Paris, mit dem sie Fanny gezeugt hatte. Dann endlich die herbeigesehnte Ehe mit William Godwin, kurz danach die Geburt von Mary und ihr vorzeitiger Tod.

Vater Godwin verhielt sich in gleicher Weise bigott, auch er war – theoretisch – gegen die Ehe, dann aber gleich zweimal verheiratet: erst mit Mary Wollstonecraft und dann, bald nach deren Tod, in zweiter Ehe mit jener Mary Jane Clairmont. Godwin war ein Radikaler, der progressive Ideen und die freie Liebe propagierte. Er ließ sich auf Percy Shelley, in dem er einen reichen Landadeligen vermutete, ein, brach die Verbindung aber rasch wieder ab, als er merkte, dass Shelleys Mittel begrenzt waren. Als Tochter Mary und Shelley mittellos von ihrer ersten Europareise zurückkehrten, wollte er nichts mehr mit ihnen zu tun haben: freie Liebe ja, aber nicht zu Hause.

Mary lernt den ebenfalls radikalen Ideen anhängenden Poeten Percy B. Shelley 1812 kennen, da ist sie gerade 14. Die weitere Geschichte der beiden wurde eingangs geschildert. Als ihr Verhältnis beginnt, ist sie 16, er 21. Ihre zweite Reise nach Europa unternehmen sie gemeinsam mit Marys Stiefschwester Claire Clairmont. Shelley hat auch mit ihr, die von Byron schwanger ist, ein Verhältnis und man kann nicht anders, als sich über die Promiskuität der Zeit zu wundern: Wollstonecraft brachte bereits eine Tochter aus ihrer Liaison mit Mr. Imlay in die Ehe. Ms. Clairmont brachte zwei weitere Töchter von zwei verschiedenen Vätern mit, von denen die eine, im zarten Alter von 14 Jahren von einem der Dichterfürsten der Zeit geschwängert wurde, während dieser Lord Byron anderweitig, wenn auch unglücklich, verheiratet war. Mary ihrerseits, obwohl *under age*, fand nichts dabei, mit Percy Shelley gleich zwei Kinder zu haben, während er ebenfalls mit einer anderen Frau verheiratet war und auch mit dieser Vaterfreuden entgegensah. Mag das alles der Rebellion gegen die engen Konventionen der Zeit geschuldet sein, retrospektiv muss man in diesem hektischen Treiben auch eine gewisse Verzweiflung erkennen. Nichts passte so richtig und auf der Suche nach dem persönlichen Lebensglück wanderte man halt immer weiter, anstatt, wie es die Moral der Zeit an sich verlangte, in einer unglücklichen Beziehung zu verharren.

Über den Tod ihres ersten Kindes im Februar 1815 hilft Mary nicht Percy hinweg, sondern vor allem dessen Studienfreund *Thomas Jefferson Hogg*. Shelley beabsichtigt, die beiden miteinander zu verkuppeln, ohne dass seine Beziehung zu Mary darunter leiden soll, aber daraus wird nichts; Hogg und Mary bleiben ›nur‹ Freunde. Mary wird umgehend wieder schwanger – von Percy – und am 24.01.1816 bringt sie ›Willmouse‹ zur Welt. Mit diesem geht es erneut auf große Europareise, wo es dann zur Entstehung des »Frankenstein« in der Villa Diodati kommt.

Im Dezember 1816 ertränkt sich Shelleys Ehefrau Harriet, die erneut schwanger von ihm war, in *The Serpentine* im Hyde Park. Ein Drama. Und eine Bestätigung für die angesichts der sehr unübersichtlichen Verhältnisse von den Protagonisten empfundene Ausweglosigkeit, jedenfalls jener Protagonisten, die Opfer der ungezählten Untreuen werden. Sich zu ertränken ist gewiss ein grausamer Tod und ohne tiefe Depression nicht denkbar. Dies zu tun, während man ungeborenes Leben in sich trägt, lässt eine große seelische Verletztheit vermuten. Aber daraus einen sehr öffentlichen Akt zu machen, mitten im Hyde Park, verdeutlicht auch die ungezähmte Wut der betrogenen Ehefrau, es dem ungetreuen Mann, aber auch der rücksichtslosen Geliebten, durch einen Suizid vor aller Augen, dem auch das noch ungeborene Kind zum Opfer fällt, heimzuzahlen. Koste es, was es wolle. Sofort nach dieser Verzweiflungstat, schon am 30.12.1816, heiraten Mary und Shelley in der St. Mildred's Church, Bread Street. Als wenn sie nur auf Harriets Abschied von der Welt gewartet hätten. Vom Tod der Ehefrau und Rivalin völlig ungerührt, den öffentlichen Skandal vollkommen ignorierend, haben Mary und Percy nichts Besseres zu tun, als das Aufgebot zu bestellen und schnellstmöglich ein Hochzeitsfest zu feiern. Sich über alle bürgerlichen Konventionen zu erheben, scheint hier nur ein sehr vordergründiger Vorwand für eine in dieser Drastik selten zu beobachtende Schamlosigkeit und Egomanie der Handelnden.

Vielleicht musste es unter diesen Umständen so kommen, wie es dann kam. Die Ehe der Shelleys, so lang erwartet und unter so tragischen Umständen zustande gekommen, dauert nur wenige Jahre. Percy ertrinkt 1822 auf der Rückfahrt von einem Treffen mit Lord Byron und ihrem Verleger Leigh Hunt in Livorno vor der Küste von Viareggio. Und dass die Ehe der Shelleys in der kurzen Zeit, die sie gedauert hat, glücklich verlaufen ist, wird man auch nicht sagen können. Zunächst einmal wurde Percy – wenig verwunderlich – das Sorgerecht für seine Kinder aus der Ehe mit Harriet aberkannt, sie wurden in die Obhut einer Pflegefamilie gegeben. Nach ihrer Rückkehr vom Kontinent siedelten die Shelleys in Bath an und nahmen Marys Stiefschwester Claire Clairmont bei sich auf, die wiederum erneut schwanger war. Diese Schwangerschaft sollte verheimlicht werden, was zur Folge hatte, dass die Halbschwester Marys, Fanny Imlay, nicht bei den Shelleys leben konnte. Daraufhin nahm auch Fanny sich das Leben, weil sie es bei ihrer Stiefmutter, der zweiten Frau Godwin, nicht länger aushielt. Im September 1817 brachte Mary ihr inzwischen drittes Kind zur Welt, das sie nach ihrer ersten, bald nach der Geburt gestorbenen Tochter Clara nannte.

Parallel zu diesen Ereignissen erscheint der erste literarische Text aus der Feder von Mary. Während der ersten Reise nach Frankreich haben sie und Percy ein gemeinsames Tagebuch geschrieben. Dieses Tagebuch ist – unter Einfluss der Erfahrungen auch aus der zweiten Kontinentalreise – 1817 unter dem Titel *History of Six Weeks' Tour* erschienen. Ergänzt wird diese Reiseerzählung um jeweils zwei Briefe von Mary und Percy und dessen Gedicht *Mont Blanc*. Zeitlich parallel dazu erfolgte die anonyme Veröffentlichung des *Frankenstein or The Modern Prometheus.*

Im März 1818 verließen die Shelleys Englands und weder Percy noch die Kinder sollten je zurückkehren. Mit Willmouse und Clara, ferner mit Claire Clairmont und deren inzwischen geborener Tochter Allegra, lebten die Shelleys in Italien. Zunächst ging es nach Venedig, um die Tochter Allegra ihrem Vater Byron zu übergeben. Danach zogen die

Shelleys unstet umher. Sie lebten in Livorno, Florenz, Neapel, Rom, Pisa und San Terenzo. Beide Kinder überlebten diese Strapazen nicht. Zunächst starb Clara im September 1818 und anschließend ›Willmouse‹ im Juni 1819 in Rom. Solche Tragik ist für den Betrachter kaum zu ermessen. Erst der Selbstmord Harriets, der Verlust des Sorgerechts für die eheliche Kinder von Percy, der Suizid Fannys, an dem die Shelleys sich mitschuldig fühlten, die Flucht auf den Kontinent und das wilde Umherziehen in Italien, das beide Kinder bald das Leben kostete. Mary fiel daraufhin in tiefe Depressionen, die ihre Beziehung zu Percy eigentlich beendeten. Dieser schrieb:

My dearest Mary, wherefore hast thou gone,
And left me in this dreary world alone?
Thy form is here indeed—a lovely one—
But thou art fled, gone down a dreary road
That leads to Sorrow's most obscure abode.
For thine own sake I cannot follow thee
Do thou return for mine.

Immerhin: Offenkundig war Percys Aufforderung von Erfolg gezeitigt, denn am 12. November 1819 wurde der gemeinsame Sohn Percy Florence geboren. Also haben die beiden kurz nach dem Tod der Tochter im September 1818 und während des Dahinsiechens von ›Willmouse‹ für weiteren Nachwuchs gesorgt. Man mag nicht glauben, dass das gleichsam ein Ersatz für ihre sterbenden Kinder sein sollte, aber immerhin: Sie schliefen wieder miteinander. Das alles geschah, obwohl Percy die ganze Zeit über mit zahlreichen Affären zu anderen Damen aus der Umgebung beschäftigt war. Und kurz bevor es zu seinem tragischen Segelunfall kam, war Mary erneut schwanger. Sie erlitt allerdings eine Fehlgeburt und Berichten zufolge hat Percy ihr das Leben gerettet, indem er sie in ein Eisbad setzte und so die Blutungen stoppte. Nachdem Percy ertrunken war, kehrte Mary nach England zurück. Sie beabsichtigte, von ihren Einkünften als Schriftstellerin zu leben und kam zunächst einmal bei ihrem Vater und ihrer Stiefmutter unter. Der Vater von Percy, Sir Timothy Shelley, der es zeitlebens ablehnte, mit seiner Schwiegertochter persönlich zusammenzutreffen, hatte angeboten, für die Erziehung seines Enkels Percy Florence aufzukommen, was er aber an die Bedingung knüpfte, dass dieser nicht bei Mary leben sollte. Das lehnte Mary ab und Sir Timothy bedachte sie dann gleichwohl mit einer – kleinen – Jahresrente, was ihr immerhin die Errichtung eines eigenen Hausstandes ermöglichte. Das knüpfte Shelley sen. allerdings an die Bedingung, dass Mary keine Biografie über Percy veröffentlichen sollte und dass sie auch keine weiteren Bände mit seinen Gedichten herausgeben dürfe. Sir Timothy wollte damit erreichen, dass das aus seiner Sicht skandalöse Leben seines Sohnes und dessen radikale Ideen in Vergessenheit geraten würden. Man kommt nicht umhin, für diesen Wunsch von Shelley sen. angesichts des Nazismus seines Sohnes und dessen Skrupellosigkeit ein gewisses Verständnis aufzubringen. Mary nahm das Geld, scherte sich aber nicht um das damit verbundene Verbot und gab 1824 den Gedichtband *Posthumous Poems of P. B. Shelley* heraus. Aber Schwiegervater Timothy wusste sich zu wehren, er kaufte die gesamte Auflage auf und ließ sie vernichten.

1825 verstarb dann Charles Shelley, der Sohn aus Percys erster Ehe mit Harriet. Dadurch wurde Marys Sohn Percy Florence zum alleinigen Erben des Shelley-Besitzes. Immerhin reagierte Sir Timothy darauf, indem er die Leibrente von 100 auf 250 £ erhöhte. Als Shelley sen. dann 1844 starb, wurden Mary Shelley und ihr Sohn Percy Florence erstmals finanziell unabhängig. Während dieser gesamten Zeit arbeitete Mary an ihren eigenen Romanen und an der Veröffentlichung der Werke ihres verstorbenen Mannes. Schon im Sommer 1838 gelang es ihr, das Gesamtwerk von Percy bei *Edward Moxon*, Herausgeber von *Alfred Tennyson* und ein Schwiegersohn von *Charles Lamb*, einem Dichter aus dem Kreis um William Wordsworth und Samuel Coleridge, zu veröffentlichen. Immerhin hatte Sir Timothy dieser Gesamtausgabe zugestimmt, wenn er es auch nach wie vor ablehnte, dass eine Biografie seines Sohnes erscheinen sollte. Mary umging dieses Verbot, indem sie den Gedichten von Percy umfangreiche Erörterungen mit biografischen Bezügen hinzufügte.

Nach der Tragik der ersten Lebenshälfte, die aber auch von ihrer großen Liebe zu ihrem Mann bestimmt war, ist es für manche Leser vielleicht tröstlich zu wissen, dass sich Mary Shelleys zweite Lebenshälfte als kontemplative und kreative Schaffensperiode darstellt. Ihr überlebender Sohn heiratete 1848 eine Jane Gibson St. John und Mary lebte bis zu ihrem Ende am 1.Februar 1851 mit Sohn und Schwiegertochter in Eintracht auf dem Familienanwesen der Shelleys in Field Place, Sussex.

***

Von ihren diversen Werken wie *Matilda* (1819), *Valperga, or the Life and Adventures of Castruccio, Prince of Lucca* (1823) oder *The Last Man* (1826, dt. Der letzte Mensch) ist letztlich nur *Frankenstein* der Nachwelt erhalten geblieben und bis heute im Buchhandel erhältlich. *Matilda* ist eine Novelle über den Inzest. Zugleich handelt es sich um eine Reflektion über den Suizid, den der Vater begeht, nachdem er sich zu seinem Wunsch nach einer sexuellen Beziehung mit seiner Tochter bekannt hat. Diese wiederum entwickelt ihrerseits eine schwermütige Todessehnsucht, die durch den Tod des Vaters hervorgerufen wird. Angesichts der konkreten Hintergründe und den Verwicklungen in dem Viereck Mary – Percy – Claire Clairmont – Lord Byron ist *Matilda* erst 1959 veröffentlicht worden. Daran hat Vater Godwin einen großen Anteil, der das Manuskript, jedenfalls das Inzest-Thema, ›disgusting and detestable‹ fand und sich schlichtweg weigerte, das ihm zur Korrektur übersandte Manuskript seiner Tochter zurückzugeben. Das eigentlich Erstaunliche an *Matilda* ist seine Verfassung bereits im Jahre 1819. Zur Erinnerung: Im September 1817 hatte Mary ihr drittes Kind geboren. Bis zu ihrer Abreise nach Italien im März 1818 wurde der Reisebericht über die beiden Reisen auf den Kontinent veröffentlicht und die erste Fassung des *Frankenstein* in anonymer Publikation. Zwischen September 1818 und Juni 1819 starben ihre beiden Kinder und dennoch – oder vielleicht auch gerade deswegen – hat Mary die Kraft und die Zeit gefunden, die Novelle zu schreiben, deren Thema für Mary ebenfalls außerordentlich belastend gewesen sein muss, was sich nicht zuletzt auch an der Reaktion des Vaters zeigt.

In *Valperga,* einem historischen Roman, geht es um die Abenteuer der historischen Figur des Castruccio Castracani, der im 14. Jahrhundert Oberhaupt von Lucca (Italien) wurde und Florenz einnahm. Valperga ist eine – fiktive – Festung, die von der Gräfin Euthanasia beherrscht wird, in die Castruccio sich verliebt hat. Er zwingt sie, sich zwischen politischer Freiheit und ihren Gefühlen für ihn zu entscheiden. Sie wählt die Freiheit, die allerdings zugleich ihren frühen Tod bedeutet. Hintergrund für *Valperga* sind sicherlich die Erfahrungen mit dem Terror, den die Napoleonischen Eroberungskriege über Europa gebracht haben. Bei ihrem Ostfeldzug hinterließen die Truppen Napoleons, immerhin rund 300.000 Mann stark, verbrannte Erde. Sie plünderten alles, was sich ihnen in den Weg stellte, was alsbald zum Zusammenbruch der Versorgung der einheimischen Bevölkerung führte. Die tiefe Verbitterung der Landbevölkerung wurde nicht viel später durch den Anblick der zerlumpten und oft verstümmelten Gestalten kompensiert, die sich nach dem erfolglosen Russlandfeldzug wieder auf dem Rückzug nach Frankreich befanden. Vor diesem Hintergrund hat Mary das Problem der politischen und persönlichen Freiheit im Verhältnis zu Repressionen autokratischer Verhältnisse anhand der Erfahrungen mit dem Eroberungsimperialismus Napoleons erörtert.

The Last Man ist eine dystopische Science-Fiction-Geschichte, die sich mit dem Europa des späten 21. Jahrhunderts beschäftigt, das von einer mysteriösen Pandemie heimgesucht wird, die sich rasch über den gesamten Globus verbreitet. Wenn man an die Covid-19-Pandemie denkt, die seit Anfang 2020 die ganze Welt beherrscht, muss man Marys außerordentliche Weitsicht bewundern. In *Lodore* aus dem Jahre 1835 thematisiert Mary Erziehungsfragen, bei denen sie – unter Bezugnahme auf die Ideen ihrer Mutter – es ablehnt, die Ausbildung eines Kindes von seinem Geschlecht bestimmen zu lassen. Vielfach ist dieser Roman zu den sog. *Silver Fork Novels* gezählt worden, die in aristokratischen Kreisen spielen. Einer der bekannten Autoren dieser Gattung war der spätere Premierminister Benjamin Disraeli, dessen erster Roman *Vivian Grey* 1826 erschienen war. Disraeli war in der zweiten Hälfte des 19. Jahrhunderts nicht nur gleich zweimal Premierminister und der große Gegenspieler des Whig-Politikers William Gladstone, sondern nach dem Tod Prinz Alberts auch ein enger Vertrauter von Queen Victoria. Seine Romane sollen sich besser verkauft haben als die von Charles Dickens. Heute ist er als Politiker durchaus noch in bester kollektiver Erinnerung, als Schriftsteller ist er völliger Obskurität anheimgefallen.

Ebenso wie *Lodore* sind auch die späteren Romane Marys *The Fortunes of Perkin Warbeck* (1830) und *Falkner* (1837) heute so gut wie in Vergessenheit geraten. Das allerdings gilt nicht für den Frankenstein, der ein ganzes Genre begründet hat, und auch als Vorlage für diverse Verfilmungen diente – beispielsweise die aus dem Jahr 1931 von James Whale mit Boris Karloff als dem ›Monster‹ und die von und mit Kenneth Branagh (und internationalen Stars wie Robert de Niro, Helena Bonham Carter und John Cleese) im Jahre 1995. Noch 2015 hat es eine Neuverfilmung von Paul McGuigan mit James McAvoy in der Hauptrolle gegeben. Ursprünglich trug das Werk, das 1818 anonym und dann in einer überarbeiteten Fassung 1823 unter Marys Namen publiziert wurde, den Untertitel ›*The Modern Prometheus*‹. Daraus ist viel abgeleitet worden, zumal die Sagengestalt des Prometheus, der den Menschen das Feuer bringt und dafür von Zeus grausam bestraft wird (ein Adler frisst immer wieder seine täglich nachwachsende Leber auf), von vielen Denkern und Schriftstellern genutzt wurde, um ihre Ideen zu transportieren. Mary Shelley mag Goethes, der das Werk Shakespeares mit dem des Prometheus gleichgesetzt hatte, Herders und Schlegels Befassung mit der Gestalt des Prometheus nicht gekannt haben, aber dass sowohl Thomas Hobbes, der die Prometheus-Figur in seinem *De Cive* 1642 als demokratischen Gegenpol zur Monarchie benutzt hatte, als auch der Frühaufklärer Anthony Shaftesbury die schöpferische Kraft des Prometheus hervorgehoben hatten, wird ihr geläufig gewesen sein. Wie dem auch sei: Sicher ist, dass Mary John Miltons (1608–1674) *Paradise Lost* ebenso verarbeitet hat wie *The Rime of the Ancient Mariner von* Samuel Taylor Coleridge, beide als Symbole für die menschliche Schuld, und William Wordsworth' *Tintern Abbey* als Symbol für die Unschuld menschlichen Tuns. Gleiches gilt für das Gedicht *Mutability*, sowohl vom Monster als auch von Frankenstein zitiert, das Percy nach dem Selbstmord von Marys Halbschwester Fanny, die sich 1816 unter letztlich ungeklärten Umständen in Swansea vergiftete, begonnen und dessen erste vier Kapitel er unter dem Eindruck dieser Tragödie geschrieben haben soll.

***

Percy B. Shelley wurde am 4. August 1792 in *Field Place* in der Nähe von Horsham geboren. Sein Vater, Sir Timothy Shelley, war der zweite Baronet of Castle Goring. Percy ging nach Eton und Oxford, schon als Schüler schrieb er die gothic novel *Zastrozzi, a Romance.* In Eton wurde er Opfer rüder Übergriffe, weil er sich weigerte, die herrschenden Regeln anzuerkennen und zu befolgen. Seine Wutausbrüche brachten ihm den Spitznamen ›mad Shelley‹ ein. Nach seinem Rauswurf aus Oxford heiratete er im Jahr 1811 die oben bereits erwähnte Harriet Westbrook, eine Schulkameradin seiner Schwester. Über Robert Southey, auch er ein *lake poet*, lernte er William Godwin kennen und über diesen dessen Tochter Mary. Der Rest ist bekannt. Zwischen 1810 und seinem Tod verfasste er eine lange Reihe von Gedichten und veröffentlichte zahlreiche Bände mit ›Poetry‹, zum Beispiel ›*Posthumous Fragments of Margret Nicholson*‹ (1810), ›*The Devil's Walk*‹ (1812), ›*Queen Mab*‹ (1813), ›*Mont Blanc*‹ (1816), und so weiter – jedes Jahr ein bis zwei Bände bis hin zu ›*The Witch of Atlas*‹ (1820) oder ›*Epipsychidion*‹ (1821).

Am Beispiel von ›*Mont Blanc*‹ meinen Kritiker nachweisen zu können, dass Shelley im Gegensatz zu Wordsworth, der die Natur als gutwillig (benevolent) wahrgenommen habe, in der Natur eine mächtige und auch negative Kraft erkannt habe:

The everlasting universe of things
Flows through the mind, and rolls its rapid waves,
Now dark—now glittering—now reflecting gloom—
Now lending splendour, where from secret springs
The source of human thought its tribute brings
Of waters...

Ob das überzeugt, muss jeder für sich selbst entscheiden. Auch fragt sich, ob es zwingend einen Widerspruch darstellen muss, die Natur als gutwillig einerseits und mächtig andererseits darzustellen. Beeindruckend erscheint jedenfalls der Dialog, den der Dichter mit dem Berg beginnt:

The wilderness has a mysterious tongue
Which teaches awful doubt, or faith so mild,
So solemn, so serene, that man may be
But for such faith with nature reconciled;
Thou hast a voice, great Mountain, to repeal
Large codes of fraud and woe; not understood
By all, but which the wise, and great, and good
Interpret, or make felt, or deeply feel.

Die Zeit war geprägt von einer ganzen Reihe Poeten wie Shelley, deren Bekanntheit die Jahrhunderte überdauert hat. Beherrschten zu Beginn und Mitte des 18. Jahrhunderts noch die Romanciers die Szene, wird die Zeit danach von den Dichtern der Romantik bevölkert. Den Vertretern der ersten Romantik, William Wordsworth und Samuel Taylor Coleridge, ist ein eigenes Kapitel gewidmet (›*The Queen's Head*‹). Aber danach kam die zweite Generation der Romantik, das war die Zeit – neben Shelley – von George Lord Byron (1788–1824), John Keats (1795–1821) oder William Blake (1757–1827), um neben den Lake Poets und den Cockney Poets ein paar namentlich hervorzuheben.

Mad, bad, and dangerous to know,

das war das Urteil der Schriftstellerin Lady Caroline Lamb über ihren Liebhaber, den sechsten Baron George Gordon Noel Byron, geboren 1788 in London und gestorben 1824 in Griechenland. Ganz unzutreffend war das Urteil Lady Carolines nicht, auch wenn es auf ihrer Enttäuschung beruhen mag, dass die Affäre mit Byron allzu kurz währte, nämlich nur wenige Monate im Jahre 1812. Das führte später zu einem öffentlichen Selbstmordversuch Lady Carolines auf einem Ball der Heathcotes, den aber niemand ganz ernst nahm, am allerwenigsten Lord Byron, der von dem Vorfall nur achselzuckend berichtete,

Lady Caroline performed the dagger scene.

So nonchalant war der Lord nicht nur dieser Kurzzeit-Geliebten gegenüber. In unzählige Affären verstrickt, von seinen Gläubigern gejagt, immer wieder Vaterfreuden entgegensehend (oft von mehreren Damen gleichzeitig), verließ er England im Jahre 1816, auch um einer Verfolgung der staatlichen Behörden wegen seiner mehr oder weniger offen ausgelebten homosexuellen Neigungen zu entgehen. So war er seinem Kommilitonen im Trinity College, John Edleston, verfallen.

Ich liebte ihn bestimmt mehr als irgendein anderes menschliches Wesen,

wie er in einem seiner Briefe wissen ließ. Es ist schon bemerkenswert: ein Mann von sehr kleinem Wuchs, körperlich behindert – er litt an einem ›Klumpfuß‹ –, in seinen Affären völlig skrupellos – so wird es auch nicht ausgeschlossen, dass er seine Stiefschwester Augusta schwängerte, weil diese von ihrem Mann getrennt lebte, als sie ihre im April 1814 geborene Tochter Elizabeth Medora empfing – war Byron offenbar doch ein Mann, dessen Nähe man suchte. Die eingangs beschriebene Affäre mit Claire Clairmont soll jedenfalls durch deren Nachstellungen begonnen haben, wobei hierbei durchaus auch pubertäre Fantasien der erst 14-Jährigen eine Rolle gespielt haben mögen. Immerhin hat die Affäre zwischen Claire und Byron dafür gesorgt, dass er durch sie mit den Gedichten Shelleys *Queen Mab* (1813) und *Alastor (1815)* bekannt gemacht wurde. Bei Byron muss man sich klar darüber werden, ob es nicht viel mehr sein ungewöhnlicher Lebenslauf als sein literarisches Werk ist, das ihn in der kollektiven Erinnerung gehalten hat. Er hat zwischen 1805 und seinem ebenfalls frühen Tod im Jahre 1824 viel publiziert – u.a. *Epitaph to a Dog* (1808), *Childe Harold's Pilgrimage* (1812) oder *Mazeppa. Don Juan. Cantos* (1819) – seine Werke sind sowohl zu Beginn als gegen Ende des 20. Jahrhunderts in vielbändigen Gesamtausgaben veröffentlicht worden. Aber beim Wiederlesen beschleicht den Leser der Verdacht, dass sein wildes Leben, das ihm auch noch im griechischen Freiheitskampf gegen das Osmanische Reich einen frühen Heldentod bescherte, für seinen anhaltenden Bekanntheitsgrad mehr getan hat als seine Literatur.

Auch John Keats, 1795 in Moorgate, London, als Sohn eines Stallmeisters geboren – John glaubte gar, in dem zum ›Swan and Hoop Inn‹ gehörenden Stall zur Welt gekommen zu sein –, ist den frühen Tod des tragischen Genies gestorben. Obwohl beide immer in einem Atemzug genannt werden, kommt seine Verbindung zu Shelley eigentlich nur über seinen Tod in Rom zustande. Tatsächlich hatte Keats einige Vorbehalte gegen Shelley, den er ›too self-consciously prophetic‹ empfand. Auch Wordsworth kommt nicht ungeschoren davon, dieser war für Keats Geschmack zu sentimental. In einem Brief an seine Brüder George und Thomas aus dem Jahr 1817 definiert er, was einen ›Man of Achievement‹ ausmacht: eine *negative capability*, von der Shakespeare so viel besessen habe. Diese negative capability ist schwer zu ergründen und zu definieren. Schon eine Übersetzung ins Deutsche ist nicht einfach. Am ehesten kommt wohl so etwas wie ›Negationskraft‹ in Betracht. Eine derartige Befähigung zur Wahrnehmung eines Negativs als Gegensatz zu einem Positiv kennzeichnet sich nach Keats durch Unsicherheit, Zweifel und Verwunderung aus. Das Gegenteil einer *negative capability* sei ›diese irritierende Suche nach Tatsachen und Vernunft‹. Keats sucht die im Schatten der Vernunft liegende Empfindung, das Sensitive, Instinkthafte. Das ist das Gegenteil von philosophischer Sicherheit und faktenbasierter Vergewisserung. Keats sucht nicht nach ›einfachen Antworten‹, die Gedanken müssten auch ›durch die Luft schweben‹ können. Die Aufklärung ist ihm verdächtig. Das ist ausdrücklich gegen Wordsworth und Coleridge gerichtet.

Das annus mirabilis von John Keats ist 1819: All seine großen Oden sind hier entstanden. Zu seinen Hauptwerken zählen unter anderem die ›*Ode to Psyche*‹, ›*Ode on Melancholy*‹ oder ›*To Autumn*‹. Ein Gedicht über die Vergänglichkeit der Zeit, die schnell vergeht und doch in einem endlosen Kreislauf immer wiederkehrt und sich wiederholt. Hier setzt sich Keats auch mit der Vergänglichkeit des menschlichen Seins auseinander und befasst sich mit dem Tod. Die Endlichkeit des Einzelnen im Zirkel der Unendlichkeit des Ganzen. Die berühmten ersten Zeilen vom ›*Autumn*‹ lesen sich so:

Season of mists and mellow fruitfulness,
Close bosom-friend of the maturing sun;
Conspiring with him how to load and bless
With fruit the vines that round the thatch-eves run;
To bend with apples the moss'd cottage-trees,
And fill all fruit with ripeness to the core ...

Aber Keats kann auch bodenständig sein. Die Mermaid Tavern in Cheapside, wo er einkehrt (und vor ihm Ben Johnson und John Donne) wurde 1666 im Great Fire zerstört und dann wieder aufgebaut. Diese Taverne war ihm folgende ›*Lines on the Mermaid Tavern*‹ wert:

Souls of Poets dead and gone,
What Elysium have ye known,
Happy field or mossy cavern,
Choicer than the Mermaid Tavern?
Have ye tippled drink more fine
Than mine host's Canary wine?

Or are fruits of Paradise
Sweeter than those dainty pies
Of venison? O generous food!
Drest as though bold Robin Hood
Would, with his maid Marian,
Sup and bowse from horn and can.
I have heard that on a day
Mine host's sign-board flew away,
Nobody knew whither, till
An astrologer's old quill
To a sheepskin gave the story,
Said he saw you in your glory,
Underneath a new old sign
Sipping beverage divine,
And pledging with contented smack
The Mermaid in the Zodiac.

Auf der letzten Reise nach Italien war Keats in Quarantäne, zehn lange Novembertage im Hafen von Neapel. Nach Neapel hatte es ihn der Gesundheit wegen gezogen. Am 17.09.1820 war er aufgebrochen, mit dem Maler Joseph Severn. Von unterwegs schrieb Keats an eine Freundin, dass er bedaure, dass er

›*could not leave my lungs or stomach or other worse things behind me*‹.

In Italien interessiert er sich trotz seiner schweren Krankheit für die Carbonari, ein Netzwerk revolutionärer Gruppen, die gegen den Bourbonen Ferdinand I. eine Konstitution für das *Kingdom oft the two Sicilies* erzwingen wollten. Er wollte nicht dort sterben, weil er seine Überreste nicht in ›despotischer Erde‹ lassen wollte. Dass sein Ende nahe war, fühlte er, er sah sich in einer ›posthumous existence‹. Der Freundin schrieb er in dem letzten vorhandenen Brief vom 30.11.1820:

›I can scarceley bid you good bye even in a letter, I always made an awkward bow‹.

Keats ist am 23. Februar 1821 in Rom gestorben. Percy Shelley verstarb nur ein Jahr später, als er beim Segeln vor der italienischen Küste ertrank. Seine Freunde Lord Byron, Edward John Trelawny und James Henry Leigh Hunt verbrannten seine Leiche auf einem Scheiterhaufen am Meer und setzten die Asche auf dem protestantischen Friedhof in Rom bei.

So sind Percy Bysshe Shelley und sein Dichterfreund John Keats, den er kaum gekannt hat, Seite an Seite auf dem berühmten *Protestant Cemetery* in Rom begraben. Offiziell ist das Cimitero Acattolico der »Nicht-Katholiken-Friedhof«, der aber offensichtlich auch Nichtgläubigen eine letzte Ruhestätte gewährt. Ursprünglich ist davon ausgegangen worden, dass der Friedhof für Renegaten des katholischen Glaubens vorgesehen war, aber jüngste Forschungen haben ergeben, dass der Friedhof 1716 mit der Erlaubnis des Papstes Clemens XVI. für erweiterte Zwecke errichtet worden ist. Erster Leichnam, der hier bestattet wurde, war der schottische Arzt Dr. Arthur, ein protestantischer Anhänger des katholischen Thronfolgers James Stuart, der sich in Rom niedergelassen hatte, nachdem die Glorious Revolution von 1689 seinen Vater, König James II., außer Landes getrieben hatte.

Der Friedhof liegt direkt neben dem Denkmal des Cestius, einem römischen Magistraten, der im ersten Jahrhundert vor Christus gelebt hat. Dessen Denkmal, ursprünglich als heidnische Beerdigungsstätte angesehen, wurde später in die Befestigungsanlage Roms einbezogen, sodass der Protestant Cemetery innerhalb der römischen Stadtanlagen liegt. Auf John Keats Grab steht nur, dass es sich um das *»grave of a young english poet«* handelt mit der Inschrift:

»Here lies one whose name was writ in water«.

Auf Percy Bysshe Shelleys Grabstein steht geschrieben:

»cor cordium«

gefolgt von einem Shakespeare-Zitat aus »The tempest«:

Nothing of him that doth fade
But doth suffer a sea-change into
something rich and strange.

Direkt neben Keats steht der Grabstein von Joseph Severn, mit dem er gemeinsam nach Neapel gereist war und der ihn bis zu ihrer Ankunft Rom gepflegt hatte. Auf diesem Friedhof ist auch Julius August Walther von Goethe begraben, der gemeinsam mit Johann Peter Eckermann (Biograph von Goethe) nach Italien gereist und dort an den Pocken gestorben war (27. Oktober 1830).

***

Es hat etwas Seltsames, dass die jedenfalls in Deutschland bekanntesten Dichter der englischen Romantik so unterschiedlich wahrgenommen werden. Hier die ›jungen Wilden‹ Shelley, Byron, Keats – dort die gesetzten Wordsworth und Coleridge. Das mag mit dem Nimbus des frühen Todes der Erstgenannten zusammenhängen, der stark an die Riege der Rock- und Popstars erinnert, die alle nicht älter als 27 Jahre geworden sind: Brian Jones, Janis Joplin, Jimmy Hendrix, Jim Morrison, Amy Winehouse. Live fast, die young. Shelly, Byron und Keats sind deutlich später als Wordsworth (1770) und Coleridge (1772) geboren (nämlich 1788, 1792 und 1795) und in einem sehr kurzen Abstand zueinander lange vor ihnen gestorben (1821, 1822 und 1824). Junge Genies mit einem sehr kurzen Leben. Das trägt zur Legendenbildung bei. Und obwohl auch Wordsworth und Coleridge durchaus kritische Töne gegenüber der bestehenden Gesellschaftsordnung anschlugen, namentlich, zumindest anfänglich, im Zusammenhang mit der Französischen Revolution, und obwohl auch ihr Leben nicht immer in ruhigen bürgerlichen Bahnen verlief – man denke nur an die Drogensucht Coleridges und dessen Versuch, in Amerika eine Kommune zu gründen oder die schwierigen persönlichen Verhältnisse von Wordsworth – werden Shelley, Byron und Keats weit mehr mit dem Widerstand gegen eine saturierte und etablierte Gesellschaft in Zusammenhang gebracht als die anderen. Das mag an den radikalen Ideen im Zusammenhang mit der Anarchie und ihrem Atheismus liegen, auch an ihrer Verklärung durch einen frühen Tod. So etwas symbolisiert Tragik und unvollendetes Genie. Ein ausschweifendes radikales Leben verträgt sich nicht mit einem rundlich gewordenen Familienvater am Kamin seines Hauses in Ambleside. Nicht von ungefähr hat sich die Popkultur bei den ›jungen Wilden‹ bedient, zum Beispiel bei dem visionären William Blake oder eben bei Percy Shelley. Die Situation Ende der 60er, Anfang der 70er Jahre des 20. Jahrhunderts ähnelt durchaus der

Weltlage gegen Ende des 18. Jahrhunderts. Dort die Französische Revolution, die Bekämpfung des Sklavenhandels, der Beginn der industriellen Revolution, der Kampf um die Freiheitsrechte des Einzelnen (auch der unterprivilegierten Schichten), der Aufstand gegen die als borniert und heuchlerisch empfundenen Konventionen des Establishments, hier der Schock über die Atombombe auf Hiroshima und Nagasaki, die Aufrüstung im Kalten Krieg, der Vietnamkrieg, die Bürgerrechtsbewegung rund um Martin Luther King oder Angela Davis und der Kampf der ›liberalen‹ Jungen gegen die ›reaktionären‹ Alten. ›Make Love not War‹. Das passt, zu den Romantikern an der Wende zum 19. Jahrhundert genauso wie zu den Hippies der 1970er.

Ist es da ein Wunder, dass Shelleys Gedicht *Mask of Anarchy* sogar für den Slogan der Labour Party im Wahlkampf 2019 herhalten musste: »For the many, not the few«?

Rise like Lions after slumber
In unvanquishable number—
Shake your chains to earth like dew
Which in sleep had fallen on you—
Ye are many—they are few.

Konnte man den Labour-Slogan auch als Ablehnung des berühmten Churchill-Zitats verstehen, *Never have so many owed so much to so few,* mit dem er den RAF-Piloten für ihren Einsatz im Zweiten Weltkrieg gedankt hat, kann an der Quelle kein Zweifel bestehen, auch bei Churchill nicht, der das Shelley-Gedicht natürlich kannte und in der ihm eigenen Genialität einfach umgedreht hat. Die ›many‹ hatten den ›few‹ eben alles zu verdanken. William Blake, den man durchaus der Gruppe um Shelley et. al. zurechnen kann, ein zu seiner Zeit geradezu unbekannter Dichter und Naturmystiker, wurde erst von den Präraffaeliten entdeckt – und dann auch von der Popkultur des späten 20. Jahrhunderts. Die Rockband ›The Doors‹ führte ihren Namen auf Aldous Huxley und dessen *The Doors of Perception* zurück, der sich wiederum auf Blake berief, dessen Zeile ›*Some are born to sweet delight, some are born to the endless night*‹ von den Doors wörtlich übernommen wurde. George Orwell berief sich auf Blakes Gedicht *The Echoing Green*, wie Allen Ginsberg, Patti Smith und viele andere der Popkultur durch ihn beeinflusst wurden. Und bei ihrem ersten Konzert nach dem frühen Tod ihres Mitgründers Brian Jones zitierten die Rolling Stones aus Percy Shelleys *Adonais*, geschrieben für den früh verstorbenen Freund John Keats:

Peace, peace! He is not dead, he doth not sleep
He hath awakended from the dream of life—
'Tis we, who lost in stormy visions, keep
With phantoms an unprofitable strife
…
He lives, he wakes –'tis Death is dead, not he;
Mourn not for Adonais.
…
Whist, burning through the inmost veil of Heaven
The soul of Adonais, like a star,
Beacons from the abode where the Eternal are.

Aber es geht auch anders: Zum 200. Todestag John Keats' erschien ein etwas merkwürdiges Buch: *Keats. A Brief Life in Nine Poems and One Epitaph* von Lucasta Miller. Ms. Miller meint, Keats habe seinen Ruf als bedeutender Lyriker keineswegs seinem Werk zu verdanken, sondern er sei

›canonised as a dead white European male‹.

Na ja, als was sonst? Dass er über 200 Jahre nach seiner Geburt tot ist, wäre auch so, wenn er nicht im Alter von 25, sondern zum Beispiel mit 75 Jahren gestorben wäre. Dass er weiß war, dafür konnte er nichts, auch nicht für sein männliches Geschlecht. Beides hat für seine Kreativität eher keine, allenfalls eine untergeordnete Rolle gespielt. Wie auch seine europäische Herkunft, die Frau Miller als ›abendländisch‹ ja wohl in Kontrast zu einer BAME-Zugehörigkeit setzen will, also einer *Black, Asian, and minority ethnic.* Kann man das alles getrost übersehen, muss man sich aber doch fragen, was denn moderne Autoren wie Lucasta Miller veranlasst haben kann, über einen offenkundig (jedenfalls von ihr) nicht wertgeschätzten Poeten ein ganzes Buch mit negativem Inhalt zu schreiben. Und Thesen zu verbreiten, die einerseits wenig überzeugend sind, andererseits allzu gut in die aktuellen Denkkategorien der ›institutionalisierten Privilegien‹ passen. Der »dead white European male« ist bis auf den heutigen Tag Teil des kollektiven Gedächtnisses, und zwar nicht durch Hautfarbe, Geschlecht oder englische Herkunft, sondern wegen seiner Gedichte und seines turbulenten und tragisch kurzen Lebenslaufs.

***

Was bleibt? Die romantischen Poeten werden wohl für immer im Kanon der Weltliteratur aufscheinen. Ob das immer der Qualität ihrer Werke geschuldet ist oder auch auf die Faszination zurückzuführen ist, die ihre bewegten Lebensläufe auf uns ausüben, sei dahingestellt. Oft sind es eher die kurzen Verse als die gesamten Gedichte, die sich einprägen, wie etwa die Zitate aus der Popmusik belegen. Von Mary Shelley wissen wir, dass sie mit dem Frankenstein eine Figur geschaffen hat, die selbst, aber auch deren Thema – der Umgang mit der Erschaffung von künstlichem Leben – die Zeit überdauern wird. Es ist wie ein Wunder: Da kommen zwei der großen Romantik-Dichter zusammen und vertreiben sich die Zeit mit der Erfindung von Geistergeschichten und ausgerechnet ein 16 Jahre altes Mädchen, das nie eine Schule besucht hat, sondern sich mit dem Salon und der Bibliothek des Vaters zufriedengeben musste, denkt sich eine Figur und eine Geschichte aus, die Literaturgeschichte geschrieben hat. Da ist es wohl eher kein Wunder, dass damals und über sehr lange Zeiträume danach das Verdienst Marys in den Schatten der beiden Dichterfürsten gestellt wurde, so als ob die beiden sich die ganze Geschichte ausgedacht hätten und Mary sozusagen die Niederschrift überlassen hätten. Dazu passt, dass der Literaturbetrieb Marys Wirken in erster Linie auf den Erhalt und Vertrieb der Werke ihres Mannes reduzierte. Dabei wurde nicht nur ihr eigenes umfassendes Werk ›übersehen‹, sondern geflissentlich auch der Umstand, dass Mary kommerziell erfolgreicher als der Gatte war. Aber auch in Bezug auf Mary könnte man zu der Annahme gelangen, dass letztlich ihre Lebensumstände spannender sind als ihre Literatur. Ihre Eltern, ihr Mann, ihre Freunde und natürlich sie selbst, ihre gesamten Lebensumstände bilden eine faszinierende Melange. Es wäre schade, wenn darüber die Befassung mit ihren Texten in den Hintergrund treten würde. Aber seit den 1980ern ist wieder die Schriftstellerin zunehmend und zu Recht in den Fokus der Literaturkritik und -wissenschaft geraten. Dass sich auch die Unterhaltungsindustrie mit ihrem Leben und ihrer illustren Umgebung befasst hat, kann nicht schaden. Die zahlreichen fiktionalisierten Biographien und Lebensverfilmungen tragen zur Hauptsache bei: dass nämlich diese Generationen prägende Schriftstellerin dem kollektiven Gedächtnis erhalten bleibt.

Fundstellen und Literaturhinweise

Emily Weisberg Sunstein
›Mary Shelley: Romance and Reality‹
Little Brown, 1991

Fiona Sampson
›In Search of Mary Shelley: The Girl Who Wrote Frankestein‹
Profile Books, 2018

Greg Buzwell
›Mary Shelley, Frankenstein and the Villa Diodati‹,
Zeitungsartikel vom 15.05.2014

Lucasta Miller
›Keats: A Brief Life in Nine Poems and One Epitaph‹
Penguin Random House, 2021

Andrew Roberts
›George III: The Life and Reign of Britain's Most Misunderstood Monarch‹.
Allen Lane, 2021

Robert Peal
Meet the Georgians – Epic Tales from Britain's Wildest Century
William Collins, 2021

›The Chantry‹ Frome/Somerset

›Fear no more the heat of the sun nor the furious winter's rages; thou thy worldly task hast done, home art gone, and ta'en thy wages: golden lads and girls all must, as chimney sweepers come to dust.‹

Die Söhne ruderten auf den See unterhalb von ›The Chantry‹, einem Regency Haus in der Nähe von Frome in Somerset: Der jüngere der beiden, John, an den Rudern, der ältere, Tristram, die Asche des am 28. März 2000 verstorbenen Vaters über dem Wasser verstreuend. Dabei rezitierte er den Wünschen des Vaters entsprechend aus Shakespeares Cymbeline: ›Fear no more…‹. Am Abend vor seinem Tod hatte sich der Gesundheitszustand des 94-Jährigen rapide verschlechtert und es wurde ein junger Arzt herbeigerufen, der, wie sich herausstellte, zufälligerweise wie sein Patient hieß. Noch in der Nacht starb jener Autor, der vor allem durch ein generationenübergreifendes zwölfbändiges Romanepos bekannt geworden war. Die Trauergemeinde, die am Ufer des Sees zurückblieb, bestand aus seiner Frau Violet, mit der er über 65 Jahre verheiratet gewesen war, seinen Enkeln und Urenkeln und seinem Neffen Ferdinand Mount, der die Szene in seinem Vorwort zu den Memoiren des Verstorbenen »To keep the Ball rolling« festgehalten hat. Der Wusch des Verstorbenen, seine Asche über dem See zu verstreuen, entsprach seiner tiefen Verbundenheit mit diesem Haus, in dem er über 50 Jahre gelebt hatte. Denn ein solches Anwesen, erworben mit den Mitteln aus einer kleinen Erbschaft, war sein großer Lebenstraum gewesen. Er wollte – nach dem Urteil eines Zeitgenossen – immer nur zwei Dinge, ›a wife with a title and a house with a circle‹. Als er sich den Haustraum erfüllte, war der andere schon in Erfüllung gegangen: 1934 hatte er Lady Violet Pakenham geheiratet, ein Sprössling aus der irischen Adelsfamilie Longford.

›The Chantry‹ findet man westlich von Frome in der Grafschaft Somerset in Whatley. Der Name leitet sich von einer Chantry Chapel ab, die von einem Sir Oliver de Cervington um 1350 errichtet wurde. Im frühen 19. Jahrhundert ist das Land von James Fussell, einem wohlhabenden Metallfabrikanten erworben worden. Fussell lebte auf dem Gelände bis rund 1825, wobei er von dem Architekten John Pinch aus dem nahe gelegenen Bath eine Villa erbauen ließ. Hinzu kam ein künstlicher See, der als Wasserreservoir benutzt wurde. Der Erbe von James Fussell war dessen Neffe Reverend James G. C. Fussell, der die von seinem Vorfahren errichtete Kirche betreute. 1857 gründete er eine experimentelle Schule, an der junge Mädchen ausgebildet werden sollten, um Gouvernanten oder Lehrerinnen zu werden. Über diese Zeit erzählt der Roman »Comin' Thro' the Rye« von Helen Mathers aus dem Jahre 1875. Nach Reverend Fussell übernahm dessen Sohn und Erbe, ein Barrister namens James T.R. Fussell, das Anwesen, das mit dessen Tod im Jahre 1927 an verschiedene Eigentümer verkauft wurde, bis unser Autor ›The Chantry‹ Mitte des 20. Jahrhunderts erwerben konnte.

Dieser Autor ist **Anthony Powell**, der Verfasser des bereits erwähnten Romanzyklus *»A Dance to the Music of Time«, der ihm häufig den Beinamen ›der englische Proust‹ eingetragen hat. Aber trotz aller Wertschätzung für Proust hat er Shakespeare auserkoren, ihn auf seinem letzten Weg zu beglei-*

ten. Kaum einen anderen Schriftsteller hat Powell so verehrt wie Shakespeare und deswegen trägt auch jeder seiner vier Memoiren-Bände einen auf einem Shakespeare-Zitat basierenden Titel.

***

Anthony Dymoke Powell wurde am 21. Dezember 1905 in Westminster in der Grafschaft Middlesex geboren. Sein Vater war der englische Offizier *Philip Powell*, seine Mutter, *Mary Wells-Dymoke*, stammte aus einer Familie des niedrigen Landadels aus Lincolnshire. Kindheit und Jugend des Einzelkinds waren freudlos. Der Vater war ein Karrieresoldat, deswegen musste die Familie immer wieder umziehen. Freundschaften mit anderen Kindern waren unter solchen Umständen schwierig. Die Mutter war 16 Jahre älter als der Vater und hatte Neigungen zum Okkultismus. Das machte die Sache für ›Tony‹ nicht einfacher. Da war es eine Erleichterung, nach Eton zu gehen. Der Vater, außer seinem Einkommen als Soldat mittellos, legte Wert auf eine ›standesgemäße‹ Erziehung. Eton war da aus Sicht des Vaters das Richtige, der Sohn hat sich dort nie wirklich aufgehoben gefühlt. Schon weil die Mittel des Vaters nur für das am wenigsten prestigeträchtige *Walpole House* reichten. Sport, für viele Lehrer und Mitschüler sehr wichtig, war seine Sache nicht. Er interessierte sich mehr für die Künste, malte und zeichnete und wurde Mitglied der ›Eton Society of Arts‹, die gelegentlich das Magazin ›The Eton Candle‹ herausgab. Ein enger Freund wurde *Henry Yorke*, der später als Schriftsteller unter dem Pseudonym *Henry Green* bekannt wurde.

Nach Eton studierte Tony am Balliol College in Oxford Geschichte. Hier machte er erste Begegnungen mit *Evelyn*

Waugh und *Maurice Bowra*, ein für seinen Witz berühmter Klassizist, Literaturkritiker und später Vizekanzler der Universität. Aber auch in Oxford wurde Powell nicht wirklich heimisch, wozu beigetragen haben mag, dass er nur mit einem C-Level anstatt des erhofften B abschloss. Er ging anschließend nach London, wo er als Lektor beim Verlag Duckworth in Lohn und Brot stand.

Gerald Duckworth, ein Halbbruder *Virginia Woolfs*, die später behauptete, Gerald habe sie als kleines Mädchen sexuell belästigt, legte weniger Wert auf ›anspruchsvolle‹ Literatur, mehr auf Autoren mit hohen Auflagen und hatte – laut Powell-Biografin *Hilary Spurling* – im Laufe seiner Verlegerkarriere gelernt, »Bücher aus ganzem Herzen zu verabscheuen«. Weil der Vater sein Versprechen nicht hielt, einen finanziellen Beitrag für die Aufnahme seines Sohnes in die Partnerschaft zu leisten, war Tonys Karriere bei Duckworth nicht von langer Dauer. Das hat sicher nicht zur Verbesserung der Vater-Sohn-Beziehung beigetragen. Tonys Sohn Tristram erinnerte sich an eine Bemerkung auf dem Rückweg von der Beerdigung seines Großvaters: Als eine Explosion aus dem nahegelegenen Steinbruch zu hören war, bemerkte sein Vater, das sei sicher der Empfang des Großvaters ›unten‹ gewesen. Tristram hatte dies damals für schwarzen Humor gehalten, aber nach der Lektüre von Spurlings Biografie sei ihm ›alles klarer‹ geworden. Tonys Kollege *Thomas Balston*, in der Armee ein Untergebener von Powell sen., erkannte dessen Talent und auf seine Anregungen hin veröffentlichte dieser 1931 seinen ersten Roman *Afternoon Men,* in dem er seine Erlebnisse im Verlagswesen ironisierte. Tony war der Meinung, eine amüsante Schilderung seines Lebensalltags geliefert zu haben, aber einflussreiche Leser wie *Harold Nicolson*, Diplomat, Mitglied in Churchills

Kriegskabinett und Gatte der Schriftstellerin *Vita Sackville-West*, mit der gemeinsam er *Sissinghurst* geschaffen hat, war von der »bland cruelty« der beißenden Satire ganz begeistert. Es folgten *Venusberg* (1932), in dem er seine Erlebnisse in Finnland, das er als Jugendlicher mit seinen Eltern besucht hatte, in einen kleinen, erfundenen baltischen Staat verlegte. Tanzpartnerinnen in Helsinki wie die *Baronin Aminoff* oder Frau *Lizzie (Elisabeth) von Schkopp*, geb. von Hofstetter zu Platzoll, haben offenbar der baltischen Dame, die den jungen englischen Helden verführt, Gestalt gegeben. Erste Erfahrungen im Berliner Nachtleben und seine dortigen, sehr eindrucksvollen Erlebnisse hat er dann in einem vierten Roman *Agents & Patients* (1936) verarbeitet. Nach anfänglich unersättlichem Interesse spricht es für Powell, dass er sich bei seinem zweiten Besuch im Sommer 1932, als er seinen Freund *John Heygate* besuchte, der in Neubabelsberg für die UFA arbeitete, leicht beschämt von allen solchen Aktivitäten zurückzog. Denn die jungen Damen, mit denen er amouröse Abenteuer suchte, hatten Angst, sich bei den fremden Männern mit einer Geschlechtskrankheit zu infizieren oder schwanger zu werden. Aber diese Ängste wurden von der noch größeren Angst vor dem Hunger verdrängt. Das wollte er nicht ausbeuten. Doch zusätzlich begründet Powell seine Zurückhaltung auch mit der Stimmung in Deutschland. In den *Messengers of Day*, dem zweiten Band seiner Memoiren, beschreibt Powell zwar eine entspannte Atmosphäre in Deutschland und eine »gesunde Abwendung« von den Gründen, die unter anderem zum Ersten Weltkrieg geführt hätten; zugleich aber will er schon zu diesem Zeitpunkt

»sinister vapours beneath the surface«

wahrgenommen haben. 1933 war bereits sein dritter Roman erschienen, *From a View to a Death*, eine bissige Schilderung des britischen *country lifes* auf dem Landsitz *Passenger Court* der Familie Passenger, und kurz vor Ausbruch des Zweiten Weltkriegs erschien *What's Become of Waring* (1939), in dem er seine Exfreundin *Inez Holden* als Roberta Payne und seinen Duckworth-Kollegen *Thomas Balston* als deren Liebhaber Hugh Judkins karikiert, der sich verzweifelt bemüht, das insolvente Verlagshaus Judkins & Judkins zu retten. Ein später Gruß an *Gerald Duckworth*. Nach dem Verlag arbeitete Powell als Drehbuchautor für Warner Brothers, unter anderem in Hollywood, wo er auch *Scott Fitzgerald* kennen lernte. Als er 1937 das Unternehmen verließ, unternahm er zunächst eine ausgedehnte USA-Reise, um dann nach London zurückzukehren. Im Zweiten Weltkrieg diente Powell als Offizier im Welsh Regiment und in Whitehall als Military Intelligence Liaison Officer den alliierten Streitkräften. Diese Erfahrungen hat er umfassend im ›Dance …‹ verarbeitet.

Nach Kriegsende fasste Powell den Entschluss, seinen schon länger gehegten Plan, einen generationenübergreifenden Gesellschaftsroman zu schreiben, endlich in die Tat umzusetzen. Als er in der Wallace Collection das Bild von *Nicolas Poussin* aus den späten 1630-er Jahren ›*A Dance to the Music of Time*‹ sah, hatte er spontan die Eingebung für den Titel seines Romans. Poussin zeigt vier Figuren, drei Frauen und einen Mann, die, einander den Rücken zugewandt, Hand in Hand zur Musik des am unteren rechten Rand dargestellten Gottes *Chronos* im Kreis herumtanzen.

»Ich wusste sofort, dass Poussin zumindest einen wichtigen Aspekt dessen ausgedrückt hatte, wovon der Roman handeln musste.«

Und ihm war ganz gleich, ob das Bild nun die vier Jahreszeiten zeigte oder eine Allegorie von Armut, Arbeit, Reichtum und Vergnügen darstellte, wie der Poussin-Zeitgenosse *Giovanni Bellori* meinte. »Das einzig Sichere«, meinte Tony später, war, »dass die vier dargestellten Hauptfiguren zur Musik der Zeit tanzten«.

Nachdem Tony und seine Frau das schöne Landhaus in Frome/Somerset erwerben konnten, fand Tony dort die Muße und die Zeit, sein Opus Magnus niederzuschreiben. Um nebenher Geld zu verdienen, wurde er Literaturkritiker für das Times Literary Supplement und später Herausgeber des Punch. Viele seiner Kritiken aus den Jahren 1946 bis 1989 hat er später unter dem Titel ›*Miscellaneous Verdicts-Writings on Writers*‹ publiziert. Nach dem ›*Dance…*‹ hat er seine Memoiren geschrieben, eigentlich eine Fortsetzung oder, wenn man will, eine Vertiefung des ›Dance ….‹. *Infants of the Spring* (1976), *Messengers of Day* (1978), *The Strangers all are gone* (1980) und *Faces in my time* (1982). Eine gekürzte Version erschien 1983 unter dem Titel ›*To Keep the Ball Rolling*‹. Wer dann immer noch nicht genug hat, kann sich seinen Tagebüchern (Journals) zuwenden, eine dreibändige Fundgrube für Gesellschaftstratsch, die in den Jahren 1995–97 publiziert wurden.

An diesem Tratsch hatte er große Freude. Er war von *Evelyn Waugh* in den Gargoyle Club eingeführt worden und lernte dort viele Bohemiens kennen. Diese waren die Künstler der ›Charlotte Street‹ oder auch ›Fitzrovia‹, die er streng von denen des Bloomsbury-Sets abgrenzte. Es handelte sich um eine nicht sehr illustre, dafür aber ernsthafte Künstlergemeinde um die Sitwell-Geschwister oder die Malerin Nina Hamnett, die erst 2021 mit einer Ausstellung ausgerechnet in ›Charlston‹, dem Bloomsbury-Erinnerungshaus, zurück ins kollektive Gedächtnis gerufen wurde. Mit ihr war der 15 Jahre jüngere Powell eine Zeitlang zusammen. Nahezu alle seine Erlebnisse, sowohl mit Nina als auch mit den anderen Künstlern der ›Charlotte Street‹, verwandelte er in Literatur. Als es um die Sitzordnung für den 70. Geburtstag seine Freundes *Cyril Connolly* ging, meinten die Gastgeber, Tony könne man überall platzieren,

›*everything is grist to his mill*‹.

Zu seinen vielen Freunden und Kollegen zählten *Evelyn Waugh, George Orwell, Cyril Connolly, V.S. Naipaul, Kingsley Amis, Nancy Mitford, Malcolm Muggeridge, Philip Larkin* und *Robert Conquest*. Letzterer zählte auch zu denjenigen, die sich in den 60-er und 70-er Jahren regelmäßig zum Lunch bei *Bertorelli* in der Charlotte Street trafen. Hier im *Bertorelli* suchte *Conquest* Rat bei seinen Freunden. Es ging um den Titel der zweiten Auflage seines Buchs ›*The Great Terror – Stalin's Purges in the Thirties*‹, mit dem er 1968 wider den allgemeinen Zeitgeist das repressive System der Sowjetunion unter Stalin heftig kritisiert hatte und dessen Anklagen durch die Öffnung der sowjetischen Archive Anfang der 90-er Jahre eindrucksvolle Bestätigung gefunden haben. *Kingsley Amis* schlug für die neue Auflage im Hinblick auf Conquests Gegner den Titel

›*I told you so, you fucking idiots*‹

vor. In einem solchen Kreis kann es nicht verwundern, dass der Großteil der regelmäßigen Lunch-Gäste Fans von *Margret Thatcher* waren, die Powell auch als Frau ausgesprochen anziehend fand. Das fand nicht allgemeinen Beifall. Der

Ton war rau. Einer seiner ›Freunde‹ hatte Powell – wenig schmeichelhaft – einen ›horsefaced dwarf‹ genannt. Aber derlei Invektiven waren sozusagen handelsüblich, sie taten der Freundschaft keinen großen Abbruch, denn auch Powell war mit kritischen Worten, vor allem in seinen über Jahrzehnte hinweg publizierten Buchkritiken, nicht zimperlich. So nannte er *Virginia Woolf*, die dem von ihm verabscheuten Bloomsbury-Kreis angehörte, eine

›dreadful woman, humourless, envious, spiteful‹.

Es waren intensive Zeiten. Als Powell wegen seiner Verdienste um die englische Literatur ein Orden verliehen werden sollte, lehnte er das mit der Begründung ab, die Leute verstünden dann nicht, dass seine adelige Frau immer noch als Lady Violet und nicht als Lady Powell anzusprechen sei. Aber einen C. B. E. (Commander of the British Empire) und einen C. H. (Order of the Companions of Honour) hat er akzeptiert.

***

Die spezielle Art und Weise, das ›typisch Powellsche‹, mit der im ›*Dance…*‹ eine ganze Epoche, nämlich die Zeit nach dem Ersten Weltkrieg bis zur Hippie-Zeit der frühen 70-er Jahre des 20. Jahrhunderts, geschildert wird, ist für viele Kritiker und Leser einzigartig. 2008 wurde Powell von der ›Times‹ zu den 50 wichtigsten Autoren nach 1945 gezählt. Der Literaturkritiker *James Marriott* hat den ›*Dance …*‹ beim ersten Lesen als Literatur für Anfang Zwanzigjährige und beim Wiederlesen als Literatur für Endzwanziger empfunden. Er meint, Powell sei der richtige Autor für alle, die ›erst noch entdecken müssten, dass sich das Leben mysteriöser gestaltet als erwartet‹ und diejenigen, die sich dieser Einsicht bisher verschlossen hätten, ›hätten ihn nötiger denn je‹. In einem Nachruf wurde behauptet, Powell habe Proust nach Art von P. G. Wodehouse, dem Meister des skurrilen Humors, in die exzentrische Welt der Angelsachsen übertragen. Dabei war Wodehouse selbst nicht klar, wie Powell seine Erzählstränge meisterte, er schrieb ihm:

»Ich beobachte Sie ganz genau. Aber ich weiß immer noch nicht, wie Sie es machen.«

Der ›*Dance ...*‹ entstand zwischen 1951 und 1975, unterteilt in *Four Movements*, die ihrerseits aus jeweils drei Büchern bestehen und zwar chronologisch erzählen, aber durchaus auch als eigenständige Werke gelesen werden können. ›*Dance ...*‹ ist vom britischen Fernsehsender Channel 4 – mit Simon Russell Beale in der Rolle des Kenneth Widmerpool – verfilmt und von Charles Bradnam in einer 26-stündigen Hörspielfassung für die BBC dramatisiert worden. Gleich zu Beginn des Romans wird sein Titel mit dem Gemälde von Nicolas Poussin erklärt, sozusagen als Programm für die nächsten 3.000 Seiten. Mit diesem Auftakt nimmt die Geschichte dann ihren Anfang bei dem Ich-Erzähler Nicholas Jenkins und seinen Mitschülern Charles Stringham und Peter Templer. Geschildert wird mit über 400 Erzählfiguren über gut fünfzig Jahre hinweg die Geschichte der englischen Upper Class, der Londoner Bohème, der Welt der Universitäten und der Londoner ›City‹. Der gesellschaftliche Kosmos des ›*Dance...*‹ besteht aus unterschiedlichen Galaxien, deren Figuren immer wieder kurze Auftritte haben. Sie bewegen sich in einem bestimmten Kreis, verlassen diesen dann wieder, nur um – zum Teil Jahrzehnte später – in ganz neuen Zusammenhängen und in anderen Funktionen wieder aufzutauchen.

Im ersten Teil, ›*A Question of Upbringing*‹ (›*Eine Frage der Erziehung*‹), setzt die Erzählung im Dezember 1921 in einem Internat (ganz offensichtlich Eton, auch wenn es namentlich nicht bezeichnet wird) ein. Der Antagonist des Ich-Erzählers Nicholas Jenkins ist Kenneth Widmerpool, der zu Beginn urplötzlich aus dem Nebel auftaucht. Seine genaue Herkunft bleibt im Unklaren; sein verstorbener Vater hat mit Flüssigdünger gehandelt – ein bemerkenswerter Unterschied zum Oberschichtpublikum in Eton, wenn man bedenkt, dass ein Drittel der Mitschüler Powells dem Hochadel angehörte. Widmerpool ist – innerlich und äußerlich – kein gewinnender Mensch und bleibt auf Lebenszeit ein Außenseiter. Ein merkwürdiges oder auffälliges Kleidungsstück, wie ein aus der Mode gekommener Mantel, wird von den anderen Schülern »a Widmerpool« genannt. Widmerpool ist über die nächsten 50 Jahre – neben dem Ich-Erzähler Nicholas Jenkins – die große Konstante der Erzählstruktur. Der machtbewusste *social climber* wird Manager in der City, hoher Offizier, Parlamentarier und Mitglied im *House of Lords;* die Geschichte wird, wie sie beginnt, auch wieder mit ihm enden.

Aber zunächst lernt Nicholas, auch er – wie Powell – ein Soldatensohn, bei Besuchen auf dem Landsitz der Templers und im Stadthaus der Stringhams die mondäne Welt der Oberschicht kennen. Nach Eton setzt sich der Pas de Deux, den Jenkins und Widmerpool ein Leben lang miteinander aufführen werden, in der französischen Pension La Grenadière fort, wo sie sich zufällig wiedertreffen, um die Landessprache zu erlernen. Danach geht es zum Studium nach Oxford. Hier tritt der Universitätstutor Sillery erstmals auf und die akademische Welt wird eingeführt mit dem brillanten Mark Members und seinem sozialistischen Gegenpart J. G. Quiggin, die sich später einen erbitterten Kampf um die Stelle des Sekretärs bei dem ›berühmten‹ Schriftsteller St. John Clarke liefern werden.

Im zweiten Buch *›A Buyer's Market‹* (*›Tendenz steigend‹*) tanzen die Figuren buchstäblich weiter in der besseren Londoner Gesellschaft: Elena Walpole-Wilson und deren Freundin Barbara Goring, die bei einem Ball bei den Huntercombes den etwas säuerlich gestimmten Widmerpool mit einer Prise Zucker versüßen will, wobei sich versehentlich der Deckel der Zuckerdose löst und der Zucker den frisch pomadisierten Schopf in weißen Glitzer taucht, erscheinen auf der Bildfläche. Erstmals kommt die Londoner Bohème vor in Person des Malers Deacon und seiner Muse Gypsy Jones. In Mrs. Andriadis' Haus findet eine große Party statt, der Entertainer Max Pilgrim, der Industrielle Sir Magnus Donners von Donners Brebner und dessen frühere Geliebte, die Stilikone Baby Wentworth, werden in die Erzählung eingeführt.

In *›The Acceptance World‹* (*›Die neuen Herren‹*) findet sich der Leser im Jahre 1931 wieder: Charles Stringham ist zum ersten Mal verheiratet, mit einer Lady Peggy Stepney – allerdings unglücklich. Im Ritz kommt es zu einem Zusammenstoß zwischen Peter Templer und J. G. Quiggin. Auch Jean Duport, Templers Schwester, ist mit von der Partie und auf der Rückfahrt nach Maidenhead, in das Landhaus der Templers, kommen sich Nicholas und Jean auf dem Rücksitz erstmals näher. Eine Szene, die von Kritikern später mit dem Etikett ›proustisch‹ versehen wird. Im Sommer 1933 gibt Le Bas, der alte Hauslehrer aus Eton, sein Old Boy's

Dinner im Ritz, bei dem Templer vom Ende seiner Ehe mit Mona und deren Zusammenleben mit Quiggin erzählt. Quiggin hat Mark Members als Privatsekretär von St. John Clark abgelöst, der unter dessen Einfluss jetzt trotzkistischen Ideen anhängt. Kenneth Widmerpool hält eine von allen für deplatziert gehaltene Rede, die Le Bas so erregt, dass er mit einem Hirnschlag zusammenbricht. Stringham ist am Ende so betrunken, dass Jenkins und Widmerpool den Widerstrebenden gemeinsam ins Bett bringen müssen. Widmerpool wirft sich dabei auf den wehrhaften Stringham, um ihm so seinen Willen aufzuzwingen.

Damit ist das erste Movement zu Ende und das zweite Movement beginnt mit *›At Lady Molly's‹ (›Bei Lady Molly‹)*, bei der sich die mehr oder weniger besseren Kreise Londons zu einer scheinbar immerwährenden Party treffen. Mildred Haycock, eine Krankenschwester mit Vergangenheit, gibt dort ihre Verlobung mit dem deutlich jüngeren Kenneth Widmerpool bekannt. Widmerpool lädt Jenkins in seinem Club zum Mittagessen ein, um mit ihm die Möglichkeiten zu erörtern, wie er es am besten anstellen kann, mit Mrs. Haycock schon vor der Eheschließung zu schlafen, nicht aus Lust, sondern weil er das für die ›usage du monde‹ hält. Man besucht Quiggins' ländliches Cottage, wo dieser inzwischen mit Mona, Peter Templers Exfrau, wohnt. Von dort aus geht es weiter nach Thrubworth Park, wo der ältere Bruder Isobel Tollands, der späteren Gattin von Nick, Lord Warminster, genannt Erridge, das Leben eines Tramps führt. Nur so glaubt er, in die unteren sozialen Schichten eintauchen zu können. Errdige ist ein leicht boshaftes Porträt von George Orwell, mit dem Powell eng befreundet war; aber die Freundschaft hat – wie zuvor ausgeführt – niemanden von solchen Invektiven abgehalten. Wahrscheinlich war Orwell geschmeichelt.

Im nächsten Band ›*Casanova's Chinese Restaurant*‹ (›*Casanovas chinesisches Restaurant*‹) lernen wir eine ganze Reihe der *Bright Young People* kennen: den Komponisten Hugh Moreland, ein Portrait eines weiteren Powell-Freundes, Constant Lambert (Vater von Kit Lambert, dem Manager von ›The Who‹), den Journalisten Maclintock und Matilda Wilson, die später erst Moreland heiratet, um ihn sodann für Sir Magnus Donners zu verlassen, bei dem inzwischen Widmerpool als Assistent untergekommen ist. In ›*The Kindly Ones*‹ (›*Die Wohlwollenden*‹) nähern wir uns dem Zweiten Weltkrieg und in ›*The Valley of Bones*‹ (›*Das Tal der Gebeine*‹), mit dem das *Third Movement beginnt,* wird Jenkins Adjutant von Widmerpool, der die soldatische Karriereleiter emporklimmt und es dabei mit selbstgerechter Rücksichtslosigkeit in Kauf nimmt, Charles Stringham in japanische Kriegsgefangenschaft zu bringen und Peter Templer in geheimdienstliche Aktivitäten zu verstricken. Beide kommen dabei zu Tode und so wird auf grausame Weise wahr, was Stringham mehr als zwanzig Jahre zuvor geahnt hat:

»*That boy will be the death of me.*«

Inzwischen ist auch Pamela Flitton aufgetaucht, die Nichte Charles Stringhams aus der Ehe seiner Schwester Flavia mit Cosmo Flitton. Sie wird später Kenneth Widmerpool heiraten, beschuldigt ihn dann in aller Öffentlichkeit des Mordes an Peter Templer und verlässt ihn später für den revolutionären Schriftsteller X Trapnel (wiederum ein wenig schmeichelhaftes Portrait des Autors *Julian MacLaren-Ross*). In ›*The Soldier's Art*‹ (›*Die Kunst des Soldaten*‹) nimmt der Blitzkrieg über London tragische Züge an. Während einer Party, die Bijou Ardglass im *Madrid* aus Anlass ihres 40. Geburtstages gibt, schlägt dort eine Bombe ein und tötet alle Anwesenden, darunter Nicks Schwager Chips Lovell, der nur gekommen war, um die von ihm getrenntlebende Ehefrau Priscilla zu überreden, zu ihm zurückzukehren. Priscilla befindet sich jedoch nicht im *Madrid*, sondern besucht ihre Tante Lady Molly. Als Jenkins dort erscheint, um ihnen von Chips' Tod zu berichten, findet er auch das Jeavons'sche Haus ausgebombt und Priscilla und Lady Molly tot vor. In ›*The Military Philosophers*‹ (›*Die Philosophen des Krieges*‹) neigt sich der Zweite Weltkrieg seinem Ende entgegen und vor dem Hintergrund der Belagerung von Stalingrad und des Massakers von Katyn kümmert sich Nicholas Jenkins als Liaison Officer um die Beziehungen zu den polnischen, belgischen, tschechischen und französischen Alliierten. Pamela Flitton tritt immer mehr in den Vordergrund und hat zahllose Affären. Die Periode der Friedenskonferenz in Potsdam und der Bombardierung von Hiroshima wird im Wesentlichen mit der Schilderung der Verlobung von Widmerpool und Pamela gefüllt. Beim Dankgottesdienst nach Kriegsende in St. Paul lernt Nicholas den lateinamerikanischen Attaché Colonel Flores kennen und erkennt in dessen Ehefrau seine frühere Geliebte Jean Duport zunächst nicht wieder.

Das *Fourth Movement* beginnt mit ›*Books do Furnish a Room*‹ (›*Bücher schmücken ein Zimmer*‹). Jenkins kehrt an seine Universität zurück, um Material für ein Buch über Robert Burton (›*The Anatomy of Melancholy*‹) zu sammeln und hört von seinem alten Tutor Sillery die neuesten Neuigkeiten über Quiggins neuen Verlag Quiggin & Craggs, in dem auch Lindsay Bagshaw mitwirkt, Trotzkist und Kommunist, Anarchist und später eine große Figur in der BBC. Rund um die Beerdigung des früh verstorbenen Erridge Tolland hat das Ehepaar Widmerpool einen großen Auftritt, unter anderem ist die schlecht gelaunte Pamela Widmerpool so agitiert, dass sie am Ende die Beherrschung verliert und sich in eine chinesische Porzellanvase übergibt. Im Frühjahr 1946 taucht dann erstmals X Trapnel auf, ein Schriftsteller »of irregular habits«. Auch er schreibt für das linke Magazin ›*Fission*‹, das von Quiggin & Craggs herausgegeben wird, und Nicholas hält ihn für einen sehr begabten Schriftsteller. Von dunkler Erscheinung, exzentrischem Äußeren, mit Bart und einem Spazierstock (der ein Schwert mit Totenkopfknauf in sich birgt), läuft er mit Pamela Widmerpool davon, ist aber bald von ihren unermüdlichen sexuellen Begierden überfordert. Sie verlässt ihn und wirft zum Abschied das einzige Manuskript seines neuen Romans in den Maida Vale Canal.

In ›*Temporary Kings*‹ (›*Könige auf Zeit*‹), das circa nach einer Dekade 1958 einsetzt, führt Powell den Leser zu einer internationalen Schriftstellerkonferenz nach Venedig: Wir lernen den französischen Kommunisten Ferrand-Sénéschal kennen, mit dem Pamela Widmerpool natürlich gleich eine Affäre beginnt. Bei der Betrachtung von Tiepolos Gemälde von König Candaules, der seine entkleidete Frau heimlich einem Freund zeigt, offenbart Pamela öffentlich ähnlich gelagerte Vorlieben ihres Gatten – inzwischen Parlamentsabgeordneter der Labour Partei. Mit Russell Gwinnett wird der zukünftige Biograf von X Trapnel vorgestellt, der innerhalb der Geschehnisse rund um die Museums- und Galeriebesuche in Venedig sowie bei der Biennale, eine bedeutende Rolle spielt. Pamela Widmerpool taucht nach dem plötzlichen Tod von Ferrand-Sénéschal, dessen mysteriöse Umstände nie ganz aufgeklärt werden, plötzlich an der Seite des Film-Tycoons Louis Glober auf, der ihr eine Rolle in einem seiner Filme angeboten haben soll.

Später im Sommer setzt sich die Party in dem Landhaus von Bagshaw in Primrose Hill fort. Sie wird konterkariert von einer Wiedersehensfeier der Armeeangehörigen, anlässlich derer Einzelheiten über Stringhams Tod in der japanischen Kriegsgefangenschaft in Singapur bekannt werden und Sunny Farebrother über Widmerpools Verstrickung in die Spionageaffäre von Peter Templer berichtet.

Im zwölften und letzten Band schließlich, ›*Hearing Secret Harmonies*‹ (›*Der Klang geheimer Harmonien*‹), taucht der charismatische Sektenführer Scorpio Murtlock auf, in dessen Bann auch der inzwischen zum Mitglied des House of Lords avancierte Kenneth Widmerpool gerät. Inzwischen hat Matilda Donners den Magnus Donners Memorial Prize gestiftet, den Russell Gwinnett für seine Biografie über X Trapnel vergeben wird. In der Schlussszene, im Herbst 1971, erfahren wir vom Tod Widmerpools, der halbnackt während eines Laufs der Murtlock-Sekte einen Herzinfarkt erleidet. Der Kreis schließt sich: Gut 50 Jahre nach Widmerpools erstem Auftritt in Eton wird der Zyklus nun mit dem Tod Widmerpools beendet.

***

Schon bei der Schilderung dieser Handlung – oder besser Nicht-Handlung – ist unverkennbar, dass im Wesentlichen die geschilderten Personen und deren Agieren das Substrat der Powellschen Erzählungen ausmachen. Der Biograf Powells, *Michael Barber*, hat einen Vergleich der beiden »kreativen Autobiographien« von Proust und Powell angestellt und ist sich sicher, dass Nicholas Jenkins das Alter Ego Powells ist, ohne dass der ›*Dance*‹ dessen Lebensgeschichte schildern würde – ebenso wenig, wie die ›*Recherche*‹ die Biografie Marcel Prousts ist. Es handelt sich vielmehr um eine im Plauderton erzählte Schilderung der zeitgenössischen Ereignisse rund um den Zweiten Weltkrieg. Anthony Powell selbst hat gesagt:

»›A Dance to the Music of Time‹ is told, so to speak, over the dinner-table, rather than as recorded history«.

Etwas ironisch weist er zum Beleg dieser These darauf hin, dass Nicks Gedächtnis keineswegs unfehlbar ist und führt als Beispiel an, dass bei der Dinner Party der Walpole-Wilsons im Jahre 1928 über Dinge gesprochen wurde, die tatsächlich erst 1929 passiert sind.

Die Faszination der Erzählweise Powells ergibt sich aus einer Mischung britischen Humors und lakonischer Dialoge. Als Nick Jenkins im Ritz auf Mark Members wartet, trifft er nach längerer Zeit zufällig wieder auf Peter Templer:

›I suppose you are waiting for someone, Nick‹, he said, drawing up a chair. ›Some ripe little piece?‹

›You are very wide off the mark‹.

›Then a dowager is going to buy you dinner – after which she will make you an offer‹?

›No such luck‹.

›What then‹?

›I am waiting for a man‹.

›I say, old boy, sorry to have been so inquisitive. Things have come to that, have they‹?

›You couldn't know‹.

›I should have guessed‹.

›Have a drink, anyway‹.

Und über Quiggin, den er spontan nicht leiden mag, als wenn er ahnen würde, dass seine Frau bald mit diesem weglaufen wird, sagt Templer:

›He was a splendid fellow in his old leather overcoat, did you notice his shirt, too? I expect you know lots of people like that, Nick. To think I was rather worried at not having struggled into a dinner jacket tonight, and he just breezed in wearing the flannel trousers he had been sleeping in for a fortnight, and not caring a damn. I admire that.‹

Und seine Frau, die Quiggin aus ihrem früheren Leben schon kannte, kommt auch nicht ungeschoren davon:

›I didn't realize Nick was waiting for an old friend of yours, sweetie… Is he one of those fascinating people you sometimes tell me about, who wear beards and sandals and have such curious sexual habits?‹

Die Schilderung des Dramas von der Zerstörung des ›Madrid‹ in ›*The soldier's art*‹ und die anschließende Nachricht vom Tod Lady Mollys und Priscilla Tollands verbindet traumatische Kriegserfahrungen mit dem Alltäglich-Banalen:

A woman in some sort of uniform was giving instructions to the people clearing up. She turned out to be Elena Walpole-Wilson.

›Elena‹.

She looked around.

›Hullo, Nick‹, she said, ›thank goodness you have come‹.

She did not seem at all surprised to see me. She came across the hall. Now in her middle 30s, Elena was less unusual in appearance than as a girl. No doubt uniforms suited her. Though her size and shape had also become more conventional, she retained an air of having been never properly assimilated to either sex. At the same time, big and broad shouldered, she was not exactly a ›mannish‹ woman. Her existence might have been more viable had that been so.

›You've heard what's happened‹? she asked abruptly.

›Molly's‹ …

›… and Priscilla‹.

›God‹.

[…]

›We shall have to talk as to who must be told about all this – and in what order. Are you in touch with Chips‹?

›Elena – Chips has been killed, too‹.

Elena stopped her tidying up. I told her what had happened at the Madrid. She began to take off the green gloves.

›It's all too awful‹, she said, ›and I was so fond of Molly. You know, she usen't to like me. When Norah and I first shared a flat together, Molly didn't approve. She put out a story I wore a green pork pie hat and a bow tie, but it wasn't true. I never did. Anyway, why shouldn't I, if I wanted to?‹

Das ist typisch für Powell: Tragödie und Banalität dicht beieinander. Die beiläufige Schilderung des Kriegstraumas, gepaart mit hintergründigem Humor und philosophisch aufbereiteten Genrebildern einer ganzen Gesellschaftsepoche ergeben diese sehr besondere Literatur, die Powell nach dem Urteil vieler Kritiker und Kollegen zu einem der bedeutendsten englischen Autoren des 20. Jahrhunderts macht und den ›*Dance*‹ zum wichtigsten englischen Roman nach dem Zweiten Weltkrieg, in der Tradition keiner geringeren stehend als *Jane Austen.*

Powells *alter ego* Nicholas Jenkins bewegt sich in so gut wie allen gesellschaftlichen Kreisen und (weil er keinerlei Berührungsängste kennt) kann er uns nach Meinung des Kritikers *Clive James* mit gleicher Intimität den Hochadel ebenso gut schildern wie die Oberschicht, die Geschäftswelt der City, die *beau monde* der Bohème oder eben auch nur die ›*ordinary world*‹. Dabei lernt man den Hochadel mit Lord Warminster und seiner Familie, den Tollands, und die linke Literaturszene mit »Books«-Bagshaw und J. G. Quiggin ebenso kennen wie das universitäre Umfeld (Lord Sillery). Der Leser bewegt sich in den Kreisen der modernen Musik (Moreland), aber auch in denen von Nightclubs und etwas dubiosen Figuren wie Dicky Umfraville. Die Geschäftsleute der City, Sir Magnus Donners, Bob Duport oder Sunny Farebrother, werden ebenso vorgestellt wie die bürgerliche Mittelschicht.

All diese Personen ›tanzen‹ erst auf den Leser zu und ziehen sich dann wieder ins Obskure zurück. Nach dem Bonmot seines Freundes Evelyn Waugh wie in einem Aquarium, in dem die Kreaturen nach vorne schwimmen, wo man sie genau sehen kann, nur um dann

»with a flick of fin or tail«

wieder im Hintergrund zu verschwinden. Und Jahre später tauchen sie wieder auf, in neuen Konstellationen an die alten Geschichten anknüpfend.

Dieses Erzählkonstrukt sei an einem Beispiel illustriert: Als am 28. Juni 1914 General Conyers und seine Frau zum Mittagessen eingeladen sind, will das Hausmädchen der Jenkins namens Billson das Essen splitterfasernackt servieren. Ihre Liebe zum Koch Albert Creech ist unerwidert geblieben. Stattdessen hat dieser gekündigt, was ihrerseits zu einem Nervenzusammenbruch führte. Wir kennen das Datum so genau, weil nach Billsons Abgang die Nachricht verbreitet wird, dass am Morgen in Sarajewo auf den österreichischen Thronfolger Franz Ferdinand geschossen worden sei.

Was macht Powell nun mit diesem überschaubaren Kreis der handelnden Personen? Nick Jenkins, damals 9 oder 10 Jahre alt, wird uns als Ich-Erzähler die nächsten 60 Jahre lang begleiten. Die Eltern Jenkins tauchen nach der Billson-Episode nur noch selten auf, zu schwierig war das Verhältnis von Powell zu dem zu Ausbrüchen neigenden Vater und seiner 16 Jahre älteren Mutter. Aber im vierten Band ›Bei Lady Mollys‹ besucht Nick mit seiner Mutter die Eheleute Conyers wieder; der General übt das »Ave Maria« von Gounod auf seinem Cello und diskutiert mit Nick das neu erschienene Buch *›Orlando‹* von *Virginia Woolf*. Während der General meint:

»*That woman can write*«,

ist Nick eher ablehnend. So wird hier ganz nebenbei die Kontroverse mit *›Bloomsbury‹* abgehandelt.

Nach ihrem Zusammenbruch verschwindet Billson von der Bildfläche, aber wir erfahren, dass sie bei Verwandten in Suffolk untergekommen ist. Möglicherweise ist sie mit der später auftretenden Haushaltshilfe namens Doreen identisch, aber ganz sicher war sich da wohl selbst Powell nicht. Den Koch Albert finden wir 1939 im sechsten Band *»The Kindly Ones«* als Patron des Guest Houses »Bellevue« wieder, in dem sich Nick Jenkins und der Gatte seiner ersten Freundin Jean Templer, Bob Duport, zufällig über den Weg laufen und in dem später Uncle Giles verstirbt. Bob schimpft über die Untreue seiner Frau, ohne zu ahnen, dass auch und gerade Nick zu deren Liebhabern zählte.

Bei den Feierlichkeiten anlässlich der deutschen Kapitulation trifft Nick im neunten Band *»Military Philosophers«* dann wieder auf eben diese Jean, die jetzt eine Senora Flores ist, Gattin eines später ermordeten argentinischen Generals, ein *»Rudolph Valentino on a day off«*. Jahre später, Ende der 60er, Anfang der 70er Jahre, in *»Hearing Secret Harmonies«* begegnen sich die wiedervereinigten Duports und Nick in einer Londoner Galerie, wo die Duports ihre Gemälde des Malers Deacon verkaufen wollen. Er inzwischen leicht dement im Rollstuhl sitzend und die Ex-Eheleute in Begleitung ihrer Tochter Polly. Und noch einmal eine grandiose Verwirbelung: Die Galerie gehört Barnabas Henderson, zuvor Mitglied der Scorpio-Murtlock-Sekte, der er aber entfliehen konnte. Der Maler Edgar Deacon, inzwischen lange tot und längst vergessen, spielte in *»Casanovas chinesisches Restaurant«* eine große Rolle als Antiquitätenhändler mit nicht immer ganz sauberen Methoden. In Begleitung der Duports ist auch Norman Chandler, der im fünften Band mit Deacon ein Verhältnis und als Tänzer wenig Erfolg hat, dann aber als Bühnenregisseur mit *»The Duchess of Malfi«* vielversprechende erste Schritte unternimmt. Offenbar erfolgreich, denn jetzt hat er ein Strindberg-Stück mit Polly Duport inszeniert, aus der ein erfolgreicher Hollywood- und Bühnenstar geworden ist. Und Polly wiederum ist mit dem

Magnus-Donners-Fellow Dr. Gibson Delavacquerie verlobt, der ein Verhältnis mit Matilda Moreland hatte, die wiederum die Julia in »*The Duchess of Malfi*« gespielt hat.

Man sieht: Alles verwebt sich miteinander, über die Jahrzehnte wird ein großer Wandteppich entworfen, in dem sich die Schicksale der Protagonisten auf das Kunstvollste ineinander verweben. Kein Wunder, dass P. G. Wodehouse Schwierigkeiten hatte, das Grundmuster zu erkennen.

***

Neben den pointierten Männerporträts zeichnet Powell wunderbare Frauengestalten: Da ist zunächst Mona, ursprünglich ein Model für Zahnpasta, deren Bild einen von jedem Londoner Bus anlacht. Aus ihrer Ehe mit dem gut situierten Frauenheld Peter Templer flieht sie in die Arme des Trotzkisten J. G. Quiggin, Oxford-Absolvent und später Herausgeber der Zeitschrift »Fission«, nur um von dort wiederum mit dem als Tramp camouflierenden Lord Warminster nach China zu entfleuchen. Diese Reise lässt sie dann völlig von der Bildfläche verschwinden und erst Jahre später taucht sie plötzlich zu dessen Beerdigung wieder auf, um Nick zu erzählen, dass sie Warminster in China verlassen musste, weil es dort nichts Vernünftiges zu trinken gegeben habe.

Ein ähnliches Unikat ist Baby Wentworth. Sie ist die Gesellschafts-Lady schlechthin: gutaussehend und stets nach der neuesten Mode gekleidet. Sie streitet um den ersten Platz unter Londons tonangebenden Damen mit Bijou Ardglass, ist die Geliebte von Sir Magnus Donners, obwohl sie noch mit Lord Wentworth verheiratet ist, unterhält Beziehungen zu Prinz Theodoric, dem Bruder eines »Balkankönigs« und mit dem Maler Barnby. Außerdem hat sie eine Affäre mit Cosmo Flitton, dem Vater der sogleich zu beschreibenden Pamela. Jenkins verdächtigt Baby gar einer lesbischen Zuneigung zu seiner Geliebten Jean Duport, sie heiratet später einen italienischen Filmregisseur, verlässt diesen wiederum, um sich mit dem Hollywood-Magnaten Louis Glober zu verbinden, der allerdings zuvor von Pamela eingefangen wird, um diese wiederum zugunsten von Polly Duport zu verlassen. Später hören wir von ihr, dass Baby, in dritter Ehe mit einem reichen, aber namenlosen Griechen verheiratet, 1968 in Montego Bay gestorben ist. Mit ihr stirbt ihr Ruf, nie wieder ein Wort mit einem ihrer verflossenen Liebhaber gesprochen zu haben.

Höhepunkt aller Frauenfiguren aber ist sie – Pamela Widmerpool. Ebenso gutaussehend wie exzentrisch, würde es hier zu weit führen, ihre unzähligen Abenteuer mit Mitgliedern beiderlei Geschlechts zu schildern. Tochter aus erster Ehe von Flavia Stringham mit Captain Cosmo Flitton, dessen bester Freund Dicky Umfraville (›My God, Cosmo was a swine, a real swine«) allerdings behauptet, Pamela sei von ihm, tritt sie als noch unbeachtete kindliche Nebenfigur auf und übergibt sich (schon wieder) im Auto auf der Fahrt zur Trauung ihres Onkels Charles. 1942 taucht sie dann plötzlich als freiwillige Fahrerin im Kriegsministerium auf, lernt dort Kenneth Widmerpool kennen und heiratet ihn, um allen zu zeigen, dass sie zu allem fähig ist (rhetorische Frage ihrer Mutter Flavia: »Wie konnte sie nur? Da findet sie den schrecklichsten Mann auf Gottes Erden und heiratet ihn?«). Sie verlässt ihren Mann für den Avantgarde-Schriftsteller X Trapnel, verlässt auch diesen wieder, wobei sie, sozusagen als Abschiedsgeschenk, dessen einziges Manuskript seines neuen Romans in den Maida Vale Canal wirft, weil sie es als unter seinen Möglichkeiten geschrieben empfindet. Schließlich beendet sie, während ihrer Affaire mit Russell Gwinnett, dem Biografen ihres verflossenen Liebhabers Trapnel, ihr Leben mit einer Überdosis Schlaftabletten. Modell für Pamela ist *Barbara Skelton*, die zu den drei Frauen zählte, die in den 50er Jahren den ›Ruf eines Mannes begründen oder zerstören‹ konnten. Die beiden anderen waren *Edna O'Brien* und *Sonia Orwell.* Während ihrer Ehe mit dem Schriftsteller *Cyril Connolly* – einem der engeren Freunde Powells seit gemeinsamen Eton-Tagen – fing Barbara ein Verhältnis mit dem Verleger *George Weidenfeld* an und heiratete ihn, verließ diesen aber alsbald wieder, wegen einer Affäre mit … *Cyril Connolly.*

***

Die Beantwortung der immer wieder aufgeworfenen Frage, ob *Anthony Powell* ein englischer Proust sei, könnte Bände füllen. Eine solche Mutmaßung ist darauf zurückzuführen, dass Anthony Powells zwölfbändiger Romanzyklus einige Kritiker doch sehr an *Marcel Proust's »À la recherche du temps perdu«* erinnert hat. Nach *Michael Maar* wird *Anthony Powell* deswegen »zu Recht der englische Proust genannt«. So sehr das offensichtlich als Kompliment gemeint ist, so offenkundig fragwürdig sind solcherlei Vergleiche, zumal es nicht nur an handfesten Nachweisen, sondern auch an überzeugenden Begründungen fehlt. Zugegeben: *Anthony Powell* hat – wie *Marcel Proust* – ein sehr umfangreiches Werk geschrieben, in dem er – wie *Marcel Proust* – seine Protagonisten jeweils lange, zusammenhängende Abschnitte persönlicher, gesellschaftlicher und politischer Geschichte durchleben lässt. Bei beiden kann man durchaus von einer »kreativen Autobiografie« sprechen. *Anthony Powell* hat –

wie *Marcel Proust* – einen spezifischen Zeitabschnitt dem kulturellen Gedächtnis erhalten. Der eine lässt sein Personal zur Musik ihrer Zeit tanzen und fixiert diese damit für die Nachwelt, der andere lässt es nach einer schon verloren geglaubten Zeit suchen, also nach »Gründen für die Vergeudung und den schmerzlichen Verlust von Zeit« (*Alain de Botton*), die aber paradoxerweise gerade durch ihre schöpferische Aufbereitung, nämlich die Schilderung der Suche nach ihr, ebenfalls dem Vergessen entrissen wird.

Aber reicht das schon? Muss nicht noch mehr, viel mehr hinzukommen, um von einer schriftstellerischen Verwandtschaft oder gar einer Identität sprechen zu können? Eine spezifische Erzählperspektive oder eine Vergleichbarkeit des Stils, ansatzweise eine Austauschbarkeit von Orten, Handlungen und Ereignissen? Ab wann ist es gerechtfertigt, den einen mit dem anderen zu vergleichen und kann es für die Betroffenen überhaupt akzeptabel sein, dass der spätere Autor mit einem früheren identifiziert wird? Wäre er nicht viel lieber er selbst und sollte deswegen – wie die *Times* empfohlen hat – als *Anthony Powell* und als niemand anderes gelesen werden?

Derjenige, der die Frage erstmals aufgeworfen hat, war der Schriftsteller und Powell-Freund *Jocelyn Brooke* (1908–1966). Dieser hatte die Frage jedoch rhetorisch gestellt, um sie sogleich und entschieden verneinen zu können: Er räumt zwar ein, dass Powell eine lange zusammenhängende Geschichte geschrieben hat, die durchaus auch ein »Proustsches Echo« trage, aber das sei schon alles. Er schlägt vor, Proust eher mit *John Galsworthy* zu vergleichen und weist darauf hin, dass die Handlung des ›*Dance…*‹ erst in Eton einsetzt. Powell sei nicht sehr an seiner eigenen Kindheit interessiert gewesen und habe auch nicht so emphatisch auf die Schönheit der Natur reagiert wie Proust. Man könne sich keineswegs vorstellen, dass der junge *Nicholas Jenkins* atem- und fassungslos vor der großen Weißdornhecke in Tansonville gestanden haben könnte. Das war es dann.

Ganz anders der Powell-Biograf *Michael Barber*, der zwar auf weitere Divergenzen hinweist und dennoch den fraglichen Vergleich zu rechtfertigen können glaubt: Beide haben sich seiner Beurteilung nach obsessiv mit den Ereignissen ihrer Zeit und deren Konsequenzen für die in dieser Zeit Lebenden beschäftigt. Barber sieht eine Parallele mit der einfachen Begründung, dass es »keinen Sinn machen würde, so viele Bände über etwas zu schreiben, wenn es einfach nur erfunden wäre.« Aber dann wäre so gut wie alles, was jemals in Gesellschaftsromanen niedergeschrieben wurde, irgendwie miteinander verbunden und deswegen im hiesigen Sinne vergleichbar.

Immerhin führt Barber als weiteren Beweis an, dass beider Prosa labyrinthisch sei und das Adjektiv »proustisch« verdient hätte, was bei Proust selbst ja nicht weiter verwunderlich ist. Auch der Schreibprozess beider weist Parallelen auf: Beide hätten unzählige Änderungen am Text vorgenommen und sich äußerst ungern von ihren Manuskripten getrennt.

Und dann – und was wäre überzeugender als die Liebe? – schließt Barber seine Beweisführung mit dem Hinweis ab, auch Nick Jenkins und Jean Templer (dessen noch mit einem anderen Mann verheiratete erste Freundin) wären sich auf dem Rücksitz eines fahrenden Autos erstmals nähergekommen. Genau wie Swann und Odette!

Bei aller Überzeugungskraft solcher Parallelwertungen: Wer könnte unterschiedlicher sein als die beiden Autoren? Der eine, der fast 100 Jahre alt wurde, als Einzelkind aufgewachsen, der wie der Vater Soldat werden wollte und das im Zweiten Weltkrieg schließlich auch musste, der nach Eliteschule und Eliteuniversität gleich mehrere schreibende Berufe ausgeübt hat, ein Familienvater, dessen Ehe gute 65 Jahre währte und der morgens den Tag mit disziplinierten 100 Zeilen begann, weil er mit seiner Zeit angeblich nichts Besseres anzufangen wusste.

Der andere hatte nie eine Ausbildung absolviert oder einen Beruf ausgeübt und sich eher für die »jüngeren Brüder« der ihm vorgestellten Damen der Gesellschaft interessiert. Er hatte einen »ochsenstarken« Bruder, schwächelte selbst aber zeitlebens, bis er mit nur 51 Jahren starb, und litt so sehr unter Lichtallergie und anderen Unverträglichkeiten, dass er die Nacht zum Tage machte und nachts schrieb und häufig erst gegen 7 Uhr morgens einschlief.

Das alles mag mit beider Literatur nicht unmittelbar zu tun haben, aber derart gravierende biografische Unterschiede können unmöglich ohne jeden Einfluss auf ihr Werk geblieben sein. Vielleicht liegt in der beiden eigenen besonderen Mischung aus Tragödie und Banalem eine Parallele zwischen Proust und Powell: Vom Drama zur Alltäglichkeit, vom Großen zum Kleinen, vom Kollektiven zum Individuellen, vom Öffentlichen zum Privaten – dieser Erzählstil ist beiden Autoren zu eigen. Auch große Dramen lassen sich nach *Alain de Botton* knapp erzählen:

> *›Unglück in Verona: Junger Mann, der seine Liebste für tot hält, bringt sich um, woraufhin auch sie sich das Leben nimmt, als sie von seinem Schicksal erfährt.‹*

Aber das ist weder der Stil Prousts noch der Powells. Der Leiter des Verlags Ollendorf, *Alfred Humblot*, hat sich zu Proust wie folgt geäußert:

»Mein lieber Freund, ich bin vielleicht komplett vernagelt, aber ich kann beim besten Willen nicht verstehen, dass ein Mensch 30 Seiten braucht, um zu beschreiben, wie er sich vor dem Einschlafen im Bett hin und her wälzt.«

Das hätte man tendenziell auch über Powell sagen können, doch die Beobachtung von *Jacques Madeleine*, Lektor beim Verlag Fasquelle, bestätigt die Differenzen zwischen den Autoren genau:

»Nach 712 Manuskriptseiten, nach endlosem Lamentieren über das Versinken in unergründlichen Verwicklungen und der bangen Erwartung, niemals wieder an die Oberfläche gelangen zu können, weiß man noch immer nicht, worum es eigentlich geht. Was soll das alles? Was hat es zu bedeuten? Wohin soll es führen? Unmöglich, es herauszufinden! Unmöglich, etwas dazu zu sagen!«

Unergründliche Verwicklungen mag es auch bei Powell geben, ein endloses Lamentieren darüber nicht. Diese Kritik, mag man sie nun für berechtigt halten oder sie entrüstet zurückweisen, belegt den Unterschied zwischen dem neurasthenischen Proust, der in selbstreflexiver Weise schreibt, und dem ausschließlich schildernden, aber nie innerlich monologisierenden Powell sehr deutlich.

Das Hin und Her bei der Frage nach dem »englischen Proust« lässt es angebracht erscheinen, Powell selbst zu Rate zu ziehen: Wie hat er es denn mit Proust gehalten? Ihm waren die Proust-Vergleiche durchaus bekannt und er war nicht ganz glücklich darüber, schon weil er die Kritiker, die von einer solchen Prämisse ausgingen, nicht mehr für ausreichend objektiv hielt. So hatte der amerikanische Kritiker

Edmund Wilson bemerkt, Powell sei völlig überschätzt, seine Romane wären bestenfalls eine Gute-Nacht-Lektüre und *»it is a pity he ever dipped into Proust«*. Dazu Powell: Wenn man mit der Überzeugung an sein Werk ginge, dieses sei *»imitation Proust«*, dann seien die negativen Vorbehalte nur allzu verständlich.

Jedoch: Powell bekennt sich zu Proust und setzt ihm ein schriftstellerisches Denkmal. In *›The Military Philosophers‹* (1968) kommt Proust höchstselbst vor:

> *»Just spell out the name of that last place we stopped over last night, Major Jenkins,« said Cobb. »C-A-B-O-U-R-G, Sir«. As I uttered the last letter, scales fell from my eyes. Everything was transformed. It all came back, like the tea-soaked Madeleine itself, in a torrent of memory. Cabourg – we had just driven out of Cabourg, out of Proust's Balbek. Only a few minutes before, I'd been standing on the esplanade along which, wearing her polo cap and accompanied by the little band of girls he had supposed the mistresses of professional bicyclists, Albertine had strolled into Marcel's life. Through the high windows of the Grand Hôtel's dining room, conveying to those without the sensation of staring into an aquarium, was to be seen Saint-Loup, at the same table Bloc, mendaciously claiming acquaintance with the Swanns'.*

Alles kommt Nicholas wieder ins Gedächtnis wie eine teedurchtränkte Madeleine! Proust als Gegenstand der kollektiven wie der individuellen Kulturerfahrung, Cabourg/Balbec als literarischer Erinnerungsort. Höher kann man einen Autor kaum stellen, erst recht, wenn andere gar nicht erst Erwähnung finden oder, wenn doch wie *Virginia Woolf*, negative.

Erstmals findet Proust ausgerechnet während eines Bombenangriffs Erwähnung: Der etwas exzentrische General Liddiment und Nicholas Jenkins suchen nach den ersten Einschlägen unter einem umgestürzten Tisch Schutz, beide mit einem Buch in der Hand. Mitten im Bombardement kommt es zu einem literarischen Kolloquium. Liddiment, der in einem Buch von Trollope gelesen hatte, fragt »What do you think of Trollope?« und Jenkins antwortet »Not very much, Sir«. Dabei drückt er den ersten Band der ›*Recherche*‹ fest an seine Brust.

***

Diese fast ehrfürchtige Hommage zeigt, welche Bedeutung Proust für Powell hatte. Er hat viel von ihm gelernt und ihn früh, zunächst in Oxford, dann später in seiner ersten Zeit in London, gelesen und ihm war klar: Nach Proust würde der Roman, wie man ihn bis dahin kannte, nicht mehr derselbe sein. Das literarische England war in Aufruhr, neben der ›*Recherche…*‹ auch wegen T. S. Eliot, dessen *Waste Land* soeben erschienen war und für die Lyrik das bedeutete, was Proust für den Roman. Hinzu kam die Sensation von *Sergei Diaghilev* und seinen ›*Ballets Russes*‹ mit seinen erotischen Motiven, vom jungen Tony, der im Bücherschrank seines Vaters recht freizügige Darstellungen der *Ballets Russes gefunden* hatte, sehr geschätzt.

Prousts Bedeutung für Powell manifestiert sich in dessen ›*Miscellaneous Verdicts – Writings on Writers*‹. Dort hat er Proust ein eigenes Kapitel gewidmet, eine Ehre, die er sonst niemandem, nicht einmal Shakespeare, zuteil werden lässt. Dort sind 17 Artikel aus den Jahren 1950–1983 zusammengefasst und es finden sich weitere Beiträge über »*Proustian*

Matters«, die Schriftstellern wie *Italo Svevo* gewidmet sind. Im Sammelband seiner Memoiren kommt Proust neun Mal vor – immerhin genauso oft wie *William Shakespeare*.

Powell hat von Proust viel über das Handwerk des Schreibens und der Figurenzeichnung gelernt. Ganz am Ende seines letzten Memoiren-Bandes ruft er ihn zum sachverständigen Zeugen für seine Theorien über das Schreiben auf. Powell beschäftigt sich mit der Frage, was eigentlich »gute Literatur« ausmacht und woran man sie erkennt. Er sinniert in diesem Zusammenhang über Regeln, Konventionen und handwerkliche Techniken. Er beschreibt den Gegensatz zwischen dem genialischen Autor, der keine Regeln benötigt, dem es aber auch nicht schadet, wenn er sie dennoch befolgt, und dem minderbegabten Schriftsteller, der nur überlebt, wenn er sich an ein vorgegebenes Regelwerk hält. Eine solche Orthodoxie nennt Powell etwas eigenwillig »the perfection of literature«. Im Zusammenhang mit Shakespeare, dessen Genie die Beachtung irgendwelcher Regeln überflüssig machte, meint Powell, die Franzosen hätten Shakespeare häufig widersprochen. Da sei es nur angemessen, diesen Franzosen mit »their greatest novelist and greatest rule-breaker« zu antworten. Die Stelle lautet auf Deutsch etwa wie folgt:

Es scheint mir, dass die Entscheidung für oder gegen Perfektion auf der Basis persönlichen Könnens getroffen werden muss, wobei die Crux im individuellen Maß an kreativer Kraft liegt. Wenn man das Können von Balzac oder Dickens hat (Joyce, zum Beispiel, hatte es nicht), dann spielt ein gewisses Maß an schlechtem Zeug (…) keine große Rolle. Nur weiter so und auf Besseres hoffen, das sich bei den Giganten früher oder später auch einstellt. Bei einem Mangel an solcher kreativen Energie kann der Autor sich keine Risiken erlauben, er muss sich auf den allgemein anerkannten Standard einlassen. Dann ist Perfektion das Ziel. Natürlich hatte Shakespeare die Kraft, sich in diesem Kontext so zu benehmen, wie es ihm gefiel. Er (…) lehnt es ab, sich durch irgendeine Theorie binden zu lassen. In diesem letzten Aspekt ist er kritisiert worden, vor allem von den Franzosen, dass er gesetzte Regeln missachte. Also soll einer der ihren die Franzosen zurechtweisen, ihr größter Schreiber und ihr größter Regelbrecher:

Es folgt ein längeres Zitat, in dem Proust über die Relation von intellektuellen und ästhetischen Werten zitiert wird. Powell fährt dann fort:

Shakespeare hätte in diesem Punkt mit Proust übereingestimmt, beide in der festen Überzeugung, dass »große« Themen nicht notwendig sind für große Kunst; obwohl keiner von beiden die Schwierigkeiten von »gutem Schreiben« unterschätzt hätte, was immer darunter zu verstehen ist.«

Powell hat auch eine Identifizierung von »realen« und »fiktiven« Personen nie akzeptiert. Er interessiert sich viel mehr für die Frage, ob und wie man »real people« für fiktive Charaktere in Romanen verwenden kann.

»Viel schlechte Schreiberei« habe ihre Ursache in der irrtümlichen Annahme, dass außergewöhnliche Persönlichkeiten sich gut für die Verarbeitung in Romanen eignen würden. Anhand einiger Beispiele aus der russischen Literatur stellt Powell das Prinzip auf, dass eine bedeutende Persönlichkeit als solche interessiert und sie jedes »wahre Leben« verliert, wenn ihre Umwandlung in eine fiktive Figur anhand besonders auffälliger Charakteristika erfolgt. Für die Richtigkeit dieser These beruft Powell sich wieder auf Proust. Dessen gelungene Darstellung von Anatole France als Bergotte lasse alle belustigenden Aspekte von Frances wahrem Charakter aus, welche ein schlechterer Autor gewiss für eine Karikatur genutzt hätte.

In seinem Aufsatz »*Proust as a soldier*« hat Powell die zuvor geschilderte These vertieft. An den Beispielen von Captain de Borodino, General de Froberville, Charlus und Saint Loup zieht Powell den Vergleich zu deren Vorbildern »in real life«. Und ganz nebenbei ruft Powell einige Anekdoten über Proust ins Gedächtnis: Dieser war 1889 als Freiwilliger zur Armee gegangen. Das rekonstruiert Powell durch das Wissen, dass die normale Dienstzeit bis zu fünf Jahren betrug, während eine freiwillige Meldung sie auf ein Jahr zu verkürzen imstande war. Und so ist es – jedenfalls für Powell – kein Wunder, dass Proust die Frage nach dem Ereignis in der Militärgeschichte, welches ihm die größte Bewunderung abverlangt, geantwortet hat: »Meine Meldung als Freiwilliger!« In einem Unteroffizierskurs belegte Proust den vorletzten Platz, was sogleich Powells Neugier nach dem Kandidaten am Ende dieser Liste erregte. Interessant und gleichsam erwähnenswert scheint Powell auch, dass Proust eine irrtümliche Vorladung zur Musterung, die auf 5.30 Uhr statt auf 15.30 Uhr datiert war, für eine Rücksichtnahme der Armee auf seine Schlafgewohnheiten hielt.

In dem echten Captain Walewski erkennt Powell das Vorbild für den fiktiven Borodino. Walewski war ein Enkel *Napoleon Bonapartes* aus dessen Verbindung zu einer polnischen Dame. Deren Tochter wurde später die Geliebte von Napoleon III. Eine solche inzestuöse Abfolge von »imperialen Verbindungen« ist für Powell ein außergewöhnliches

Stück von »literary luck«. Dennoch, und das rechnet er Proust hoch an, habe dieser ein solches Glück nicht allzu sehr ausgeschlachtet und der Versuchung widerstanden, aus Borodino eine dominante Figur zu machen.

Das gelte auch für de Froberville, dessen Vorbild einer der Fürsprecher von Dreyfus war, nämlich der General de Galliffet. Von jenem hält Powell es für besonders berichtenswert, dass er eine Silberplatte, die ihm nach einer Verwundung im Abdomen appliziert worden war, für seine »physische Subtilität« bei seinen vielen Liebesaffären verantwortlich machte. Und Powell berichtet, dass Galliffet eine wie ein Mann gekleidete Archäologin mit den Worten »Come along, my dear fellow, let's go and have a pee« aufforderte, ihn zur Herrentoilette zu begleiten, als sie darauf bestand, nach dem Abendessen bei den Männern zu bleiben. Aber auch Froberville bleiben solche Charakteristika erspart. Ein weniger disziplinierter Schreiber hätte diesen komischen Schabernack ausgenutzt, Proust aber habe es fertiggebracht, die echte Person als eine Parodie der fiktiven Figur erscheinen zu lassen – nicht andersherum.

Das macht Powell auch an den Vorbildern für Saint-Loup deutlich. Eines war *Gaston de Caillavet*, der als Kanonier Dienst tat, was nach Powell dazu beitrug, Proust als Freiwilliger zur Armee zu locken. Ein anderes war der *Comte de Cholet*, einer der Ausbilder beim Militär, der Proust später eine Postkarte geschrieben hat mit dem Absender »From one of your torturers«. Alle diese Figuren seien keine versteckten Portraits von lebenden Personen, sondern »simply … living figures in a great novel«.

An dem Vergleich von Robert de Montesquiou mit Charlus macht Powell deutlich, dass biografische Ähnlichkeiten für die entstehende fiktive Person eigentlich von keiner oder allenfalls geringer Bedeutung sind. Er stellt fest, dass trotz starker Parallelen beide eigentlich wenig miteinander zu tun hätten. Und obwohl Montesquiou gemeint habe, er müsse sich wohl in »Montesproust« umbenennen, kommt Powell aufgrund gewisser Unterschiede zu dem Schluss, dass Charlus »a new figure« sei. Für deren Entstehung sei eine gewisse Anlehnung an Montesquiou vor allem eines: »totally unimportant«.

***

Nahm Proust also für Powell einen außerordentlichen Stellenwert ein, gesellt sich zu seinen ersten Einflüssen überraschenderweise *Ernest Hemingway*, dessen Dialoge in *»The Sun Also Rises«* (deutsch *»Fiesta«)* den jungen Tony hingerissen haben – weil so knapp, so scharf zuvor noch niemand formuliert hatte. Nimmt man noch *Wyndham-Lewis*, Maler und Schriftsteller, hinzu, dessen »brutale Prosa« Powell sehr viel früher begeisterte als der ›konventionelle‹ *James Joyce* es zu tun vermochte, dann hat man – natürlich immer *Shakespeare* und *Proust* im Hinterkopf – das gesamte Kaleidoskop vor Augen, vor dessen Hintergrund Powell seine Romane schuf.

Ein weiteres Vorbild war *John Galsworthy*, dessen genealogische Werke Powell interessierten und dem er in dem Schriftsteller St. John Clarke (gesprochen »Sinjin«, was an das erste Pseudonym von Galsworthy, nämlich John Sinjohn, erinnern soll) ebenfalls ein Denkmal gesetzt hat.

Einen starken Einfluss auf den jungen Powell übten auch die russischen Schriftsteller aus, die in den Zwanziger-Jahren in der Übersetzung *Constance Garnetts*, der Gattin von Tonys Kollegen bei Duckworth, auf Englisch erschienen. Im ›*Dance*‹ sowie einigen Bänden der Memoiren kommen

Dostojewski, *Gogol*, *Gontscharow*, *Mayakovski*, *Nekrassow*, *Pasternak* und *Tolstoi* vor. Allen voran aber muss *Michail Lermontov* (1814–41) genannt werden mit seiner kritischen Darstellung der gebildeten Jugend in *»Ein Held unserer Zeit«* aus dem Jahr 1840. Dieser Titel habe laut Powell den stärksten Einfluss auf ihn als Schriftsteller gehabt, den ein einzelnes Buch haben konnte.

***

Anthony Powell hat höchstes Lob und intensive Ablehnung erfahren. Ein Kritiker bescheinigte ihm, nur Bettlektüre in Form einer »Gaga-Saga« geschrieben zu haben und der amerikanische Kritiker *Edmund Wilson* warf ihm vor, er sei ein nur müder Abklatsch Prousts. Aber Powell hielt es für unangebracht, ihn mit einem aus seiner Sicht so bedeutenden Schriftsteller zu vergleichen. Sein Freund *Evelyn Waugh* hat ihn sogar über Proust angesiedelt, sein Schreiben sei »wie trockener Champagner, kühl, humorvoll; realistischer als Proust und [...] viel vergnüglicher«. Dessen Sohn *Aubrey Waugh* hingegen hielt Powell für »langweilig und überschätzt« (möglicherweise nur in Reaktion auf den ungeliebten Vater). Mit *George Orwell*, politisch diametral zu Powell eingestellt, war er trotz der Differenzen zeitlebens eng befreundet. Ihm hat Powell das rote Samtjackett besorgt, in dem Orwell auf dem Totenbett noch seine Freundin, die Schriftstellerin *Sonia Brownell*, geheiratet hat. *V. S. Naipaul* hat Powell mit *Jane Austen* verglichen, aber nach dessen Tod boshaft bemerkt, ihre Freundschaft hätte nur so lange gedauert, weil er dessen Werk zuvor nicht näher untersucht habe. Aber *Nancy Mitford*, *Kingsley Amis*, *P. G. Wodehouse*, *Cyril Connolly* – sie alle waren große Verehrer Powells, nicht zu vergessen *Margaret Thatcher*, die ihn in ihrer Autobiografie erwähnt. Powell war Zeit seines Lebens ein Konservativer und er wird – ähnlich wie Thatcher – entweder hoch verehrt oder aber hart angegriffen.

Diese widersprüchliche Beurteilung hält bis heute an. Seine Freundin *Hilary Spurling* hat 2017 eine sehr wohlwollende Powell-Biografie veröffentlicht, die die *Times* zwar positiv besprochen hat, aber nicht ohne ein paar Seitenhiebe: Powell sei ein ›overprivileged toff‹ gewesen, der sich seine Freunde nach deren Landhäusern und Autos ausgesucht habe, um dort bequem die Wochenenden zu verbringen oder mit ihnen auf Reisen zu gehen.

In Deutschland ist *Anthony Powell* aus nicht nachvollziehbaren Gründen bis in die 2010er Jahre so gut wie unentdeckt geblieben: Der Verleger *Walter Hasenclever* (Cotta) hat in einem Brief vom 10. Oktober 1960 an die erste deutsche Powell-Übersetzerin, die spätere Bildungsministerin Dr. Katharina Focke, schon den arroganten Zweifel geäußert, ob es neben ihm überhaupt jemanden in Deutschland gebe, der über »diese Gratwanderung des Humors« lachen könne. Vielleicht ist diese Überheblichkeit auch darauf zurückzuführen, dass Hasenclever gar nicht bemerkt hatte, dass der Band, den er von Focke übersetzen ließ, ›*At Lady Molly's*‹, schon der vierte von später zwölf Romanen war. Bei diesem einen Band ist es dann auch geblieben.

Ein zweiter Übersetzungsversuch Mitte der 60er Jahre bei der DVA ist nach nur drei Bänden gescheitert, ebenso der Angang des Ehrenwirth Verlages Mitte der 80er Jahre. Dessen Übersetzer *Heinz Feldmann*, offenbar angeregt durch die Gründung der deutschen Anthony Powell Gesellschaft im Jahre 2010, hat dann einen neuen Anlauf genommen und mit dem Elfenbein Verlag einen Partner gefunden, der nicht nur ein ansprechendes Format vorgelegt hat, sondern auch den notwendigen Durchhaltewillen hatte. So ist es dem Tandem Elfenbein/Feldmann gelungen, im Jahre 2018 die vollständige Ausgabe des ›*Dance*‹ in deutscher Sprache vorzulegen. Die deutsche Kritik fand plötzlich größtes Lob: *Andreas Isenschmid* hat in der *Zeit* geäußert, der ›Dance ...‹ wäre die »schönste lange Romanreise der Weltliteratur«, *Tobias Döhring* lobte in der *FAZ* einen »mitreißenden« Roman, einen »Gipfeltext des 20. Jahrhunderts«. Auch *Andreas Platthaus* von der *FAZ* erblickte einen Gipfel, nämlich ein »Gipfeltreffen der Ironie«, und sprach von einem »ewigen Geheimtipp der Weltliteratur«. *Christian Ferber* in *Die Welt* erkannte einen der »anmutigsten und gescheitesten Romanzyklen dieses Jahrhunderts«. Als Resümee all dessen sei *Michael Maars* Verdikt in der *Süddeutschen* zitiert: Er fand den ›Dance...‹ einfach »göttlich«.

Fundstellen und Literaturhinweise

Hilary Spurling
Anthony Powell – Dancing to the Music of Time
Hamish Hamilton, 2017

Deutsche Ausgabe
Anthony Powell – Tanzen zur Musik der Zeit
Elfenbein, 2019

Hilary Spurling
Invitation to the dance – A Handbook to Anthony Powell's ›A Dance to the Music of Time‹
Heinemann, 1977

Michael Barber
Anthony Powell: A Life
Duckworth, 2004

Anthony Powell
Miscellaneous Verdicts – Writings on Writers 1946–1989
Heinemann, 1990

Anthony Powell
To keep the Ball rolling, The Memoirs of Anthony Powell
Infants of the Spring, Heinemann, 1976
Messengers of Day, Heinemann, 1978
Faces in My Time, Heinemann, 1980
The Strangers All Are Gone, Heinemann, 1982

Daisy Dunn
Not Far From Brideshead – Oxford Between the Wars
Weidenfeld & Nicolson, 2022

›The Ice Rink‹ Chasellas/St. Moritz

Auf einer Eiskunstlaufbahn im schweizerischen Engadin drehen Anfang der 30er Jahre des vorherigen Jahrhunderts zwei junge Damen ihre Runden. Die eine ist schon erwachsen, die andere noch ein Teenager. ›Debo‹ (so wird die Jüngere gerufen) trainiert für die englische Olympiamannschaft, die sie eingeladen hat, sich für die Teilnahme an der nächsten Winterolympiade 1936 in Garmisch-Partenkirchen zu bewerben.

Die Arena, in der die beiden über das Eis gleiten, von den vielen Engländern, die hier die Wintermonate verbringen, ›the ice rink‹ *genannt, gehört zu einem der schönsten Hotels im Oberengadin. Der Hotelpionier Anton Sebastian Bon aus dem nicht allzu weit entfernten Ragaz hatte im Jahr 1911 einen lange gehegten Traum verwirklichen können: Auf dem Plateau Chasellas in unmittelbarer Nähe zu Sankt Moritz baute er ein großes Luxushotel – in einer Höhe von fast 2000 Metern mit einem unverbaubaren Blick über das Dorf Champfèr und den Silvaplanersee, bis hin in die umliegenden Gipfelgebiete des Piz Corvatsch und des Maloja. Einer der eindrucksvollsten Blicke im gesamten Engadin. Bis dahin hatte Anton Bon in Vitznau die ›Pension Pfyffer‹ betrieben. Nach einer Reise, die er mit dem Architekten Karl Koller nach England und Deutschland unternommen hatte, um die dortige Luxushotellerie zu studieren, baute er das ›Pfyffer‹ in ein Fünf-Sterne-Haus um und nannte es fortan ›Parkhotel Vitznau‹. Ein weiterer glücklicher Umstand ergab sich dadurch, dass im ›Vitznau‹ ein Südafrika-*

ner namens Charles S. Goldmann, der mit Diamantenminen ein Vermögen gemacht hatte, logierte. Goldmann hatte einem englischen Gentleman namens G. S. F. Edwards die privatgenutzte ›Villa Suvretta‹ abgekauft und suchte einen Hotelier mit Geschmack und Mut gleichermaßen. Bon hingegen suchte einen Investor, mit dem er die auf seinen Reisen gewonnen Eindrücke verwirklichen konnte. Also baute Anton Bon mit dem Geld von Charles Goldmann und den Plänen Karl Kollers ein Luxushotel der Superlative und nannte es ›Suvretta House‹.

Am 21. Dezember 1912 wurde der schlossähnliche Hotelkomplex mit 200 geladenen Gästen feierlich eröffnet. Im Stil der Bel Époque bot das Hotel höchsten Komfort und ein einzigartiges Ambiente. Kein Wunder also, dass fortan die weltweite Prominenz aus Theater, Film, Politik und Wirtschaft im Suvretta House ihre Skiferien verbrachte: König Faruk von Ägypten war ebenso regelmäßiger Gast wie der Schah von Persien. Schauspieler wie Gregory Peck, Berühmtheiten wie Evita Perón und sämtliche Größen aus allen möglichen Branchen und Provenienzen gesellten sich hinzu. Der internationalen Prominenz sind auch die Traditionen zu verdanken, die sich bis heute gehalten haben: In der prächtigen Eingangshalle wird der Five O'Clock Tea zu den Klängen dezenter Pianomusik zelebriert und zum Dinner trägt man – bis heute – Smoking. Nur der darauf nicht vorbereitete Gast darf auch im dunklen Abendanzug erscheinen.

Sankt Moritz war ohnehin schon immer bekannt für seine Schnee- und Eis-Aktivitäten, mindestens ebenso wie für die schätzungsweisen 340 Sonnentage im Jahr und … ›seine‹ Engländer, die Sankt Moritz schon früh entdeckt und das schöne Engadiner Tal mit ihren mehr oder weniger skurrilen und exzentrischen Einfällen bereichert haben.

Die wohl aufregendste – und lebensgefährliche – Erfindung war die Gründung des Sankt Moritz Tobogganing Clubs. Toboggans, aus der Sprache der Mi'kmaq-Indianer, nennt man die winzigen, kufenlosen Schlitten aus Birkenholz und Lederriemen, die die nordamerikanischen und kanadischen Indianer für ihre Transporte bauten. Auf solchen Gefährten praktizieren waghalsige Abenteurer und solche, die sich dafür halten, den 1885 erstmals ausgetragenen Cresta Run – bis heute. Diese äußerst gefährliche und nur von Amateuren betriebene Eiskanalabfahrt verbindet Sankt Moritz mit dem Dörfchen Cresta und endet in Celerina.

Die erste Cresta-Bahn wurde 1885 in nur neun Wochen gebaut und wird jedes Jahr (den örtlichen Verhältnissen angepasst) erneuert. Den Bahnrekord hält ein Herr namens James Sunley mit 50,09 Sekunden, was eine durchschnittliche Geschwindigkeit in Höhe von über 80 km/h und eine Spitzengeschwindigkeit von fast 130 km/h bedeutet. Angesichts der extrem hohen Geschwindigkeit und der nahezu ungeschützten Bahn kein Wunder, dass hier schon zahlreiche Todesfälle beklagt wurden. Ein typischer Cresta Runner dürfte Ivon Moore-Brabazon gewesen sein, der dritte Baron Brabazon of Tara, Mitglied des House of Lords, der über die Cresta-Bahn einst gesagt hat, sie sei

> *»like a woman with a cynical indifference – to love her once is to love her always«.*

Aus der Geschichte des Suvretta ist der Ice Rink, der sich – auch bis heute – unmittelbar vor der großen Sonnenterasse des Hotels befindet und auf dem mehr oder minder begabte Eisprinzessinnen und -prinzen Darbietungen zur Unterhaltung des lustwandelnden oder sich auf Bänken rund um den

Ice Rink niederlassenden Publikums bieten, nicht wegzudenken.

Auf dieser Eiskunstlaufbahn also hat die junge Debo ihre Runden gedreht und mit Nancy, ihrer älteren Schwester, für Olympia trainiert. Aber obwohl Vater David und Mutter Sydney selbst begeisterte Schlittschuhläufer sind, deren Können semiprofessionelle Ausmaße angenommen hat, verbietet Mutter Sydney alle olympischen Ambitionen ihrer Jüngsten. In ihren Kreisen gilt es als vulgär, Sport anstatt um seiner selbst willen im Wettkampf um Medaillen zu betreiben. Aber nicht von Debo soll hier die Rede sein – obwohl auch sie einige erfolgreiche Bücher geschrieben hat – sondern von ihrer Trainingspartnerin, der berühmten Schriftstellerin ***Nancy Mitford.***

***

Nancy war die Älteste der sechs »mad, mad Mitford Sisters« und ihres (einzigen) Bruders Tom. Allesamt haben ein höchst ungewöhnliches Leben gelebt. Sie entstammten dem Hochadel, gehörten zur *Upper Class* und standen früh im Fokus der Öffentlichkeit: Ihre Eltern waren *David Bertram Ogilvy Freeman-Mitford,* Zweiter Baron *Redesdale* und dessen Frau *Sydney,* geborene *Bowles.* Auch die Mitfords hat es in das sonnenüberflutete Engadiner Tal gezogen, nachdem David den Titel des Vaters und damit dessen Vermögen geerbt hatte, wo sie natürlich im Suvretta House – dem Heim für die Reichen, Adligen und Schönen – abgestiegen sind. *Lord Redesdale* sitzt später, nachdem er anstelle seines älteren Bruders Clement, der 1915 in der Schlacht von Loos umgekommen ist, die Nachfolge des Vaters angetreten hat, als ›*Peer of the realm*‹ im House of Lords und gehört dort dem ›*Drains Committee*‹ an, das sich um das veraltete

Abwassersystem des Hauses kümmert. Sydney ist die Tochter des Journalisten und Zeitschriften-Herausgebers Thomas (›Tap‹) Gibson Bowles, dem u.a. *Vanity Fair* und *The Lady* gehörten. Ob Sydney jemals für ihren Vater tätig war, ist eher unwahrscheinlich. Jedoch seinem Schwiegersohn, der bis 1990 als Teepflanzer in Ceylon und dann als Soldat im Burenkrieg aktiv war, verschafft *Tap Bowles* einen Job als Business Manager bei *The Lady*. Nach Nancy Mitfords Biografin *Selina Hastings* eine Stellung, wie sie ›unpassender kaum sein‹ konnte, denn David hatte mit Literatur nichts am Hut.

Der Alltag der Mitfords ist von geradezu unzähligen Anekdoten, exzentrischen Einfällen und einem gelegentlich leicht absonderlich anmutenden, stets aber unterhaltsamen Benehmen durchmischt. Als Kinder erfanden sie eine eigene Sprache, um sich ungestört von den Erwachsenen verständigen zu können. Das von ihnen so genannte ›Boudledidge‹ hat in ihrer Korrespondenz bis ins Erwachsenenalter überlebt: Die Schwestern Unity und Jessica nennen sich wechselseitig ›Boud‹. Andere Kosenamen sind ›Hen‹ für Pam wegen ihrer Vorliebe für Hennen, ›Susan‹ oder ›Soo‹ aus längst vergessenen Gründen oder ›9‹, wie Nancy ihre jüngste Schwester Debo apostrophierte, weil sie der Meinung war, Debo sei über den geistigen Zustand einer Neunjährigen nie hinausgekommen.

Komplizierter sind dagegen die Namen der Männer in der Familie: Sir Oswald Mosley, der zweite Ehemann *Dianas*, wurde ›the Leader‹ genannt oder ›Sir Ogre‹, aber auch ›Kit‹, was seine Frau zärtlich aus ›Kitten‹ ableitete und woraus *Nancy* dann prompt ›Keats‹ machte. *Debo* nannte ihn ›Cyril‹, weil sie ihre Mutter missverstanden hatte, als diese sagte: ›He's Sir Oswald to me.‹ Schwager Cavendish, der Ehemann von *Debo*, hieß ›Ivan‹ (the terrible) oder ›Peter‹ (the great), aber auch ›Claud‹, weil ihn, noch als Lord Hartington, Briefe erreichten, die an ›Claud Hartington, Esq.‹ adressiert waren. Als junges Mädchen erfand Nancy außerdem ein Spiel, in dem sie eine ›Czechish lady doctor‹ war. Dafür gewöhnte sie sich einen heftigen Akzent an, der noch Jahrzehnte später von den Schwestern benutzt wurde.

Die Mitfords kannten jeden. Und jeder kannte sie. Von *Winston Churchill* über *John F. Kennedy* bis *Adolf Hitler*, um die ganze Bandbreite zu benennen. Sie waren mit *Lytton Strachey*, *Evelyn Waugh* und den *Sittwells* befreundet, saßen Modell für *Lucian Freud*, *Augustus John* und *Cecil Beaton*, sie spielten den Gastgeber für die *Queen* und die *Herzogin von Windsor* oder waren Gäste so unterschiedlicher Gastgeber wie *Goebbels* oder *Givenchy*. Dafür, dass sie das ›Englische‹ so sehr verkörpern, lebten sie überraschenderweise mehr im Ausland als in England, in Paris, in München, in Kalifornien oder im ländlichen Irland.

In den 20er Jahren gerieten sie in die Schlagzeilen und sollten seitdem nie wieder aus ihnen herausfinden. Sie waren ebenso gutaussehend wie klug und meinungsstark, sie gehörten den *›bright young people‹* an, die sich in endlosen Zirkeln immer wieder begegneten – Leute wie *Max Beerbohm, Hilaire Belloc, Clive und Vanessa Bell, John Betjeman, Cyril Connolly, die Powells, die Coopers, die Woolfes*, um nur ein paar zu nennen.

Dem englischen Hochadel entsprungen, in den entsprechenden Kreisen verkehrend und den üblichen Extravaganzen verhaftet, blieben die ›Mitford Girls‹ ein Leben lang einander eng verbunden – jedenfalls die meisten von ihnen und diese über sehr lange Zeiträume. Die Schwiegertochter von *Diana, Charlotte Mosley*, weist in der Einführung zu den von ihr herausgegebenen Briefen zwischen den Schwestern darauf hin, dass dieser Briefwechsel gut 80 Jahre überdauerte: Angefangen 1923, als die neun Jahre alte *Unity* ihrer dreizehnjährigen Schwester *Diana* von einem Ferienaufenthalt am Meer berichtet, bis zu einem Fax im Jahre 2003, das die 83-jährige *Deborah* nach Paris verschickte, wo die 93-jährige *Diana* im Sterben lag. Und diese Verbundenheit überstand selbst gravierendste – vor allem politische – Gegensätze.

Diana, die zunächst mit einem Guinness verheiratet war und mit ihm zwei Kinder hatte, schloss eine zweite Ehe mit dem britischen Faschistenführer Oswald Mosley (aus der Ehe ging der Begründer der Formel 1, Max Mosley, hervor). Die Trauung fand in Berlin statt, in Goebbels Haus. Während der Kriegsjahre wurden die Mosleys interniert, obwohl sie mit Winston Churchill, einem Cousin der Mitfords, verwandt waren. Die Mosleys waren zu der Zeit die meistgehassten Menschen auf der britischen Insel und Jessica opponierte heftig bei »Dear Winston« gegen die Freilassung der eigenen Schwester aus dem Gefängnis. Deren jüngere Schwester Unity Valkyrie lauerte in München Hitler in dessen bevorzugtem Lokal, der »Trattoria Bavaria«, auf. Nicht aber, um ihm etwas anzutun, sondern um seine Aufmerksamkeit zu erregen (was auch gelang). Ob sie die Geliebte Adolf Hitlers wurde, ist ungeklärt. Jedenfalls wurden die beiden zu engen Vertrauten; Hitler lud sie immer wieder nach Berchtesgaden, Berlin (beispielsweise zu den Olympischen Spielen) und Bayreuth ein. Er war ebenso als ›Ehrengast‹ anwesend, als Diana und Mosley im Hause Goebbels heirateten und er hatte Umgang mit Lady Redesdale, die ihn als Mann mit außerordentlich guten Manieren und großem Charme wahrnahm. Lord Redesdale war ihm gegenüber distanzierter – wie bei all jenen Männern, die seinen Töchtern den Hof machten. Einmal, als Unity ernsthaft erkrankt war, wollte Hitler alle Krankenhausrechnungen begleichen, hätte Lord Redesdale dies nicht abgelehnt. Er erstattete Hitler später alle Kosten, wobei dessen Persönlichkeit und sein Verhalten im Zusammenhang mit der Erkrankung Unitys auch bei Lord Redesdale Eindruck gemacht haben soll.

Als England unter der Führung Winston Churchills (dem Onkel der Mitford-Girls) schließlich in den Krieg eintrat, ereignete sich ein tragisches Ereignis für die Familie: Unity unternahm im Münchner ›Englischen Garten‹ den Versuch, sich mit einem Pistolenschuss umzubringen. Sie überlebte den Kopfschuss zunächst (mit geistigen Einschränkungen aufgrund der Verletzung) und erlag schließlich neun Jahre später ihren Verletzungen.

Jessica, ›*Decca*‹ gerufen, gehörte dem entgegengesetzten politischen Lager an: Sie mitbegründete die kommunistische Partei der USA und wurde eine flammende Menschenrechtsaktivistin. Die jüngste Tochter Deborah – die Eisprinzessin aus dem ›Suvretta‹ – heiratete später einen jungen Mann aus der Familie *Cavendish*, der sodann elfter *Duke of Devonshire* wurde.

Debo war unkonventionell, pragmatisch und schob gelegentlich Dienst an der Tageskasse das Familiensitzes der Devonshires, *Chatsworth House*, das ohne ihre unternehmerische Initiative nach dem Tod ihres Mannes wohl nicht überlebt hätte. Sie ist die längst überlebende der Mitford Girls und erst 2014 verstorben. Auch *Debo* hat einige Bücher geschrieben, die sich allesamt mit *Chatsworth* befassen, beispielsweise ›*Chatsworth: The House*‹ (1980) oder ›*The Garden at Chatsworth*‹ (1999). 2010 hat sie ihre Memoiren veröffentlicht, ›*Wait for me! .... Memoirs of the Youngest Mitford Sister*‹.

Die zweitälteste Tochter, *Pam,* war unpolitisch und hielt sich auffällig unauffällig im Hintergrund. Sie heiratete einen der bekanntesten englischen Gelehrten der Zeit, *Derek Jackson,* der als Physiker Professor in Oxford war. Angesichts des ungewöhnlichen Kreises rund um die Mitfords dürfte es aber kein Wunder sein, dass auch Jackson sich mit einer einfachen Oxford-Professur nicht begnügte: Er war dekorierter Soldat im Zweiten Weltkriegs und – zu allem Überfluss – ein herausragender Reiter, der zweimal das *Grand National* zu Ende ritt. Nach der Scheidung von diesem Tausendsassa bevorzugte Pam jedoch ein zurückgezogenes ›Leben auf dem Lande‹. Ihr zeitweiliger Geliebter *John Betjeman* nannte sie stets die ›*Rural Mitford*‹, andere verliehen ihr charmanter Weise den Beinamen ›*the poultry connoisseur*‹.

Der einzige Mitford-Sohn, *Tom,* wurde am 2. Januar 1909 geboren. Im Zweiten Weltkrieg wurde er, weil er sich geweigert hatte, in Europa zu kämpfen, in Burma eingesetzt und fiel dort dem Krieg zum Opfer. Auch für Toms Weigerung, in Europa eingesetzt zu werden, haben Kenner der Familie eine positive Einstellung zum Faschismus, die unter dem Einfluss der Schwestern Diana und Unity entstanden war, verantwortlich gemacht.

Die Familienverbindungen waren ebenso verzweigt wie verzwickt. Eine Tante von David Redesdale war Lady Henrietta Blanche Hozier, Mutter von vier Kindern, darunter zwei Töchtern: Clementine, verheiratete Winston Churchill, und deren Schwester Nellie, die den Soldaten Bertram Romilly heiratete, mit dem sie zwei Söhne hatte. Nellie berühmte sich, in der Anzahl ihrer Liebhaber nur von einer Frau übertroffen worden zu sein – nämlich von ihrer eigenen Mutter. So ist die häufig geäußerte Mutmaßung vielleicht nicht allzu abwegig, dass der wahre Vater der vier Kinder

Lady Blanches in Wahrheit nicht ihr Mann Bertram gewesen sei, sondern ihr Schwager Bertie – der erste Lord Redesdale, Botschafter, Politiker, Minister unter Disraeli, Autor (›Tales of Old Japan‹) und Großvater der Mitford Sisters.

So wäre es zumindest wiederum schlüssig, dass Nellies Sohn Esmond seinem Onkel Winston Churchill zum Verwechseln ähnlich gesehen haben soll. Esmond hat die Verbindung der Familien Redesdale und Hozier dann weitervertieft, indem er ›Decca‹, Nancys Schwester, geheiratet hat.

Hier aber soll zunächst von der ältesten Tochter der *Redesdales* die Rede sein: Nancy (1904–1973), die vor und nach dem Krieg nicht viele, dafür umso lesenswertere und von der Kritik gepriesene Bücher über die ›english upper class‹, dabei eifrig ihre Familiengeschichte nutzend, geschrieben hat. Außerdem war sie ausgiebig als Übersetzerin aktiv und hat später Biografien verfasst. Sie wurde in einem Atemzug mit *Evelyn Waugh, P. G. Woodhouse* und *Anthony Powell* genannt. Die Welt verdankt ihr außerdem die Aufteilung in ›*U and Non U*‹, die Nancy in einem Artikel für den *Encounter* 1955 vorgenommen hatte. Dabei hatte sie sich eigentlich nur über einen Artikel des Birmingham-Professors *Alan Ross* lustig machen wollen, der den Sprachgebrauch der Upper Class (U) gegenüber dem des Bürgertums (Non-U) am Beispiel von Nancys Buch ›*The Pursuit of Love*‹ vorführen wollte. Das belegt einerseits die Bekanntheit und den Einfluss der Mitford, andererseits erregte ihr Artikel ein so enormes Aufsehen (es gab viele besorgte Anfragen von Menschen, die wissen wollten, welcher Kategorien sie denn zuzuordnen seien), dass er 1956 noch einmal als schmales Büchlein erschien, ›*Noblesse Oblige*‹.

***

Nancy Mitford wurde am 28. November 1904 in London geboren und starb am 30. Juni 1973 in Versailles, nachdem sie nach Ende des Zweiten Weltkrieges ihrem Liebhaber, dem de Gaulle-Berater *Gaston Palewski*, dorthin gefolgt war. Zur Zeit ihrer Geburt bewohnten ihre Eltern noch ein Haus in der Graham Street in London, später ging es in der Victoria Road etwas großzügiger zu. Noch war vom sorglosen Leben des vermögenden Großadels nichts zu spüren. So bezog die Familie in diesen Jahren in den Ferien ein Cottage bei High Wycombe, wenn es nicht zu den Großeltern väterlicherseits in die Cotswolds nach Batsford Park ging. Dieses Anwesen erbte der Vater 1916, was eine deutliche Zäsur auch im Leben der Mitford-Kinder mit sich brachte: Mit dem Titel erbte Vater David auch beträchtliche Ländereien, die zwar nicht besonders einträglich waren, aber zur Kreditwürdigkeit verhalfen und den Sitz des Vaters im Oberhaus ermöglichten.

Die »Mitford-Kinder«, das waren – obwohl Mutter Sydney ihre Kinder ›too ugly for words‹ fand – einige: Pamela wurde 1907 geboren, Tom 1909, ein Jahr später kam Diana hinzu und Unity 1914. Nancy war rasend eifersüchtig auf alle nachgeborenen Geschwister, sie meinte, dass diese die ihr allein gebührende Aufmerksamkeit der Eltern und ihrer Nanny über Gebühr in Anspruch nähmen. Die Geschwister bildeten schließlich eine ›League against Nancy‹. Aber Nancy konnte die jüngeren Geschwister wieder versöhnen, indem sie das von den Geschwistern geliebte Magazin ›The Boiler‹ ins Leben rief, in dem sie grausame Mordgeschichten veröffentlichte.

1919 verkaufte Vater Redesdale Batsford Park – inzwischen hatte auch Jessica das Licht der Welt erblickt (1920 gesellte sich noch ›Debo‹ dazu) – und setzte den Erlös für den Ankauf von *Asthall Manor* ein. Dieses war ein Haus aus den Zeiten der Stuarts in Swinbrook/Oxfordshire und dieses Haus diente später als Modell für *Alconleigh*, den Landsitz der Familie Radlett in Nancys nach dem Zweiten Weltkrieg erscheinenden Büchern.

Eine richtige Schul- oder Ausbildung erhielt Nancy nicht, das wurde seinerzeit bei Mädchen noch für überflüssig gehalten, jedenfalls in diesen Kreisen. Lesen, schreiben und ein wenig Mathematik (um später die Haushaltsbücher kontrollieren zu können), sollte genug sein, Französisch war allerdings unverzichtbar. Schulen, selbst die privaten ›Public Schools‹, führten zu unerwünschten Bekanntschaften, Sport machte ›dicken Waden‹. Sie besuchte für ein paar Monate die Frances Holland School, in direkter Nähe ihres Elternhauses, und ging ab 1921 auf die Hatherop Castle School, eine Ausbildungsstätte für höhere Töchter. Dort trieb sie – trotz der Befürchtungen ihres Vaters in Bezug auf ihre Waden – ausgiebig Sport und lernte vor allem tanzen, um für ihr coming out, ihren Debütantinnenball gerüstet zu sein. Dieser fand 1922 statt, im Jahr darauf wurde sie King George V. im Buckingham Palace ›präsentiert‹. Das war so Brauch in hochadeligen Kreisen und stellte zweifellos einen Höhepunkt im Leben der Teenager dar. Aber sie hat das alles nicht besonders beeindruckt, wenn man den Schilderungen der Ich-Erzählerin Fanny in ›Love in a Cold Climate‹ glauben will:

›I suppose you came out in India?‹ I said. Polly, I knew, was a little older than I was.

›Well, yes, I did, I've been out two years, actually. It was all very dull, this coming-out seems a great bore – do you enjoy it, Fanny?‹

I had never thought about whether I enjoyed it or not, and found it difficult to answer her question. Girls had to come out, I knew. It is a stage in their existence just as the public school is for boys, which must be passed before life, real life, could begin. Dances are supposed to be delightful; they cost a lot of money and it is most good of the grown-ups to give them, most good, too, of Aunt Sadie to have taken me to so many. But at these dances, although I quite enjoyed going to them, I always had the uncomfortable feeling that I missed something, it was like going to a play in a foreign language. Each time I used to hope that I should see the point, but I never did, though the people round me were all so evidently seeing it.

Das ist typisch für Mitfords Literatur. Die indifferente Einstellung Lindas verkehrt sich in ein Alleinstellungsmerkmal: Nur sie empfindet die Bälle als ein unverständliches Theaterstück in einer fremden Sprache, nur sie sieht ›den Punkt‹ in all diesen Konventionen nicht und erhebt sich dadurch über ihre gewöhnlichen Zeitgenossen. Als schließlich auch Asthall Manor verkauft wurde, ändert sich zumindest ihre Einstellung zu ›foreign languages‹. Die weiblichen Familienmitglieder lebten 1926 übergangsweise in Paris, wo Nancys Liebe zu Frankreich und zur französischen Literatur entflammte – in einem Brief vom 13. März 1948 bedauert sie Evelyn Waugh, dass dieser Proust in englischer Übersetzung lesen müsse:

›I am sad to think of you reading Proust in English – there is not one joke in all the 16 of S. Moncrieff's volumes. In French one laughs from the stomach, as when reading you.‹

Nach der Rückkehr aus Paris besuchte sie im Jahr 1928 – nachdem sie ihre Eltern lange bedrängt hatte – die *Slade School of Fine Art*, aber nur für knapp einen Monat. Der Direktor, ein Mann direkter Worte namens *Henry Tonks*, erklärte ihr, dass sie keinerlei künstlerisches Talent habe und besser kochen lernen sollte.

Nancy Mitford hat schon in dieser Zeit Evelyn Waugh über ihre Freundin Evelyn Gardner, Tochter des 1st Baron of Burghclere, kennengelernt. Die beiden Evelyns, Gardner und Waugh, heirateten, was sodann zu der Unterscheidung in ›He-Evelyn‹ und ›She-Evelyn‹ führte. ›He-Evelyn‹ erkannte offenbar das Talent Nancys und ermutigte sie zum Schreiben. Es entstand eine lebenslange Freundschaft, die vor allem eine Brieffreundschaft war: Zwischen Nancys Übersiedlung nach Paris, 1946, und ›He-Evelyns‹ Tod, 1966, wanderten gut 600 Briefe hin und her. Bei persönlichen Treffen ging es nicht so harmonisch zu, er war mürrisch und schwer zugänglich und sie scharfzüngig und verletzend. Da waren – auch heute noch gut zu lesende – Briefe besser. ›She-Evelyn‹ verließ Waugh aber wegen des BBC-Journalisten und Drehbuchautors John Heygate, der sich mit Anthony Powell gerade in München aufhielt, als ihn die Nachricht von ›She-Evelyn‹ erreichte, er möge sofort nach Hause zurückkehren. Eine kleine Randnotiz: Heygate hielt es für angebracht, sich vor der Rückfahrt mit einer Pistole zu versorgen.

Nancy hatte in dieser Zeit eine Affäre mit dem sich eher für seine männlichen Geschlechtsgenossen interessierenden Hamish St. Clair Erskine, Abkömmling des 5th Earls of Rosslyn, der in Eton etwas mit ihrem Bruder Tom gehabt haben soll. Die Beziehung war aber nicht von langer Dauer. ›He-Evelyn‹ riet ihr, sie solle sich ›besser anziehen und nach einem passenderen Mann‹ suchen.

Nachdem Evelyn Waugh ihr geraten hatte, sich als professionelle Schriftstellerin zu betätigen, schrieb sie ab 1930 offiziell für The Lady, der Zeitschrift ihres Großvaters mütterlicherseits, nachdem sie dort schon zuvor Artikel publiziert hatte, aber noch anonym. Sie schrieb ebenfalls für Vogue und Harper's Bazaar über alles Mögliche, die jährliche Chelsea Flower Show, Jagdgesellschaften, Gesellschaftshochzeiten, Bälle und dergleichen. Die Zeit zwischen den Kriegen war auch in der Literatur ungemein produktiv. Abgesehen von dem ›Golden Age of Crime‹, das Autorinnen wie Agatha Christie, Dorothy L. Sayers oder Dame Ngaio Marsh hervorbrachte, veröffentlichte zum Beispiel Anthony Powell 1931 seinen Erstling ›Afternoon Men‹, Evelyn Waugh hatte zuvor 1928 mit ›Decline and Fall‹ den Anfang gemacht und ließ 1930 ›Vile Bodies‹ folgen. Es war die Zeit der ›bright young people‹ und Nancy Mitford mit ihren gesellschaftlichen Verbindungen war mittendrin, mit den Sitwells, Cyril Connolly, Harold Acton oder John Betjeman. Mit Cecil Beaton oder Nancy Cunard ging sie ins Theater, auf Partys mit Viscount Weymouth, Frank Pakenham oder Randolph Churchill.

1931 publizierte sie ihren ersten Roman ›*Highland Fling*‹. Dafür benutzte sie ihre Familie und ihre Freunde als Hintergrund und gab das Honorar von 30 Pfd. für einen Besuch an der Cote d'Azur aus. Bis zum Ausbruch des zweiten Weltkriegs hat Nancy Mitford drei weitere Romane geschrieben, für die sie sich nach dem Krieg allerdings schämte. ›*Christmas Pudding*‹ (ein Besuch auf dem Lande während des Ausbruchs der Maul- und Klauenseuche) folgte 1932 und 1935 ›*Wigs on the Green*‹, in dem sie sich über die Vorlieben ihrer Schwestern Unity und Diana für den Faschismus lustig machte.

Zwischendurch hatte sie *Peter Rodd* geheiratet, von dem sie sich bald wieder trennte, aber erst 1957 scheiden ließ.

Peter war der Typ von Mann, den Churchill im Sinn hatte, als er von einem

›promising young man‹

sprach,

›who turned out as a man of too many promises‹.

So war Peter das Modell für *Basil Seal* in Evelyn Waughs *›Black Mischief‹*. Ab 1939 arbeitete Nancy im *St. Mary's Hospital London*, so wie beinahe sämtliche Frauen aus den ›besseren‹ Gesellschaftsschichten ihren Kriegsdienst an der Heimatfront in Krankenhäusern oder ähnlichen Institutionen absolvierten. Nancy betrieb auch eine Kantine für internierte französische Soldaten; dort lernte sie auch *Gaston Palewski* kennen, der mit den *Free France* für *Charles de Gaulle* in London arbeitete. Gleichzeitig fand sie die Zeit, ihr 1940 veröffentlichtes Buch *›Pigeon Pie‹* zu schreiben und für den Heywood Hill Bookshop zu arbeiten.

Nancy Mitford wurde nach dem Krieg durch das Werk von *Evelyn Waugh* dann zu ihren auch heute noch bekannten Romanen angeregt. Dessen von seiner Auseinandersetzung mit dem Katholizismus geprägter Roman *›Brideshead Revisited‹* (von ihr ›B'head‹ genannt) entspricht ihrem *›The Pursuit of Love‹* (›Englische Liebschaften‹, 1945), für den sie autobiografische Elemente verwendete. Wer da wen beeinflusste, ist allerdings offen, denn *›B'head‹* und *›Pursuit of Love‹* erschienen beide 1945; aber Waughs und Mitfords intensiver Briefwechsel legen einen frühzeitigen Austausch nahe. Jedenfalls hat Nancy Mitford schon in einem Brief vom 22. Dezember 1944 zu ›B'head‹ Stellung genommen. Da war ihr ›*Pursuit...*‹ natürlich auch längst fertig, aber ganz offenkundig hatten sich die beiden schon zuvor über Lady Marchmain und die Rolle von Charles Ryder ›unterhalten‹ (die Briefe aus dieser Zeit sind wohl nicht erhalten geblieben, der erste Brief datiert auf Mai 1944; jedenfalls findet sich in dem von *Charlotte Mosley* herausgegebenen Buch nichts). Nancy Mitford hatte auch viel Lob für ›B'head‹ als Buch, den schönen Einband lobt sie besonders – ›*a triumph of book production*‹.

Ihr literarischer Ruhm gründet sich auf ›*The Pursuit of Love*‹ und die anschließenden Romane, in denen sie ein fast unverstelltes Bild ihrer Familie und derer Kreisen zeichnet. Beispielsweise ist Uncle Matthew ihrem Vater David nachgezeichnet, jenem ›Favre‹, dessen Exzentrizität keine Grenzen kannte, der Gäste, die das weiße Tischtuch bekleckerten, erbarmungslos aus dem Haus trieb und – zum äußersten Argwohn seiner Nachbarn, aber zur großen Freude seiner Kinder – jeweils am Wochenende eine ›child hunt‹ veranstaltete, bei der die Hälfte der Kinder in die Rolle des ›Hasen‹ schlüpfen mussten, auf den er gemeinsam mit der anderen Hälfte der Kinder seine beiden Jagdhunde hetzte. Der schönste Erfolg für die Kinder war es, wenn sie ihre Spur so verwischen konnten (indem sie durch Flüsse oder durch Schweineherden wanderten), dass die Hunde sie nicht finden konnten. Für den Vater war es umgekehrt ein Sieg, wenn die Hunde die Kinder stellen konnten, bevor sie zu Hause eintrafen.

Die Geschichte wird aus der Perspektive von Fanny erzählt, die früh von ihren Eltern verlassen und dann von ihrer Tante Emily erzogen wird. Fanny verbringt viel Zeit mit der Familie von Uncle Matthew Radlett und dessen Frau Sadie, einer Schwester von Emily, in Alconleigh, dem Landsitz der Radletts. Linda, die Tochter der Radletts, ist Fannys beste Freundin und eigentliche Hauptperson. Sie heiratet aus den falschen Gründen, verlässt ihren Mann wiederum aus ebenso falschen Gründen und findet schließlich ein tragisches Ende. Das ist vielleicht die Quintessenz der Mitfordschen Literatur: Hinter all der verschrobenen Exzentrik und spielerischen Extravaganz lauert die Tragödie – fast wie in Nancys Leben selbst. Ganz leicht deutet sich das in den ganz frühen Schilderungen Lindas an:

> *There was drama when Linda, aged ten, attempted suicide in order to rejoin an old smelly Border Terrier which Uncle Matthew had to put down. She collected and ate a basketful of yew-berries, was discovered by Nanny and given water and mustard to make her sick. She was then ›spoken to‹ by Aunt Sadie, clipped over the ear by Uncle Matthew, put to bed for days and given a Labrador puppy, which soon took the place of the old Border in her affections. There was much worse drama when Linda, aged twelve, told the daughters of neighbours, who had come to tea, what she supposed to be the facts of life. Linda's presentation of the ›facts‹ had been so gruesome that the children left Alconleigh howling dismally, their nerves permanently impaired, their future chances of a sane and happy sex life much reduced.*

Anthony Powell war bekannt dafür, private Begegnungen, Beziehungen und Ereignisse für seine Literatur zu nutzen. ›*Everything is grist to his mill*‹, hieß es unter seinen Freunden. Der schon erwähnte *Johnny Heygate* behauptete, für Powells Roman ›*Agents and Patients*‹ (1936) ›Reklame zu laufen‹, weil jeder seinen dort erwähnten blauen Mantel wiedererkennen würde. *Heygate* findet sich auch als ›John Beaver‹ in

Evelyn Waughs ›*A Handful of Dust*‹ wieder, und Waugh hatte ja auch schon Nancy Mitfords ersten Ehemann im ›*Black Mischief*‹ verewigt. Bei Nancy Mitford sind vergleichbare Tendenzen festzustellen, auch sie schöpfte für ihre Romane aus ihrer unmittelbaren Umgebung. Über die Schwestern Unity und Diana (›*Wigs on the Green*‹) und Uncle Matthew und Ehefrau Sadie haben wir schon gesprochen, aber auch das Modell für Fannys Mutter, die jüngere Schwester von Sadie und Emily, ist dem wahren Leben entnommen. Im Roman wird sie nur *the Bolter* genannt, also eine Art ›Deserteurin‹, weil sie aus jeder ihrer Ehen ausbrach und immer wieder eine neue einging. Im Roman klingt das so:

> *Aunt Emily was Aunt Sadies sister, and she had brought me up from babyhood, my own mother, their youngest sister, having felt herself too beautiful and too gay to be burdened with a child at the age of nineteen. She left my father when I was a month old, and subsequently ran away so often, and with so many different people, that she became known to her family and friends as the Bolter; while my father's second, and presently his third, fourth and fifth wives, very naturally had no great wish to look after me.*

Im wirklichen Leben handelte es sich bei ›*the bolter*‹ um *Angela Culme-Seymour*. Diese war mit *John Patrick Balfour, 3rd Baron Kinross* (1904–1976) verheiratet, der eine Szene schildert, die mit den Churchills – den Verwandten der Mitfords – verbunden ist, und so unmittelbar in Nancys Roman hätte einfließen können. Die fragliche Szene spielt in East Bergholt, bekannt als Geburtsort des Malers *John Constable* (1776–1837). Dort befindet sich ›Stour‹, das rosafarbene Wochenendhaus *Randolph Churchills jun.*, mit Aquarellen seines Vaters Winston ausgestattet. Im Gästebuch sind neben den Namen britischer Minister und anderer Würdenträger die Unterschrift *Erna Hanfstaengls* zu finden, die Schwester von Hitlers erstem Auslandspressechef *Ernst Hanfstaengl*, *Evelyn Waugh* ist mit einer handschriftlichen Notiz auf dem Kaminsims vertreten und auch Schiffsmagnat *Aristoteles Onassis* war zu Besuch, auf dessen Yacht man anlässlich des 70. Geburtstages Winston Churchills im Mittelmeer kreuzte, anwesend neben *Maria Callas* auch Schwester Diana und Mutter Clementine. Hier in Stour traf *Randolph Churchill* zum ersten Mal auf *Natalie Bevan*, Ehefrau des Offiziers zur See *Bobby Bevan*. Randolph, gerade zum zweiten Mal frisch geschieden, verliebte sich augenblicklich in Natalie und sie sich in ihn. Er ging auf sie zu, nahm sie bei der Hand, führte sie zur Türschwelle, wo ein Mistelzweig aufgehängt war und unter diesem bat er sie, auf der Stelle seine Frau zu werden. Sie willigte ein. ›*Pursuit of Happiness*‹ pur. Der Roman verkaufte sich sehr gut und etablierte Nancy sozusagen über Nacht als Bestseller-Autorin.

1946 ging Nancy Mitford nach Frankreich. Sie folgte ihrem Geliebten Gaston Palewski, dem sie auf für Außenstehende kaum nachvollziehbare Weise geradezu verfallen war und für den sie ihren Mann verlassen hatte. Dieser hatte nie einen Hehl daraus gemacht, dass Nancy Mitford für ihn nur eine Affäre (unter vielen) war, dennoch ist sie mit ihm nach Paris gegangen. Zunächst noch unter dem Vorwand, dort für ihren Arbeitgeber, den Heywood Hill Bookshop, französische Bücher einzukaufen, blieb sie schließlich bis an ihr Lebensende in Frankreich. Einbezogen in den Kreis des englischen Botschafters Duff Cooper (der sich unter anderem um P.G. Wodehouse kümmern musste, der sich in England wegen seiner Radiosendungen aus dem Adlon in Berlin unbeliebt gemacht hatte und nach Paris ausgewichen war) und seiner Frau, Lady Diana Cooper, führte sie ein intensives soziales Leben, schrieb zugleich regelmäßig Artikel für die Sunday Times und fertigte diverse Übersetzungen an. ›La petite Hutte‹ von André Roussin wurde ein großer West-End-Erfolg, der ihre über Jahre hinweg erhebliche Tantiemen bescherte. Sie übersetzte in dieser Zeit auch den historischen Roman ›La Princesse de Clèves‹ von Marie-Madeleine de La Fayette aus dem Jahre 1678, bevor sie 1949 den zweiten Teil ihrer Familientrilogie folgen ließ, ›Love in a Cold Climate‹ (›Liebe eisgekühlt‹ oder ›Liebe unter kaltem Himmel‹).

Wieder erzählt Fanny: Dieses Mal die Geschichte ihrer entfernteren Verwandten Lady Polly Hampton, Tochter des Earl of Montdore, die sich in Indien, wo ihr Vater als Viceroy regiert hat, vor Verehrern nicht retten konnte, und bei ihrer Rückkehr nach England hofft, dass deren Begehren ›*in a cold climate*‹ abkühlen würde. Sie ist nämlich, seit ihrem 14. Lebensjahr, unglücklich in den Päderasten ›Boy‹ Dougdale verliebt, der ihr Onkel und zugleich der Liebhaber ihrer Mutter ist. Seine Charakterisierung lässt keine Zweifel aufkommen:

The Lecherous Lecturer was Boy Dougdale. The Radlett children had given him this name after he had once lectured at Aunt Sadie's Women's Institute. The lecture, it seemed (I was not there at the time), had been very dull, but the things the lecturer did to Linda and Jassy were not dull at all.‹
[…]
For example, do you remember that dear old man who came and lectured on the Toll Gates of England and Wales? … Well, the Lecherous Lecturers was Duchesses, and of course,

one always prefers people to gates. But the fascinating thing was after the lecture he gave us a foretaste of sex, think what a thrill. He took Linda up on to the roof and did all sorts of blissful things to her; at least, she could easily see how they would be blissful with anybody except the Lecturer.

Nach dem Tod der Tante heiratet Polly den Lecherous Lecturer, woraufhin sie, als einziges Kind, von Lord Montdore aus seinem Testament ausgeschlossen wird. Boy und Polly flüchten nach Sizilien, während ein entfernter Verwandter (ausgerechnet aus Nova Scotia) an Pollys Stelle das Erbe antritt, das aus dem beträchtlichen Vermögen der Montdores besteht. Dieser Verwandte, *Cedric Hampton*, ist in homosexuellen Kreisen sehr beliebt, was ihm bisher ein sorgenfreies Leben beschert hatte. Polly und Boy kehren aus Italien zurück; ihre Ehe ist am Ende, obwohl Polly schwanger ist. Doch das Kind verstirbt bei der Geburt. Und dann kommt es wie es kommen muss: Polly und Boy trennen sich, Cedric und Boy verlieben sich ineinander und Polly wird mit dem sie umschwärmenden *Duke of Paddington* glücklich.

Während in ihren Kreisen diese recht abenteuerliche Entwicklung auf absolute Ablehnung stößt, ist Fanny damit ganz einverstanden: Jeder muss sein Glück auf eigene Weise finden. Die Reaktion auf diesen Roman war wiederum schmeichelhaft, die Verkaufszahlen wieder hoch und selbst *Evelyn Waugh*, der an sich immer etwas auszusetzen hatte, beschränkte sich auf kleinere Rügen (ihm gefielen die Dialoge nicht so gut).

1951 folgte ›The Blessing‹ (›Ein Segen für die Liebe‹): Die Geschichte von Grace Allingham und ihrem französischen Gatten Charles Edouard, deren Kind Sigi – ›der Segen‹ – alles dafür tut, die Trennung der Eltern aufrecht zu halten, weil er diese Situation ausnutzen kann, um das Beste für sich zu herauszuschlagen. Warum Mitford ausgerechnet dieses Buch Waugh widmet, bleibt ungeklärt. Jedenfalls hat er es mit uneingeschränktem Lob geadelt, als bei weitem ihr bestes Buch. Nancy Mitford benötigte danach einige Zeit, in der sie für zwei Biografien recherchierte. ›*Madame Pompadour*‹ erschien 1954 und erfährt nicht die besten Kritiken: Das Buch wurde zwar für seine Sprache und für seinen Unterhaltungswert gelobt, fiel aber als historisches Werk durch. Über den Vergleich des Historikers A. J. P. Taylor, Versailles wirke bei ihr wie Alconleigh, soll sie sich sehr geärgert haben. Aber so etwas hält eine Mitford nicht weiter auf.

›*Voltaire in Love*‹ erschien 1957 und handelt von der Beziehung *Voltaires* mit der *Marquise du Châtelet.* Dieses Mal wird das Buch auch als Fachbuch ernst genommen, es verkaufte sich gut und sie selbst hielt es für ›ihr bestes Buch‹. Doch der berufliche Erflog wird im Privaten überschattet: Inzwischen ist ihr Geliebter Pawelski Botschafter in Italien geworden, was die Beziehung gen Nullpunkt brachte. 1958 starb auch noch ihr Vater. Aber sie wendet sich noch einmal ihren autobiografisch geprägten Themen zu und schreibt den letzten Roman der Familientrilogie, ›*Don't tell Alfred*‹ (›Die Frau des Botschafters‹, 1960). Jetzt erzählt Ich-Erzählerin Fanny erstmals von sich selbst. Sie ist inzwischen mit *Alfred Wincham* verheiratet, einem Professor ausgerechnet für Pastoraltheologie, der überraschenderweise als englischer Botschafter nach Paris berufen wird. Abgeschnitten von ihrem bisherigen Leben im Kreise ihrer Freunde und dem Kollegium ihres Mannes in Oxford, tut Fanny sich schwer im komplexen Leben einer Botschaftergattin. Dieses Leben wird durch den Umstand, dass ihre Vorgängerin sich weigert, aus der Botschaft auszuziehen, nicht gerade leichter gemacht. Hinzu kommen ihre vier Söhne, allesamt ›Freigeister‹, und diverse Nebenfiguren, die ihr Leben komplett durcheinanderbringen. Diese vielen Irrungen und Wirrungen, die das Leben als Frau eines Botschafters im Ausland mit sich bringt, bewältigt Fanny mithilfe des Botschaftsgehilfen Philip Cliffe-Musgrave, einem früheren Studenten ihres Mannes und jetzigem erfolgreichem Diplomaten. Das permanente Bedürfnis, alles, was schiefgeht, – und es geht fast alles schief –, vor dem Botschafter verbergen zu müssen, hat dem Buch schließlich seinen Titel gegeben. Das Buch wurde wohlwollend aufgenommen, hat aber bei weitem nicht den Erfolg seiner Vorgänger und gefiel auch nicht allen in ihrem engeren Umfeld. Nancy beschloss daraufhin, ihre schriftstellerischen Ambitionen aufzugeben und keine Romane mehr zu schreiben.

Und von jetzt an ging es in ihrem Leben bergab. 1962 wurde Palewski Minister in der Regierung des Premierministers *Georges Pompidou*, und obwohl er jetzt wieder in Paris lebte, wurde seine Beziehung zu Mitford zunehmend distanzierter. 1963 starben ihre Mutter Sydney und ihre engste Pariser Freundin *Dolly Radziwill*, was sie zunehmend vereinsamen ließ. Als 1966 schließlich auch ihr langjähriger Weggefährte *Evelyn Waugh* verstarb, hat sie diesen Verlust sehr betrauert. Seiner Witwe schrieb sie, dass sie Evelyn als ›ihren besten Freund sehr geliebt‹ habe und verteidigt ihn in einem Fernsehinterview gegen seine unfreundliche Charakterisierung in der Öffentlichkeit:

›Probably my greatest friend I ever had, and I probably admired his work more than anybody else's. What nobody ever remembers about Evelyn is everything with him was jokes. Everything‹.

Ihre Biografin *Laura Thompson* schreibt in ›*Life in a Cold Climate*‹, die Beziehung von Mitford und Waugh sei eine der großen literarischen Freundschaften des 20. Jahrhunderts gewesen und entsprechend groß war ihr Verlust. Aber dennoch: In diesem Jahr veröffentlichte Nancy eine weitere Biographie, ›*The Sun King: Louis XIV at Versailles*‹, von ihrem Verlag, der es mit vielen Illustrationen ausstatte, als ›*coffee table book*‹ herausgegeben – und von Präsident *de Gaulle* jedem seiner Kabinettsmitglieder warm ans Herz gelegt. Ob sie das als schmeichelhaft empfunden hat, ist nicht überliefert und es holten sie erneut Sorgen ein: Schon damals kannte man auch in Paris das Problem der Gentrifizierung der Stadtviertel. Die Miete für ihre Wohnung in der *Rue Monsieur* wurde derart drastisch erhöht, dass sie aus- und nach Versailles umziehen musste. Die Beziehung zu Pawelski war nicht von der Art, dass sie deswegen in Paris hätte bleiben sollen oder müssen. In Versailles mietete sie ein kleines Haus mit einem kleinen Garten, um den sie sich intensiv kümmerte. Ihre Schilderungen des Hauses waren sehr viel großartiger, als die Realität es hergab. Debos Einschätzung fiel eindeutig aus:

›*It was not – very nice, honestly, the house.*‹

Trotz ihrer Einsicht in die Einseitigkeit der Beziehung zu Pawelski war sie doch sehr betroffen, als sie aus dem *Figaro* erfahren musste, dass dieser am Ende doch geheiratet hatte: eine vermögende Dame der Pariser Gesellschaft. In dieser Zeit begangen ihre multiplen Erkrankungen, die sie von Arzt zu Arzt trieben, eine richtige Diagnose fehlte, bis man schließlich einen Lebertumor und infolge dann ein Hodgkin-Lymphon feststellte. Tatsächlich soll Palewski sie am Tag vor der Veröffentlichung im *Figaro* besucht haben, um ihr die Neuigkeit seiner Heirat selbst zu überbringen. Sie soll jedoch jedes Bekenntnis Palewskis verhindert haben, indem sie ihn – so zitiert ihre Biografin Laura Thompson – mit den Worten empfing:

›Hallo Colonel, I've got cancer.‹

Trotz ihrer Erkrankung und den damit verbundenen Schmerzen pflegte sie weiter ihre sozialen Kontakte: Sie wurde vom neuen britischen Botschafter Christopher Soames – Ehemann von Churchill-Tochter Mary und insofern beinahe ein Blutsverwandter – in die Botschaft eingeladen; sie traf sich regelmäßig mit ihrer Schwester Diana, die mit Mosley in Orsay lebte, und pflegte ihre alten Pariser Bekanntschaften. Aber es blieb nur noch Zeit für eine Reise nach Ost-Deutschland, wo sie für ihr letztes Buch, eine Biografie von ›Frederick the Great‹, recherchierte. Das Buch erschien 1970, wurde so gut wie nicht besprochen, und dennoch wurden über die nächsten fünf Jahre 350.000 Exemplare verkauft. 1972 wurde sie fast zeitgleich zum Chevalier de la Légion d'Honneuer und zum Commander of the British Empire (C. B. E.) ernannt – eine ›Ehre‹, die Evelyn Waugh noch als Beleidigung abgelehnt hatte, von Mitford aber amüsiert akzeptiert wird. Sie hatte häufig Besuch von ihren Schwestern Pam, Diana und Deborah; selbst Decca erschien bei einem ihrer Aufenthalte in Europa. Sie wurde in der Nuffield Clinic in London behandelt, kehrte aber noch Versailles zurück, wo sie am 30. Juni 1973 stirbt. Am Tag ihres Todes hatte Palewski eine Art Eingebung und er eilt nach Versailles, nachdem sie ihm kurz zuvor geschrieben hat, sie leide, wie sie es sich nicht hätte vorstellen können, und sehne den Tod herbei:

Je souffre comme je n'avais pas imaginé. ... Je pense et j'espère mourir ... Vous ne savez pas.

Sie wurde auf Père Lachaise eingeäschert, dann aber wird ihre Urne nach Swinbrook gebracht, wo sie neben ihren Eltern und ihrer Schwester Unity beigesetzt wird.

***

Nancy Mitford war nicht die einzige Mitford-Schwester, die Bestseller geschrieben hat. Zweitjüngste Tochter der Mitfords war *Jessica* (1917–1996), ›Decca‹ – im Gegensatz zu Unity und auch im Gegensatz zu Diana, beide Mitglieder der ›British Union of Fascists‹ – das »rote Schaaf« der Familie. Sie hasste ihre Mutter Sydney dafür, dass sie ihr keine ordentliche Schulbildung zukommen ließ, und sie verabscheute ihre gesamte Familie für deren adligen Status und die damit verbundenen Privilegien. Sie machte ihren Vater wegen dessen Reden im House of Lords, ihre Mutter wegen ihrer Sympathie für Hitler und ihre Schwester Diana und deren Mann Mosley hauptverantwortlich für den Ausbruch des Zweiten Weltkriegs und meinte, nicht nur Unity, sondern die gesamte Familie müsste eigentlich »an die Wand gestellt und erschossen« werden. Das wiederum hatte seinen Grund darin, dass Unity, die gerne darauf hinwies, dass sie ausgerechnet in einem Ort namens *Swastika* in Ontario (wo der Vater nach Gold suchen ließ) gezeugt worden sei, ein glühender Nazi war.

Nancy Mitford hatte dies in ihrem Buch ›*Wigs on the Green*‹ karikiert, in dem *Oswald Mosley* als Captain Jack der Lächerlichkeit preisgegeben und ihre Schwester Unity als die Heroine Eugenia Malmains dargestellt wird.

Konnte man es kaum ertragen, dass sie andauernd im Hauptquartier der britischen Faschisten in der St. Edward's Street mit ihrer Ratte Ratular auf der Schulter Hof hielt, war es keinesfalls hinnehmbar, dass sie sich in einem Brief an den ›Stürmer‹ als Juden-Hasserin bekannte und Wert darauf legte, dass der Artikel mit ihrem vollem Namen gedruckt wurde.

So berichtet es zumindest *Paula Byrne* in ihrer Biografie von *Barbara Pym*, die ihrerseits vor dem Krieg mit einem SS-Offizier namens *Friedbert Glück* liiert war, danach aber geläutert wurde, in ihrem Buch ›*The Adventures of Miss Barbara Pym*‹.

Times-Kolumnistin Janice Turner schildert in der Kolumne ›Wiedergelesen ...‹ anlässlich einer Besprechung von Deccas Buch ›Hons and Rebels‹ im März 2021, dass Decca und Unity ein Zimmer teilten und wie man sich das vorzustellen habe: Unity's Hälfte dekoriert mit dem Hakenkreuz und einer Ausgabe des ›Stürmer‹, Decca's mit einer Lenin-Büste und sozialistischen Pamphleten in den Regalen. Brach zwischen beiden ein Krieg aus und wurden Bücher geworfen, musst ›Nanny‹ auf Geheiß der Eltern den Lärm unterbinden, was wiederum dazu führte, dass die Schwestern ›ihre eigne Version einer gemeinsamen Front‹ gegen die elterliche Autorität bildeten.

Von klein auf sparte Decca alles Geld, dessen sie habhaft werden konnte, für ihren »run away account« und sie ist dann tatsächlich – mit nicht einmal 19 Jahren – von zu Hause weggelaufen. Da hatte sie sich in ihren Cousin *Esmond Romilly* verliebt, der sich gerade von der Ruhr, die er sich im Spanischen Bürgerkrieg bei den internationalen Brigaden während der Verteidigung von Madrid zugezogen hatte, erholte. Gemeinsam mit ihm nahm sie danach auf der

Seite der Republikaner am Bürgerkrieg teil. Möglicherweise hatte Esmond von ›Onkel‹ *Winston Churchill* das Schreibtalent geerbt, denn nach der gemeinsamen Flucht mit Decca nach Südfrankreich arbeitete er für den *News Chronicle*, für den er Berichte über den spanischen Bürgerkrieg verfasste. Lord und Lady Redesdale konnten die Ehe der damals noch minderjährigen Decca mit Esmond nur verhindern, indem sie ihre Tochter unter gerichtliche Pflegschaft stellten. Dennoch setzten die jungen Leute durch, dass sie noch während ihres Aufenthaltes in Südfrankreich getraut wurden. Nach einem Aufenthalt in London, wo ihr erstes Kind *Julia* geboren wurde, das ein halbes Jahr später an Masern starb, emigrierten sie 1939 in die Vereinigten Staaten, wo sie zunächst unter anderem eine Bar in Florida betrieben. Hier wurde die zweite Tochter, *Constancia*, geboren – von ihrer Mutter immer nur »the donk« gerufen, woher ihr lebenslanger Spitzname »Dinky« stammt. Kurz danach meldete Esmond sich freiwillig bei der Royal Canadian Air Force, für die er als Navigator in den Krieg gegen Nazi-Deutschland zog. Auf dem Rückflug von einem Angriffsflug nach Deutschland stürzte er am 30. November 1941 über der Nordsee ab und wurde ein Jahr später für tot erklärt. Decca heiratete später den Civil Right Acitivisten und Anwalt *Robert Treuhaft*, mit dem sie zwei weitere Söhne hatte, *Nicholas* und *Benjamin*. Eine weitere Tragödie befiel die Familie, als *Nicholas* im Alter von elf Jahren bei einem Verkehrsunfall umkam.

Sie und ›Bob‹ wurden Aktivisten der amerikanischen kommunistischen Partei, die sich dann folgerichtig auch vor dem Komitee für unamerikanische Aktivtäten, dem sogenannten McCarthy-Ausschuss, rechtfertigen mussten, obwohl sie die Partei wegen ihrer Ablehnung des Stalinismus schon wieder verlassen hatten. Zum Civil Rights Movement fand Decca über die Hinrichtung von *Willie McGee*, einem schwarzen Afrikaner, der eine weiße Frau vergewaltigt haben sollte. Deccas Hilfsversuch scheiterte, brachte sie aber in unmittelbare Nähe zu den Bürgerrechtlern um *Martin Luther King*.

Ihr erstes Buch ›*Hons and Rebels*‹, letztlich eine Schrift über die Unterscheidung zwischen denen, mit den man Umgang haben durfte und mit wem nicht, wurde 1960 veröffentlicht und war sehr erfolgreich, stellt sich aber als eine letztlich unfaire Abrechnung mit ihrer angeblich privilegierten Herkunft in der Familie Redesdale dar. Decca konnte außerordentlich selbstgerecht sein, was sich nicht nur daran zeigte, dass sie bis unmittelbar vor dem Tod Nancys jeglichen Kontakt mit Diana ablehnte. Als sie sich dann am Totenbett von Nancy wiedersahen, waren fast 40 Jahre seit ihrem letzten Zusammentreffen vergangen. Decca verhielt sich zudem außerordentlich penetrant ihrer Mutter Sydney gegenüber. Ihr Vater David hatte Decca testamentarisch aus seinem Nachlass ausgeschlossen; daraufhin hatte ›Debo‹ ihr ein Fünftel der Insel *Inch Kenneth* geschenkt, auf der ihr Vater nach der Trennung von Sydney 1943 die Sommermonate verbracht hatte. Anstatt ihrer Mutter das von allen anderen Schwestern eingeräumte lebenslange Wohnrecht auf der Insel zu gewähren, verlangte Decca eine entsprechende Entschädigung dafür.

Ihren zweiten großen Erfolg hatte sie 1963 mit ›*The American Way of Death*‹, in dem sie die ausbeuterischen Methoden der amerikanischen Beerdigungsindustrie untersucht. Das Buch stand Monate lang auf der New York Times Bestsellerliste und inspirierte *Tony Richardsons* Film ›*The Loved One*‹, nach dem gleichnamigen Buch von *Evelyn Waugh*. Als Waugh sich darüber beschwerte, dass in Deccas Buch keine »deutlich definierte Beziehung zum Tod« zu finden sei, antwortete sie: »Ich bin natürlich dagegen.«

Sie hat noch eine ganze Reihe weiterer Bücher geschrieben, unter anderem ›*The Making of a Muckracker*‹, was darauf basierte, dass sie aufgrund ihres investigativen Journalismus auch als ›*The Queen of Muckrackers*‹ bezeichnet wurde. Damit fand sie sich »bestens identifiziert«, nachdem sie »Muckracker« im Wörterbuch nachgeschlagen hatte und dabei herausfand, dass diese Bezeichnung jemandem gilt, der in anderer Leute Geheimnissen herumwühlt und dabei Dinge aufdeckt, die von den anderen dringend verborgen gehalten werden wollen.

***

Die aus ›Downton Abbey‹ bekannte Schauspielerin Lily James spielt eine der Hauptrollen, nämlich Linda Radlett, in der dreiteiligen BBC-One-Serie, die auf der Grundlage von Mitfords Buch ›*The Pursuit of Love*‹ gedreht wurde. Die Regisseurin Emily Mortimer spielt selbst ›the bolter‹; Fanny wird von Emily Beecham dargestellt. Die Medien überschlugen sich, erneut. Times-Redakteurin Camilla Long fand die Serie »oberflächlich, fehlerhaft, schlechte Schauspielleistungen, aber trotzdem: ausgelassen, urkomisch und außerordentlich selbstbewusst«. In manchen Besprechungen ist in bemerkenswerter Übellaunigkeit angemerkt worden, dass diese privilegierten Mitglieder der Oberschicht ohne ihren Reichtum in Erziehungsanstalten für Leute mit auffälligem Benehmen gelandet wären. Hugo Rifkind fragt sich, warum niemand einen Stuhl unter die Klinke schiebt und ihn für – sagen wir mal – zehn Jahre dort lässt, wenn Linda wieder einmal in ihr Versteck im Wandschrank klettert. Sein Bekenntnis: ›This is just not for me.‹ Dass er das Buch gar nicht gelesen hat, hält ihn nicht von einer boshaften Besprechung ab. Solches Mäkeln lässt den Leser dankbar sein für ein Gesellschaftssystem, das Mitglieder bestimmter Schichten eben nicht in ›Erziehungsanstalten‹ wegschließt und ohne das Autorinnen wie Nancy Mitford der Basis ihrer Kreativität beraubt und um die individuelle Schilderung ihrer Familienverhältnisse betrogen worden wären.

Trotz oder auch wegen der Pampigkeiten der linken Intelligenzija war die BBC-Verfilmung ein großer Publikumserfolg. Und deswegen ist eine Fortsetzung der BBC-Serie mit ›*Love in a Cold Climate*‹ geplant. Zuvor schon gab es zwei andere Verfilmungen: 2001 auch bei BBC One, unter der Regie von *Tom Hooper* (bekannt für ›*The King's Speech*‹), die Hauptrolle spielte *Rosamund Pike*, während *Judi Dench* dies bereits 1980 in der Verfilmung von Thames Television tat. So hält das Interesse an Nancy Mitford nun schon über Jahrzehnte auch beim heutigen Publikum an.

Aber Nancy Mitford lebt nicht nur in den Verfilmungen ihrer Bücher fort. Sie ist darüber hinaus die Heldin der Romane von Jessica Fellowes (Nichte von Downton-Abbey-Erfinder Julian Fellowes), die bereits 2017 ›The Mitford Murders‹ publiziert hat, gefolgt von ›Bright Young Dead‹ (2018), ›The Mitford Scandal‹ (2020), ›The Mitford Trial‹ (2021) und ›The Mitford Vanishing‹ (2022). Fellowes lässt Nancy als Detektivin agieren, die in allerlei kriminelle Machenschaften verstrickt wird, aber immer zum guten Ende beiträgt. So hilft sie beispielsweise als erst Sechzehnjährige in ›The Mitford Murders‹ dem Hausmädchen der Mitfords namens Louisa Cannon bei der Aufklärung eines Mordes an der Krankenschwester Florence Nightingale Shore, der Patentochter von Florence Nightingale. Dass diese zuletzt in einem Zug gesehen wurde in Begleitung eines Mannes ›in a brown suit‹, ist sicher nicht unbeabsichtigt eine Anspielung auf Agatha Christie, deren ›Man in a Brown Suit‹ 1924 ebenfalls ein großer Publikumserfolg war. Es mag sein, dass hier die bekannten Figuren von gleich zwei erfolgreichen Schriftstellerinnen nur benutzt werden, um den Büchern von Fellowes die Aufmerksamkeit des Publikums zu sichern, aber dass das so ist, zeigt eigentlich nur, dass auch Nancy Mitford bis heute im kollektiven Gedächtnis der Engländer ihren festen Platz behalten hat. In den 20er Jahren des vorigen Jahrhunderts ist Nancy Mitford bekannt geworden, gut 100 Jahre später hält ihr Ruhm unvermindert an.

Fundstellen und Literaturhinweise

Laura Thompson
Life in a Cold Climate – Nancy Mitford The Biography
Head Zeus, 2003

Selina Hastings
Nancy Mitford
Hamish Hamilton, 1985

Mary S. Lovell
The Mitford Girls – The Biography of an Extraordinary Family
Little, Brown, 2001

Charlotte Mosley (Hrsg.)
The Letters of Nancy Mitford & Evelyn Waugh
Hodder and Stoughton, 1996

Charlotte Mosley (Hrsg.)
The Mitfords – Letters Between Six Sisters
Harper Perennial, 2007

Hugo Rifkind
Besprechung von ›*The Pursuit of Love*‹ (BBC one)
The TIMES vom 01.05.2021

Paula Byrne
The Adventures of Miss Barbara Pym
William Collins, 2021

Berliner Mauer, in den frühen 60ern

Der Mann, auf dessen rechter Schläfe ein Pflaster klebt, trägt einen schäbigen Straßenanzug. Seine äußere Erscheinung wirkt attraktiv, wird jedoch durch eine grimmige Miene verzerrt, die seine wilde Entschlossenheit zeigt: Er will dem Unterfangen zum Erfolg verhelfen. Auf der erst vor Kurzem errichteten Mauer, die den eisernen Vorhang symbolisiert und Berlin teilt, sitzend beugt er sich nun in den ostdeutschen Sektor, um seiner englischen Geliebten Nan Perry beim Erklimmen jener Steigeisen zu helfen, die den Weg in die westliche Freiheit bedeuten. Es herrscht Dunkelheit – die Scheinwerfer der ostdeutschen Grenzpatrouille leuchten in die andere Richtung. Der Mann heißt Alec Leamas und ist ein britischer Spion, der für ein doppeltes Spiel in Ostdeutschland eingeschmuggelt wurde.

Augenblicklich drehen die Suchscheinwerfer der kommunistischen Schergen wieder bei und erleuchten die Fluchtszene in gleißendem Licht. Ebenso plötzlich schrillen die Alarmsirenen. Schüsse erklingen. Nan Perry wird vom Kugelhagel der Grenzsoldaten getroffen und Alec lässt sie auf der ostdeutschen Seite nach unten sinken. Mit ihr ist die einzige neutrale, weil zivile Zeugin eines gigantischen Plots des britischen Geheimdienstes eliminiert. Alec Leamas erstarrt. Er ist offensichtlich geschockt von diesem unerwarteten Ende seiner Mission. Er blickt in den Westen, wo seine Kollegen auf ihn warten. Er blickt in den Osten, wo seine Geliebte reglos am Boden liegt. Ob der in seinem Gesicht zu erkennende Schock auf den vom eigentlichen

Plan abweichenden Ablauf der Aktion zurückzuführen ist oder ob es sich nicht vielmehr um den Ausdruck seines Ekels über den Verrat seiner eigenen Leute handelt, bleibt offen. Aber als ihm von beiden Seiten geraten wird, auf der westlichen Seite der Mauer in die Freiheit zu klettern, durchzuckt es ihn und er trifft eine ebenso spontane wie überraschende Entscheidung. Er klettert auf der ostdeutschen Seite der Mauer abwärts und nähert sich dem leblosen Körper seiner Geliebten. Und weil sich niemand erlauben kann, einen Zeugen am Leben zu lassen, der das gesamte Komplott aufdecken könnte, erklingen erneut Schüsse.

Diese Schlußszene aus dem Martin Ritt-Film ›The Spy Who Came in from the Cold‹ ist der Erinnerungsort für den englischen Romancier ***John le Carré****, der im Dezember 2020 verstorben ist. Den gleichnamigen Roman hatte le Carré 1963 veröffentlicht; der Film hatte zwei Jahre später seinen Kinostart. Es handelt sich um einen typischen Roman des Kalten Krieges und zeigt schon hier alle für John le Carré so charakteristischen Verwirrungen und Doppel- bis Dreifachstrategien: Erst wird Alec Leamas, der für den britischen MI6 arbeitet, beruflich und sozial diskreditiert, um ihn so leichter als Beute für die Geheimdienste des Warschauer Pakts zu stigmatisieren. Prompt wird er vom ostdeutschen Geheimdienst angeworben und verrät dem ihn vernehmenden Stasi-Offizier Fiedler, dass es sich bei dem hochrangigen ostdeutschen Parteigenossen Hans-Dieter Mundt in Wirklichkeit um einen englischen Spion handelt. Mundt wird angeklagt, aber die Anklage, die sich ausschließlich auf die Aussage von Alec Leamas gestützt hat, zerbröselt, als Liz Gold, die im Film Nan Perry heißt, vor Gericht aussagt. Liz/Nan ist die zu kommunistischen Idealen neigende Freundin Leamas', die unter dem Vorwand eines kulturellen Austauschbesuchs nach Ostberlin* *gelockt wurde. Als Zeugin muss sie zugeben, dass sie vom britischen Geheimdienst Zahlungen erhalten hat, mit denen sie vermeintlich ihrem Freund Alec wieder auf die Sprünge helfen sollte. Als unmittelbare Folge ihrer Aussage wird Mundt vom Vorwurf der Spionage freigesprochen, aber er befreit die festgenommenen Leamas und Perry/Gold noch in der gleichen Nacht. Es stellt sich heraus, dass die wahre Mission Leamas' darin bestand, seinen Vernehmungsbeamten Fiedler ans Messer zu liefern, nachdem dieser Mundt, der tatsächlich ein englischer Spion ist, auf die Schliche gekommen war. Um Mundt zu retten, sollte Alec ihn diskreditieren und Nan wiederum Alec. Am Ende tötet Mundt Nan/Liz, weil diese als letzte Zeugin seiner Mission gefährlich werden kann. In seiner Verzweiflung und seinem Ekel sucht Alec den Freitod, weil er sich außerstande sieht, das doppelte Spiel seines Dienstes, der den Tod eigener Leute so bereitwillig in Kauf nimmt, weiter mitzuspielen.*

Buch und Film waren ein großer Erfolg. Bei dem Film liegt das wohl auch an der ausgezeichneten Besetzung mit Richard Burton als Alec Leamas, Claire Bloom als Nan Perry, Oskar Werner als Fiedler und Peter van Eyck als Hans-Dieter Mundt. Aber die wahre Bedeutung dieses ersten Welterfolgs von John le Carré liegt darin, dass er schon hier die intrigante Welt und die Doppelmoral ›seines‹ Geheimdienstes – er hat selbst für den MI5 und den MI6 gearbeitet – als verabscheuungswürdig entlarvt. Einerseits akzeptiert er (angesichts repressiver Systeme wie denen des Warschauer Paktes) durchaus den sinnvollen Auftrag westlicher Spionageagenturen, andererseits aber klagt er die Prinzipienlosigkeit der Agenten an, die ohne Skrupel einem Zweck huldigen, für dessen Erreichen ihnen alle Mittel recht sind. So lässt er Alec Leamas sagen:

»What the hell do you think spies are? Moral philosophers measuring everything they do against the word of God or Karl Marx? They're not. They're just a bunch of seedy squalid bastards like me, little men, drunkards, queers, henpecked husbands, civil servants playing ›cowboys and indians‹ to brighten their rotten little lives. Do you think they sit like monks in a cell, balancing right against wrong? Yesterday I would have killed Mundt because I thought him evil and an enemy. But not today. Today he is evil and my friend.«

***

John le Carré wurde am 19. Oktober 1931 als David John Moore Cornwell in Poole, Dorset, geboren, wo schon sein Großvater als Bürgermeister gewirkt hatte. Le Carré ist der Schriftsteller, der das Genre des Spionageromans auf ein völlig neues Niveau gehoben hat, wobei ihm seine eigenen Erfahrungen im Geheimdienst zugutekamen. Und er war der Erste und vielleicht auch Einzige, der es für angebracht hielt, ›seinem‹ Geheimdienst doppeltes Spiel und Unmoral vorzuwerfen – die Verfolgung ehrenwerter Zwecke mit unlauteren Mitteln. Und weil er gut darin war, wunderbar authentische Geschichten zu erfinden, weil er Sprache und Ton der geheimen Zirkel so genau traf und weil er dabei die ›Guten‹ wie Heilige aussehen ließ, was die ›Bösen‹ in ein noch schlechteres Licht tauchte, hat er sich den dauerhaften Zorn seiner Ex-Kollegen zugezogen. In der Tat: Le Carré schafft es wie kein Zweiter, die verschlungenen Wege der Geheimdienstwelt und die geschlagenen Haken von Spionage und Gegenspionage auf spannendste Weise zu erzählen. Wobei ihm so anständige Charaktere wie eine seiner Hauptfiguren, der MI6-Abteilungsleiter George Smiley, als Hintergrund für die Anklage umso verabscheuungswürdigerer Burschen wie eben jenem Hans-Dieter Mundt oder dem britischen Maulwurf Bill Haydon dienen. So ist ihm das Kunststück gelungen, die spannendsten Spionageromane seiner Zeit zu schreiben und dabei den Charakter des britischen Spions in glühendsten patriotischen Farben zu loben und ihn gleichzeitig als prinzipien- und treulosen Schuft zu demaskieren. Es ist kaum ein ›englischerer‹ Autor als le Carré denkbar, der gleichzeitig zum Ankläger seiner Landsleute wurde, wenn diese aus seiner Sicht falsche Werte vertraten.

Spannend und unterhaltsam ist seine Lektüre nicht nur wegen der häufig sehr überraschenden Wendungen und Verwerfungen, sondern auch aufgrund seiner Sprache und überzeugenden Charakterzeichnungen: Er stellt ein intimes Einverständnis mit seinen Lesern her, wenn er stillschweigend deren Kenntnis voraussetzt, dass die Spionageabwehr eben ›Circus‹ (nach dem Standort am Cambridge Circus) heißt, die amerikanischen Kollegen sind die ›Cousins‹, seine Agenten sind ›Moles‹ oder ›Honeytraps‹ und der Waffenhändler in ›The Night Manager‹ (1993) ist schlicht ›the worst man in the world‹, während es sich bei dessen Geliebter eigentlich um ›a Shropshire convent girl‹ handelt. Der Leser wird Teil dieser Welt. Aus Timothy Cranmer in ›Our Game‹ wird Tim für die Kollegen und Timbo für seine Freunde. Major Cochran, der Gehilfe des Waffenhändlers im ›The Night Manager‹, ist Corky, sein Kollege Lord Alexander Longbourne wird Sandy gerufen und das Shropshire Convent Girl heißt Jemima Marshall und ist für ihre Freunde Jeds. Timbo Cranmers Freundin Emma in ›Our Game‹ ist Em. Diese einfachen Apostrophierungen, in ihrer Schlichtheit überzeugend, bewirken große erzählerische Authentizität und eine Vertraulichkeit mit seinen Lesern.

Le Carré ging in Sherborne zur Schule – aber nicht gerne. So verließ er die Schule kurz nach dem Ende des Zweiten Weltkriegs und begann mit nur 16 Jahren ein Privatstudium an der Universität in Bern. Es mag ein frühes Zeichen eines lebenslangen Aufbegehrens gegen Autorität gewesen sein, aber warum er ausgerechnet jetzt, so kurz nach dem Grauen des Zweiten Weltkriegs anfängt, Deutsch zu studieren, erscheint zunächst rätselhaft. Er selbst hat das in einem BBC-Interview 2008 als ›teenage rebellion‹ gegen ›both his parents and his native country‹ bezeichnet. Eine Art Ersatz-Militärdienst, den National Service im Intelligence Corps, leistete er in Wien und Graz ab, um danach moderne Fremdsprachen am Lincoln College in Oxford zu studieren.

Diese schlichten Fakten werden durch zwei wesentliche Umstände modifiziert. Die ›Times‹ vom 15. Dezember 2020 weist in ihrem Nachruf auf Carrés unstetes familiäres Umfeld hin, was ein Aufwachsen in halbwegs gefestigten Strukturen verhindert habe. Und seine Geheimdiensttätigkeit schon während des Ersatz-Militärdienstes hätte ihn früh in die geheime Bruder- und Schwesternschaft der Spionage eingeführt.

Der familiäre Hintergrund ist in der Tat ungewöhnlich: Le Carrés Mutter Olive, geborene Glassey, hatte den Vater verlassen, als Sohn David gerade einmal vier Jahre alt war. Sie verschwand mit einem Immobilienmakler und hat ihren Sohn erst 16 Jahre später wiedergesehen – eine Zeit, die er in seiner Autobiografie ›The Pigeon Hole‹ als ›sixteen hugless years‹ bezeichnete. Das Verschwinden der Mutter wiederum hängt eng mit dem Vater zusammen: Ronnie Cornwell war ein Schwindler, Betrüger, Ehebrecher und Krimineller. Immer wieder kurze Haftstrafen in aller Welt, in der er eine lange Spur von unbezahlten Schulden, falschen Namen, gefälschten Briefköpfen, zahllosen Damenbekanntschaften, sieglosen Rennpferden, luxuriösen Sportwagen und zweifelhaften finanziellen Unternehmungen hinterließ. Dabei scheute er nicht einmal davor zurück, sich in späteren Jahren als sein eigener Sohn, den inzwischen erfolgreichen Schriftsteller, auszugeben. Oder als Liberaler für das Parlament zu kandidieren. Ronnie Cornwall, dem der Sohn in dem Buch ›A Perfect Spy‹ (1986) ein durchaus ehrliches und dennoch überraschend liebevolles Denkmal gesetzt hat, schreckt nicht davor zurück, seine beiden Söhne David und Anthony, der später in die Cricket-Auswahl von Dorset berufen wurde, zu seinen Komplizen zu machen. Le Carré, der einmal geäußert hat ›you either spied on him or for him‹, stellte seinen Vater nach und nach zur Rede und verlangte eine Erklärung für dessen dauernde Abwesenheiten. Dies führte zu erheblichen Spannungen zwischen Vater und Sohn. Das ging so weit, dass Vater Ronnie in den beträchtlichen Einnahmen seines Sohnes eine finanzielle Chance auch für sich selbst sah und David kurzerhand auf Schadensersatz verklagte, weil dieser ihn in einer BBC-Dokumentation nicht erwähnt hatte. Ronnie ist 1975 gestorben, wie die ›Times‹ schrieb, ohne Reue, aber mit ungebrochener Macht über die Affektion seines berühmten Sohnes.

Bevor le Carré ein hauptberuflicher Schriftsteller wurde, bestand sein Leben aus einer eigenartigen Mischung von Spionagetätigkeit einerseits und Literaturstudien andererseits. Schon während seiner ›National Service‹-Zeit im Intelligence Corps hat er mehrfach osteuropäische Staaten hinter dem Eisernen Vorhang besucht, um dort die Nachrichten englischer Spione niedrigen Ranges abzuschöpfen. Später hat er sowohl für den MI5 (so etwas wie ein Verfassungsschutz) und den MI6 (Spionageabwehr) gearbeitet. Was ihn an der Arbeit als Spion so fasziniert hat, hat er nie genau erklärt.

Ganz früh hat er angegeben, ein Roman des viktorianischen Autors *G. A. Henty* habe einen patriotischen Reflex in ihm ausgelöst. Später hat er angegeben, seine Beteiligung an den Trickserеien und Schwindeleien des Vaters hätten in ihm die besondere Fähigkeit ausgelöst, ›Dinge für sich zu behalten‹ und sie hätten die Faszination begründet, einer ›geheimen Gesellschaft‹ anzugehören.

Während seiner Zeit am Lincoln College lernte er seine erste Frau, *Alison Sharp*, kennen, mit der er drei Söhne hatte. Den Familienunterhalt verdiente er als Lehrer am Millfield Internat in Somerset. 1971 ließen die beiden sich scheiden, weil er, wie er eingeräumte, über dem Schreiben seine familiären Pflichten vernachlässigte. 1972 heiratete le Carré zum zweiten Mal: seine Verlagslektorin Valerie Eustace, mit der er bis zu seinem Tod verbunden blieb.

1956 machte er sein Abschlussexamen in Deutsch, was ihn später auch in die Lage versetzte, viel Zeit in seinem Chalet im Berner Oberland zu verbringen, ohne dort als ausländischer Exot aufzufallen. Einmal nahm er sogar an dem berühmten Lauberhornrennen teil. Bis zu seinem Tod blieb seine Liebe zur deutschen Literatur und Sprache ungebrochen. Le Carré hat die Hörbücher zu seinen Büchern selbst aufgenommen und dabei eine fantastische Interpretationsfähigkeit der verschiedenen Charaktere an den Tag gelegt. Wenn dort ein russischer Spion auftrat, dann glaubte man in seiner Interpretation auch tatsächlich einen russischen Spion zu hören und ein leicht arroganter Oberschicht-Anwalt war ein leicht arroganter Oberschicht-Anwalt. Diese Authentizität gelang ihm sogar auf Deutsch, denn er hat manche seiner Titel – jedenfalls teilweise – auch in Deutsch eingelesen.

Nach dem Examen bot sich ihm die Möglichkeit, während der nächsten Jahre als Lehrer für Französisch und Deutsch in Eton zu arbeiten. Auch seine Beziehung zu Eton, einer dieser urenglischen Bastionen der Klassenschranken, ist von der gleichen Ambiguität geprägt wie seine Beziehung zum Geheimdienst: Einerseits fühlte er sich der ›geschlossenen Bruderschaft‹ auf natürliche Weise zugehörig, andererseits konnte er die brutalen Elemente dieser geschlossenen Gesellschaft, ihre imperialen Ambitionen und den von dieser Institution ausgehenden Elitismus nicht akzeptieren. Immerhin verdankt er seiner Zeit in Eton nach eigenem Bekunden eine besondere Einsicht in den ›kriminellen Geist‹, den er dort an den schlechteren Schülern habe studieren können.

Nach Eton ließ er sich erneut vom Geheimdienst anwerben. Das geschah zu einer Zeit, in der die Cambridge Five, auch bekannt als die *Cambridge Apostles*, ihr Unwesen trieben. Ein paar intellektuelle Burschen aus der Oberschicht hatten sich, angeblich aus antinationalsozialistischen Gefühlen, dem sowjetischen Geheimdienst anvertraut, dabei aber erheblichen Schaden in den Reihen des britischen Geheimdienstes angerichtet. Die später nach Moskau geflohenen *Guy Burgess*, *John Cairncross*, *Donald Maclean*, *George Blake* und *Kim Philby* besetzten seit den 1930er Jahren bis in die 60er Jahre hinweg hohe Posten in der britischen Administration und den Geheimdiensten. Der später ebenfalls als russischer Spion entlarvte *Anthony Blunt* war mit dem Wissen der Behörden bis 1979 verantwortlich für die *Queen's Gallery*, die Gemäldesammlung der Königin. Und es ist nie der Widerspruch geklärt worden, wie die Doppelspione es mit ihrem Gewissen vereinbaren konnten, weiter für die Sowjets zu spionieren, als es 1939 zu dem Hitler-Stalin-Pakt kam, der den angeblich bekämpften Nazis materielle Hilfe und Beistand sicherte.

Der zu seiner Zeit recht bekannte Journalist Karl-Heinz Wocker resümiert in ›Die Zeit‹ vom 23. November 1979 die

Ungeduld der britischen Öffentlichkeit mit der unzureichenden ›Aufklärung‹ der Affäre – für ihn nur ein Synonym für ›Vertuschung‹. In seinem Buch aus dem Jahr 1979 mit dem Titel ›*Climate of Treason*‹ hatte der ehemalige BBC-Reporter Andrew Boyle neben den ›Cambridge Five‹ noch circa 25 weitere Verräter verantwortlich gemacht, von denen rund die Hälfte unentdeckt in hohen Positionen weiterwirken würde. Es wurde deren Entlarvung gefordert, eine Forderung, der erst Margret Thatcher nach jahrzehntelangem Schweigen nachkam. Wocker verweist zur Erklärung des öffentlichen Unmuts auch auf John le Carré und meint, das Publikum werde ›betrogen von einer Unterhaltungsindustrie, die gern vorgibt, der Welt größte Geheimnisaufspürer von Bond bis Smiley stünden im Dienste Ihrer Majestät‹. Das war selbstredend ungerecht, denn le Carré zielte weder darauf ab, sein Publikum zu betrügen, noch sah er Smiley an der Seite von James Bond. Ganz im Gegenteil: Sein Smiley war als Gegenentwurf zu James Bond, dem ›Helden der Konsumgüter‹, gedacht – aber Wockers Analyse dürfte damals durchaus die nationale Stimmungslage getroffen haben.

Kurz vor seinem ersten Welterfolg, dem eingangs erwähnten ›*Der Spion, der aus der Kälte kam*‹, wurde John nach Deutschland in die Bundeshauptstadt Bonn versetzt. Nach einer weiteren Versetzung nach Hamburg verließ er den Auslandsdienst endgültig, weil er sich aufgrund des Erfolges von ›*Der Spion, der aus der Kälte kam*‹ vollständig auf seine schriftstellerische Tätigkeit konzentrieren wollte. Schriftstellerkollege *Ben Macintyre* erinnerte sich in einem sehr persönlichen Nachruf an seine Besuche in Carrés Londoner Haus in Gainsborough Gardens, Hampstead, wo sie nach langen Spaziergängen in den Hamstead Heath bei guten Getränken über das Schreiben und das Leben plauderten.

Man traf sich auch in le Carrés Lieblingsrestaurant *Sheekey's* in Covent Garden und Macintyre bewunderte die Ausdauer und die Energie des älteren Kollegen. Alle zwei Jahre gab Le Carré ein *launch dinner* für jedes neues Buch – und das über gut 60 Jahre hinweg. Man war fast immer einer Meinung, nur bei dem Vergleich von KGB und MI6 kam es zu einer Meinungsverschiedenheit, weil Macintyre deren Gleichsetzung nicht akzeptieren konnte. Bei der letzten Verabschiedung verabredeten sich die beiden zu einem baldigen Besuch in Cornwall. Laut Macintyre wussten jedoch beide, dass es dazu angesichts der schweren Erkrankung Le Carrés nicht mehr kommen würde. Als Macintyre sich noch einmal umwandte, lag le Carrés Haus schon im Dunkeln.

Nach Cornwall zog le Carré sich stets zurück, wenn er einen neuen Roman zu schreiben hatte. Das tat er in St. Buryan, wobei er zum Schreiben eine etwas abseits gelegene Mühle gegenüber von Land's End nutzte. Dort ist er am 12. Dezember 2020 auch verstorben.

***

Mindestens so aufregend wie das wahre Leben des John le Carré sind die Universen, die er mit seinen Romanen erschlossen hat. Zu Beginn war es die geheimnisvolle und für Außenstehende undurchdringliche Welt der Spionage, deren zentralen Mittelpunkt die Figur George Smiley bildet, ein grübelnder Komplottschmied, in steter Gegnerschaft mit seinem russischen Widerpart Karla. Smileys Charakter ist einerseits durch skrupellose Härte skizziert, wenn es um die Durchsetzung berechtigter Interessen geht, andererseits von bemitleidenswerter Schwäche, mit der er etwa die dauernden Fehltritte seiner Gattin vergibt. Mit ihr führt er ein schwieriges Leben, aber ohne sie würde er gar kein Leben führen. Schon hier offenbart sich eine erste leise Widersprüchlichkeit im Denken le Carrés: Denen, die seinen Ansprüchen an Moral und Ethik nicht gerecht werden können, vergibt er nicht. Aber seine Helden dürfen alles, solange ihre Ziele von dem gemeinsamen Ehrenkodex gedeckt sind. Dass dieser Konflikt zu einem sehr subjektiven und nicht faktenbasierten Urteil führen kann, hat John le Carré wohl selbst gemerkt, denn gegen Ende seiner Schriftstellerei wurde er zunehmend zornig. Er hat sich selbst als einen ›zornigen alten Mann‹ beschrieben – und er entwickelte sich immer intensiver zu einem rigorosen Moralisten, je mehr ihm die Einseitigkeit seiner (auch politischen) Position bewusst wurde.

Angefangen hat alles 1961 mit ›Call for the dead‹ (›Schatten von gestern‹), dem ersten George Smiley-Roman, der aber ebenso wie der zweite aus dem Jahr 1962 ›A Murder of Quality‹ (›Ein Mord erster Klasse‹) noch kein großes Aufsehen erregte. George Smiley ist noch ein Agent unter ›ferner liefen‹; er ist von unscheinbarem Äußeren, schlecht angezogen und genießt keines der üblichen Privilegien des britischen Establishments. Schon jetzt, im ersten Roman, hat ihn seine Gattin Lady Anne Sercomb nach nur zwei Ehejahren zugunsten eines Autorennfahrers aus Kuba verlassen. Doch von Beginn an, schon im ›Call for the dead‹, wird der zentrale Konflikte des Kalten Krieges verhandelt: der Wettbewerb des Totalitarismus als einer repressiven Ideologie mit den Freiheitsvorstellungen des ›liberalen‹ Westens. Smiley ist der Protagonist der freien Welt, aber – wie eben bei le Carré zwingend – sieht er die Freiheiten des Westens nicht nur durch dessen Feinde bedroht, sondern eben auch durch Vertreter der eigenen Seite, wenn diese sich nicht an seine (le Carrés oder Smileys) Spielregeln und Prinzipien halten.

Im zweiten Roman ›*A Murder of Quality*‹ tastet le Carré sich vorsichtig auch in das Genre des Kriminalromans. Smiley, der inzwischen in der Bywater Street in Chelsea lebt (wo er lange wohnen bleiben soll, bis zu seiner Pensionierung und einem Wechsel ausgerechnet nach Freiburg im Breisgau), wird von einer früheren Kollegin aus Kriegszeiten gebeten, den Hintergrund der an sie gerichteten Morddrohungen aufzuklären.

1963 hat le Carré schließlich seinen internationalen Durchbruch: ›*The Spy Who Came in from the Cold*‹, dessen Filmende (aus der Einleitung bekannt) den im kollektiven Gedächtnis haften gebliebenen Erinnerungsort für John le Carré darstellt. Der Roman wurde vielfach ausgezeichnet – mit dem britischen Gold Dagger, dem amerikanischen Edgar Allen Poe Award, mit dem Somerset Maugham Award und – viel später – im Jahr 2005 sogar dem Dagger of Daggers. Das Buch ist vielfach und in den verschiedensten Sprachen aufgelegt worden; sein Erfolg stellt die Grundlage für le Carrés finanzielle Unabhängigkeit und sein künftiges schriftstellerisches Œuvre dar. *Graham Greene*, mit dem le Carré sich später wegen einer unterschiedlichen Beurteilung von *Kim Philby* überwarf – für le Carré war dieser bloß ein mörderischer Verräter, für Greene ein Opfer ideologischer Überzeugungen – nannte ›*The Spy …*‹ den besten Spionageroman, den er je gelesen habe.

Kurze Zeit später erscheint ›*The Looking Glass War*‹ (›Krieg im Spiegel‹), bereits der vierte Roman mit George Smiley als Hauptcharakter. Es handelt sich um ein für le Carré typisches Konfliktszenario des Kalten Krieges und einer gleichzeitigen internen Auseinandersetzung zwischen den Guten und den Bösen. Der Ton aus ›*The Spy Who Came in from the Cold*‹ wiederholt sich, der die Spionagetätigkeit überlagernde und behindernde Bürokratismus ebenfalls. Viele Kritiker wollen auch darin eine Entmystifizierung von *Ian Flemings* ›James Bond‹ erkannt haben – gepaart mit der Monstrosität von Verrat und Ausgestoßensein. Typisch für ihn, nutzt le Carré das anhaltend schlechte Wetter als Metapher für den maroden Zustand des ›Circus‹. Dann, nach einer längeren Pause, erscheint 1974 mit ›*Tinker Tailor Soldier Spy*‹ (›Dame, König, As, Spion‹) der fünfte Smiley-Roman. In dem kleinen Intermezzo zwischen ›*The Looking Glass War*‹ und ›*Tinker Tailor Soldier Spy*‹ hat le Carré seine Erfahrungen in Deutschland im 1968 erschienenen ›*A small town in Germany*‹ (›Eine kleine Stadt in Deutschland‹) festgehalten – einschließlich seiner Sorge, dass zu viele Alt-Nazis hohe Regierungsämter übernehmen könnten. 1971 veröffentlicht er ›*The Naïve and Sentimental Lover*‹ (›Der wachsame Träumer‹), eine private Schilderung seiner persönlichen Verhältnisse nach dem Zusammenbruch seiner ersten Ehe.

›*Tinker Tailor Soldier Spy*‹ ist wiederum ein meisterhaftes Werk. Mit den in kurzer Abfolge erscheinenden ›*The Honourable Schoolboy*‹ (›Eine Art Held‹, 1977) und ›*Smiley's People*‹ (›Agent in eigener Sache‹, 1979) handelt es sich um die sogenannte *Karla*-Trilogie, angeblich Pflichtlektüre für junge KGB-Rekruten. Karla ist ein überzeugter Verfechter der Werte der Sowjetunion, obwohl er unter Stalin in einem Gulag interniert war. Er und Smiley kennen sich seit einer Operation in den 50ern, als Smiley in Delhi versucht hatte, Karla als Doppelagent anzuwerben. Der Versuch scheitert jedoch und Karla behält Smileys Feuerzeug (ein Geschenk von seiner Frau Ann) als Symbol seines Sieges über Smiley. Schon im Spanischen Bürgerkrieg als Sowjet-Agent in Francos Führungsriege eingeschleust, hat Karla nach dem Krieg einen Maulwurf im britischen Geheimdienst platziert. Die alte Führung des *Circus* ist wegen des Desasters einer Operation *Testify* in der Tschechoslowakei entweder degradiert (wie Smiley oder Jim Prideaux) oder getötet (wie *Control* oder *C.*). Neu sind jetzt Figuren wie Toby Esterhase oder Bill Haydon – aus zuverlässiger Quelle ist bekannt, dass unter ihnen der Maulwurf Karlas zu finden sein muss. Ein ministerieller Under-Secretary namens Oliver Lacon beauftragt Smiley und Prideaux (beide unverdächtig, weil nicht länger in verantwortlicher Stellung), den Maulwurf zu finden. Nach einigen le-Carré-typischen Verwirbelungen wird Bill Haydon (ein Portrait Kim Philbys) entlarvt und hingerichtet. Die Art der Exekution lässt auf Jim Prideaux als Henker schließen, der eine verletzte Eule auf gleiche Weise von ihren Qualen erlöst hat. Aber Genaues erfährt der Leser nicht.

Smiley wird der neue *C* und in ›*The Honourable Schoolboy*‹ versucht er, den Schaden, den Bill Haydon angerichtet hat, wieder zu reparieren und gleichzeitig Karla eine Falle zu stellen. Die Chance dazu bietet sich, als ein laotisches Geldwäschegeschäft Spuren von Moskauer Agententätigkeit aufweist. Nach wiederum erheblichen Verwicklungen wird Nelson als chinesischer Moskau-Spion enttarnt. Smiley aber überlässt absichtlich dem CIA die Beute – wie Peter Guillam, Smileys Verbindungsmann im *Circus*, vermutet, um die Bürde der Rolle von *C* loszuwerden. Mit Erfolg: Am Ende wird Smiley in den Ruhestand versetzt. Im dritten Band der Karla-Trilogie, ›*Smiley's People*‹, wird Smiley reaktiviert, weil Karla schon wieder ein Komplott schmiedet, indem er eine fremde Identität stiehlt, um eine Agentin nach London einschmuggeln zu können. Tatsächlich handelt es sich um Karlas Tochter, für die er in der Schweiz eine Sanatoriumsbehandlung arrangiert und dafür eine beträchtliche Summe auf einem Schweizer Bankkonto deponiert hat. Mit diesen Informationen gelingt es Smiley, Karla zum Überlaufen zu bewegen. Auf der Glienicker Brücke überquert Karla die Grenze und lässt, als er an Smiley vorbeigeht, das Feuerzeug fallen, das er während seines Verhörs durch Smiley in Delhi an sich gebracht hatte. Smiley aber hebt das Feuerzeug – das Symbol seiner ersten Niederlage und der Untreue seiner Frau – nicht auf. Typische le Carré-Symbolik.

Es folgt dann eine kleine Pause, bis 1983 ein neuer le Carré erscheint – neu in doppeltem Wortsinn: ›*The Little Drummer Girl*‹ (›Die Libelle‹) ist nämlich auch ein Schritt in Richtung eines neuen Genres. Es folgt zwar noch ein achter Smiley-Roman – ›*The Secret Pilgrim*‹ (›Der heimliche Gefährte‹, 1990) – und Smiley taucht Jahrzehnte später noch einmal auf – in ›*A Legacy of Spies*‹ (2017) –, aber ›*The Little Drummer Girl*‹ ist eine deutliche Zäsur im Schaffen le Carrés. Erstmals bilden nicht mehr der Kalte Krieg und der Eiserne Vorhang den Hintergrund seines Erzählens, sondern der Nahost-Konflikt. Typisch für ihn lässt er die Schauspielerin Charlie als Agentin des Mossad eine äußerlich erfolgreiche Mission gegen eine Terrorgruppe unter dem Decknamen *Khalil* durchführen. Aber le Carré wäre nicht le Carré, wenn Charlie im Laufe ihrer Arbeit für den israelischen Geheimdienst nicht auch Sympathien für ›die Anderen‹ entwickeln würde. Charlie sieht das Menschliche, das Positive und das Schützenswerte auch bei den Terroristen – die ja ihrerseits vermeintlich gute Gründe für ihr schändliches Tun anführen. Sie kehrt nach der Enttarnung von *Khalil* schwer traumatisiert ins bürgerliche Leben zurück und trifft später ihren Agentenführer Joseph wieder. Sie hatte sich in ihn verliebt, doch ihre Avancen blieben unerwidert. Jetzt – er ist ebenfalls schwer gezeichnet – bleibt offen, ob auch Joseph geläutert ist und wie sich die Geschichte der beiden weiterentwickelt. Möglicherweise war le Carré selbst nicht ganz glücklich über seine doch etwas unentschlossene Sichtweise und hat nach neuen Themen gesucht.

Zunächst aber hat er sich 1986 an etwas ganz anderem versucht und mit ›*A Perfect Spy*‹ (›Ein blendender Spion‹) erst einmal eine Art Biografie über den hochstapelnden Vater geschrieben, die auch deutliche Parallelen zu seiner eigenen Vita enthält. Der Vater wird als Betrüger Richard Pym dargestellt und er selbst ist in dessen Sohn Magnus angelegt, ein Agent des ›Circus‹. Nach der Beerdigung des Vaters kehrt Magnus nicht nach Wien zurück, was bei seinem Dienst alle Alarmglocken zum Schrillen bringt, fürchtet man doch, dass Magnus übergelaufen sein könnte. Tatsächlich aber hat dieser sich nach Devon zurückgezogen, von wo er einen langen Brief an seinen Sohn schreibt, in dem er das Leben des Vaters, vor allem aber seinen Werdegang als Spion schildert. Bevor der Circus ihn in Devon aufspüren kann, hat Magnus seine Angelegenheiten geregelt und erschießt sich mit seinem Dienstrevolver. War das eine Art Zwischenbilanz und sollte der Selbstmord von Magnus eine Zäsur zu früheren Verstrickungen bedeuten? Eindeutig ist das alles nicht, aber immerhin ist danach ein neues Kapitel in le Carrés Literatur zu beobachten: 1989 – im Jahr des Mauerfalls – wendet er sich neuen Themen zu und macht etwas völlig Neues.

Der Roman ›*The Russia House*‹ (›Das Russland-Haus‹) spielt zwar wieder vor dem Hintergrund des Ost-West-Konflikts, aber dieses Mal handelt es sich um einen russischen Dissidenten, der einem britischen Buchhändler namens Niki Landau Samisdat-Literatur zuspielen lässt. Tatsächlich aber handelt es sich dabei um technische Zeichnungen von Raketen, die von einem hochgestellten Wissenschaftler stammen, der sie in den Westen schmuggeln will. Zentrale Figur ist der Verleger Barley, der auf einer Buchmessen-Party einen russischen Autor unter dem Decknamen ›Goethe‹ kennengelernt hat. Die beiden kommen überein, die Raketenzeichnungen zu veröffentlichen, um so die permanente Spirale der Aufrüstung zu durchbrechen. Natürlich wittern die ›Bösen‹ im britischen Geheimdienst eine Falle des KGB, aber in Wirklichkeit geht es ihnen nur um den Schutz der Interessen der Rüstungsindustrie und um eine politische Bevorzugung der amerikanischen Falken. Die Operation ›Bluebird‹ scheitert, das Ganze verläuft im Sande. Barley kommt ins Gefängnis und als ihm am Ende ein Schweigegeld angeboten wird, lehnt er ab. Er lebt in der Hoffnung, dass die junge Russin Katja Orlowa, die den ganzen Deal über Niki Landau eingefädelt hat, eines Tages in die Freiheit ausreisen darf.

Der Sinneswandel le Carrés, der sich bis zu ›*Russia House*‹ stets als harter Gegner des repressiven Kommunismus gezeigt hatte, ist auf die Glasnost-Politik Gorbatschows zurückzuführen. Sein Schreiben wendet sich ab jetzt eher gegen den Westen, dem er die Notwendigkeit einer eigenen Perestroika bescheinigt. Es dürfte bezeichnend sein und die Verschiebung der Werteskala am besten dokumentieren, dass ›*The Russia House*‹ sein erster Roman ist, der in der Sowjetunion offiziell erscheinen durfte.

Dann der nächste große Wurf: Es erscheint ›*The Night Manager*‹ (›Der Nachtmanager‹), in dem viele Kritiker 1993 eine eindeutige und eindrucksvolle Zäsur im Schreiben le Carrés (thematisch zwischen Kalter-Krieg-Spionageroman und anderen Themen, die sich im Wesentlichen mit den Konflikten innerhalb der westlichen Welt befassen) sehen. Zuvor war noch 1990 ›*The Secret Pilgrim*‹ (›Der heimliche Gefährte‹) als achter Smiley-Roman erschienen und 1991

›*The Unbearable Peace*‹ (›Ein guter Soldat‹). Diese beiden Romane haben zu Recht nicht die Aufmerksamkeit erfahren wie etwa ›*The Russia House*‹. Das mag auch daran liegen, dass ›*The Secret Pilgrim*‹ noch einmal ein Resümee der Zeit des Kalten Krieges darstellt und im Wesentlichen aus Erinnerungen des britischen Agenten Ned besteht, welcher sich nach dem Fall der Berliner Mauer an die verschiedenen Etappen seiner früheren Karriere erinnert. ›*The Unbearable Peace*‹ ist eine Reportage über den Schweizer Spion Jean-Louis Jeanmaire und dessen Gründe für den von ihm begangenen Landesverrat. Es scheint, als hätte le Carré in dieser Interimsphase Kraft für einen nächsten großen Wurf gesammelt: ›*The Night Manager*‹ ist aufregend, mitreißend geschrieben und von pointierter Charakterzeichnung: Der internationale Waffenhandel wird vom ›worst man in the world‹ Richard Onslow – gerufen Dickie – Roper betrieben. Der Patriot Jonathan Pine, ein ehemaliger Soldat, gibt den Nachtportier im Züricher ›Palasthotel Meister‹, um als V-Mann in die Organisation von Dickie Roper eingeschleust zu werden. Weitere Figuren sind dessen Helfershelfer Corky Corkoran und Sandy Langbourne sowie Ropers Geliebte Jemima – Jed – Marshall, das ›Shropshire convent girl‹. Erneut stehen sich Gut gegen Böse gegenüber: die Aufrechten im britischen Geheimdienst, die sich dem Bösen entgegenstemmen, und die Korrupten, denen jedes Mittel recht und jede Gelegenheit willkommen ist, den eigenen Reichtum zu mehren. Moral gegen Waffenhandel. Dieses Muster behält le Carré in den folgenden Jahrzehnten bei, wobei er den Waffenhandel wahlweise durch internationale Geldwäsche oder verbotene Praktiken der Arzneimittelindustrie (für le Carré nichts anderes als ein illegales Drogenkartell) ersetzt.

Nun geht es nicht mehr um den Kalten Krieg und den Wettbewerb zwischen den Staaten des Warschauer Paktes und der Nato, sondern (fast) nur noch um die Schweinereien eines entfesselten Kapitalismus, der frei von ordnungspolitischen Regularien dem Prinzip der unmoralischen Gewinnmaximierung folgt.

Dieses Muster wiederholt sich in ›*The Constant Gardener*‹ (›Der ewige Gärtner‹, 2001): Die ›Guten‹, verkörpert von Tessa Quayle, unterliegen in ihrem Kampf gegen die ›Bösen‹ – repräsentiert durch die Pharmaindustrie, die verbotene Experimente mit einem noch nicht zugelassenen Tuberkulosemedikament namens Dypraxa durchführt. Tessa, die nach der Totgeburt ihres Kindes die Praktiken des Pharmariesen Bell, Barker & Benjamin, genannt die ›ThreeBees‹, für ihren Verlust verantwortlich macht, wird wegen ihrer Nachforschungen ermordet. Der Mord wird ihrem Geliebten, dem belgischen Arzt Arnold Bluhm in die Schuhe geschoben. Ihr Gatte Justin, Mitglied der britischen Botschaft in Kenia, wird zum Rächer seiner Frau und ihres Geliebten, bis schließlich auch er von demselben Killerkommando ermordet wird. Zuvor gelingt es ihm aber, seine Aufzeichnungen zu veröffentlichen, sodass das gesamte Komplott aufgedeckt wird.

Hier finden sich viele Anspielungen auf frühere le Carré-Charaktere. Auch Justin Quayle wird – wie George Smiley – von seiner Ehefrau hintergangen, ohne dass das seiner Leidenschaft für sie einen Abbruch tut. Diese ständig in le Carrés Werk wiederkehrende Konstellation wäre sicher eine genauere Untersuchung wert. Auch im ›*Constant Gardener*‹ wird das objektiv Böse – die illegale Versuche durchführende Pharmaindustrie – durch die moralisch Aufrechten bekämpft, wobei korrupte Helfershelfer die mörderischen Komplotte vertuschen. Wie bereits im ›*Night Manager*‹

zeichnet le Carré starke Figuren, die seine Erzählungen – trotz aller Vorbehalte gegen eine allzu naive Segmentierung der Welt in Gut und Böse – überaus lesenswert machen.

Bei dieser Lektüre setzt sich auch der kritische Leser über Vorbehalte gegen den politischen Gehalt der Romane hinweg, eben weil die Geschichten auf unnachahmliche le-Carré-Weise erzählt werden und starke Typen liefern, die man so schnell nicht vergisst. Nicht von ungefähr sind beide Bücher mit großem Erfolg verfilmt worden, wobei die internationale Starbesetzung zur Attraktivität der Filme ebenso beigetragen haben dürfte wie ihre Anpassung an den linken Mainstream der Kulturindustrie.

Zwischen ›*Night Manager*‹ und ›*Constant Gardener*‹ hat le Carré im vergangenen Jahrhundert noch drei weitere Romane mit ähnlicher Tendenz geschrieben. ›*Our Game*‹ (›Unser Spiel‹, 1995) lebt ebenfalls von starken Hauptfiguren: Larry Pettifer, Ex-Geheimdienstler, ist jetzt Dozent an der Bath University und genießt mit seiner unkonventionellen Art die uneingeschränkte Bewunderung seiner Studenten. Mal erscheint er nicht zu seinen Vorlesungen, dann wiederum schneit er unvorbereitet herein und analysiert ohne Manuskript und scheinbar ohne Gliederung die politischen Phänomene der Zeit, ohne dass die hingerissenen Studenten während der nächsten zwei Stunden zum Luftschnappen kommen. Sein früherer Führungsoffizier ist Timothy Cranmer, der sich auf dem geerbten Weingut Honeybrook zur Ruhe gesetzt hat – ›*performing his good works in the community*‹ – aber von der Polizei verdächtigt wird, in das plötzliche Verschwinden von Larry verwickelt zu sein. Ein Eifersuchtsdrama? Es stellt sich heraus, dass Larry in den Freiheitskampf der Inguschen und damit aller kaukasischen Völker involviert ist. Nach all den Widrigkeiten, die das Leben als britischer Agent mit sich brachte, endlich eine *Cause Célèbre*, für den es sich zu leben und auch zu sterben lohnt. Dabei gelingt es Larry, Timbo dessen junge Geliebte Emma auszuspannen. Woran er merken würde, dass sie ihn verlassen habe, fragt Cranmer die sehr viel jüngere und natürlich wunderschöne Emma, und sie antwortet: ›*My piano stool might be gone.*‹ Diese Lakonie, diese Konzentration auf das Wesentliche in Nebensächlichkeiten, dieser Anti-Materialismus ist wieder typischer le Carré.

Larry stirbt, aber Timothy begreift, dass er seinen Freund im Kampf für die gerechte Sache ersetzen muss und gibt alle Annehmlichkeiten seines Landlord-Lebens auf, um Larrys Rolle als Berater des neuen Rebellenführers Tschetschejew zu übernehmen. Nicht der hohle Tand des britischen country lifes machen das Leben lebenswert, sondern die Entbehrungen im Lager eines kaukasischen Rebellenkommandos. Wenn nur die Ziele gerecht sind. Ein bisschen viel für einen Autor mit einem Stadthaus in London, einem Herrenhaus an der Küste Cornwalls und einem Chalet im Berner Oberland. Und dennoch.

1996 folgt ›*The Tailor of Panama*‹ (›Der Schneider von Panama‹) – eher als Satire auf den internationalen Spionagebetrieb zu verstehen, weil der hochstapelnde Schneider Harry Pendel vom Herrenausstatter Pendel & Braithwaite unter seinen hochherrschaftlichen Kunden die Mär von einer ›stillen Opposition‹ gegen die Regierung von Panama verbreitet. Unter der Anleitung des Auslandsagenten Andy Osnard gelingt es Harrry, erhebliche Unterstützungszahlungen für den angeblich vorbereiteten Putsch zu generieren, obwohl der vermeintliche Anführer der Freiheitsbewegung, Mickie Abraxas, in den Tag hinein trinkt und von nichts etwas ahnt.

1999 dann eine ähnliche Satire mit dem Buch ›*Single & Single*‹, eine Parodie auf die gehobene britische Anwaltschaft, die sich auf unlautere Deals mit der russischen Mafia einlässt. Danach geht es in le Carrés Schreiben nur noch politisch weiter, aber ausschließlich im linken Spektrum. In ›*Absolute Friends*‹ von 2003 (›Absolute Freunde‹) werden zwei für den Leser als absolut harmlos erkennbare Freunde von der Stasi zur Spionage gezwungen: Der Deutsche Sascha – erst Anführer der westdeutschen Studentenbewegung (ein Portrait von Rudi Dutschke?), dann überzeugter Kommunist in der DDR – und sein britischer Freund Ted Mundy, ewig gescheitert, am Ende in zweiter Ehe mit einer türkischen Ex-Prostituierten verheiratet und als Fremdenführer auf Schloss Linderhof seinen notdürftigen Lebensunterhalt sichernd. Unter recht undurchsichtigen Umständen geraten die beiden an den Geschäftsmann Dimitri, der sein legal erworbenes Vermögen in eine Art »Gegenuniversität« investieren will, an der ›wahre Werte‹, unabhängig von materiellen Vorteilen, gelehrt und erlernt werden sollen. Ted bemerkt schneller als ihm lieb ist, dass Dimitri in Wahrheit ein großes Waffenlager angelegt hat, mit dem er offenbar einen terroristischen Anschlag plant. Bevor dies in die Tat umgesetzt werden kann, werden Sascha und Ted von Geheimdienstlern erschossen, die in Anbetracht der langen gemeinsamen Geschichte der beiden aus ihnen gemeingefährliche Terroristen machen. Was aus Dimitri wird und was den *Absolute Friends* eigentlich genau vorgeworfen wurde, bleibt im Nebulösen. Während le Carré an dem Buch geschrieben hat, kam es zu den Anschlägen vom 11. September 2001 und er war schon im Begriff, die Arbeiten an dem Roman einzustellen. Es kam ihm widersprüchlich vor, die Möglichkeit solcher Anschläge als fiktive Szenarien abzutun, während sie in aller Monstrosität tatsächlich verübt wurden. Aber der Irak-Krieg von US-Präsident Bush und dem englischen Premierminister *Tony Blair* sowie die Einrichtung des Gefangenenlagers in Guantanamo ließen ihn entgegen seiner Vorbehalte weiterschreiben, an Friedensdemonstrationen teilnehmen und in einem *Times*-Artikel im Januar 2003 die Vereinigten Staaten von Amerika des ›Wahnsinns‹ zu bezichtigen. Dort ist von einer *Bush Junta* die Rede, die den Irakkrieg zu einem riesigen PR-Betrug benutzt habe. Premierminister Blair kommt noch vergleichsweise gut weg; ihm wird nur die Illusion von einer wiederzuerlangenden *imperial greatness* vorgeworfen.

Möglicherweise waren es die zum Teil sehr ablehnenden Kritiken seiner Bücher wie ›*Absolute Friends*‹, die den Labour-Wähler le Carré immer radikaler werden ließen. Ein bisschen lag das vielleicht auch in seiner Persönlichkeit. Der Kritiker *Hunter Davies* berichtet, er habe von le Carré, den er über Jahrzehnte für ›seinen Freund‹ gehalten habe, zwei Tage nach einem Interview über die Verfilmung des Buchs ›*A Murder of Quality*‹ den bösartigsten Brief voller haltloser Beschimpfungen erhalten, den er je erhalten habe. Und das, obwohl le Carré zuvor das Interview umfänglich redigiert und genehmigt hatte.

Die in solchen Ausfällen zum Ausdruck kommenden Verfolgungsneurosen schlagen sich auch in seiner zunehmend absurde Konspirationskonstruktionen erfindenden Literatur nieder: In ›*The Mission Song*‹ (›Geheime Melodie‹, 2006) geht es erneut um afrikanische Ereignisse, dieses Mal um die Vorbereitung eines Militärputsches. Durch ein Syndikat internationaler Wirtschaftsunternehmen unter der Führung eines Herrn mit dem schönen Namen Lord Brinkley of the Sands sollen kongolesische Söldner finanziert werden, die als Gegengabe den westlichen Financiers die Ausbeutung der Landesressourcen ermöglichen sollen. Auf die Idee war le Carré gekommen, als er von der Beteiligung *Mark Thatchers*, dem Sohn der früheren Premierministerin *Margaret Thatcher*, an einem vermeintlichen Putsch gegen den Diktator von Äquatorialguinea las. Le Carrés Hass auf die von ihm so intensiv abgelehnten Institutionen des internationalen Kapitalismus kannte bald keine Grenzen mehr. In seinem nächsten Roman ›*A Most Wanted Man*‹ (›Marionetten‹, 2008), wird der junge Muslim Issa Karpow, der von Menschenrechtsaktivisten nach Deutschland geschmuggelt wird, zum Spielball zynischer Intrigenspiele internationaler Geheimdienste, wobei – natürlich – eine amerikanische Antiterroreinheit Issa entführt und in einem Guantanamo-Gefängnis verschwinden lässt. Le Carré mutet seinen Lesern doch einige Naivität zu: Issa saß schon in Russland und in der Türkei wegen terroristischer Aktivitäten in Haft, aber der Leser soll – was soll man schon von Russland und der Türkei erwarten? – glauben, dass alle diese Anschuldigungen frei erfunden sind. Nicht einmal ein Anfangsverdacht ist dem gutgläubigen Leser erlaubt. Dass der Vater Issas, ein für seine Kriegsverbrechen berüchtigter sowjetischer Oberst, zu allem Überfluss auch noch Schwarzgeldkonten in Millionenhöhe bei der in Hamburg residierenden Privatbank *Brue Frères AG* zugunsten des Sohnes hinterlegt haben soll, ist ein bisschen (zu) viel Räuberpistole. Nun ja, die Menschenrechtsanwältin Annabel Richter glaubt Issa alles und verliebt sich in die reine Seele des gutwilligen jungen Mannes. Aber der unbefangene Leser ist vielleicht doch befangen und verweigert sich einer solchen Leichtgläubigkeit.

›*Our Kind of Traitor*‹ (›Verräter wie wir‹, 2010) verspricht wieder Besserung: Es geht um die russische Mafia und die vergeblichen Versuche des Geldwäschers Dima, sich den britischen Geheimdiensten anzuvertrauen. Diese reagieren misstrauisch und so zögerlich, dass die Gangster Dima am Ende mit einem Charterflugzeug in die Luft sprengen. Ein bedauerlicher Unfall, für den niemand die Verantwortung übernimmt. Politischer wird es dann wieder in ›*A delicate Truth*‹ (›Empfindliche Wahrheit‹, 2013): Es geht um Intrigen – natürlich amerikanischer – Waffenhändler, die den islamistischen Terrorismus finanzieren wollen. Eine Geheimdienstoperation, bei der der Drahtzieher der terroristischen Vorgänge gefasst werden soll, geht schief. Stattdessen werden versehentlich eine illegale marokkanische Einwanderin und deren Baby umgebracht. Diejenigen Akteure aufseiten der Geheimdienste, die sich an der allseits geplanten Vertuschung nicht beteiligen wollen, beschließen, die ganze Affäre an die Öffentlichkeit zu bringen.

Hier ist le Carré also beim ›Whistleblowing‹ angekommen, einer Art von Geheimnisverrat, der für le Carré ohne Wenn und Aber gerechtfertigt ist. Gegen Ende, kurz bevor die Dinge an die Öffentlichkeit gelangen können, hört man, wie sich Polizeiwagen mit Sirenengeheul dem Internetcafé nähern, von dem aus der Whistleblower Toby Bell seine Informationen in die Welt hinaussenden will. Den Rest muss sich der Leser denken.

Nach der Autobiografie ›*The Pigeon Tunnel*‹ (›Der Taubentunnel‹, 2016) gelingt le Carré noch einmal ein genialer Streich: In ›*A Legacy of Spies*‹ (›Das Vermächtnis der Spione‹, 2017) schafft er es, nicht nur an seinen ersten Welterfolg ›*The Spy who came in from the Cold*‹ (1963) anzuknüpfen, sondern sein gesamtes Figuren-Personal noch einmal aufmarschieren zu lassen. Dazu zählt George Smiley, der eigentlich schon 1963, also gut fünfzig Jahre früher, kurz vor der Pensionierung stand, ebenso wie der Smiley-Mitarbeiter Jim

Prideaux, bekannt aus ›*Tinker Tailor Soldier Spy*‹. Das Buch erhält seinen besonderen Dreh dadurch, dass die Kinder von Alec Leamas und Liz Gold die britische Regierung wegen des ihren Eltern angetanen Unrechts verklagen wollen.

Damit kommen sie dem Wunsch des Lesers nach, der sich einst ob der Intrigen und Fallstricke, denen Alec und Liz letztlich zum Opfer gefallen sind, entsetzt war. Die Regierung kommt in Erklärungszwang, ob im Interesse der Aufrechterhaltung ›westlicher‹ Werte jedes Mittel recht sein darf. Es bleibt John le Carré nur noch Zeit für ein weiteres Werk, den 2019 erschienenen Roman ›*Agent Running in the Field*‹ (›Federball‹). Ein älterer Geheimdienstler namens Nat, dessen Ehefrau einen Läuterungsprozess von einer Geheimdienstlerin zur – natürlich – Menschenrechtsanwältin durchlaufen hat, lernt beim Badminton einen jungen Gegenspieler namens Ed Shannon kennen, der sich zur Freude Nats ununterbrochen negativ über sowohl den Brexit als auch den amerikanischen Präsidenten *Donald Trump* äußert. Nach allerlei Rochaden und Hakenschlägen stellt sich heraus, dass Ed Shannon ebenfalls ein Agent ist, der die Machenschaften aufklären will, mit denen Briten und Amerikaner in einer Operation namens ›Jericho‹ nach vollzogenem Brexit die Destabilisierung der Europäischen Union mit allen geheimdienstlichen Mitteln bewerkstelligen wollen. So weit, so absurd. Von Verschwörungstheorien ist das nicht mehr allzu weit entfernt.

Ein letztes Buch ist erst nach seinem Tod erschienen, obwohl le Carré mit *Silverview* schon 2013 begonnen hatte. Aber *The Pidgeon Tunnel* kam dazwischen. Le Carré störte sich an seiner Darstellung in der Biografie von Adam Sisman. Denn Sisman war für den Geschmack von le Carré zu tief in seine privaten Geheimnisse eingedrungen und hat unter anderem die Affaire le Carrés mit Susann Kennaway publik gemacht, der Gattin eines guten Freundes. Le Carré hielt es für erforderlich, das Sisman-Buch mit seiner eigenen Biografie *The Pidgeon Tunnel* zu konterkarieren. Dadurch kamen die Arbeiten an *Silverview* zunächst zum Erliegen und dann hatte le Carré schon mit ›*A Legacy of Spies*‹ und ›*Agent Running in the Field*‹ angefangen. Wegen seiner fortschreitenden Erkrankung hat le Carré jedes fertige Kapitel an seinen Agenten *Jonny Geller* geschickt, der es dann posthum veröffentlichen ließ. *Silverview,* das große Haus eines polnischen Eigentümers, steht in einer kleinen Stadt an der See, in der Julian Lawndsley, frustierter Ex-City-Banker, einen Buchladen eröffnet hat. Das wiederum erregt die Aufmerksamkeit von Edward Avon, Ex-Spion, Sohn eines polnischen Nazikollaborateurs, der behauptet, mit Lawndsleys Vater befreundet gewesen zu sein. Avon wiederum wird von Stewart Proctor verdächtigt, ein Sicherheitsrisiko und ein Maulwurf zu sein. Es entwickelt sich die alte Geschichte von privater Moral und öffentlicher Pflicht, über ›*the soul of the modern Secret Intelligence Service itself*‹, wie *James Owen* in der ›*Times*‹ vom 22. Mai 2021 schreibt. So beklagt sich ein alternder Spion, dass er und seine Kollegen nicht viel dazu beigetragen hätten, den Verlauf der Menschheitsgeschichte zu ändern:

> *We didn't do much to alter the course of human history did we? I would have been more use running a boy's club.*

Es ist alles wieder da: die auf persönlichen Erfahrungen beruhende geheime Welt der Spionage, die stillen Beobachter, die häufig ausländisch konnotierten Dialoge (Polen, Bosnien und zwei jordanische Ärzte spielen eine Rolle), die verwobenen Geschichten, der typische Le-Carré-Ton. In einer Besprechung in der ›Times‹ hat Dominic Sandbrook bemerkt, dass le Carré nach ›dem Dickensianischen Triumph‹ von *A Perfect Spy* einen melancholischen Moll-Ton entwickelt habe, bei dem gewisse Wiederholungen nicht übersehen werden könnten.

***

John le Carré hat auch nie erklärt, was genau ihn eigentlich zum Schreiben veranlasst hat. Vermutlich war es ihm ein Bedürfnis, alternative Welten zu erfinden. Jedenfalls hat er selbst sich mit Tolkien verglichen, nur dass seine Helden ›keine Haare zwischen den Zehen‹ hätten. Als er noch in London Dienst tat, hat er täglich auf dem Weg zum Circus im Zug geschrieben. Weil er hierfür sein Bestes gab, sei für den Dienst nur his *second best* übrig geblieben.

Wahr seien seine Geschichten alle nicht, sonst wäre beispielsweise der ›*Spy* ...‹ nie veröffentlicht worden. Ob das stimmt? Aber wie dem auch sei: Sein Stil ist authentisch und mitreißend, selbst der den politischen Äußerungen gegenüber skeptische Leser kann sich dem Zugriff kaum entziehen. Der Anfang von ›*Tinker Tailor Soldier Spy*‹ beispielsweise führt das vor:

The truth is, if old Major Dover hadn't dropped dead at Taunton races Jim would never have come to Thursgood's at all. He came in mid-term without an interview – late May, it was, though no one would have thought it from the weather – employed through one of the shiftier agencies specialising in supply teachers for prep schools, to hold down old Dover's teaching till someone suitable could be found. ›A linguist‹, Thursgood told the common – room, ›a temporary measure‹, and brushed away his forelock in self-defence. He gave the spelling, ›P-r-i-d‹ – French was not Thursgood's subject so he consulted the slip of paper- ›e-a-u-x, first name James. I think he'll do us very well till July‹. The staff had no difficulty in reading the signals. Jim Prideaux was a poor white of the teaching community. He belonged to the same sad bunch as the late Mrs. Loveday, who had a Persian-lamb coat and stood in für junior divinty until her cheques bounced, or the late Mr. Maltby, the pianist who had been called from choir practice to help the police with their enquiries, and as far as anyone knew was helping them to this day, for Maltby's trunk still lay in the cellar waiting for instructions.

Ohne langatmige Einführung mitten ins Geschehen. Der Leser weiß sofort, wer und was Major Dover war, er atmet die Atmosphäre im Lehrerzimmer des Thursgood-Internats mit dem versammelten Lehrpersonal. Das eitle Beiseite-Wischen von Mr. Thurgood's Stirnlocke in self-defence lässt uns neben ihm stehen. Schon auf der ersten Seite macht le Carré den Leser zum Mitwisser. Man ahnt sofort, welche shiftier agency Jim Prideaux vermittelt hat und was es mit Mrs. Lovedays geplatzten Schecks und Mr. Waltbys Verstrickungen beim choir practice auf sich hat. Ähnlich funktioniert das in ›Our Game‹. Schon der Titel ist eine Anspielung auf eine besondere Form des Ballspiels, wie sie am gemeinsam besuchten Winchester College der beiden Helden gepflegt wurde. Und auch hier der unmittelbare Sprung ins Geschehen und das Leben der Protagonisten:

Larry went officially missing from the world on the second Monday of October, at ten minutes past eleven, when he failed to deliver his opening lecture of the new academic year.

I am able to set the scene exactly because it was not so very long ago, in the same dreary Bath weather, that I had dragged Larry down to see the wretched place for the first time. To this day I have the most accusing memory of the brutalist slab barracks closing in on him like the walls of his new confinement. And of Larry's ever youthful back walking reproachfully away from me down the concrete canyon like a man going to his nemesis. If I had a son, I thought as I stared after him, this was how it would feel to be dumping him at his first boarding school.

›Hey, Timbo,‹ he whispers over his shoulder, the way Larry can speak to you from miles away.

›Yes, Larry.‹

›This is it, is it?‹

›This is what?‹

›The future. Where it all ends. Leftover life.‹

›It's a new beginning‹, I say loyally.

But loyal to whom? To him? To me? To the Office?

›We have to scale down‹, I say. ›Both of us do.‹

Die Kritik hat das in den höchsten Tönen gelobt, wie le Carrés Schriftstellerkollegen auch. Nicht nur die Professionalität der Plots und deren Detailreichtum werden gerühmt, auch der packende Erzählstil und die überzeugende Charakterisierung der handelnden Personen. In Wikipedia findet sich sogar eine Übersicht über die von le Carré benutzten Jargon-Ausdrücke. *Graham Greene* wird ebenso als Gegenstück zur Literatur le Carrés genannt wie *Friedrich Dürrenmatt.* Selbst als sein Spätwerk in der angelsächsischen Kritik weniger freundlich aufgenommen wird – beim *›Constant Gardener‹*

habe er ›gekocht‹, bei ›*Absolute Friends*‹ sei er ›weißglühend‹ gewesen (*Robert McCrum* im ›*Observer*‹) – wird doch seine nach wie vor vorhandene Schreibkunst gerühmt. Die ›*Zeit*‹ und die ›*FAZ*‹ sehen le Carré at his best, eine ›furiose und überaus witzige Abrechnung‹. Le Carré hat mit fast all seinen Romanen die Bestseller-Listen angeführt, zahlreiche Auszeichnungen und Preise gewonnen und die vielen – im Gegensatz zu anderen Literaturverfilmungen – sehenswerten Filme nach seinen Büchern sind beredte Beispiele für seine Beliebtheit beim Publikum. Das größte Lob aber war wohl, dass man ihm bescheinigte, von einem reinen Genre-Schriftsteller zu einem literarischen Autor avanciert zu sein.

***

Der Titel seiner Autobiografie ›*The Pidgeon Tunnel*‹ ist außerordentlich erratisch. Bei einem Pidgeon Tunnel handelt sich um einen Schießstand, auf dessen Dach die Schützen warten, während eine Etage tiefer die Tauben durch den Tunnel watscheln, bis sie an dessen Ende ins Freie gelangen. Von dort fliegen sie los, um den wartenden Schützen als Zielscheiben zu dienen. Wie Tontaubenschießen, nur sind die Tauben nicht aus Ton. Das – nicht nur für le Carré – Schreckliche liegt darin, dass die Tauben, die überleben, nicht in die Freiheit entfliegen, sondern in den Tunnel zurückkehren, um sich der mörderischen Prozedur ein weiteres Mal und immer wieder auszusetzen. Ob dieser Reflex einer Futter-Fixation geschuldet ist oder, weil er einfach – wie bei den Brieftauben – ihrer Natur entspricht, bleibt offen.

Was will uns der Autor damit sagen? Ist auch er, sind wir alle mit einem solchen Taubenreflex ausgestattet? Ist das Leben ein Pidgeon Tunnel, der uns keine andere Wahl lässt, als immer wieder, bis zum mehr oder weniger bitteren Ende, einem ewigen Rhythmus zu folgen, auch wenn sich andere Chancen bieten? Entwickeln wir zum Schicksal eine Art Stockholm Syndrom, die Zuneigung des Opfers zum Täter? Sind wir so domestiziert, dass wir die Sicherheit des Gefängnisses der mit Unwägbarkeiten verbundenen Option der Freiheit vorziehen?

Das wäre allerdings ein zutiefst pessimistisches Bild, deprimierend. Aber vielleicht verbindet le Carré mit dem Taubentunnel etwas Positives? Ein Bild der Treue, Treue zum Staat, zu ›Krone und Vaterland‹? Ist der Tunnel ein Symbol für England oder – verallgemeinernd – für Heimat? Sind die Tauben Staatsdiener, Soldaten, Polizisten oder eben auch Spione, die trotz der Einschränkung ihrer Freiheiten den patriotischen Dienst der Anarchie des Freiheitlichen vorziehen? Der Reflex des Individuums, in die Freiheit zu entkommen, wird von einem höheren Pflichtbewusstsein kompensiert, das es zurück in die lauernden Gefahren der Pflichterfüllung führt – beim Spion die Pflicht, das ›Böse‹ zu bekämpfen? Das wäre wiederum eine positive Perspektive, auch wenn dem Manischen der Rückkehr in den Tunnel immer noch ein gewisses Element des Zwanghaften innewohnt, unter diesen Vorzeichen aber im Interesse der ›guten‹ Sache.

Diese Sicht eines Gefangenseins im Interesse eines höheren Werts würde auch die Wut le Carrés erklären, mit der er denen begegnet, die aus niedrigen Motiven die ›gute Sache‹ verraten. Ist der Verrat schon schlimm genug, wird er vollkommen inakzeptabel, wenn er nicht aus edlen Motiven – wie Überzeugung oder Liebe, zu einer Person oder einer Idee – begangen wird, sondern aus schnöder Gewinnsucht, arroganter Dummheit oder perfider Eitelkeit. In Konsequenz solchen Denkens hat der Doppelspion George Blake einen Verrat an England geleugnet: *To betray you first have to belong. I never belonged.*

Le Carrés Zuneigung gehörte England, aber nicht dessen falschen Repräsentanten. Aus seiner Perspektive war ein Verrat an England durchaus möglich, aber nur personifiziert durch korrupte Paladine. An dieser Divergenz hat le Carré sein ganzes Leben gelitten. In ›*Tinker Tailor Soldier Spy*‹ lässt er Jim Prideaux über England reden. Die Jungen des Thursgood-Internats, in dem Jim als Ersatzlehrer untergetaucht ist, überlegen, welchen Spitznamen sie Jim ehrenhalber verleihen könnten. Infrage kommt auch ›Goulash‹, aber das wird als ›unenglisch‹ verworfen:

> *It took no account of Jim's passionate Englishness, which was the only subject where he could be relied on to waste time. Toad Spencer had only to venture one disparaging comment on the monarchy, extol the joys of some foreign country, preferably a hot one, for Jim to colour sharply and snap out a good three minutes' worth on the privilege of being born an Englishman.*

Jim kann den Provokationen seiner Schüler nicht widerstehen, auch wenn er weiß, dass die Burschen ihn nur hochnehmen wollen:

> *But England was his love; when it came down to it no one suffered for her.*
>
> *›Best place in the whole damn world!‹ he bellowed once.*
>
> *›Know why? Know why, toad!‹*
>
> *Spikely did not, so Jim seized a crayon and drew a globe. To the west, America, he said, full of greedy fools fouling up their inheritance. To the east, China-Russia; he drew no dis-*

tinction: boilersuits, prison camps, and a damn long match nowhere. In the middle …

Das war 1974. Schon so früh kamen die Amerikaner nicht gut weg, von China-Russland ganz zu schweigen. Da bedurfte es nicht des Erscheinens eines *Donald Trump* auf der Weltbühne; aber das steigerte le Carrés Abwehrkräfte dann ins Unermessliche.

England hingegen kommt bei ihm immer gut weg; es liegt also nicht an mangelnder Liebe zum Vaterland, dass le Carré immer wieder als Nestbeschmutzer verunglimpft wird, ein Kompliment, das er denen, die aus seiner Perspektive Verrat an den englischen Werten begehen, gern und wortstark zurückgibt. So kommt es im ›*Night Manager*‹ zu einem einschlägigen Wortwechsel zwischen Jonathan Pine und Dicky Roper:

›*You English, Pine? Sound it.*‹

›*To the core, sir.*‹

›*Wise man.*‹

Genial ist vor dem Hintergrund dieses ewigen Konflikts dann die Ausgangsituation von ›*A Legacy of Spies*‹. Hier konfrontiert le Carré seine eigene Vergangenheit mit der Frage, ob denn alles das, was so vorbehaltlos akzeptiert, ja sogar herbeigewünscht wurde, tatsächlich gerechtfertigt war. Neben den Erben von Alec Leamas und Liz Gold, den Heroen aus dem ›*Spy Who Came In from the Cold*‹, verklagt auch ein Gustav Quantz, in dessen Mutter Doris Gamp, Deckname *Tulip,* sich der Spion Peter Guillam unprofessioneller Weise verliebt hatte, was sie später zum Opfer von Hans-Dieter Mundt werden lässt, die britische Regierung wegen des ihren Eltern angetanen Unrechts. Die Behörden hatten kein Recht, im Interesse des höheren Guts, der Instandhaltung eines funktionierenden Spionagenetzwerks in Ost-Deutschland, den spionierenden Vater, die aussagewillige Ehefrau und schon gar nicht die unbeteiligte Mutter ahnungslos in das filigrane Netz von Information und Desinformation zu verstricken und darin letztlich umkommen zu lassen. Peter Guillam, längst im Ruhestand in der Bretagne lebend, wird zum Verhör durch zwei arrogante Schnösel nach London berufen und kann sich nur mithilfe von George Smiley, der schon 1963 kurz vor der Pensionierung stand, aber immer noch existiert (sicher nicht ohne Grund in Freiburg im Breisgau), gegen die Anschuldigungen verteidigen. Es sind nicht die ›Bösen‹, die auf die Anklagebank müssen, also weder der verräterische Apparat um den ›Maulwurf‹ Bill Haydon, noch die Zyniker, denen die Leben der ihnen Anvertrauten wenig wert sind, sondern die ›Guten‹, auf deren angebliches Fehlverhalten die Regierung Ihrer Majestät gerne die Verantwortung abschieben will.

Also müssen sich Guillam und Smiley rechtfertigen. Vor allem Peter Guillam stellt die Sinnfrage, ob denn die heiligen Zwecke – Verteidigung der freien Welt, Aufrechterhaltung der Demokratie, Rettung des Rechtstaats – den Einsatz unheiliger Mittel gerechtfertigt haben. Das Paradox lautet: kann die Verteidigung des Rechtsstaats die Anwendung unrechtsstattlicher Mittel rechtfertigen? Schon im ›*Spy....*‹ ist die Rede von den

monks in a cell, balancing right against wrong.

Aber wer bestimmt die Maßstäbe dieser Balance? Wenn der Konflikt zwischen unethischer Gesetzgebung und moralischem Recht nicht auflösbar ist, wird stets das Naturrecht bemüht, das *fundamental law*, eine höhere Rechtsethik. Aber wer wiederum definiert diese? Und wer kontrolliert sie?

Der DDR-Spion *Mischa Wolf* hat nach seiner Anklage wegen Landesverrat gesagt: ›Da bin ich mal gespannt, welches Land ich verraten haben soll?‹ Das zeigt in einem einzigen Satz das ganze Dilemma. Und es spricht sehr für le Carré, dass er sich und seinen Lesern dieses Dilemma nicht erspart, wenn er die Kinder der Opfer aus seinem Roman von 1963 Jahrzehnte später als Ankläger auftreten lässt.

Aber die Sache geht gut aus, für Guillam und auch für Smiley. Denn es ist le Carré selbst, der die Kontrolle ausübt, der die Maßstäbe festlegt und ihre korrekte Anwendung überwacht. Namentlich Smiley macht dem zweifelnden Guillam klar, dass ihre Taten in Ansehung der Gefährdung dessen, was man im Englischen ›the common good‹ nennt, gerechtfertigt waren. Und es sind nicht die ›westlichen‹ Werte als solche, die diese Rechtfertigung tragen, sondern ausgerechnet die Rettung Europas. Na ja, 2016 beschlossen die Briten in ihrem Brexit-Referendum, die EU zu verlassen und le Carré war ein entschiedener Remainer. So wird am Ende der spannende Grundlagendiskurs anhand einer einzigen Frage, nämlich der Europa-Kontroverse, verhandelt.

Am Ende blieb tiefer Unfrieden: Le Carré hatte seine Identität als Repräsentant einer ethischen Prinzipien verpflichteten Agentenwelt verloren. Vielleicht hat er sie aber auch nie gehabt. Anders als er durch seine angelsächsische Typizität Umwelt und Leser glauben machen wollte. Lag es am frühen Verschwinden der Mutter? Lag es an dem heuchlerischen, hochstapelnden Vater? Lag es an den Erfahrungen in seinen frühen Geheimdienstjahren, deren Einzelheiten nie bekannt wurde? Er ist immer ein Einzelgänger geblieben, *he didn't belong.* Der Kritiker *Hunter Davies* hatte in Hampstead einen lokalen *Writers Lunch Club* ins Leben gerufen. Viele bekannte Größen – wie Kingsley Amis oder Margaret Drabble – machten mit. Le Carré lehnte ab: Er würde seine ›*fellow writers*‹ lieber ›*in the next world*‹ treffen, ›*not in this*‹. Aus einem ursprünglichen Leiden an den Konflikten des ›Kalten Krieges‹ ist nach und nach eine tiefe, geradezu reflexhafte Abneigung gegen Konservatives geworden. Geradezu irrational scheint le Carrés Unfähigkeit, auf gleiche Sachverhalte gleiche Maßstäbe anzuwenden. Ein islamischer Terrorist beweist nicht, dass alle Islamisten Terroristen sind, aber ein korruptes Pharmaunternehmen rechtfertigt den Pauschalverdacht gegen alle Pharmaunternehmen, gegen die gesamte Industrie, gegen die Ökonomie, gegen alles, was ›kapitalistischen‹ Marktmechanismen folgt. Alles Schurken, alle korrupt, alle verkommen.

Kein Blick mehr für den Wohlstand, der die eingeforderte Umverteilung und damit den Sozialstaat ja erst möglich macht, und keine Akzeptanz der politischen Überlegenheit des ›westlichen‹ Gesellschaftssystems. Churchill-Biograf *Andrew Roberts* hat in einer fulminanten Auseinandersetzung mit den – aus seiner Sicht viel zu verharmlosenden – Nachrufen auf den Spion *George Blake*, dessen verräterischem Wirken viele englische Spione Folterungen und Tod zu verdanken hatten (er selbst brüstete sich mit über 400 Opfern), auch le Carré vorgehalten, dass er mit seinen Büchern ab ›*Russia House*‹ dazu beigetragen habe, den Unterschied zwischen den westlichen Geheimdiensten und dem KGB zu verwischen und so zu einem unangebrachten moralischem *Equivalism* beigetragen zu haben.

Le Carré hat wohl selbst gemerkt, dass seine Unterscheidung zwischen ›Gut‹ und ›Böse‹ einerseits und die Gleichstellung repressiver Systeme und dem ›Westen‹ andererseits weder intellektuell noch ethisch zu rechtfertigen war. Anstatt sich zu besinnen, ist er gerade deswegen immer tiefer in die persönliche Diffamierung abgeglitten. Er verlor die Gelassenheit des englischen Gentlemans und seine Fähigkeit zur (Selbst-)Ironie. Das steckte in ihm, dem weltoffenen Liberalen, der vor persönlicher Verunglimpfung nicht zurückschreckte, wenn ihm jemand querkam. So hatte er sich in ›*The Pidgeon Tunnel*‹ an dem Tory-Politiker *Quentin Hogg* abgearbeitet, den er aus unerfindlichen, jedenfalls höchstpersönlichen und dem Leser nicht weiter mitgeteilten Gründen, zur *persona non integra* erklärte, obwohl dieser unter dem Namen *Lord Hailsham* als Lord Chancellor ein durchaus akzeptierter Politiker und allseits beliebter Zeitgenosse war.

In seinem vorletzten Buch ›*Agent Running in the Field*‹, eigentlich sein letztes, denn ›*Silverview*‹ ist ja lange vorher begonnen worden, ist le Carré so weit gegangen, die beiden Hassfiguren der aufgeklärten Liberalen *Donald Trump* und *Boris Johnson*, die ja unterschiedlicher kaum sein können (hier der vulgäre Bauunternehmer, dort der Oxford-Absolvent, der gelehrte Bücher schreibt und seine Reden mit altgriechischen Zitaten schmückt), persönlich zu verunglimpfen. Le Carré mag hier den Zeitnerv getroffen haben, aber der Vorwurf, die Regierung würde wider besseres Wissen und aus Eigennutz das nostalgische Bild eines konservativen Großbritannien beschwören, das es in dieser Form nie gegeben habe, zeugt von einer eher schmerzhaften Beziehung zur angelsächsischen Heimat. Jener Mann, der wie kaum ein anderer das Bild vom prototypischen Engländer geprägt hat, hat dann kurz vor seinem Tod die irische Staatsangehörigkeit angenommen. Lieber Ire werden als Engländer bleiben. Das muss für le Carré ein schmerzhafter Prozess gewesen sein. Den Aufenthaltsorten von George Smiley und Peter Guillam in ›*A Legacy of Spies*‹ gibt diese Abnabelung eine besondere Bedeutung. Beide leben auf dem Kontinent, sie können es im England der fiktiven Haydons und der realen Johnsons nicht länger aushalten. Der eine in der Bretagne, der andere im Breisgau. Und le Carré wollte lieber Ire in England sein als Engländer auf dem Kontinent, wo er im Berner Oberland eine Zweitheimat gefunden hatte. Das tragische Ende eines großen Autors.

Fundstellen und Literaturhinweise

John Le Carré
The Pidgeon Tunnel (Autobiographie)
2016

Adam Sisman
John Le Carré – The Biographie
Bloomsbury, 2015

Toby Manning
John Le Carré and the Cold War
Bloomsbury, 2018

Harold Bloom
John le Carré
Chelsea House, 1987

Vittorio Hösle
Berufsethik der Geheimdienste und Krise der hohen Politik.
Philosophische Betrachtungen zum literarischen Universum

von John le Carrés Spionageroman im allgemeinen und zu ›Absolute Friends‹ im besonderen
Deutsche Vierteljahresschrift Bd. 79, 2005

Winfried Schuster
Parallele und Kontrast in den Spionageromanen von John le Carré als Zeichen einer Humanität. Untersuchungen zur Erzähltechnik bei David John Moore Cornwell
Laumann Verlag, 2005